AF307103

Isma Dembé

Am Strom

Ein historischer Roman

Bibliografische Information der Deutschen Nationalbibliothek:
Die Deutsche Nationalbibliothek verzeichnet diese Publikation in der
Deutschen Nationalbibliografie; detaillierte bibliografische Daten sind
im Internet über http://dnb.dnb.de abrufbar.

Herstellung und Verlag: BoD – Books on Demand, Norderstedt

ISBN: 978-3-7568-0096-4

Vorwort des Herausgebers

„Die Geschichtsschreibung kann man als Kampf gegen die Zeit verstehen. Indem sie die Verstorbenen zurück ins Leben holt, lässt sie die Vergangenheit, die allenfalls noch aus Erzählungen bestand, wieder auferstehen. So begreifen wir, wie wurde, was ist.“

Mit diesen Worten leitete Isma Dembé den berühmten Zeitungsartikel ein, in dem er sich nach dem Erscheinen seines Romans „Am Strom“ gegen seine Kritiker verteidigte. Man hatte ihm eine sentimentale Verklärung der Epoche vor dem großen Digital-Crash von 2069 vorgeworfen und damit die ideologische Rechtfertigung einer Generation, die durch beherztes Eingreifen die sich anbahnende Katastrophe hätte verhindern können.

„Am Strom“ ist in der Tat ein ungewöhnliches Buch. Es war mit Erscheinungsdatum 2099 eines der ersten großen Erzählwerke, das nach der langen Zeit des Wiederaufbaus erschien. Dies geschah in einer geschichtlichen Phase, in welcher den mühsam um das Überleben kämpfenden Menschen der Sinn für die Literatur schon abhandengekommen zu sein schien. Dies merkt man dem Text noch heute an. Dembé, der die „Vor-Crash-Zeit“ schließlich nach Vernichtung der digitalen Datenträger hauptsächlich aus Erzählungen kannte, gibt die Welt von damals nach heutigem Forschungsstand nur unzureichend wieder. Seine Schilderungen der technischen Welt von Telefonen, Internet und automatisierten Transportmitteln sind historisch ungenau. Zu seinen Quellen gehörten neben mündlichen Überlieferungen die Archive seiner Heimatstadt Lomburch, in denen sich unter anderem die letzten gedruckten Ausgaben von Fachmagazinen zu Sport, Mode oder Esskultur befanden. Es ist bis heute ein Problem der historischen Forschung, dass die Alltagskultur um das Jahr 2040, in dem der Roman spielt, wegen der damaligen Vorherrschaft der digitalen Speicher nur lückenhaft dokumentiert ist. Über die Vorgänge im Jahr 1900 oder 1950 wissen wir weit besser Bescheid. Dembé kannte zudem seine Heimatregion gut und hatte etwa seit frühester Kindheit den gewaltigen Bau der Stromburg bewundert, die er zu einem Hauptort seiner Geschichte macht. Die unzureichende

Quellenlage wird man dem Autor also nur begrenzt zum Vorwurf machen können. Schließlich ging es ihm, wie er immer wieder betonte, weniger um die exakte Darstellung einer Epoche als vielmehr um das Erzählen einer Geschichte. Aber auch dies wurde ihm zum Vorwurf gemacht. Dembé orientierte sich in „Am Strom" an den Begebenheiten aus dem Leben seiner Großeltern mütterlicherseits. Als kleines Kind hatte er diese immer wieder erzählt bekommen. In gewisser Weise setzte er mit dem Roman seiner Familie ein literarisches Denkmal. Aber ließ sich eine solche biografisch angelehnte Geschichte tatsächlich erzählen, ohne die handelnden Personen dabei zu verklären? Der Zeitpunkt, zu dem der Roman erschien, war ungünstig. Man warf der 2040er-Generation vor, für die späteren Katastrophen die Hauptverantwortung zu tragen, ja, die Welt wie sie damals war, in den Ruin getrieben zu haben. Die Wut der Nach-Crash-Generation entlud sich auf einer Gesellschaft, deren Ignoranz man den Untergang der westlichen Zivilisation anlastete. Der Vorwurf einer „Ent-Schuldigung" der Großeltern-Generation traf Dembé hart. In seinem Verständnis hatte er sich in seinem Roman darum bemüht, die eigenen Vorfahren nicht aus der Verantwortung zu nehmen. Seine Romanfiguren Majib, Jerome, Enbe oder Yacine sind keine Helden, die sich gegen den Verfall der Zivilisation stemmen. Sie werden als typische Vertreter ihrer Generation geschildert, hineingenommen in die irrlichternde Unentschlossenheit ihrer Zeitgenossen, in den schlingernden ideengeschichtlichen und politischen Kurs der damaligen Epoche. Dass Dembé ihnen in seinen Schilderungen allerdings auch Sympathie, zuweilen sogar emotionale Wärme entgegenbringt, blieb seinen Kritikern ein bleibendes Ärgernis. Durfte man wirklich so über die 2040er schreiben?

Aus heutiger Sicht haben die Diskussionen von damals bereits etwas Patina angesetzt. Das Urteil über Dembés Roman fällt mittlerweile freundlicher aus. Beim Lesen seines „Am Strom", dem Werk, das wir hier als Jubiläumsedition anlässlich seines 50jährigen Erscheinens erneut vorlegen, treten die ideologischen Grabenkämpfe um das Werk eher in den Hintergrund. Wir nehmen ein Buch zur Hand, das es trotz seines manchmal begrenzten literarischen Werts in die Reihe der Nach-Crash-Klassiker geschafft hat, ein Zeitdokument der langsam *wiedererstehenden deutschsprachigen Belletristik. Dembé hat auf seine Weise viele Menschen neu zum Lesen geführt und bedeutende Schriftsteller unserer Tage inspiriert. Dem Autor selbst blieb es verwehrt, diese späte Anerkennung zu erfahren. Er starb bekanntlich bereits 2114. Als Herausgeber darf ich mich bei seiner Familie für die Freigabe der Rechte zur nun vorliegenden Neuauflage bedanken. So wünschen wir dem Roman eine große Leserschaft. Mit den leicht abgewandelten Worten eines von Dembé geschätzten Schriftstellers des 19. Jahrhunderts lässt sich anschließen:*

„Wenn diese Geschichte euch nicht gänzlich missfällt, so bleibt dem gewogen, der sie geschrieben, und ein bisschen auch dem, der sie neu eingerichtet hat. Sollten wir jedoch nur Langeweile verbreiten, so glaubt uns, wir haben es nicht mit Absicht getan."

Hamburg, am 05. Oktober 2149

Alexander Manser, Herausgeber

1

Gänse zogen über das Land. Das sattgoldene Licht der Abendsonne malte ihre Körper in fast unnatürlicher Farbigkeit in den Himmel. Auf dem Wasser des träge dahinfließenden Stroms schillerte und blinkte es edelsteinhaft auf. Das kurze Gleißen des reflektierten Lichtes bewirkte, dass Wertmanns Augenbrauen sich zusammenzogen. Mit fast verschlossenem Blick sah er durch die Wimpern auf den Fluss. Das Licht verzog sich zu langen, nadelähnlichen Strahlen, die sich um ihre Mittelachse bewegten, sobald er den Kopf mal schräg nach rechts, mal nach links wendete. Für kurze Zeit schloss er die Augen ganz und spürte die Wärme der Sonne auf seinen Lidern. Dann öffnete er sie wieder, drehte den Kopf aus dem Licht und blickte stromaufwärts. Wertmann stand auf der Anhöhe des an dieser Stelle steil ansteigenden Ufers. Er sah den reetbewachsenen Flusssaum, das kleine Wäldchen, dahinter die Stadt mit ihrem Kirchturm und dem Schlösschen auf der Anhöhe. Die Stromburg konnte man von hier nicht sehen. Ihre mächtige weiße Fassade, die Kuppel und der nach innen gebogene Turm lagen in der anderen Richtung verborgen hinter einem Wäldchen. Von dort allerdings kamen Geräusche. Einem zunächst entfernten Rascheln und Knacken im Unterholz folgten mehr zu erahnende als zu hörende Schritte und schließlich ein Hecheln. Kurz hinter Wertmann tauchte ein großer schwarzer Hund aus dem Dickicht und blieb auf dem Weg stehen. Für einen kurzen Moment zog er die Lefzen zurück und entblößte sein Gebiss, schob schnell atmend seine Zunge aus dem Maul und sah Wertmann aus knopfgroßen schwarzen Augen an. Ein kurzes, Missfallen ausdrückendes Knurren begleitete Wertmann, als er sich nach links wegdrehte, dem Hund den Rücken zuwandte und die ersten Schritte auf dem Weg weiterging. Nach einigen Metern blickte er zurück und sah das Tier unverändert dort stehen. Ein kurzer Pfiff aus dem Wald ließ es die Ohren aufstellen, ohne jedoch seine Position zu verändern. Weiter hinten am Weg, dort, wo dieser am Steilufer eine Biegung nach innen beschrieb, zeigte sich nun eine große Gestalt. Sie trug eine offensichtlich zu weite Jacke, an deren Ärmelende eine Hundeleine schlenkerte. Die Hände waren nicht zu sehen. Nochmals ertönte ein Pfiff und der Hund kam langsam auf Wertmann zu. Dieser wich zurück, sah, dass er Abstand gewann, drehte sich und beschleunigte seinen Schritt. Nach wenigen Metern standen auf seiner Stirn erste Schweißperlen. Der kleine, übergewichtige Körper folgte der Vorgabe der Beine nur unwillig. Wertmann erreichte eine Treppe. Genaugenommen waren es einzelne Stufen, die in unregelmäßigen Abständen aus dem Boden des Hangs hervorstanden. Er kam leicht ins Trudeln, ergriff mit der Hand ein hölzernes Geländer zu seiner Linken, fing sich und nahm die nächste Stufe: „Nur nicht fallen". Der Hund folgte ihm in mäßigem Tempo. „He, Sie!" – die Stimme kam von hinten. Der Mann mit der weiten Jacke war offenbar ebenfalls schneller gegangen. Wertmann erkannte beim Umdrehen sein bärtiges Gesicht. Ein großer Mensch, kurzes Haar, schwere Stiefel. Noch zwei Stufen, dann stand der Fliehende auf einer freien Fläche, Gras unter seinen Füßen, zu seiner Rechten das Reet, dahinter der Fluss. Ein weiteres „He, Sie!", ein weiterer Pfiff. Der Hund verfiel in Trab, überholte Wertmann und setzte sich vor ihm auf den Boden. Jetzt stand Wertmann. Von hinten kam der Mann die Stufen hinunter, erreichte deren Ende und schritt auf ihn zu. „Haben Sie Angst vor Hunden?" Ein leichter Wind ließ Wertmann den Schweiß auf seiner Stirn spüren. Der Fremde stand vor ihm, die Beine in den Stiefeln leicht auseinandergestellt. „Sie sind Wertmann, oder?" Ein kurzes Nicken. „Sie arbeiten in der Stromburg." Eine Feststellung, keine Frage. „Sie arbeiten in der Verwaltung. Sie sind Chef der Kundenbetreuung." Wieder ein Nicken. Wertmanns Atem ging schnell. Er spürte einen leichten Schwindel. „Bei ihnen arbeitet ein Mann, der Jerome heißt, Jerome Dour." „Wer sind Sie?" „Jerome Dour macht Abrechnungen für Großkunden, oder?" „Ja." Ein Rascheln im Reet. Beide Männer blickten zur Seite. Zwischen den Halmen zeigte sich der grünschillernde Kopf einer Ente. Sie hob den Blick, öffnete den gelben Schnabel, setzte langsam einen Fuß vor den anderen und trat auf die Wiese. Der Hund stieß seine Nase in die Luft, richtete sich auf. Dann stürzte er mit lautem Bellen auf die Ente zu. Ein Pfiff und er blieb mitten im Lauf stehen, den Schwanz in die Höhe gerichtet. Die Ente flog auf und erreichte mit einigen hastigen Flügelschlägen das rettende Wasser des Flusses. Ein weiterer Pfiff. Der Hund kehrte zurück. „Ich komme von Enbe". Der Mann nahm wieder das Wort. Seine dunklen Augen hatten Wertmann fest im Blick. „Von Enbe?" „Sie kennen Enbe." „Ja, ich kenne Enbe, natürlich." „Enbe hat eine Bitte an Sie." Wertmann wich dem Blick des Fremden aus, senkte den Kopf und besah seine Fußspitzen. An den Schuhen klebte Lehm. Was wollte Enbe? Er hatte Enbe zuletzt gesehen bei der Betriebsversammlung. Das war vor zwei Wochen gewesen. Enbe saß mit den anderen Vorständen vorne am Tisch. Es ging um Abteilungsstrukturen: neue Zuschnitte, neue Kompetenzen, neue Posten. Enbe selbst hatte nicht gesprochen. Das überließ er anderen. Er brauchte nicht sprechen. Seinem Vater gehörte die Stromburg. Man ging ihm aus dem Weg. „Enbe hat eine Bitte an Sie." Der gleiche Satz, wie zur Bestätigung noch einmal gesagt. Wertmann sah auf. „Worum geht es?" „Ist er gut, der Jerome Dour?" „Er ist ein zuverlässiger Mitarbeiter." „Haben Sie an seiner Arbeit etwas auszusetzen?" Wertmann überlegte kurz. „Nein, wie gesagt, er ist ein zuverlässiger Mitarbeiter." „Werden Sie in Zukunft etwas an seiner Arbeit auszusetzen haben?" Der Hund spitzte seine Ohren, so als ob auch er an der Antwort Wertmanns interessiert wäre. „Wenn er weiter so arbeitet – ich glaube nicht." „Wird er denn weiter so arbeiten, oder könnte es sein, dass er bald eine Aufgabe bekommt, in der er einen Fehler macht, einen großen Fehler?" Der Fremde ließ seinen Blick nicht von Wertmann. Hinter dem dunklen Bart schienen seine Lippen sich aufeinanderzupressen. Er holte tief Luft, so dass sich die Kontur seines Brustkorbs unter der weiten Jacke zeigte. „Das ist…" Wertmann stockte kurz. Für einen kurzen Moment schloss er die Augen, blickte in das Dunkel, öffnete sie wieder, wischte sich die Schweißperlen von der Stirn, ließ seine Schultern ein kleines Stück sinken, sah kurz noch einmal auf seine Schuhspitzen und sagte: „Das ist möglich". „Ist es wahrscheinlich, dass dies in den nächsten Tagen geschieht?" „Es ist nicht unwahrscheinlich". Die Worte kamen Wertmann jetzt wie von selbst. „Enbe hat noch etwas, das er Ihnen sagen möchte". Der Blick des Fremden hatte sich entspannt. „Er sagt, er mache sich Gedanken um die neuen Abteilungen. Er braucht dafür Menschen mit guten Kompetenzen." Wertmann nickte. „Sie meinen, er hat an mich…". Doch der Fremde hatte sich umgedreht und ging langsam wieder auf die Stufen zu. Ein Pfiff und der Hund erhob sich aus dem Gras und trottete ihm hinterher. Wertmann setzte sich auf eine Bank und sah ihnen nach. Sein Kopf war voller Gedanken. Als er seinen Weg fortsetzte, spürte er beides zugleich: Seine Beine waren schwer wie Blei und leicht, als hätten sie Flügel. Am Ufer hinter der Wiese standen alte Bäume. Zweige von Sträuchern ragten auf den Weg und schlugen dem Gehenden ins Gesicht und an den Körper. Kleine sumpfige Pfützen spiegelten das letzte Tageslicht. In ihm flogen die letzten Gänse und über Wertmann krächzten Krähen in den Bäumen, die dort ihre Nester hatten.

2

Es war kurz vor drei. Aus den Fenstern der Skybar sah man in den schmutzigschwarzen Himmel über der Stadt. Unten die Lichter, gelbliche Punkte über leeren Straßen, ein paar letzte Scheinwerfer an den Containerbrücken. Rote und blaue Stahlschachteln, aufgetürmt zu Wänden und Häusern ohne Eingang. Ein paar große Schiffe, die bereit waren, sie aufzunehmen, Stück für Stück. Die Wände und Häuser bauten sich ab, jeden Tag, und errichteten sich neu: ein steter Wandel und doch stets das gleiche Bild. Die Stahlschachteln gehen und werden zurückgebracht im Kreislauf der Handelsrouten, die sich wie Adern um die Welt legen. Die Stadt ein Herzknoten, der alles pulsieren lässt.

In der Skybar war die Luft vom vielen Atmen dünn geworden. An allen Tischen Gäste, rauchend, lachend, trinkend, plaudernd, geschäftige Mienen bei den einen, Feierlaune bei den anderen, so wie jeden Abend. Der Barmann lehnte auf dem kleinen Vorsprung am Regal, in dem die Flaschen standen. Er unterdrückte ein Gähnen. Majib taten die Füße weh. Ihre Schicht dauerte schon sechs Stunden. Immer wieder hatte sie am Abend das gleiche getan. Sie war vom Tresen an einen Tisch gegangen, hatte eine Bestellung aufgenommen, die Bestellung auf einem kleinen schmutzigweißen Block notiert, hatte dem Barmann den Zettel gereicht, ein Tablett mit bunten Cocktails oder schweren Biergläsern zum Tisch balanciert, die Getränke verteilt, kassiert, war wieder zurück an den Tresen gegangen, hatte einen verlassenen Tisch abgeräumt und gewischt, neue Gäste begrüßt und wieder eine Bestellung aufgenommen. Dazwischen hatte sie mit Laura zweimal eine Zigarette geraucht, dreimal von Gästen Komplimente bekommen, viermal Reklamationen, war heute aber weder beschimpft noch belästigt worden. Es war ein guter Arbeitstag. „Mach mal noch Tisch sechs fertig, dann kannst Du nach Hause gehen. Um die letzten Gäste kümmere ich mich." Laura nickte ihr freundlich zu. „Danke". Majib nahm das Tablett, ging zu Tisch sechs. In den Gläsern schwammen letzte Reste von Eiswürfeln. Ihr Schmelzwasser hatte sich mit der Farbe der Cocktails vermischt. Es war blassrosa und grasgrün, hellgelb und himmelblau. Daneben die Schale eines Orangenstücks, die Blätter einer Erdbeere, eine angebissene Ananasscheibe, ein paar Melonenkerne. Majib stellte alles auf ihr Tablett, sammelte die zerknüllten Servietten ein. Ein letzter Gang zum Tresen, dann holte sie ihren Mantel, ihren Regenschirm und die Handtasche. „Ich geh', bis morgen!". „Bis morgen" – Laura nickte ihr zu, der Barmann nickte ihr zu. Majib stieg in den Fahrstuhl, drückte einen Knopf. Als sich die Türen wieder öffneten, entließ sie das Hotel mit der Skybar auf das nassglänzende schwarze Pflaster. Kaum Verkehr und doch keine Stille. In der Ferne Schiffsmotoren, in der Höhe Möwen, unten ein Glucksen aus den Sielen. Hinter ihr plötzlich Motorengeräusch. Es war ein schwerer Wagen, schwarz, der sich aus dem Grau der Straße heraus gelöst hatte. Er näherte sich Majib langsam von hinten, erreicht sie und drosselt auf Schrittgeschwindigkeit. „Majib!" Die Stimme aus dem geöffneten Fenster. Sie wusste, wer nach ihr rief. „Heute nicht!" „Warum nicht?" „Bin müde." „Ich nehm' dich mit, wenigstens ein Stück." „Nicht nötig, ich brauche frische Luft. Bis zur Bahn ist es nicht weit." „Wann sehe ich dich wieder?" „Vielleicht Sonntag, da habe ich früher Schluss." „Lass mich nicht so lange warten" – ein drohender Ton in seiner Stimme? „Dann Freitag, um zehn." „Ich bin da." Das Fenster schloss sich. Der Wagen beschleunigte. Seine Rücklichter spiegelten sich auf der Straße, hinterließen rote Schlieren auf dem Asphalt. Dann war es wieder still. „Ich hätte nie mit ihm gehen sollen", dachte sie, „es war falsch". Seit drei Monaten trafen sie sich. Er war mit Freunden in der Skybar gewesen. Ein Mann mit schwarzen Haaren, die ihm in die Stirn fielen, dunklen Augen, kleiner Nase, breitem Lächeln, Dreitagebart. Er mit weißem Hemd, die ersten drei Knöpfe geöffnet, goldene Uhr am Arm. Er saß in der Mitte und erzählte. Er zahlte die Drinks, viele Drinks. Alles kreiste um ihn. Seine Begleiter lieferten Stichworte, lachten über seine Witze, bestellten das, was er für sich bestellte. Und am Ende des Abends sprach er sie an. Er kam am nächsten Abend wieder, allein, blieb bis zum Schluss, saß an der Bar und sprach mit Majib. Dann nahm er sie mit nach Hause. Sie saßen zwei Stunden zusammen in seinem großen Haus. Er ließ sie von sich erzählen, umarmte sie zum Schluss und brachte sie nach Hause. Seitdem kam der schwere schwarze Wagen häufiger. „Es ist falsch" – Majib sagte es in die Nacht. Dann schritt sie Treppen zur Bahnstation empor. Im grauschwarzen Himmel zeigten sich die ersten Lücken zwischen den Wolken. Bis zum Tageslicht waren es noch drei Stunden.

3

Jerome war pünktlich. Um acht Uhr schloss er das Büro auf. Kaltes weißes Licht zeigte seinen Schreibtisch, seinen Stuhl, seinen Rechner, seine Regale, seine Kaffeetasse. Er umfasste die beiden Schnüre neben dem Fensterrahmen und zog. Durch die schnelle Bewegung tanzten die Lamellen der Jalousie für einen Moment hin und her. Durch das Fenster ging sein Blick auf die weiträumige Anlage, kleinere und größere Gebäude, Rohrtrassen, Verbindungsgänge, auf der rechten Seite der große Turm der Stromburg, rund, in der Mitte dünner als am oberen Ende. Er sah aus wie ein doppelter Trichter, der aus dem Inneren etwas ansog und nach außen etwas abgab. In der Mitte die dünnste Stelle, so als hätte die Kraft der Maschinen den mächtigen Turm zusammengezogen. Diese Kraft, die ausströmte über Leitungen und Spulen, über Kondensatoren und Drähte und die unbändige elektrische Energie ins Land hinausschickte. Als Jerome seinen Computer hochfuhr, meldete ihm das System die neuen Textnachrichten. Es war das übliche: Informationen zum Arbeitstag, aktuelle Meldungen, Werbung, ein neuer Schichtplan und eine Nachricht von Wertmann. „Herr Dour, bitte kommen Sie heute um 10 kurz bei mir vorbei." Jerome überlegte. Was gab es zu besprechen? Das Quartal war noch nicht abgelaufen. Der Zahlungslauf für die Großkunden stand bevor. Es kam vor, dass Wertmann sich zur Kontrolle die Abrechnungen geben ließ und mit den einzelnen Sachbearbeitern sprach, falls er Erläuterungen haben wollte. Manchmal sprach er auch, wenn es andere Dinge gab – Krankheitsvertretungen, Neukunden, aktuelle Anweisungen aus der Zentrale, Schulungen. Es ging um dienstliche Dinge. Wertmann war immer dienstlich. Über Privates sprach er nie. Es war ihm sogar unangenehm, wenn ihm die Mitarbeiter zum Geburtstag gratulierten. „Mein schönstes Geburtstagsgeschenk sind gute Zahlen", pflegte er zu sagen. Jerome nahm den Ordner mit den letzten Abrechnungen aus dem Regal. Er überflog die Papiere. Alles schien in Ordnung, keine offenen Forderungen, keine beanstandeten Rechnungen, keine Beschwerden. Er las vorsichtshalber auch die elektronischen Nachrichten der letzten Tage. Hatte er etwas übersehen? War noch ein Arbeitsauftrag offen, eine Anfrage nicht bearbeitet. Hatte er jemandem Grund gegeben, sich über ihn zu beschweren? Er fand keine Anzeichen, keinen Anlass, aus dem Wertmann mit ihm sprechen wollte. Um 9.45 Uhr verließ er sein Büro, schloss die Tür ab und ging über den langen Flur. Vorsichtshalber hatte sich Jerome den Ordner mit den aktuellen Vorgängen unter den Arm geklemmt. Er klopfte an die Tür der Abteilungsleitung. Wertmanns Sekretärin begrüßte ihn knapp und wies ihm einen Stuhl zu. „Warten Sie kurz, Herr Wertmann ist noch im Gespräch". Sie hielt sich bei diesem Satz Daumen und Kleinfinger an den Kopf, so als wollte sie telefonieren. Aus dem Büro klang Wertmanns Stimme. Wertmann sprach leise. Er sprach immer leise. Als er nach fünf Minuten die Tür öffnete, sagte er nur knapp: „Guten Tag, Herr Dour", reichte der Sekratärin einen Zettel mit einem Arbeitsauftrag und gab Jerome das Zeichen, einzutreten. „Den Ordner brauchen Sie nicht". Wertmann setzte sich. „Ich möchte etwas anderes mit ihnen besprechen." Ein kurzes Hüsteln, ein leicht unsicheres Abschweifen der Augen. „Herr Dour!" Wertmann legte die Hände auf dem Schreibtisch übereinander. „Ich bin in gewissen Schwierigkeiten. Ihre Kollegin Wasitzki muss kurzfristig in der Lohnbuchhaltung aushelfen. Schwangerschaftsvertretung. Sie hat ja damals dort angefangen, bevor sie zu uns kam. Sie kennt sich also aus. Ich habe der Abteilungsleiterin gesagt, dass Frau Wasitzki hier eigentlich unabkömmlich ist. Sie wissen, die Kollegin betreut hier einige wichtige Kunden." „Einige schwierige Kunden", dachte Jerome. Ekatarina Wasitzki war spezialisiert auf harte Fälle, auf Firmen, bei denen es immer Ärger gab. Sie galt als sehr durchsetzungsstark. Warum wollte Wertmann auf sie verzichten? „Nun ja, Herr Dour, ich konnte zumindest raushandeln, dass Frau Wasitzki ein paar Stunden die Woche noch bei uns arbeitet. Trotzdem muss ich ein wenig umorganisieren. Sie und andere Kollegen müssen leider ein paar Kunden übernehmen. Es tut mir leid, aber ein wenig mehr Arbeit muss ich Ihnen zumuten." Wertmann hüstelte wieder und blickte auf seine Hände. „Herr Wertmann, das kann ja immer mal passieren. Sie müssen sich nicht entschuldigen." Jerome sah jetzt auch auf Wertmanns Hände. Die rechte Hand drückte die untenliegende linke fest zusammen. „Herr Dour!" Die Stimme des Vorgesetzten hatte an Festigkeit gewonnen. „Ich übergebe Ihnen die ‚AluTrek'." „Die Aluminiumhütte im Hafen?" „Ganz genau – ein guter Kunde, Großabnehmer." „Ist das Werk nicht schon geschlossen?" „Noch nicht. Die Schließung ist für nächstes Jahr vorgesehen. Der Fall ist nicht ganz einfach. Die ‚AluTrek' steckt in gewissen finanziellen Schwierigkeiten. Soweit ich die Lage überblicke, gibt es noch einige offene Rechnungen. Frau Wasitzki hat da aber schon gut vorgearbeitet." „Ich muss mir die Sache anschauen." „Ich lasse Ihnen die Akten bringen. Ich bin zuversichtlich, dass sie den Fall kompetent bearbeiten werden." Wertmann zog die Mundwinkel leicht nach oben. Es schien eine Art Lächeln zu sein. Oder ein kurzer stechender Schmerz.

4

In Hamburg wohnte das Geld hinter weißen Fassaden unter grünangelaufenen Kupferdächern. Enbe hatte das zu spät gemerkt. Kurz, nachdem er für die Europazentrale der Firma eine Etage in dem neu gebauten Wolkenkratzer an den Elbbrücken angemietet hatte, stellte er fest, dass im gleichen Haus allenfalls zweitrangige Unternehmen ihre Büros untergebracht hatten. Der Elbtower war wenig geschäftsfähig. In der Logik der alten Kaufleute verströmte er einen deutlichen Hauch von Unseriösität. Selbst internationale Großkonzerne hielten ihre Kundengespräche in den altväterlichen Villen und Stadthäusern, umgeben von holzgetäfelten Wänden, Kronleuchtern und maritimen Dekors. Hinter schweren Eichentüren kam man zu Vertragsabschlüssen an langen Tischen zusammen. Man saß auf lederbezogenen Stühlen, vor sich Kaffeetassen aus zartem Porzellan oder schwere Kristallgläser, in denen Wasser und Whiskey gereicht wurden. Enbe war bereits einige Male in diesen Häusern gewesen. Insgeheim hielt er bereits nach einer ähnlichen Immobilie Ausschau. Der Tower war ein Fehler gewesen. In Lagos galt ein Hochhaus mit Blick auf die Lagune als Ausweis von Geld und Bedeutung. Alle wichtigen Firmen waren in solchen Gebäuden zu finden. Die Höhe hielt einem den Stadtmoloch mit seinen 25 Millionen Einwohnern auf Abstand. Wer gesellschaftlich hoch gestiegen war, wohnte oben. Enbes Vater hatte vor gut 40 Jahren sein erstes Büro in Lagos eingerichtet. Er hatte als Geschäftsführer der Filiale eines staatlichen Erdölkonzerns begonnen, nach dem Rückzug einiger westlicher Firmen nach und nach kleinere Unternehmen, schließlich ganze Raffinerien erworben. Vor allem das innerafrikanische Erdölgeschäft boomte damals. Enbes Vater hatte das Geschick und die nötigen Beziehungen, seine Firma mit lukrativen Aufträgen zu versorgen. Er investierte nebenbei in Solaranlagen. Sein neuestes Feld war die Atomkraft. Vielleicht war es ein Zufall, vielleicht auch vorausschauender Geschäftssinn, dass er seinem Sohn Jonathan zum Studium an eine deutsche technische Universität schickte. Nachdem die deutsche Regierung den Ausstieg aus dem Atomgeschäft beschlossen hatte und die Kraftwerke nach und nach vom Netz gingen, witterte Enbe seine Chance. Der britische „Waterfall"-Konzern zog sich aus dem deutschen Energiesektor zurück und suchte einen Nachfolger, um die Atomanlagen für die restliche Laufzeit von wenigen Jahren noch zu betreiben und dann abzuwickeln. Da sich kein deutsches Unternehmen diese Last aufbinden lassen wollte, schlug „Enbe Energies" zu. Der Aufschrei in der Wirtschaftswelt war groß: Ein nigerianisches Unternehmen kauft alte deutsche Atomkraftwerke? Es forderte einen langen Atem und die Überwindung vieler bürokratischer Hürden, bis der Verkauf abgeschlossen wurde. Jonathan Enbe bewies das nötige Geschick. Im letzten waren die deutschen Behörden froh, einen Investor gefunden zu haben, der garantierte, seinen Anteil an den Rückbaukosten zu bezahlen. Im Gegenzug gestand man „Enbe Energies" zu, die Meiler noch bis

2030 betreiben zu dürfen. Die dafür nötige Gesetzesänderung wurde gegen erbitterten Widerstand letztlich umgesetzt. Es gehe, so argumentierte man, schließlich nur um drei Kraftwerke. Für das geringe Entgegenkommen von vier weiteren Jahren Laufzeit entlaste man den Steuerzahler von erheblichen Kosten. Die Wahrheit war, dass man den Meilern bereits eine längere Lebenszeit stillschweigend zugestanden hatte. 2026 wurde der Vertrag besiegelt. Jonathan Enbe leitete im Auftrag seines Vaters die „Enbe Energies Europe", zunächst mit Sitz in Hannover. Mit dem Kauf der Atomkraftwerke hatte Enbes Vater ursprünglich ein bestimmtes Ziel verfolgt. Es war ihm darum gegangen, technisches Know-How und Fachkräfte für den späteren Bau von Anlagen in Afrika zu gewinnen. Zudem gab es die vage Hoffnung, den technischen Anlagen später in Nigeria zu einem zweiten Einsatz zu verhelfen, ein Wunsch, der sich nach kurzer Zeit und einigen Gesprächen im Wirtschaftsministerium als Illusion herausstellte. Der Einstieg in die deutsche Atomkraft wäre fast zum Fiasko geworden. Doch dann kam 2028. Es begann mit der erneuten Explosion der Strompreise. Der Versuch, die deutsche Volkswirtschaft auf die Versorgung mit regenerativen Energien umzustellen, hatte alle Finanzplanungen gesprengt. Der Strom wurde teurer, die Versorgungssicherheit war mit dem zunehmenden Ausfall der Kohlekraftwerke gefährdet. Auf die Straßenproteste folgten intensive Debatten im Parlament. Die Regierung musste einlenken. 2029 wurde der Vertrag zu „Stream Flow", der nächsten großen Gaspipeline geschlossen, kurz darauf folgte dann die abermalige Verlängerung der Laufzeiten für die noch bestehenden Atomkraftwerke. Bis 2050 war der Betrieb nun gewährleistet. Wie Enbe aus vertraulichen Gesprächen wusste, gab es hinter den Kulissen allerdings schon Pläne für weitere Verlängerungen sowie den Bau neuer Kraftwerke. „Enbe Energies" hatte gewonnen. Die Firma galt im Wirtschaftsministerium schon als eine Art Retter der deutschen Energieversorgung. Man stellte bereits weitere Staatsaufträge in Aussicht. 2031 verlegte die europäische Konzerntochter den Firmensitz nach Hamburg.

Neun Jahre war das jetzt her. Mit Stolz schaute Enbe auf die Firmengeschichte zurück. Auf seinem Schreibtisch standen in silbernen Rahmen ein Bild des Vaters, ein Bild der Firmenzentrale in Lagos, ein Bild von Enbe mit dem deutschen Wirtschaftsminister und ein Bild der Stromburg, dem größten der deutschen Kraftwerke. „Etwas fehlt." Dieser Gedanke kam Enbe in den letzten Monaten immer wieder. Er meldete sich in den stillen Momenten des Tages, beim Blick auf den Fluss und auf die Wolken. Es war so etwas wie ein Ostinato, ein gleichbleibender Akkord unter den Betriebsamkeiten des Alltags. Mit Blick auf das Wasser und die auf ihm treibenden Wellen brach dieser Akkord wieder hervor. „Wohin treibt es mich?" „Wohin geht mein Leben?" Wo war der Rahmen mit dem Hochzeitsbild, mit dem Bild der glücklichen Familie eines mächtigen Mannes, der sich in diesem Moment im Sessel zurücklehnte und die Augen schloss?

5

Die Akten trafen nach der Mittagspause ein. Der blonde junge Mann mit der blassen Gesichtsfarbe, der letzten Monat seine Ausbildung in der Abteilung begonnen hatte, klopfte zaghaft an die Tür des Büros. „Entschuldigung, ich soll das hier vorbeibringen". Auf ein kurzes Zeichen Jeromes hin schob der Blondschopf einen Aktenwagen durch die Türöffnung. Jerome staunte nicht schlecht. Auf dem Wagen türmte sich ein Berg mit Ordnern, welche die Aufschrift „AluTrek" auf ihrem Rücken trugen. „Das ist noch nicht alles. Ich komme gleich nochmal wieder". „Hören Sie mal", Jerome rief den jungen Mann zurück, „ich brauche nicht die ganzen Altbestände zu diesem Fall. Mir reicht eine Übersicht über die letzten fünf Jahre". „Das sind die letzten fünf Jahre". Der Auszubildende zog schon leicht entschuldigend die Schulterm nach oben. „Das heißt, eben noch nicht ganz, der Jahrgang 2037 fehlt noch. Den bringe ich gleich vorbei." Er entfernte sich rasch und zog die Tür leise hinter sich ins Schloss. Jerome brauchte eine Minute, um mit Blick auf den Aktenwagen die erste Verblüffung zu überwinden. Das viele Papier hatte ihn überfallen wie ein Feind aus dem Hinterhalt. Von seiner Masse durfte man sich nicht überwältigen lassen. Nach dem ersten Innehalten ging Jerome auf den Wagen zu und begann, die Akten mit dem aktuellen Datum zu suchen. Dazu nahm er Ordner um Ordner vom Wagen, sah kurz auf die Beschriftung, warf einen Blick auf die ersten Seiten und begann, für jedes Halbjahr einen Stapel zu bilden. Das zwölfte Aktenpaket, das auf diese Weise zugeordnet wurde, trug die Aufschrift „Juni 2040". Allerdings entdeckte Jerome etwa zehn Ordner später einen weiteren Aufkleber, der das Datum „August 2040" trug. Dafür, dass sich hier der gesammelte Schriftverkehr von nur zwei Monaten fand, war der abgeheftete Papierstapel bereits auf eine erstaunliche Höhe angewachsen. Schon bei einem ersten Durchblättern erkannte Jerome das Problem. Neben den ausgedruckten Rechnungen fanden sich Mahnschreiben für ausgebliebene Zahlungen, Zwischenstände zu Gerichtsverfahren, die nachrichtlich in Kopie durch die Rechtabteilung verschickt worden waren, außerdem zahlreiche Gesprächsvermerke, Auszüge aus Briefwechseln, Protokolle von Beratungen zwischen den Abteilungen der Stromburg. Frau Wasitzki hatte als zuständige Sachbearbeiterin versucht, alle relevanten Schriftstücke zu erfassen. Allerdings ließ die Handakte eine gewisse Ordnung vermissen. Jerome ahnte, was passiert war. Die Sachbearbeiterin war von der schieren Menge der Papiere erschlagen worden. Sie hatte nicht mehr die Zeit, vielleicht auch nicht mehr die Lust, für eine ordnungsgerechte Aktenführung zu sorgen. Auf einem Notizblock vermerkte Jerome nach dem ersten Einblick: „1. Mit Frau Wasitzki eine geordnete Übergabe der Akten durchführen (Übergabeprotokoll), 2. Mit Wertmann über Zeitkontingente sprechen (Entlastung an anderer Stelle), 3. Platz für die Akten schaffen (den blassen Azubi fragen!), 4. Die AluTrek über Wechsel in der Zuständigkeit informieren, 5. Nicht ärgern." Jerome ging auf den Flur, ließ sich an der Kaffeemaschine seinen

Becher auffüllen, trank einen Schluck und machte sich auf den Weg in den zweiten Stock. Hier musste das Büro von Frau Wasitzki sein. Als er den Namen auf den Schildern im Flur nicht finden konnte, klopfte er wahllos an einer Tür. Eine mittelalte rothaarige Frau öffnete ihm. Als sie ihn ansah, lächelte sie. „Herr Dour, was verschafft mir die Ehre ihres Besuchs? Ich dachte schon, Sie hätten mich vergessen. Sie hatten mir doch letzte Woche in der Kantine versprochen, dass wir uns mal zum Kaffee treffen." Jerome erinnerte sich nur noch bruchstückhaft an die Begegnung in der Kantine. Offenbar hatte sie bei der Kollegin einen tieferen Eindruck hinterlassen als bei ihm. „Ja…" er suchte kurz nach den passenden Worten „…ich habe Sie nicht vergessen. Wir können uns gerne die nächsten Tage treffen. Ich habe nur im Moment gerade ein anderes Anliegen. Sie können mir sicher helfen. Ich suche Frau Wasitzki. Sie hat doch ihr Büro hier bei Ihnen auf der Etage." Die Kollegin versuchte, sich ihre Enttäuschung nicht anmerken zu lassen. Im Bruchteil einer Sekunde gewann sie wieder die Kontrolle über ihre Mundwinkel. Sie lächelte erneut. „Herr Dour, kein Problem. Ich hätte Ihnen ohnehin sagen müssen, dass es in dieser Woche mit dem Kaffee nicht klappt. Wir haben gerade viel zu tun. Sie sicher auch, oder?" „Ja, deswegen suche ich ja Frau Wasitzki. Ich musste einen Kunden von ihr übernehmen." „Doch nicht etwa die ‚AluTrek'?" Diese Frage wurde von einem Stirnrunzeln begleitet. „Doch, genau die. Deshalb würde ich mit Frau Wasitzki gerne eine Übergabe machen." „Kommen Sie doch kurz rein". Die Frau zog Jerome sanft am Ärmel und schloss die Bürotür hinter ihnen. „Herr Dour, ich will Ihnen was sagen: Lassen Sie die Finger von der ‚AluTrek'. Das ist ein Himmelfahrtskommando. Frau Wasitzki hat die Sache ganz gut im Griff gehabt. Aber auch sie ist regelmäßig an dem Kunden verzweifelt. Ich habe mit ihr häufiger gesprochen. Der ständige Druck in diesem Fall hat ihr zugesetzt." „Ist sie deshalb in die Lohnbuchhaltung versetzt worden?" „Davon weiß ich nichts. Ich habe nur gehört, dass Frau Wasitzki für längere Zeit krankgeschrieben ist. Ihr Büro ist seit heute leer." „Ich danke

Ihnen sehr". Jerome nahm die Klinke in die Hand und wandte sich zum Gehen. „Wegen des Kaffees melde ich mich." Auf der Treppe kam er ins Grübeln. Wie hieß die rothaarige Kollegin? Frau Möller? Oder Frau Meiser oder Maier oder Mieske oder so ähnlich…

6

Majib ließ die Wohnungstür ins Schloss fallen. Leichtfüßig nahm sie die Stufen im grauen Treppenhaus, setzte die Füße in ihren bequemen Schuhen federnd von Tritt zu Tritt. Sie war spät aufgestanden. Nach den Nachtschichten schlief sie meist bis zum frühen Vormittag. So war es auch heute gewesen. Schon im Aufwachen horchte sie kurz in die Wohnung hinein. Manchmal hörte sie die Stimme der Mutter leise vor sich hinsummen. Die Stimme war nicht da. Offenbar war auch sie bereits ausgeflogen. Yacine, Majibs Mutter, summte wohl schon auf dem Weg zum Supermarkt, wo sie an der Kasse arbeitete. Vielleicht würde Majib nachher kurz vorbeischauen. Majib kochte sich einen Kaffee, setzte sich vor den Fernseher, stöberte währenddessen in ihrem Telefon nach einigen Einkauftipps. Dann rief sie Laura an und erfuhr, dass die gestrige Spätschicht ohne größere Probleme zu Ende gegangen war. Lediglich für den letzten Gast habe man noch ein Taxi rufen müssen, nachdem er bereits durch mehrere Drinks im Sprechen beeinträchtigt, trotzdem wortreich beklagte, seinen Autoschlüssel verloren zu haben. „Was machst du heute noch, Majib?" „Ich weiß noch nicht. Ich gehe gleich eine Runde durch die Stadt, dann hole ich Jerome vom Bus ab und dann mal schauen." Ein flüchtiger Blick auf die Uhr verriet Majib, dass der Nachmittag bereits weiter fortgeschritten war, als sie gedacht hatte. „Gut, dass wir gerade drüber sprechen." Majib lachte: „Ich muss langsam wirklich los. Sehen wir uns morgen?" Laura legte am anderen Ende eine kurze Pause ein: „Ich schaue gerade auf den Plan. Warte. Heute habe ich nochmal Spätschicht, morgen ist Freitag. Da bin ich früh dran und du wieder spät. Also wahrscheinlich sehen wir uns nicht." „Nicht morgen, aber spätestens Sonntag." „Sonntag sicher." „Bis dann." Als Majib vor die Tür trat empfing sie wärmender Sonnenschein. Es war ein spätsommerlicher Tag. Federnden Schritts durchquerte sie die Straßen, die sich in rechten Winkeln zwischen den Wohnblocks kreuzten. Nach einigen Minuten bog sie in die Fußgängerzone ein. Hier verlangsamte sie ihre Geschwindigkeit und bummelte an den Schaufenstern vorbei. Bis vor wenigen Jahren hatten sich an dieser Stelle Geschäfte befunden. Durch die rasant zunehmenden Bestellungen und Lieferdienste war der altertümliche Warenverkauf mit Schauräumen und Ladentresen mit der Zeit überflüssig geworden. Die Stadtverwaltung versuchte, ein wenig Nostalgie zu wahren, indem sie auf großformatigen Tafeln alte Fotografien vor den Häusern aufgestellt hatte. Hier sah man Ansichten der Fußgängerzone aus dem vergangenen Jahrhundert. Verschiedene Läden trugen altertümliche Schriftzüge, auf denen „Quelle" zu lesen war oder „Elektro Meyer" oder „Petras Boutique". Die nostalgischen Erinnerungen passten sich gut in das Stadtbild ein, das sich mittlerweile wegen seiner schönen Atmosphäre zum Anziehungspunkt für Besucher aus dem Umland entwickelt hatte. Nachdem die 1980er Jahre über lange Zeit als Inbegriff des langweiligen und uninspirierten Bauens gegolten hatten, lobte man nun die verborgene Schönheit des neuen „Sachlichen Stils des Endes des 20. Jahrhunderts" in den höchsten Tönen. Mehrere Ausstellungen hatten die Stadt als Mustersiedlung dieser Epoche bekanntgemacht und die Aufmerksamkeit architekturbegeisterter Touristen auf sie gezogen. Besonders die Bauart der Häuser war für derzeitige Verhältnisse außergewöhnlich. Man fand dort erstaunlich niedrige, teilweise sogar eingeschossige Gebäude, viele von ihnen aus Ziegeln gemauert, einem Baustoff, der so unendlich teuer geworden war. Neidvoll blickte so mancher Besucher auf die kleinen romantischen Balkone über den Geschäftsräumen mit ihren geometrisch geformten mintgrünen oder roten Eisengeländern. Ziegeldächer und Regenrinnen aus Kupfer rundeten den harmonischen Eindruck ab. Auch die Straße aus echten Pflastersteinen, die ein Schwarz-Weiß-Muster zeichneten, erregte Aufmerksamkeit. An einer Stelle traten kleine Wasserfontänen aus der Straße. Dieser fröhliche Ort vor einem vergleichsweise imposanten Gebäude mit Glasfassade lud zur Rast ein. Majib setzte sich für einen Augenblick auf die neben dem Brunnen stehende Bank, schloss die Augen und hörte dem Wassersprudeln zu. Die Fußgängerzone war zu dieser Nachmittagsstunde belebt. Die zahlreich gewordenen Kaffee-Shops und Eisdielen erfreuten sich eines regen Andrangs. An anderen Stellen waren Renovierunmgsarbeiten zu beobachten. Ehemalige Ladenräume wurden jetzt häufig zu Wohnungen umgebaut. Die großen Räume und ihre Schaufenster boten Investoren Freiraum zur Gestaltung und wohlhabenden Bürgern die Möglichkeit zu luxuriöser Repräsentation. Im Stillen hatte sich Majib bereits ihr Traumhaus ausgesucht, einen kleinen Bungalow in einer Seitenstraße, der noch vor 10 Jahren eines der letzten Schreibwarengeschäfte beheimatet hatte. Sie erinnerte sich an die Regale voller bunter Hefte, Papiere, Stifte und Malutensilien. Damals hatte eine ältere Frau den Laden betrieben, die sich lange mit den Kunden unterhielt und Empfehlungen gab. Merkwürdig, dass sich jemand zu dieser Zeit noch die Mühe machte, Dinge in so kleinen Mengen zu verkaufen, einen Klebestift oder eine Packung buntes Papier oder eine Packung Tintenpatronen. Die Dame fand erwartungsgemäß für ein solches Geschäft keinen Nachfolger und schloss den Laden. Seitdem stand der Geschäftsraum ungenutzt leer. Die jetzigen Besitzer schienen sich nicht um die Immobilie zu kümmern. In Majib regte sich seit geraumer Zeit die kleine Hoffnung, in die Räume vielleicht selbst einmal einziehen zu können. Mit Jerome zusammen würde sie das Wohnen mit etwas Anstrengung schon finanzieren können. Er hatte ihr immer wieder Hoffnung auf ein besseres Einkommen und eine Beförderung gemacht. Die Stromburg bot ihm einen sicheren Arbeitsplatz und die Möglichkeit, im Unternehmen aufzusteigen.

In dieser Weise in Gedanken vertieft, bog Majib um die nächste Ecke und gelangte zur Hauptstraße. An der Bushaltestelle blieb sie stehen. Es war wie fast an jedem Tag. Jerome hatte ihr immer wieder gesagt, dass sie ihn nicht vom Bus abholen müsse, aber sie tat es. Majib liebte den Blick die Straße hinab, den Augenblick, an dem ein Bus um die Ecke bog und sie von Weitem bereits zu erkennen versuchte, ob es Jeromes Bus war. Sie kannte die kleine Enttäuschung, den winzigen Moment der Vergeblichkeit, wenn sie auf dem Fahrzeug die falsche Liniennummer identifizierte. In ihr regte sich dann ein leiser Schmerz, der zugleich die Erwartung steigerte. Im nächsten Bus würde er kommen, ganz sicher. Und er würde aussteigen in seiner etwas zerstreuten Art, würde sie erst auf den zweiten Blick sehen, kurz lächeln und „Hallo Majib" sagen. Dann würde er sie kurz in den Arm nehmen und für einen Augenblick nicht wissen, was er sagen sollte. Dieses Zögern war der stumme Ausdruck seiner Freude, sie zu sehen. So war es jeden Tag. Majib stand und wartete, die Straße fest im Blick. Nur noch kurze Zeit. Dann bog der Bus um die Ecke.

7

Lassen wir Majib für einen Moment an ihrer Bushaltestelle zurück und Jerome auf seinem Heimweg und Enbe in seinem Büro. Was ist an diesem Nachmittag das Kleine ihrer Geschichte im Verhältnis zu der Schwere des Ereignisses, das an diesem Tag, dem 6. September 2040 seinen Lauf nehmen sollte? Während hier, im norddeutschen Tiefland noch sanft die Sonne schien und den Menschen einen letzten Sommergruß sendete, floss der Strom aufwärts und trug das Sonnenlicht auf den Wellen weiter ins graue Meer. Dort im auffrischenden Wind, türmte sich das Wasser ungleich höher. Auf den Spitzen der auf- und niedergehenden Hügel formte sich die flüssige Landschaft in ewiger Variation. Es ist gleichzeitig das Wechselnde und Beständige, das sich in der Bewegung der Meere spiegelt. Viele

Seemeilen von der Mündung des Stroms entfernt, vor der französischen Küste durchschnitt ein Koloss aus Stahl das wogende Element, ein Schiff von gewaltiger Größe. Es brach die Hügel aus Wasser an seinem Rumpf und glitt über die Täler. Dem stampfenden Rhythmus seiner Motoren folgend strebte es seinem Ziel auf dem grauen Nichts entgegen. Doch was, wenn es das Ziel verlieren würde? Als die Besatzung der „MS Zita" an diesem Nachmittag auf die ersten Abweichungen ihrer Route aufmerksam wurde, war es schon fast zu spät. Die sonst untrügliche Navigation durch das Satellitensystem setzte mit einem Mal aus. Der unsichtbare Wellenstrom der Daten aus dem All versiegte. Die „MS Zita", beladen mit einigen hundert Containern voller Waren aus aller Welt geriet vom Kurs ab. Es dauerte eine ganze Weile, bis die Schiffsoffiziere den Fehler entdeckten. Die Navigation schien wie festgefroren. Man hielt die Motoren an. Doch bis sich der Stahlriese aus der Bewegung bringen ließ, vergingen wertvolle Minuten. Meter um Meter arbeitete sich das Schiff vor, fand allerdings, zum Glück ohne auf ein Hindernis zu stoßen, irgendwann im Spiel der Wellen zu einer relativen Ruhe. Das Schiff trieb nun vor sich hin, ein Zustand, der in der rastlosen Tätigkeit der Maschinen auf See nicht vorgesehen war. Der Kapitän alarmierte über Funk die Küstenwache. Es habe, so sagte er, einen Fehler im Navigationssystem gegeben. Man sei derzeit ohne Satellitensignal und versuche, das Problem zu beheben. Der derzeitige Standort solle an umliegende Schiffe weitergegeben werden, um sie auf das Hindernis aufmerksam zu machen. Wenig später meldete sich die Küstenwache zurück. Man habe weitere Meldungen aus dem gleichen Seegebiet erhalten. Mehrere Schiffe befänden sich in einer ähnlichen Situation wie die „MS Zita". Offenbar sei nicht das Navigationsgerät, sondern das Satellitensignal ausgefallen. Die Besatzung solle vorsichtshalber mit halber Kraft die Fahrt fortsetzen und sich an die Seekarten halten. Falls Bedarf bestehe, sei man bereit, einen Lotsen zur Verfügung zu stellen. Das Eintreffen könne allerdings dauern. Im Falle der Weiterfahrt möge man gegebenenfalls andere Schiffe in der Nähe kontaktieren, um die Information weiterzugeben. Man sei sich nicht sicher, ob der Satellitenausfall auch Auswirkungen auf die Überwachungssysteme der Behörden habe. Die „MS Zita" setzte sich daraufhin langsam wieder in Bewegung. Für die nächsten zwei Stunden steuerte sie mit halber Kraft weiter auf ihren Zielhafen zu. Dann meldete sich das Satellitensignal zurück. Eine kleine Störung, nichts weiter. Die Verzögerungen im Schiffsverkehr dieses Tages bedeutete für die Hafenarbeiter zwischen Le Havre und Rotterdam eine unfreiwillige Spätschicht. Den Nachrichten des Tages war das Ereignis keine Meldung wert. Noch nicht.

8

„Du bist angespannt." Majib sah vom Sofa aus Jerome hinüber. In ihren Worten lag eine Mischung aus Sorge und Gereiztheit. „Warte ganz kurz." Jerome überflog noch einmal die Nachrichten auf seinem Computer. Entgegen seiner Gewohnheit hatte er seinen Dienstlabtop mit nach Hause genommen und ging die Posteingänge des Tages durch. Seit ihn der Aktenberg der „AluTrek" erreicht hatte, war er im Büro zu nichts anderem gekommen. Er hatte versucht, die Angelegenheit zu ordnen, die offenen Forderungen aufzulisten und den Stand der Mahn- und Gerichtsverfahren systematisch zu erfassen. Mühsam versuchte er, einzelne Schriftwechsel den jeweiligen Vorgängen zuzuordnen. Ein Hauptstreitpunkt der letzten Monate war eine Abschlagszahlung aus dem Jahr 2038 gewesen, deren Richtigkeit von der „AluTrek" angefochten wurde. Die endgültige Klärung war beiderseits an Anwälte delegiert worden, in der Hoffnung, auf außergerichtlichem Wege eine Einigung zu finden. Eine Nachfrage in der Rechtsabteilung der Stromburg hatte ergeben, dass das Verfahren ruhe, da der beauftragte Rechtsanwalt über mehrere Wochen nichts unternommen habe. Darauf wollte man ihm das Mandat entziehen, ein Vorgang, gegen den der Rechtsanwalt nun selbst gerichtlich vorgehe. Die „AluTrek" ihrerseits habe auf der Klärung bestanden und halte die fällige Zahlung zurück. Man sicherte Jerome zu, sich von Seiten der Rechtsabteilung nun noch einmal mit dem Fall zu befassen, den man bedauerlicherweise etwas aus dem Blick verloren habe. In einem anderen Streitfall beschuldigte die „AluTrek" seinen Energieversorger, selbst mutwillig die Lieferung des Stroms gedrosselt zu haben. Über drei Wochen im Januar dieses Jahres sei es daher zu Produktionsausfällen gekommen, für die man nunmehr die Stromburg verantwortlich mache. Die Behauptung war eine glatte Lüge. Nach Datenlage war es nie zu einer Einschränkung der Strommenge gekommen. Wie aus einem internen Gesprächsvermerk hervorging, vermutete man in der Zentrale des Energiekonzerns, dass die „AluTrek" das Unternehmen für selbstverschuldete Produktionsausfälle in Mithaftung nehmen wolle. Bei der prekären finanziellen Lage des Aluminiumwerkes war dies eine naheliegende Schlussfolgerung, allein, sie ließ sich nicht beweisen. Der Versuch, über einen Mittelsmann beim Metall-Interessenverband informelle Erkundigungen einzuziehen, war kläglich gescheitert. Kurz danach traf eine Anzeige wegen Betriebsspionage in der Rechtsabteilung ein. Diese wurde gegen Zahlung einer Geldbuße abgewendet. Man vereinbarte Stillschweigen und übergab die Klärung des Sachverhalts wieder der zuständigen Sachbearbeiterin Frau Wasitzki. Damit war nun Jerome in ihrer Nachfolge mit dem Vorgang beschäftigt. Was sich vor ihm auftat, war ein Wust gegenseitiger Beschuldigungen und Forderungen. Der Fall „AluTrek" würde Jeromes Zeit auf Wochen hin binden. „Majib, es tut mir leid." Jerome klappte den Computer zu. „Ich musste schnell noch ein paar Mails bearbeiten. Ich bin gerade furchtbar unter Druck." Majib sagte nichts. Stattdessen nahm sie seine Hand. Sie legte ihre Finger unter seine Handfläche und begann, mit dem Daumen sanft über seinen Handrücken zu streichen. Der Daumen wanderte über die Knöchel und ertastete wie von plötzlicher Neugier gepackt zuerst den kleinen Finger, dann den Ringfinger, verweilte dort einen Augenblick und wechselte zum

Mittelfinger, dann zum Zeigefinger. Dort angekommen fuhr er langsam der Handkontur folgend auf den Jeromes Daumen zu. Majibs Finger glitten von der Handfläche auf den Handrücken und legten sich sanft zwischen Jeromes Finger, legten seine Hand sanft in die ihre und schlossen sie nunmehr zu einer doppelten Hand zusammen. Jerome atmete auf. Er fühlte sich sicher.

9

Nach der Arbeit ging Yacine in das Café Africaine. Es lag nur ein paar Schritte vom Supermarkt entfernt. Nach acht Stunden, die Yacine damit verbracht hatte, Lebensmittel in Pappkartons zu verpacken, boten die Feierabendstunden im Café eine willkommene Abwechslung. Angefangen hatte sie damals als Kassiererin. Das war, bevor sich der Supermarkt immer mehr zu einem Umschlagplatz für die diversen Bringdienste verwandelt hatte. Seit einigen Jahren kamen kaum noch Kunden, sondern Boten mit bunten logobewehrten Jacken und Mützen, die ihre ebenso bunten Fahrräder, E-Roller und Kleinwagen auf dem mittlerweile für sie reservierten Parkplatz abstellten, um in bunten Kisten und Taschen die bestellten Waren am Supermarkt abzuholen. Aus den Kassiererinnen waren „Delivery Hub"-Servicekräfte, kurz „DeliHubbies" geworden. Sie arbeiteten die elektronischen Bestellungen ab, digitale Einkaufszettel, die ihnen über die Bringdienste zugespielt wurden. Yacine hatte den Vorteil, noch über einen alten Vertrag zu verfügen, der ihr zugestand, auch weiter in den Regelzeiten der Kassiererin zu arbeiten. So konnte sie die Nachtschichten umgehen, die für das 24-Stunden-Geschäft unumgänglich waren. Wie ihr die jungen Kollegen berichteten, bestand letzteres im Wesentlichen aus Standardzusammenstellungen von Bier, Chips, Wodka, Tiefkühlpizza und Sushi, um die lückenlose Versorgung nächtlicher Computerspielsessions und studentischer Partys sicherzustellen. Die Tagschichten kümmerten sich eher um die

Dinge des täglichen Bedarfs und waren somit abwechslungsreicher. Dennoch war das lange Stehen an den Packstationen anstrengend.

Das Café Africaine bot nach der Schicht neben einem warmen Tee und einem Abendessen auch genügend bequeme Polstersessel, in denen Yacine ihrem strapazierten Rücken gerne eine kleine Auszeit gab. Als Gastraum diente eine ehemalige Änderungsschneiderei. Als diese vor etwa 10 Jahren aufgegeben wurde, hatte Yacines Freundin Mae die Idee mit dem Café gehabt. „Wir brauchen einen Ort für ein wenig Kulturpflege", hatte sie damals gesagt. „Wir alle sind jetzt schon so lange in Deutschland, dass wir unsere Heimat noch ganz vergessen." Mae stammte wie Yacine aus dem Senegal und war wie diese als Kind mit ihren Eltern nach Deutschland gekommen. Über Beziehungen war es ihr gelungen, für kleines Geld allerhand heimatlich-afrikanisches Interieur zusammenzutragen, bunte Lampen, Holzschnitzereien, vor allem aber farbige Stoffe, mit denen Wände und Tische bedeckt wurden. „Leider alles in China produziert…", stellte Mae bei jeder sich bietenden Gelegenheit mit einem resignierenden Kopfschütteln fest, „…aber immerhin im Senegal gekauft". Um ihrem Anspruch gerecht zu werden, die heimische Kultur im norddeutschen Gewerbegebiet sichtbar und erlebbar zu machen, ließ sich Mae nicht davon abbringen, im Café großgemusterte afrikanische Kleider zu tragen. Sie stammten zum Teil aus dem Erbe ihrer Mutter, wie sie den Gästen ebenfalls gerne erklärte. Heute empfing sie Yacine in einer Kombination aus einem eng geschnittenen gelb-grün gestreiften Rock und einer schimmernde Bluse mit silbernen Hyänen auf schwarzem Grund. „Yacine, mein Schatz, gut, dass du kommst." Mae begrüßte sie eigentlich immer so. Als Yacine sie irgendwann gefragt hatte, warum es gut sei, dass sie komme, hatte Mae nur lakonisch geantwortet, dass es immer gut sei, wenn sie komme. „Ich mache dir schonmal einen Tee. Magst du auch was essen? Ich habe heute Ceebu Jen gemacht." Ceebu Jen gehörte zu Maes beliebtesten Gerichten. Reis mit Fisch. Yacine war zurückhaltend. Fisch war teuer. Mae kaufte je nach

Angebotslage und verarbeitete dann auch schon einmal Heringsfilets in ihren traditionellen westafrikanischen Speisen. „Danke" Yacine bemühte sich um eine diplomatische Antwort. „Ich hätte heute eher Lust auf etwas Süßes. Wenn du Kuchen hast, nehme ich gerne ein Stück. Ich setze mich zu Rosy." Sie steuerte geradewegs auf die Sitzecke mit den blauen Polsterstühlen zu, an der sie bereits beim Eintreten Rosys zierliche Gestalt entdeckt hatte. Rosy war mit ihren fast 70 Jahren mittlerweile das, was man früher eine elegante Dame genannt hätte. Eigentlich hieß sie gar nicht Rosy, sondern hatte vor einigen Jahrzehnten ihren afrikanische Namen gegen dieses europäisch-amerikanische Pseudonym eingetauscht. „Das konnten sich Gäste besser merken", sagte sie gerne zur Erklärung. Rosy stammte aus Liberia und war, damals gerade volljährig, als Flüchtling nach Italien gekommen. Dort hatte sie einige Monate illegal gelebt – eine Zeit, von der sie nicht sprach. Über Umwege und Beziehungen war sie schließlich nach Deutschland gekommen und erhielt die Gelegenheit, zunächst ein Praktikum, später eine Ausbildung in einem Hotel zu beginnen. Im Laufe der Zeit erarbeitete sie sich Stufe um Stufe ihren beruflichen Aufstieg. Die letzten Jahre vor ihrer Pensionierung war sie Empfangschefin im Hotel „Schifferklavier" unten am Stadthafen gewesen. Nun zählte sie zu den Stammgästen des Café Africaine und zu Yacines besten Freundinnen. „Wie war dein Tag?" Yacine zog mit leicht schmerzerfülltem Gesicht die Schultern nach hinten, um den schmerzenden Rücken zu entlasten. „Eigentlich wie immer. Es passiert ja nichts Besonderes." „Das sagst du so. In meiner Zeit im Hotel haben ich das auch immer gedacht und später verwundert festgestellt, welche interessanten Geschichten sich offenbar im Verborgenen in den Zimmern abgespielt haben. Hotelgäste…" bei diesem nunmehr nur halb geflüsterten Wort beugte sich Rosy leicht nach vorne, „…Hotelgäste glauben, sie seien unbeobachtet. Aber das stimmt nicht. Das Personal sieht alles." „Unsere Waren im Supermarkt sind da weniger aktiv. Dafür wissen sie, dass wir sie immer im Blick haben." Rosy lachte kurz auf. Mae brachte Tee und Kuchen. Die schimmernden Hyänen auf ihrer Bluse verdeckten für ein paar Momente das Sichtfeld. „Sag mal, Yacine, wie geht es deiner Tochter?“ „Gut, denke ich. Sie müsste gerade bei Jerome sein. Wir haben uns in den letzten Tagen nicht viel gesehen. Spätschicht.“ „Weißt du,“ Mae nahm auf dem Stuhl zwischen Yacine und Rosy Platz, „es ist etwas merkwürdig. Ich wollte es dir neulich schon erzählen. So vor zwei Wochen kam ein Mann hier ins Café. Er kam in einem großen schwarzen Auto, in so einem richtig großen. Ich glaube, es ist noch nicht einmal selber gefahren, sondern hatte einen Fahrer. Wer, bitteschön, hat heute noch einen Fahrer? Also, der Mann kam rein, groß, breite Schultern, schwarzer Anzug, ich vermute aus Kamerun oder Nigeria, könnte auch aus dem Kongo sein. Er fragt mich nach Majib. Ich sage, dass ich sie kenne. Ob ich denn wisse, wo sie wohnt. Ich antworte, das dürfe ich ihm nicht sagen. Aber ich könnte ja etwas ausrichten. Da sagt er, dass er Majib aus der Skybar kenne und, dass sie sich gut verstehen. Sie würden sich auch hin und wieder treffen. Da habe er sich gedacht, einmal zu einem Spontanbesuch bei ihr vorbeizukommen. Wenn ich ihm die Adresse nicht sagen könne, habe er dafür Verständnis. Ich solle Majib aber besser nicht sagen, dass er hier im Café gewesen ist. Dann hat er sich verabschiedet und ist gegangen. Ich hatte die Sache fast vergessen. Jetzt aber kommt das Erstaunliche. Ich habe den Mann wiedergesehen.“ Mae holte ihr Telefon aus Tasche in ihrem Rock und begann, im Internet nach etwas zu suchen. „Mach es nicht so spannend.“ Rosy hatte sich im Stuhl aufgerichtet und blinzelte vertraulich zu Yacine herüber. „Siehst du, es ist doch kein gewöhnlicher Tag.“ „Hier, das ist er.“ Mae hielt Yacine eine Meldung aus einem Nachrichtenportal entgegen. Unter der Überschrift „Energiekonzern schließt neuen Atom-Deal“ war das Foto eines Geschäftsmanns zu sehen. „Sieht gut aus“, sagte Yacine. „Darum geht es nicht.“ Mae hatte sich mittlerweile in eine gewisse Aufregung hineingesteigert. „Dieser Mann ist Jonathan Enbe, Europachef von ‚Enbe Energies‘, einem richtigen Großkonzern. Yacine, weißt Du was das heißt? Dieser

Mann ist reich, mächtig und sieht gut aus. Und er sucht nach deiner Tochter."

10

Der gerade genannte Jonathan Enbe nahm zur gleichen Zeit eine schwarze Aktenmappe in die Hand. Sie enthielt vertrauliche Notizen und war ihm am Nachmittag von seiner Sekretärin auf den Schreibtisch gelegt worden. Enbe sparte sich den Einblick in diese nur für ihn bestimmten Neuigkeiten stets für die Abendstunden auf. Während sich das Dunkel schon längst über die Stadt vor seinem Fenster gelegt hatte, gewährte ihm einzig der Schein seiner Schreibtischlampe ein Art Schutzraum aus Licht. Er gab ihm die Sicherheit, für sich zu sein, abgeschnitten von jeder äußeren Einflussnahme. Der mögliche Beobachter dieses abendlichen Rituals hätte durchs Fenster betrachtet im Lichtschein nur Enbes Hand gesehen, die nun den Reißverschluss an der Seite der Mappe öffnete und den Deckel zurückschlug. Das weiße Papier reflektierte den Strahl der Lampe, so dass zumindest für einen kurzen Augenblick der schemenhafte Umriss von Enbes Gesicht sichtbar geworden wäre – wenn es denn einen Beobachter gegeben hätte. Zeile für Zeile überflogen Enbes Augen die Notizen. Die erste war an diesem Abend eine Kurznachricht aus der Abteilung „Öffentlichkeitsarbeit": „Nächste Woche kommen die Quartalszahlen von ‚Waterfall' – schlechte Aussichten für unsere englische Konkurrenz. Die Ostsee-Windparks bringen weit weniger Leistung als gedacht, Lieferengpässe. Kunden springen ab. Möglicherweise ein Geschäft für uns? Empfehle Aufnahme von Hintergrundgesprächen mit …" Es folgte eine Liste mit Firmennamen. Enbe nahm einen schweren schwarzen Kugelschreiber und schrieb: „Vertraulich behandeln. Info an Abteilungsleitung Großkunden. Suche nach einem neutralen Mittelsmann in London. Von unserer Seite keine Pressestatements". Enbe nahm die nächste Notiz zur Hand.

Seine Sekretärin schrieb: „Abendtermin morgen abgesagt. Wagen steht bereit. 22 Uhr Skybar. Der Fahrer hat für alle Fälle Bereitschaft die ganze Nacht". „Majib", dachte Enbe und setzte einen Haken hinter die Zeilen. Er lehnte sich kurz zurück, schloss für einen Augenblick die Augen, richtete sich dann wieder gerade auf, als habe ihn jemand gerufen und sah auf das nächste Blatt. „Heute Anruf von ‚Loook Deutschland'. Mister Chen bittet um einen Termin, möglichst bald. Hat sich zur Sache nicht geäußert." Enbe runzelte die Stirn. ‚Loook' war ein Internetriese: Suchmaschinen, Navigationstechnik, Funkmasten. Hauptsitz Shanghai. „Chen hat Vorrang" notierte Enbe unter der Nachricht. „Zur Not andere Termine verschieben. Informeller Rahmen. Mit Alkohol." Die letzte Notiz war handgeschrieben. „Wertmann hat sich gemeldet. Sache mit Dour läuft wunschgemäß. A." „Majib" – Diesmal sprach Enbe den Namen halblaut aus. Er zerriss das Blatt und warf die Papierfetzen in den Mülleimer. Er schloss die Aktenmappe und legte sie in das Fach, aus dem die Sekretärin sie morgen wieder abholen würde. Dann löschte er das Licht.

11

Die Nachrichten aus dem Café hatten Yacine ins Grübeln gebracht. Auch wenn der Erzählung Maes vielleicht keine übermäßige Bedeutung zuzumessen war, hatte die Nachricht vom reichen, mächtigen Unternehmer, der Kontakt zu Majib suchte, doch eine gewisse elektrisierende Wirkung. In Gedanken hatte Yacine bereits einige mögliche Wendungen der sich anbahnenden Entwicklung übersprungen. Sie sah vor ihrem inneren Auge bereits eine prächtige Hochzeit, Hunderte von Gästen in einem noblen Hotel, ein Fest in einem fernen Land, Palmen, weißen Sand, ein prächtiges Hotel im Kolonialstil. Majib, eine Braut in einem perlenbestickten Kleid von unendlicher Kostbarkeit zieht unter bewundernden Blicken an der Gästeschar vorbei, und sie, Yacine, direkt hinter ihr. „Das ist die Mutter" – ein anerkennendes Raunen fährt durch die Menge. „So ein Glück", dachte Yacine und verstand darunter nicht nur das Glück ihrer Tochter. Der Traum vom Wohlstand, von einem sorgenlosen Leben, von Luxus, schien zumindest in Gedanken erreichbar. Sie, das kleine Mädchen aus den armen Verhältnissen, dessen Eltern der Armut entflohen waren und ihr unter schwersten Entbehrungen im fernen Europa eine sichere Zukunft zu schaffen erhofften, die unter den abwertenden Blicken ihrer Mitschüler, deren Sprache sie nur schlecht beherrschte, ihr mühsames Großwerden realisierte, mehrere Lehren abbrach, Berufswünsche unter den Lasten einer Welt, die zu viel von ihr erwartete, begrub. Yacine, die schließlich im Supermarkt anfing, weil sie für ihre kleine Tochter ein wenig mehr Sicherheit und Zukunft wollte, wenn das Mädchen schon ohne Vater aufwachsen würde. In Yacine stiegen Bilder auf, die sie im Fernsehen gesehen hatte: reiche Leute, die ihre Villen, ihre Kleider, ihre Autos zur Schau stellten. Was, wenn den Bildern ihr Nimbus der Unerreichbarkeit genommen würde? „Majib, du wirst es gut haben." Bei diesem Gedanken sammelten sich unverhofft einige Tränen unter ihren Lidern. Es war vielleicht genau dieser Moment, in dem Yacine beschloss, alles zu tun, um die noch so vage Verbindung Majibs mit dem reichen, mächtigen Prinzen zu befördern. Sie fühlte sich verantwortlich, dem Glück den Weg zu weisen, wo es ihr möglich war. Es wäre das Beste, das Schönste für Majib. Es wäre das Schönste für sie, Yacine. Was wäre es für Jerome? Der Name blitzte mit einem Mal durch ihren Tagtraum. Sie suchte Jerome zwischen den Hochzeitsgästen und konnte ihn nicht finden. Er war nicht am Strand, nicht im Hotel, nicht in der Reihe der Gäste. Warum auch? Jerome konnte nicht dort sein. „Er wird woanders sein", dachte sie. Es wird sich schon etwas für ihn finden. In ihrer Vorstellung dachte sie daran, wie sie Jerome aus ihrer vorgestellten neuen Villa heraus eine hohe Summe Geld überwies. „Ich werde ihm schon helfen". Der Gedanke an ihre zukünftige Großzügigkeit beruhigte sie. Dann kehrte sie in ihre innere Bildwelt zurück, schritt wieder hinter der Braut, hörte das Rauschen des Meeres, spürte den leisen

Hauch des warmen Sommerwindes und richtete ihren Blick auf die Terrasse des Hotels, wo weiß livrierte Kellner mit langen Säbeln Champagnerflaschen öffneten.

12

Jerome atmete tief und ruhig. Majib sah das friedliche Gesicht des Schlafenden. Dass sie selbst in sich keine Müdigkeit verspürte, war, so erklärte sie es sich, ihrem späten Aufstehen geschuldet. Außer dem bummeligen Vormittag hatte sie bis auf den kleinen Spaziergang heute wenig getan. Von der Busstation aus war sie mit Jerome direkt in seine Wohnung gegangen. Zu anderen Aktivitäten war er nach einem offenbar anstrengenden Arbeitstag nicht zu bewegen gewesen. Sie hatten die Zeit auf der Couch verbracht, wenig gesprochen, Essen bestellt, später mit halbem Auge ein paar Folgen aus einer der unzähligen Serien gesehen, die jede Woche über die Streaming-Dienste angeboten wurden. Jerome hatte nebenbei immer wieder in seinem Computer Akten überflogen, das Gerät auf Majibs Ermahnung hin zur Seite gelegt und doch kurz darauf wieder zur Hand genommen. Als ihm gegen Mitternacht die Augen zugefallen waren, hatte sie darauf bestanden, ins Bett zu gehen, wo Jerome nach wenigen Minuten eingeschlafen war. Majib lag neben ihm. Sie spürte keine Müdigkeit und wusste, dass ihre Schlaflosigkeit nicht allein durch ihren gemächlichen Tagesablauf zu erklären war. Vielmehr hatte sich kurz nach dem Abendessen eine Erinnerung gemeldet, die ihr beim ersten Aufscheinen ein unbestimmt flaues Gefühl in der Magengegend verursachte. Der Versuch, den lästigen Gedanken durch Konzentration auf die Handlung der Serie loszuwerden, war misslungen. Stattdessen hatte er das Filmgeschehen beiseite gedrängt und sich, quasi geschwürhaft, zu einer bedrohlichen Dominanz ausgewachsen. Im Grunde bestand diese nunmehr ihren Kopf beherrschende Wirklichkeit in einer einfachen Erinnerung daran, dass der nächste Tag ein Freitag war. Genauer handelte es sich um den

Freitag, an dem sie einer neuerlichen Begegnung, wenn nicht gar Konfrontation mit Jonathan Enbe entgegensah. Auf elf Uhr hatte ihre unbedacht getroffene Verabredung gelautet. In vierundzwanzig Stunden würde Majib also wieder in Enbes schwarzem Wagen Platz nehmen, in sein großes Haus am nördlichen Rand der Stadtmitte fahren. Und dann? Wahrscheinlich würden sie etwas trinken und miteinander sprechen, im Bemühen darum, nach Möglichkeit dem eigentlichen Ziel ihrer Begegnung auszuweichen. Schon beim letzten Besuch, bei diesem unerwarteten Zufall nach ihrem ersten Aufeinandertreffen in der Skybar war es ähnlich gewesen. Es war kaum zu leugnen, dass zwischen ihnen ein großes Begehren den Raum gefüllt hatte. Es war Enbes Begehren, dem Majib sich aber kaum willentlich entzog. Lediglich Enbes Höflichkeit und Vorsicht hatten es vermocht, das Verlangen unter einer großen Menge einigermaßen sinnfreier Konversation zu verbergen. Enbe, der, wie sie in der Bar beobachten konnte, sonst eher ausschweifend sprach und seine Worte mit großer Gestik zu untermalen verstand, saß ihr an diesem Abend fast regungslos gegenüber. Er hatte sich eher vorsichtig nach ihrem Leben erkundigt, im leicht verkrampften Bemühen, ein unverfängliches Thema zum Gespräch zu finden. Majib war es vorgekommen, als müsse sich Enbe kontrollieren, um seinem körperlichen Impuls nicht zu folgen, sie zu berühren. Ihre Umarmung am Ende des Abends, der unter einer halb wahren, halb vorgetäuschten Müdigkeit von Majib erzwungen wurde, war kurz und zögerlich gewesen. Die weiteren Begegnungen der darauffolgenden Wochen bestanden aus flüchtigen Worten bei scheinbar zufälligen Treffen in der Skybar. Mehrfach hatte sie zudem bereits das schwarze Auto nach ihrem Dienstschluss hinter sich herfahren hören, die wiederholte Einladung zu einem nächsten Treffen vernommen, hatte abgelehnt und war weitergegangen. Dann aber kam der gestrige Abend. Wieder das Auto, wieder die Stimme, wieder die Einladung. Nun aber lag ihre Zustimmung vor. So sehr sich Majib im Anschluss über ihre Zusage geärgert hatte, bemerkte sie jetzt, auf der Hälfte der Zeit zwischen Zusage und Zusammentreffen, eben genau diese Spannung, die sie nun nicht einschlafen ließ. Mit Blick auf Jerome, der neben ihr weiter friedlich atmend lag, empfand sie Reue über ihre potentielle Untreue. Gleichzeitig beruhigte sie die sachliche Betrachtung der Situation, die ihr bescheinigte, in keinerlei Hinsicht mit ihrer Bereitschaft zu einem abendlichen Treffen auch Enbes angenommenem Wunsch nach weitergehender Nähe bereits entsprochen zu haben. Es war nichts zwischen ihnen geschehen. Es stand noch nicht einmal ein ausgesprochener Wunsch Enbes im Raum. Zugleich war diese Berufung auf ihre eigene Arglosigkeit im Grunde so etwas wie eine im Voraus zurechtgelegte Verteidigungsstrategie im Falle eintretender Schwierigkeiten, falls Jerome von ihrem nächtlichen Ausflug erfahren sollte. In Majib herrschte der feste Vorsatz, sich keinesfalls auf eine nähere Beziehung zu Enbe einzulassen. Allerdings wurde dieser Vorsatz bereits von einer gewissen Lust am Abenteuer angefressen. Seine Beständigkeit war, und dies wusste Majib genau, zweifelhaft. Dagegen stand das Begehren eines Mannes, der nicht nur körperlich attraktiv, vermögend und mächtig war, sondern allem Anschein nach auch geistreich und charmant. Für einen Moment ertappte sich Majib dabei, mit ihrem Geschick zu hadern und die Begegnung mit Enbe vor ihre langjährige Beziehung zu Jerome zu wünschen. Was war diese Beziehung? Liebe? Ja, es musste wohl Liebe sein, überlegte Majib. Was sonst sollte sie an einen Mann binden, der nach den Ansprüchen eines üblichen Liebesfilmpersonals kaum als „gute Partie" gegolten hätte? Jerome, mit seiner manchmal etwas unbeholfenen Art, mit seiner zur Pedanterie neigenden Gewissenhaftigkeit, seiner Scheu vor dem Ungewöhnlichen. Vielleicht, so dachte Majib, war ihre langjährige Verbindung auch dem unbewussten Wunsch entsprungen, es einmal besser zu machen als die eigenen Eltern. Zumindest für sie selbst schloss sie diese Möglichkeit nicht aus. Ihre Mutter Yacine hatte offenbar damals nicht eine Minute daran gedacht, ihre kurze Urlaubsaffaire damals im Senegal in ein dauerhaftes bürgerliches Verhältnis zu überführen. Als sie nach ihrer

Rückkehr aus Afrika Gewissheit hatte, schwanger zu sein, schickte Sie Majibs Vater nur eine kurze Nachricht und teilte ihm mit, dass er sich keine Sorgen zu machen brauche. Sie, Yacine, werde ganz allein für das Kind sorgen. Majibs Vater blieb seitdem weitgehend ein Empfänger von Nachrichten, die er stets freundlich beantwortete. Er war für Majib ein Brieffreundvater, dem sie sich genauso verbunden wie fremd fühlte. War Jerome also so etwas wie ein Fluchtpunkt gewesen, eine Suche nach Beständigkeit oder gar eine Geste der Rebellion gegen die Lebenseinstellung ihrer Mutter? Hatte die Beziehung zu Jerome jenseits dessen genug Festigkeit, oder war sie schlicht eine Gewohnheit geworden? Majib schüttelte sich kurz. Um sich von diesen Gedanken abzubringen und ihre Gefühle wieder ins rechte Verhältnis zu setzen, strich sie sanft über das Gesicht des Schlafenden, beugte sich über ihn und gab ihm einen sanften Kuss auf die Stirn. Jerome schlug die Augen auf, blickte sie halb schläfrig, halb erstaunt an. „Bist du noch wach?" „Schlaf wieder, ich wollte dich nicht wecken." Zur Bestätigung dieses Wunsches strich sie ihm durch das kurz geschnittene Haar, gab ihm noch einen Kuss und blieb neben Jerome sitzen, bis dieser tatsächlich nach kurzer Zeit wieder in das ruhige Atmen des Schlafenden überging. Es war vielleicht gut, dass sie beide nicht wussten, was die nächsten Tage bringen würden.

13

Bevor der neue Tag, der gefürchtete Freitag anbricht und das beobachtete Geschehen weiter in eine für Majib und Jerome verhängnisvolle Richtung vorwärtstreibt, ist vielleicht Gelegenheit, angesichts der Ruhe der eingebrochenen Nacht einen kurzen Ausflug in die Vergangenheit zu unternehmen und in gebotener Kürze die bisherige Geschichte der beiden zu erzählen. Im Grunde ist es, wie bei Liebesgeschichten durchaus üblich, eine Reihe von Zufällen gewesen, die beide zusammenbrachte. Den äußeren Anlass für das Kennenlernen hatte eine Familienfeier gegeben. Jerome wohnte mit seinen Eltern damals in einer Kleinstadt in der Nähe von Braunschweig. Er war 16 Jahre, besuchte die 10. Klasse und hatte wegen ausbleibenden Erfolgs bereits beschlossen, seine schulische Laufbahn nach Ende des Schuljahrs zu beenden. Im Hause Dour war es darüber zu zahlreichen Auseinandersetzungen gekommen, besonders, weil Jeromes fester Entschluss zum Schulabgang sich mit einer ausgeprägten Orientierungslosigkeit über seinen weiteren Werdegang verband.

In dieser Situation traf die Einladung von Tante Nancy aus Hamburg zur Feier ihres fünfzigsten Geburtstags ein. Auch wenn es über die Teilnahme Jeromes an diesem Fest wiederum Wortwechsel und Streitereien gegeben hatte, setzte sich Jeromes Mutter schließlich durch, indem sie es für schlicht unmöglich erklärte, bei einer afrikanischen Familienfeier nicht zu erscheinen. Falls Jerome also auch nur über noch ein Quäntchen Anstand verfüge, habe er der Einladung zu folgen und mit den Eltern der Tante seine Aufwartung zu machen. Tante Nancy nämlich hatte Sinn für afrikanische Traditionen. Sie war von den damals Ausgewanderten aus der Familie diejenige mit den engsten Kontakten zur alten Heimat und auch der größten Sehnsucht nach ihr. Dies hatte sie bewogen, in Hamburg möglichst schnell Kontakt zu anderen Landsleuten zu suchen. Sie engagierte sich im senegalesischen Kulturverein. In diesem hatte sie Mae kennengelernt, die später das Café Africaine gründen sollte. Da Mae über eine Leidenschaft für gesellige Zusammenkünfte und traditionelles Essen verfügte, überredete sie Tante Nancy, den Geburtstag in großem Rahmen zu feiern. Die Party sollte der Zusammenführung norddeutscher Exilsenegalesen dienen und damit gleichzeitig als Werbeveranstaltung für den Kulturverein. Dass bei dieser Gelegenheit auch ein Heiratsmarkt entstehen könnte, war nach den Vorstellungen der beiden Frauen durchaus beabsichtigt. So kam es, dass Mae auch ihre Freundin Yacine drängte, mit ihrer Tochter Majib zum Fest zu kommen.

Dies alles führte nun dazu, dass Jerome und Majib in der großen Festhalle an einem langen, mit bunten Tüchern bedeckten Tisch das erste Mal zusammentrafen. Man hatte den Jugendlichen einen eigenen Bereich an der Festtafel zugewiesen. Majib erinnerte sich später daran, dass Jerome ihr damals erste schüchterne Blicke zugeworfen hatte, die bereits auf ein Interesse an dem ihm noch unbekannten Mädchen schließen ließen. Jeromes Version ist eine andere. Seiner Erinnerung nach hatte er Majib zunächst nicht weiter beachtet und war vielmehr damit beschäftigt gewesen, die Namen der vielen Cousins und Cousinen zu rekapitulieren, die sich am Jugendtisch eingefunden hatten. Genaugenommen habe er damals gar nicht unterscheiden können, wer hier zur Familie gehörte und wer nicht. So zufällig das Zusammentreffen am Tisch war: In einem sollen sich die jungen Leute einig gewesen sein, wie Majib und Jerome später gleichlautend erzählten. Die von Mae und einigen anderen vorbereiteten traditionellen Speisen, die sich auf Tabletts und in Schüsseln zu einem unabtragbaren Essensberg auftürmten, schmeckten ihnen nicht. Da man sich am Jugendtisch schnell über diese gemeinsame Abneigung verständigen konnte, suchte die Gruppe einen sich spontan bietenden Ausweg. Als noch während des Essens ein durch den Kulturverein zusammengestellter Chor zur Freude der Erwachsenen begann, Gesänge aus der Heimat anzustimmen, nutzten die Jugendlichen die Ablenkung, um den Saal durch die Hintertür zu verlassen. Der nostalgischen Heimat-Stimmung auf dem Fest entkommen, begann auf dem Hof eine Beratung über das weitere Vorgehen. Sie endete damit, dass die Gruppe zu einem Imbiss auf der anderen Straßenseite zog. Mit Pizzakartons in den Händen setzten sie sich anschließend im Kreis auf den Rasen eines nahgelegenen Parks. Hier kam es zur ersten bewussten Begegnung zwischen Majib und Jerome, als dieser anbot, sich der übriggebliebenen Pizzastücke aus Majibs Karton anzunehmen. Bei dieser Gelegenheit entwickelte sich ein Gespräch und Jerome erzählte Majib von seinen Plänen, die Schule zu verlassen. Was er denn nun machen wolle, fragte

Majib. Und Jerome antwortete ihr, dass er dazu noch keine Meinung habe. Auf keinen Fall wolle er jedoch eine Ausbildung beginnen. Es gehe ihm nun erst einmal darum, die durch den Schulabgang gewonnene Freiheit zu genießen.

Auf die Frage, was sie den ganzen Abend gemacht habe, erzählte Majib auf der Rückfahrt ihrer Mutter Yacine und Mae diese kleine Begebenheit. So kam eins zum anderen. In Kurzform: Mae erkannte die Chance, zwei junge Leute zusammenzuführen. Sie war damals mit Rolf befreundet. Rolf arbeitete als Techniker in der Stromburg. Er zog in Maes Auftrag Erkundigungen über offene Ausbildungsplätze seiner Firma ein. Da es damals nicht als besonders erstrebenswert galt, für einen Atomkonzern zu arbeiten, war es kein Problem, eine Möglichkeit für Jerome zu finden. Mae meldete sich daraufhin bei Tante Nancy und überbrachte ihr die Nachricht, dass ihr Neffe im Sommer in der Verwaltung der Stromburg anfangen könne. Gleichzeitig verwies sie auf die Möglichkeit, Jerome für die erste Zeit bei ihrer Freundin Yacine unterzubringen. Jeromes Eltern nahmen das Angebot erleichtert an. Nach einigem Hin und Her, nach heftigen Wortwechseln und Diskussionen und angesichts der Drohung, ab Sommer keine finanzielle Unterstützung der Eltern mehr erwarten zu dürfen, fügte sich Jerome in sein Schicksal. Die große Freiheit, von der er gegenüber Majib beim Pizzaessen gesprochen hatte, beschränkte sich auf sechs Wochen, nach deren Ablauf Jerome bei Yacine einzog, seine Ausbildung begann und fortan täglich mit Majib zusammen war.

„Die Liebe kommt mit der Zeit" pflegte Mae immer zu sagen. Für Majib und Jerome jedenfalls traf diese Weisheit zu. Es war nicht die aufwühlende Erfahrung großer Gefühle, sondern eher ein schleichender Prozess der aus einer Mischung von gegenseitiger Sympathie, gemeinsamer Zeit und Gewohnheit hervorging, der ihre Partnerschaft begründete. Auf die Frage nach dem ersten Kuss beispielsweise wussten weder Majib noch Jerome eine genaue Antwort. Es war halt so gekommen. So blieb auch die Tatsache ihres Zusammenseins stets unhinterfragt. Ihre

Liebe war ein stimmiges Gefühl, wie Majib es auf Nachfrage gerne erklärte. Es gab keinen Grund, sie zu lösen oder zu bezweifeln. Zumindest bis jetzt.

<h2 style="text-align:center">14</h2>

Der Tag begann für Yacine mit einer Überraschung. Als sie kurz nach sieben Uhr den Supermarkt betreten und sich ihre dunkelblaue Arbeitsweste mit dem Namensschild übergestreift hatte, steuerte Erik, der Schichtleiter direkt auf sie zu. Sein Gesicht verriet eine gewisse Belustigung. Nach einer kurzen Begrüßung blätterte Erik mit langen Fingern durch den Stapel mit den über Nacht eingetroffenen Bestellungen, zog nach ein paar Sekunden einen Zettel hervor und hielt ihn mit der Geste eines Sportlers bei der Präsentation einer Trophäe in die Luft. „Yacine, das ist ganz was Besonderes. So etwas hatte ich noch nicht." Erik wartete einen Moment, bis seine Ansage die Aufmerksamkeit der versammelten „DeliHubbies" auf sich gezogen hatte. Nachdem er die Blicke der anderen wohlwollend zur Kenntnis genommen und die entstandene Spannung durch eine weitere Verzögerung erhöht hatte, überreichte er Yacine mit einem breiten Grinsen den Zettel. „Du hast offenbar einen Verehrer." „Was?" „Hier hat jemand eine Bestellung aufgegeben, eine ziemlich große Bestellung und dazu vermerkt, dass er die Bestellung nur aufgeben würde, falls du sie persönlich bearbeitest und ihm dann aushändigst. Er kommt um acht Uhr vorbei." Mit geübtem Blick überflog Yacine die auf dem Ausdruck zusammengestellten Positionen. Hier hatte jemand offenbar versucht, die besten und teuersten Waren des Sortiments in einem Einkauf zusammenzubringen. Der auf der Bestellung vermerkte Name sagte ihr nichts. „Na, wir sind gespannt auf den Märchenprinz." Bei dieser Bemerkung fuhr sich die Kollegin mit übertrieben anmutiger Geste durch die langen blonden Haare und mimte ein verzückt in die Luft schauendes Mädchen. Ihre Prinzessinendarstellung erntete

Gelächter, so dass auch die anderen versammelten „DeliHubbies" sich ihrerseits zur phantasievollen Ausschmückung der Begegnung Yacines mit dem vermeintlichen Verehrer bemüßigt fühlten. „Warte mal, er will bestimmt dann auch gleich mit dir essen gehen." „Wahrscheinlich ist es der Opa, der immer mit dem karierten Beutel kommt. Der braucht beim Bezahlen immer so lange und schaut einen die ganze Zeit interessiert an". „Ach, du meinst den ohne Zähne?" „Der hat Zähne – manchmal hat er sie und manchmal hat er sie vergessen." „Yacine, hast du ein Glück." Die allgemeine Heiterkeit, die auch Yacine selbst ergriffen hatte, fand durch Eriks Hinweis auf die fortgeschrittene Zeit ein abruptes Ende. Allerdings fügte Erik hinzu, dass man gerne für einen Augenblick um acht Uhr, beim Eintreffen von Yacines Kunden unterbrechen könne, um sich selbst einen Eindruck von der Schönheit des Verehrers zu machen. Dies möge allerdings bitte diskret geschehen.

Yacine klemmte die Liste unter die Klammer ihres Warenwagens und begann den Rundgang zwischen den Regalen. Sie stellte zunächst eine verlangte Mischung an Südfrüchten zusammen, deren Warenwert bereits den eines gewöhnlichen durchschnittlichen Einkaufs erreichte. Auch bei Wurst und Käse wurde besonders teure Markenware gewünscht, ebenso bei Kaffee und Konfitüre. Yacine hatte Glück, dass gestern einige Portionen echten Fjord-Lachses geliefert worden waren. Diese bestellte die Marktleitung eigentlich eher aus Prestigegründen. Die schier unbezahlbaren Fischpreise hatten die Nachfrage in den letzten Jahren stark einbrechen lassen. Stattdessen kauften die Kunden Ersatzprodukte aus Soja oder Lupine, die dank Farbe und Geschmacksstoffen den echten Lachs relativ gut nachahmten. In der Fleischabteilung schloss Yacine den Sicherheitsschrank auf und entnahm ihm zwei Rindersteaks. Diese Art der Lagerung wertvoller Fleischprodukte war nach mehreren Diebstählen notwendig geworden. Offenbar überschritt die Zahl derer, die sich ein gutes Stück Fleisch leisten wollten bei weitem die Zahl derer, die es sich leisten konnten.

Yacines Wagen füllte sich zusätzlich mit einigen ausgewählten Süßigkeiten, zwei Flaschen Olivenöl und einer Auswahl von Gewürzen. Zudem verlangte der Kunde eine Kiste des besten Weins, den der Supermarkt in seinem Sortiment anbot und einige Pflegeprodukte, die zu Yacines Erstaunen eher für Frauen gedacht waren. Wer mochte eine solche Bestellung aufgeben? Jemand, der einen so teuren Einkauf bezahlen konnte, kaufte normalerweise nicht in einem gewöhnlichen Supermarkt ein. Er wäre in der Lage gewesen, noch weit bessere Produkte in einem der edlen Luxus-Food-Stores in der Hamburger Innenstadt zu bestellen. Yacines Neugier auf den eigenartigen Kunden, der darauf bestanden hatte, nur von ihr bedient zu werden, verwandelte sich in ein ungeduldiges Warten. Während sie die Waren zur Abholung in die großen Pappkartons mit dem Supermarkt-Logo verstaute, ertappte sie sich dabei, gleich mehrfach auf die Uhr an ihrem Handgelenk zu schauen. In einer Viertelstunde würde sie mehr über den rätselhaften Käufer erfahren.

15

Währenddessen schloss Wertmann einige Kilometer weiter östlich die Tür zu seinem Büro in der Stromburg auf. Der Tag hatte für ihn bereits früh begonnen. Nachdem er noch gestern Abend einen kurzen Bericht in die Konzernzentrale nach Hamburg gesandt hatte, in dem er vertraulich über seine bisherige Initiative im Fall „Jerome Dour" berichtete, war bereits kurze Zeit später eine Antwort erfolgt. In knappen Worten teilte ihm sein Kontaktmann, der lediglich mit „A." unterzeichnete mit, dass er Wertmanns Idee, Jerome mit der Betreuung der „AluTrek" zu beauftragen für sehr gut halte. Allerdings lege man zugleich großen Wert darauf, dass es zu keinen überflüssigen Verzögerungen kommen solle. Daher habe er, „A", sich erlaubt, dem Gang der Dinge gewissermaßen unter die Arme zu greifen und für den nächsten Morgen ein Frühstück in einem Café in der Nähe der Stromburg arrangiert. Wertmann möge sich dort um sieben Uhr einfinden. Im Café würde das weitere Vorgehen besprochen werden. Als Wertmann pünktlich am genannten Ort eintraf, war das Café noch fast menschenleer. Bis auf zwei Bauarbeiter, die sich an einem Stehtisch durch schwarzen Kaffee aus großen weißen Bechern die morgendliche Müdigkeit vertrieben, hatte lediglich eine Frau an einem der hinteren Tische Platz genommen. Wertmann setzte sich, bestellte einen Cappuccino und ein Croissant und blickte auf sein Telefon, auf dem er das Eintreffen einer Anweisung aus der Zentrale erwartete. Nach etwa fünf Minuten und dem Eintreffen seines Frühstücks bemerkte er aus den Augenwinkeln, wie die Frau am anderen Ende des Gastraums sich unsicher erhob, Mantel und Tasche nahm und auf ihn zusteuerte. Wertmann blickt auf und versuchte sich an einem freundlichen Kopfnicken. „Herr Wertmann?" „Ja, das bin ich." Die Frau setzte sich ungefragt auf den Stuhl ihm gegenüber, legte den Mantel achtlos neben sich und nahm die Tasche auf ihren Schoß. Sie mochte etwa sechzig Jahre alt sein. Ihre schwarz gefärbten Haare ließen am Scheitel einen grauen Ansatz erkennen. In ihrem Gesicht versuchte ein dick aufgetragenes Make-Up die zweifelsohne zahlreich vorhandenen Falten zu verdecken. Die Frau trug einen dunkelblauen Hosenanzug, dessen Oberteil von zwei großen Knöpfen zusammengehalten wurde. Der untere hing, wie Wertmann feststellte, nur noch an einem dünnen Faden. Zudem wiesen die Ärmel bereits Abnutzungsspuren auf. Die Frau öffnete fahrig ihre Tasche und begann, mit ihrer Hand in den Innenfächern nach etwas zu suchen. Schließlich förderte sie ein kleines silbernes Etui hervor, dessen Vorderseite deutliche Kratzer aufwies, öffnete es und reichte Wertmann eine Visitenkarte. „Mein Name ist Schmidt. Meine Kontaktdaten finden sie auf der Karte. Ich bin Mitglied im Vorstand der AluTrek." Ihre raue Stimme ließ auf einen beträchtlichen Zigarettenverbrauch schließen. Wertmann legte die Visitenkarte vor sich auf den Tisch. „Ich vermute, sie möchten etwas Geschäftliches mit mir besprechen. Wir können gerne auch in mein Büro gehen. Bis zur Stromburg sind es nur ein paar Schritte. Dort könnte ich auch bei Bedarf in die Akten sehen." Die Frau zog die Augenbrauen hoch und erhob die Hand zu einer abwehrenden Geste. „Nein, Herr Wertmann. Wir müssen hier etwas besprechen, etwas, das, sagen wir mal, außerhalb des Protokolls liegt." Wertmann wurde für einen Moment misstrauisch. „Frau Schmidt, warum sind Sie hier?" „Das sage ich Ihnen gleich. Ich bin gebeten worden, mich heute dienstlich mit Ihnen zu treffen." „Von wem?" „Das möchte ich Ihnen nicht sagen. Aber da auch Sie ja nicht zufällig hier sind, können Sie sich vielleicht denken, wer uns zu dieser Morgenstunde hier zusammenführt." „Enbe." „Das ist Ihre Vermutung." Frau Schmidt richtete den Rücken gerade auf und faltete die Hände vor sich auf dem Tisch. Sie sah Wertmann fest in die Augen. „Herr Wertmann. Ich will es kurz machen. Wie Sie wissen, steht die AluTrek bei Ihnen in finanziellen Verbindlichkeiten." „Das ist mir bekannt." „Nun, wie Sie ebenfalls wissen laufen derzeit die Vorbereitungen für ein Insolvenzverfahren. Mit anderen Worten: Nächsten Monat sind wir pleite. Als unser Gläubiger müssten Sie schauen, wenigstens eine Teilsumme der ausstehenden Beträge aus der Konkursmasse zu bekommen. So etwas kann sich über Monate, manchmal auch Jahre hinziehen." Wertmann blieb von dieser Ankündigung ungerührt. Bei einem Gläubigerverfahren würde er die Rechtsabteilung mit der Geltendmachung der Ansprüche beauftragen. Für ihn und seine Mitarbeiter galt es dann nur noch, die entsprechenden Zuarbeiten zu leisten. Frau Schmidt drehte den Kopf kurz zur Seite, blickte in den leeren Gastraum und räusperte sich. „Herr Wertmann, bevor wir jetzt weitersprechen, möchte ich eines klarstellen: Von unserem Gespräch wird niemand erfahren. Wir unterhalten uns hier rein zufällig. Kontaktieren Sie mich nach Möglichkeit nicht und wenn, dann nicht von ihrem dienstlichen Telefon oder Computer aus." Frau Schmidt vergewisserte sich mit einem ernsten Blick, dass Wertmann sie verstanden hatte. „Also zur Sache. Ich möchte Ihrer Firma ein Angebot machen. Es ist so etwas wie ein außergerichtlicher Vergleich, allerdings vertraulich, ohne Anwälte, ohne schriftliche Vereinbarung, klar?" Wertmann nickte. „Die ‚AluTrek' zahlt Ihnen 50 000 Euro. Das dürfte einem Großteil der offenen Forderungen entsprechen und es ist weit mehr, als Sie bei einem Insolvenzverfahren zu erwarten hätten. Sie verpflichten sich im Gegenzug dazu, keine weiteren finanziellen Ansprüche zu erheben. Wie Sie wissen, können wir eine solche Summe angesichts des anstehenden Konkurses nicht auf den ganz üblichen Wegen aus dem Unternehmensvermögen herausnehmen." Wertmann überlegte für einen Augenblick, welche Konsequenzen ihm drohen würden, falls er auf dieses Angebot einginge. „Das Geld stammt also aus einer schwarzen Kasse?" Seine direkte Frage brachte Frau Schmidts selbstsicheres Auftreten nur für einem kurzen Augenblick aus dem Gleichgewicht. Kaum eine Sekunde später hatte sie sich wieder gefangen. „Nennen Sie es wie Sie wollen. Zur Herkunft des Geldes kann ich Ihnen keine Auskunft geben. Sie erhalten die Summe in bar. Die Abwicklung läuft über einen Mitarbeiter, den Sie benennen. Weitere Informationen folgen noch." „Ich brauche dazu eine Absicherung durch unsere Konzernleitung." „Sicher, Herr Wertmann, sichern Sie sich ab. Aber sprechen Sie nur mit Ihren Kontaktleuten zum Vorstand. Im Zweifelsfall, wenn die Sache auffliegt, müssen alle Beteiligten die Möglichkeit haben, die Sache glaubhaft zu leugnen. Dann wäre es ein krummes Ding irgendwelcher Mitarbeiter." „Ich verstehe". Wertmann hielt einen Augenblick inne. Er verstand wirklich. Er verstand, dass er selbst die Dinge an dieser Stelle nicht mehr in der Hand hatte. Wertmann war zu einer Figur in einem größeren Spiel geworden. Er verstand, dass es hier nicht mehr um Geld ging, sondern um etwas ganz anderes. „In Ordnung", sagte er, „ich werde mich um alles kümmern."

16

Um kurz nach acht Uhr war im Supermarkt das Bellen eines Hundes zu hören. Durch die Fensterscheibe erkannte Erik, der

Schichtleiter, ein großes, schwarzes Tier, das sich breitbeinig vor das Fenster gestellt hatte. Kleine dunkle Augen erwiderten Eriks Blick. Der Hund war nicht angeleint. Vielmehr hatte offenbar ein kurzes Signal, ein Ruf oder Pfiff, ihn vor dem Schaufenster zum Stehen gebracht. Für einige Sekunden blieb er unbewegt auf seiner Position, wandte dann den Kopf nach hinten und bellte erneut, so als wolle er seinem Besitzer nun seinerseits ein Signal geben. Kurz darauf erschien ein großer bärtiger Mann in einer weiten Jacke, tätschelte dem Tier über den Kopf, wies es an, sich zu setzen und öffnete die Tür zum Verkaufsraum. Als der Mann Erik erblickte, schritt er auf ihn zu und sprach ihn mit unerwarteter Höflichkeit an. „Entschuldigen Sie, ich suche Yacine, Ihre Mitarbeiterin. Ich hatte bei ihr etwas bestellt." „Der Märchenprinz". Dieser Gedanke durchfuhr Erik eher unerwartet, rief bei ihm allerdings angesichts der so ganz unprinzenhaften Erscheinung des Mannes ein amüsiertes Lächeln hervor. „Natürlich, ich bringe Sie zu Yacine. Vielen Dank übrigens für Ihre Bestellung. Ich hoffe, Sie wissen unseren Service zu schätzen." Manchmal waren Erik die vorgefertigten Sätze aus den Mitarbeitertrainings eine Hilfe, um in ungewöhnlichen Situationen zu bestehen. Dies war eine ungewöhnliche Situation. Zumindest empfand es Erik so. Ein Kunde, der nicht dem entsprach, was sich Erik angesichts der absurden Einkaufsliste ausgemalt hatte und die merkwürdige Forderung, von einer bestimmten Mitarbeiterin bedient zu werden – es handelte sich in keiner Weise um einen alltäglichen Verkaufsvorgang. Seine zufällige Aufmerksamkeit für den Hund, die Erik an das Fenster hatte treten lassen, verschaffte ihm nun die Gelegenheit, der Auflösung des Rätsels um den merkwürdigen Vorgang beizuwohnen. Er begleitete den Kunden zum Verkaufstresen, rief nach Yacine und verwies den Mann mit aller Freundlichkeit an sie. Erik selbst trat ebenfalls hinter den Verkaufstresen, griff nach den herumliegenden Bestellzetteln, gab vor, diese zu kontrollieren und blieb so in Hörweite. „Entschuldigen Sie meine ungewöhnliche Bestellung. Ich hoffe, das hat Sie nicht in Schwierigkeiten gebracht." Der

Mann legte mit einer Art Demutsgeste die rechte Hand auf seine Brust. „Ich will Ihnen das gerne erklären." Yacine lächelte. „Sie brauchen sich doch nicht zu entschuldigen. Ich habe mich doch gern um die Bestellung gekümmert. Ich habe mich nur gefragt, woher wir uns kennen. Gesehen haben wir uns doch noch nie, oder?" „Nein, ich bin noch nie hier gewesen. Deshalb, ganz kurz, sofern es Ihre Zeit erlaubt…" Der Mann trat ein wenig dichter an den Verkaufstresen heran und senkte die Stimme. Seine nunmehr leisen Worte schufen den Eindruck eines vertrauten Gesprächs und verhinderten zugleich, dass Erik oder die anderen „DeliHubbies", denen das Auftreten des geheimnisvollen Kunden natürlich nicht entgangen war, mithören konnten. „Wissen Sie, Yacine, ich habe nicht für mich eingekauft. Ich komme vielmehr im Auftrag. Haben Sie schon einmal von ‚Energies-Stiftung' gehört?" Yacine schüttelte den Kopf. „Dahinter steht die Firma ‚Enbe Energies' – Sie wissen schon, die Stromburg und so…" Auch wenn Yacine hier gerade das zweite Mal nach dem gestrigen Gespräch im Café Africaine auf den Namen „Enbe" aufmerksam gemacht wurde, löste dessen Erwähnung an dieser Stelle bei ihr keine besondere Regung aus. Es war, als ob sie den Namen schlicht überhörte. „Die Firma ‚Enbe Energies' stammt aus Nigeria und hat eine kleine Stiftung gegründet, um Menschen, die aus Afrika nach Europa gekommen sind, zu unterstützen. Sie arbeitet eher im Verborgenen. Manchmal geht es dabei um die Stiftung größerer Projekte, manchmal aber auch schlicht darum, einem Menschen eine Freude zu machen." Mit einem kurzen Griff in die Innentasche seiner weiten Jacke holte der Mann eine Visitenkarte hervor, die das Logo von „Enbe Energies", zwei versetzt übereinandergelegte „E"s zeigte. „Ich bin gewissermaßen als Glücksbote unterwegs. Jemand hat uns auf Sie und Ihre gute Arbeit hier im Supermarkt aufmerksam gemacht." „Wer?" Yacine war noch unentschlossen, wie sie auf die sich anbahnende positive Nachricht reagieren sollte. „Das kann ich Ihnen leider nicht sagen. Ich weiß es nicht. Nehmen Sie es einfach als ein kleines Geschenk, als eine Freude, die Ihnen ein lieber

Mitmensch machen möchte." Der Begriff „lieber Mitmensch" erzeugte in Yacine vielleicht gerade in seiner Phrasenhaftigkeit ein behagliches Gefühl. Sie dachte unwillkürlich an Rosy und Mae. Diese Namen ließen bei ihr den letzten Rest Misstrauen verfliegen. „Daher…", hier hob der Mann wieder die Stimme, „…darf ich Ihnen sagen, dass der Einkauf, den ich im Namen der Stiftung heute in ihrem Supermarkt mache, für Sie persönlich bestimmt ist. Ich hoffe, Sie freuen sich darüber." Yacine hatte sich beim letzten Satz blitzartig den Inhalt der vor ihr stehenden Pappkartons vergegenwärtigt. Sie freute sich wirklich. „Ich danke ihnen sehr. So etwas ist mir noch nicht passiert." „Manchmal muss man etwas Glück haben." Die Stimme des Mannes wurde wieder leiser. Er sah Yacine in die Augen. „Sie haben es wirklich verdient." Dann beugte er sich vor, so dass sein Mund fast Yacines Ohr berührte. „Ich glaube, Ihre Kollegen schauen schon ganz merkwürdig. Ich schlage vor, dass alles ganz diskret bleibt. Sie erzählen hier im Supermarkt nichts von alledem. Ich nehme den Einkauf jetzt mit und bringe ihn zu Ihnen nach Hause." Es war nicht verwunderlich, dass Yacine neben den geschenkten Waren auch dieses Angebot dankend annahm. Sie nannte ihre Adresse, dankte noch einmal und entließ den Mann mit einem freudigen Lächeln. Dann wandte sie sich den nächsten Bestellungen zu.

17

Die Kartons mit den Lebensmitteln wurden unverzüglich geliefert. Eine Nachbarin nahm sie für Yacine in Empfang. Enbe war mit dem auf den ersten Blick recht umständlichen Trick der vermeintlichen Wohltat seiner Firmenstiftung ein zweifaches gelungen. Nicht nur hatte er so, ohne Argwohn zu erregen, Majibs Wohnadresse erhalten – die hätte er auf anderem Wege viel leichter herausfinden können. Vielmehr war es ihm gelungen, sich auf das Angenehmste in Yacines Gedächtnis einzuprägen. Neben der Erzählung vom Besuch des gutaussehenden Unternehmers im Café Africaine verfügte sie nun über einen zweiten Anknüpfungspunkt, der ihren Tagträumereien von einer auf Rosen gebetteten Zukunft Nahrung gab. Die Lebensmittel taugten als ein Vehikel der Erinnerung an Enbes Wohlwollen und Wohlstand. Mit den Weinflaschen, dem Steinsalz, der Ananas oder den Steaks, die im Übrigen von Yacine für ein späteres Festmahl in den Tiefkühler gegeben wurden, schuf Enbe sich eine vermittelte Präsenz im Alltag Yacines und Majibs. Letztere sollte von der geheimnisvollen Lieferung erst einen Tag später erfahren, als sie bei der Zubereitung des morgendlichen Kaffees auf das Markenzeichen einer ihr fremden Rösterei stieß und sich zu entsprechender Nachfrage veranlasst sah. Und auch als, der Natur eines Lebensmittelkaufes entsprechend, die Waren Stück für Stück wieder aus dem Haushalt verschwanden und gerade der Fjord-Lachs nicht lange auf seinen Verzehr wartete, blieben doch Wein, Gewürze oder Konfitüre noch lange Zeit im Haushalt der beiden Frauen erhalten. Yacine bewahrte in einer goldenen Schachtel verpackte Pralinen als Trophäe der unverhofften Schenkung in ihrem Wohnzimmer auf. Kurzum: Über die nächsten Tage enthielten die meisten der gemeinsam eingenommenen Mahlzeiten für Majib, vor allem aber für Yacine in Gestalt eines Glases Riesling, eines Mangosalats oder zermahlener roter Pfefferkörner den Geschmack von Enbes Großzügigkeit. Die Steaks, zweifellos die Krönung des gelieferten Warenkorbs, wurden von Yacine allerdings erst einige Wochen später in der Tiefkühlung wiederentdeckt. Zum geplanten Festmahl kam es dann nicht mehr. Die Entdeckung fiel bereits in die Zeit, in der Majib schon nicht mehr da war – aber davon wird später die Rede sein.

18

Ohne also dem Verlauf der Handlung schon vorgreifen zu wollen, kehren wir zu dem Tag zurück, an dem sich der denkwürdige Einkauf in Yacines Supermarkt zugetragen hatte. Mit diesem Ereignis nämlich war die merkwürdige Geschichte dieses Tages, des Freitags, noch lange nicht erzählt. In der Stromburg traf Jerome noch am gleichen Tag mit Wertmann zusammen. Er ihn zu sich gerufen. Als Jerome in das Büro seines Vorgesetzten trat, eröffnete dieser ihm eine unverhoffte positive Nachricht: „Herr Dour, gestern hatte ich Ihnen doch den Auftrag gegeben, die ‚AluTrek' zu übernehmen. Hatten Sie schon Gelegenheit die Akten zu sichten?" Jerome schaute mit einem offenbar recht hilflosen Blick zu Wertmann, der die Unsicherheit seines Mitarbeiters mit einem jovialen Lachen beantwortete. „Machen Sie sich keine Sorgen, Herr Dour. Ich weiß, dass der Fall ‚AluTrek' kompliziert ist." „Es sind sehr viele Akten, wirklich sehr viele. Es gibt jede Menge unbearbeitete Mahnverfahren, Klagen und Gegenklagen, Aktennotizen, Protokolle, interne Schriftwechsel – so viel habe ich schon gesehen. Es ist aber wirklich sehr viel. Da konnte ich in den paar Stunden, seit ich die Akten habe, noch nicht viel unternehmen." „Nun, das genaue Ausmaß ist natürlich nicht bekannt. Aber ich dachte mir, jetzt, wo Frau Wasitzki so unverhofft abgezogen wurde, übergebe ich den Fall meinem besten verbliebenen Mitarbeiter. Ich war sicher, Sie bekommen das hin." In einer der vielen amerikanischen Serien, die in schicken Anwaltsbüros oder in Vorstandsetagen großer Konzerne spielten, hätte der Chef bei dieser Gelegenheit seinem jungen, aufstrebenden Gegenüber kräftig auf die Schulter geklopft. Jerome erwartete fast, dass Wertmann, ganz gegen seine sonst so nüchterne Art vom Schreibtisch aufstehen und auf ihn zukommen würde. Er spürte schon im Voraus den kräftigen Hieb von Wertmanns leicht schwulstigen Händen auf seinem Schulterblatt. Die Geste blieb allerdings aus. Wertmann blieb sitzen. Mit seinen Handflächen trommelte er stattdessen einen kurzen Galopp auf die Tischplatte. „Herr Dour, und jetzt kommt die entscheidende Nachricht. Sie ist sowohl gut wie schlecht. Gut ist sie, weil sie Ihnen eine ganze Menge Arbeit ersparen wird, schlecht, weil sie Ihnen die Möglichkeit raubt, sich zu beweisen." Jerome wusste nicht, ob er entspannt oder besorgt sein sollte. Die Einleitung zur großen Ankündigung, die Wertmann ihm zu machen hatte, ließ noch alles offen. „Also, Herr Dour, ich will Sie nicht auf die Folter spannen. Aber was ich Ihnen nun sage, behalten Sie bitte auf jeden Fall für sich. Sie werden gleich merken, warum. Heute Morgen bekam ich eine Nachricht von der ‚AluTrek‘. Die Firma steht, wie Sie wissen, kurz vor der Insolvenz. Sie haben uns angeboten, uns ohne…“ – hier hätte Wertmann fast „ohne rechtliche Einmischung“ gesagt. Er zog die Formulierung innerlich im letzten Moment zurück und setzte stattdessen fort: „…ohne viel Tam-Tam mit ihnen zu einigen. Die ‚AluTrek‘ ist bereit, sich gewissermaßen aus allen noch bestehenden Forderungen herauszukaufen. Sie bietet uns pauschal 50 000 Euro. Dafür würden wir dann einen dicken Strich unter die Sache ziehen, unsere Forderungen zurücknehmen und die Fehlbeträge schließlich ausbuchen. Vielleicht übergeben wir das Ganze dann auch einfach der Rechtsabteilung, die dann später immer noch schauen kann, ob wir aus dem Insolvenzverfahren noch etwas rausholen können. Wir sparen uns viel Zeit, Arbeit und Ärger und Sie, Herr Dour, wären die ganze Sache so schnell los, wie Sie sie bekommen haben.“ Wertmann lehnte sich entspannt in seinem Stuhl zurück. „Ich stimme das Angebot mit dem Vorstand ab. Dazu brauche ich aber jetzt noch einmal ihre Mitarbeit.“ „Selbstverständlich.“ „Sie müssten bitte heute tatsächlich noch einmal die Akten durchgehen und mir einen Überblick über die noch ausstehenden Zahlungen der AluTrek zusammenstellen. Dann kann der Vorstand beurteilen, ob das unterbreitete Angebot realistisch ist. Ich brauche nur eine ungefähre Zahl. Und dann bekämen Sie von mir noch eine zweite Aufgabe.“ Bei Jerome machte sich zu diesem Zeitpunkt eine leichte Entspannung bemerkbar. Die Aussicht, die Sisyphusarbeit am Aktenberg mit Aufschrift „AluTrek“ schnellstmöglich wieder loswerden zu können, war nur allzu reizvoll. Er war bereit, eigentlich jedem Wunsch Wertmanns zu entsprechen, der ihm eine baldige Befreiung von dieser Aufgabe versprach. „Herr Dour, Sie müssten als zuständiger

Sachbearbeiter für die ordnungsgemäße Entgegennahme des Geldes bereitstehen." „Wird das nicht überwiesen?" „Herr Dour, jetzt kommen wir zum einzigen etwas heiklen Punkt. Wissen Sie, die ‚AluTrek' kann wegen des angestrebten Insolvenzverfahrens zum jetzigen Zeitpunkt nicht einzelne Gläubiger bevorteilen. Von der Zahlung an uns darf also nichts bekannt werden. Deshalb wird es den, sagen wir, etwas ungewöhnlichen Weg einer Barzahlung geben." „Bargeld? Ist das nicht illegal?" „Herr Dour, das werden wir sicher noch einmal rechtlich prüfen. Ich kann Ihnen aber versichern, dass man hinterher nichts Illegales in unseren Bilanzen finden wird. Die ‚Enbe Energies' ist doch ein seriöses Unternehmen. Machen Sie sich da keine Sorgen. Sie tragen keine Verantwortung. Sobald das Geld da ist, sind Sie aus dem Spiel. Ich werde Ihnen eine gute Bewertung für die Personalakte schreiben. Vielleicht kann ich Ihre Bereitschaft, uns in akuter Personalnot bei einem so schwierigen Kunden zu helfen, zusätzlich mit einer kleinen Prämie belohnen." Es war nicht so sehr die Aussicht auf die Prämie als vielmehr auf die wiedergewonnene betriebliche Alltagsroutine, die Jeromes Bedenken in den Hintergrund schob. Zudem erfuhr er das erste Mal in den Jahren bei der Stromburg, dass seiner Person Bedeutung für das Unternehmen zugemessen wurde. Er willigte ein und gab Wertmann das Versprechen, noch heute die gewünschten Zahlen über die Verbindlichkeiten der AluTrek zu liefern. Als Wertmann ihn verabschiedete und Jerome dabei um ein Haar tatsächlich anerkennend auf die Schulter geklopft hätte, war er von der Richtigkeit seines Tuns überzeugt. Wertmann hingegen stach für den Rest des Tages sein schlechtes Gewissen. Gleich mehrmals rief er die Nachricht auf, die er eine halbe Stunde vor Jeromes Erscheinen auf seinem Telefon erhalten hatte: „Vergleich mit AluTrek ok. Dour beauftragen. Nächste Anweisungen folgen. A."

19

Es ist an einem Zeitpunkt der Geschichte, an dem die teils gewünschte, teils zufällige Verwirrung der alltäglichen Routinen in einem Wirtschaftsunternehmen den Protagonisten zunehmend Mühe bereitet, vielleicht Gelegenheit, kurz auf eine Verwirrung anderer Art einzugehen, die an diesem Tag für Heiterkeit bei den Lesern der digitalen Nachrichtenportale sorgte. Sie war gewissermaßen symptomatisch für eine Zeit, in der entgegen jahrzehntelanger Mahnungen immer noch allzu viele Fahrzeuge die Straßen der Städte befuhren. Der weitgehend durch moderne Technik selbstfahrende Verkehr erlebte im schweizerischen Basel ein regionales Fiasko. Fahrer, oder besser Autoinsassen an der formalen, aber in der Regel nicht einsatznotwendigen Lenkradposition, hatten sich längst entwöhnt, die Topografie der vertrauten Straßen von ihrem Sitz aus gedanklich zu erschließen. Sie verfolgten während der Fahrt die Route nicht mehr. Wozu auch? Das Fahrzeug fand nach einmaliger Zieleingabe den Weg alleine und war dank umfangreichen Datenmaterials zudem in der Lage, Verkehrsstaus auf der jeweils optimalen Route aus dem Weg zu gehen. Dieses „von alleine" des Fahrzeugs war natürlich nur scheinbar. Schließlich war ein ausklügeltes Zusammenspiel von Motoren- und Computertechnik im Verbund mit Satellitendaten für die sichere Fortbewegung verantwortlich. Als der Verkehr sich an diesem Nachmittag über die stets gut befahrenen Straßen Basels schob, sorgte ein zunächst unbemerkter kleiner Ausfall dafür, dass das gerühmte „alleine" des Fahrzeugs eine ungewollte Selbstständigkeit in der Zielführung entwickelte. Auf den Ringstraßen und Autobahnen bewirkte eine offensichtliche Fehlmeldung im Datenverkehr, dass sich die Autos und Lastwagen, die Busse und Elektroroller von den Hauptwegen entfernten und zu Irrfahrten durch die kleinen Straßen und Gassen der Altstadt ansetzten. Die Fahrzeugführer, die auf diesen Umstand nicht reagierten, weil sie eine natürliche Umfahrungsstrategie aufgrund von Verkehrshindernissen vermuteten, fanden sich in unangenehmen Situationen wieder.

Nicht nur stand der Baseler Stadtverkehr binnen einer halben Stunde still. Zu Komplikationen kam es zudem, als sich zahlreiche Autoinsassen durch die abweichende Verkehrsführung mit einem Mal hinter der Schweizer Grenze im badischen Weil am Rhein wiederfanden und auf dem Rückweg in die Schweiz nun ungewollt ihre mitgeführten Einkäufe und Wertgegenstände verzollen mussten. Die Schweizer Grenzer ließen sich von der vagen Erklärung über irregeleitete Navigationssysteme nicht beirren, bis ihnen nach etwa einer Stunde die Zentrale der Zollinspektion diesen Tatbestand bestätigte. Wie gesagt, der Vorgang erzeugte europaweit allgemeine Heiterkeit und war nicht gerade vom Mitleid für die verfahrenen Schweizer getragen. Sorge hingegen gab es bei den Behörden. Für sie stellte der Baseler Vorgang nur die bislang deutlichste Störung der sonst untadeligen satellitengesteuerten Verkehrsführung dar. Kleinere Probleme waren bereits an anderen Orten aufgetreten. Während man lange Zeit fehlerhaft programmierten Bordcomputern in den Fahrzeugen die Schuld zugeschoben hatte, wurde nun sichtbar, dass es sich offenbar um ein grundlegendes und ernstes Problem handelte. Ersten Vermutungen zufolge könnten ungewollte Luft- oder Wetterbewegungen für das zeitweilige Versagen der Navigation verantwortlich gewesen sein. Auch eine gezielte Manipulation durch ausländische Geheimdienste wurde nicht ausgeschlossen. Wahrscheinlich war allerdings, dass das für die Daten verantwortliche Sattelitensystem mit seinen nun knapp 50 Jahren Laufzeit zunehmend störungsanfälliger wurde. Wie jedes technische Gerät hat auch ein im All schwebender Satellit bei unzureichender Wartung eine begrenzte Lebenszeit. Hier lag offenbar ein Versäumnis vor, auf das selbstverständlich von wissenschaftlicher Seite immer wieder hingewiesen worden war. Die aus Kostengründen weitgehend eingestellten Raumfahrtprogramme der europäischen Staaten und der USA bescherten den Bürgern und Mobilfunkkonzernen das Risiko zeitweiliger oder dauerhafter Störungen. 2030 hatte die Europäische Union zwar eine Erneuerung und Ergänzung des

Satellitensystems beschlossen, diese aber aufgrund der Notwendigkeit von aktuellen Subventionsprogrammen für verschiedene trudelnde Wirtschaftszweige immer wieder zurückgestellt. Im Baseler Ereignis konnte man hier noch formal auf Nichtzuständigkeit plädieren, schließlich handelte es sich vordergründig um ein Schweizer Problem. Weitere Ausfälle allerdings konnten nicht ausgeschlossen werden.

20

In der Kleinstadt am Strom hingegen bewegte sich der Verkehr am Nachmittag störungsfrei. Majib saß an der Bushaltestelle und schaute den Autos nach, die summend an ihr vorbeizogen. Auf der anderen Straßenseite standen drei hochgewachsene Kastanien, deren Äste durch den auffrischenden Wind bewegt wurden. Wie kleine Fähnchen flatterten die großen fächrigen Blätter hin und her. Es war kühl und regnerisch geworden. Große graue Wolken verhingen den Himmel. Majib zog den Reißverschluss ihrer Jacke nach oben, steckte ihre Hände in die Taschen und senkte den Kopf. Ihr Blick fiel auf das graue Pflaster, Betonplatten mit Rissen darin, zwischen ihnen Moos und kleine grünbraune Pflanzenstielchen, an denen Regentropfen hingen. Ein Signalton ihres Telefons mischte sich in die Geräuschkulisse der Straße. Majib langte nach ihrer Tasche und fischte das Gerät heraus. Der Bildschirm kündigte ihr eine neue Nachricht von „Dad" an. Das kam hin und wieder vor. Ihr Vater hielt auf diese Weise Kontakt zu seiner Tochter in der Ferne. Er schickte kleine Dreizeiler, schlichte Briefchen mit guten Wünschen und Fotos. Majib antwortete ihm ihrerseits bei Gelegenheit mit ähnlichen Botschaften. Als sie heute die Nachricht öffnete, fand sie darin Aufnahmen, die offenbar bei einem Strandbesuch entstanden waren. Goldenes Licht des Sonnenuntergangs umspielte die Silhouette von Palmen an einem weißen Sandstrand. Dahinter waren die hohen Wellen des Atlantiks zu sehen. Das nächste Bild zeigte spielende Kinder am

Strand. Es folgten Aufnahmen der gleichen Kinder, die noch in Badekleidung, in einer Strandbar vor einer großen Schüssel Garnelen saßen. In den Händen hielten sie Gläser mit Limonade. Für das letzte Bild hatten die Kinder sich mit ihrer Mutter und dem Mann, der auch Majibs Vater war, für ein Selfie eng zusammengestellt. Sie lachten mit strahlend weißen Zähnen in die Kamera. Darunter hatte Majibs Vater geschrieben: „Heute Ausflug nach Yenne Tode (Badeort). Grüße aus der Sonne! Das nächste Mal hier mit dir?" Mit Blick auf den nassgrauen norddeutschen Tag um sie herum registrierte Majib neidvoll die klimatische Ungerechtigkeit, die ihr hier in Wort und Bild offenbart wurde. Sie verglich den Zustand „ich sitze frierend an einer Bushaltestelle und schaue auf graue Betonplatten" mit dem Zustand „ich sitze in einem Beachclub und schaue aufs Meer". Angesichts der fehlenden Konkurrenzfähigkeit ihrer in einem Foto erfassbaren Umgebung, suchte sie im Bildarchiv ihres Telefons nach einer schönen Aufnahme, die sie letzte Woche von der Skybar aus gemacht hatte. Sie zeigte die flirrenden Lichter des Hafens, den großen Strom und ein Kreuzfahrtschiff, das auf ihm stadtauswärts die historischen Gebäude am Ufer passierte. Sie wählte das Foto aus und schrieb zurück: „Danke Dad – ihr habt es gut. Bin gleich auf dem Weg zur Arbeit. Schönster Arbeitsplatz der Welt! Liebe Grüße." Majib schickte die Nachricht ab. Sie dachte an die Palmen und schaute auf die Kastanien, die im nächsten Moment durch den einfahrenden Bus verdeckt wurden. Die Türen öffneten sich. Majib sah eine alte Frau mit einem Gehstock, mit dem sie die Stufe des Busses heruntertastete und der schließlich auf dem festen Boden angekommen der Frau genug Halt gab, um selbstständig auszusteigen. Ihr folgten zwei Jugendliche, die sich schnell an der alten Frau vorbeidrängelten und eine junge Mutter mit einem Kleinkind auf dem Arm. Dann schloss sich die Tür wieder. Jerome war nicht gekommen. Majib sah dem abfahrenden Bus hinterher. Sie nahm das Telefon, das sie noch in der Hand hielt und rief Jerome an. Nach einigen Klingelzeichen meldete er sich. „Wo bleibst du?" Majib konnte ihre leichte Verärgerung nur schlecht verbergen. „Majib, tut mir leid. Ich habe vergessen, dir Bescheid zu sagen. Es dauert alles etwas länger. Ich habe von Wertmann noch einen wichtigen Auftrag bekommen, den ich heute noch erledigen muss. Ich komme erst gegen sieben." „Dann bin ich schon weg. Ich habe nachher Dienst." „Tut mir wirklich leid." Auch in Jeromes Stimme mischte sich unter das vorgetragene Bedauern ein genervter Grundton. „Ich bin wirklich im Stress. Ich komm so schnell es geht." „Das ist nicht nötig. Mir ist nur wichtig, dass du mir Bescheid gibst, wenn du dich verspätest. Dann hätte ich mir den Weg zu dieser blöden Haltestelle sparen können. Weißt du, was für ein mieses Wetter ist?" „Tut mir leid, nochmal…" Jerome zog sich vor Majibs mit Vorwürfen geführten Attacke zurück: „Majib, sei nicht sauer – ich erklär's dir später." „Schon gut, wir sehen uns morgen - falls du dann da bist." Majib legte auf. Als sie die Bushaltestelle in Richtung Innenstadt verließ, fuhr ihr eine Windböe seitlich in das Gesicht. Sie zog die Schultern hoch und beschleunigte ihren Schritt. „Ich könnte jetzt auch am Strand sitzen." Die Bilder, die ihr Vater geschickt hatte, verstärkten in diesem Augenblick ihre Unzufriedenheit: Jeromes Verspätung, das miese Wetter und vor sich die Arbeitsschicht und das halb gewollte, halb gefürchtete Treffen mit Jonathan Enbe, das sich an das Ende dieses grauen Tages setzen würde.

21

Nach dem Telefonat mit Majib brauchte Jerome eine Viertelstunde, bis er sich wieder konzentriert seinen Akten zuwenden konnte. Der Streit mit Majib war ihm unangenehm. Er versuchte normalerweise, Konflikten im Vorfeld auszuweichen. Im vorliegenden Fall wäre dies ganz einfach gewesen. Er hätte Majib lediglich vor einer oder zwei Stunden bereits über seine Verspätung informieren müssen. Dass die gewünschte Aufstellung der finanziellen Verbindlichkeiten der AluTrek gegenüber der Stromburg ihn bis in den Abend beschäftigen würde, hatte er bereits in dem Augenblick gewusst, als Wertmann ihm den Auftrag erteilte. Beim Mittagessen in der Kantine hatte sich die rothaarige Kollegin zu ihm gesellt, Frau Möller, Frau Meiser oder Frau Maier – den Namen konnte er auch heute nicht mit Sicherheit sagen. Sie erkundigte sich nach der „AluTrek" und als Jerome ihr mit kurzen Worten schilderte, dass es offenbar zu einer Vereinbarung mit diesem Unternehmen kommen solle, die ihm viel an Aktenarbeit ersparen werde, lächelte ihm die Kollegin erleichtert zu. „Das freut mich sehr. Ich hatte mir schon Sorgen um Sie gemacht. Nach allem was ich weiß, ist die Akte ‚AluTrek' ein Fass ohne Boden, ein Quellort für Streit und Gerichtsprozesse." Rücksichtsvollerweise fügte sie nicht hinzu: „Das ist nichts für Sie" oder „Dem wären Sie gar nicht gewachsen gewesen". Als Jerome mit Hinweis auf die Arbeit, die heute noch vor ihm lag, sein Mittagessen schnell beenden wollte, erbot sich Frau Möller (Meiske oder Maier), ihm Unterstützung zu leisten. Tatsächlich kam sie gegen 14 Uhr in Jeromes Büro, ließ sich kurz in den Auftrag Wertmanns einweisen und übernahm einen Teil der Akten. Gemeinsam stöberte sie mit ihrem Kollegen durch die verschiedenen Vorgänge, suchte offene Rechnungen und ungedeckte Positionen, glich die gefundenen Summen mit den Berichten der Wirtschaftsprüfer ab. Sie kamen auf diese Weise erstaunlich schnell voran. Allein der schiere Berg an Akten verhinderte, dass Jerome die Stromburg pünktlich verlassen konnte. Nachdem die rothaarige Kollegin ihn nach angenehmer Zusammenarbeit und Unterhaltung um 17 Uhr allein zurückließ, nicht ohne von ihm als Kompensation ein gemeinsames Kaffeetrinken am nächsten Montag zu verlangen, benötigte Jerome weitere zwei Stunden zur Sichtung der letzten Unterlagen. Als er dann die notierten Ergebnisse in einem Kurzbericht an Wertmann zusammengefasst und nochmals kurz überprüft hatte, war es bereits nach acht Uhr. Nach seinen Berechnungen stand die AluTrek mit über 130 000 Euro bei „Enbe Energies" in der Kreide. Die hohe Summe ließ Jerome befürchten, dass Wertmann oder der Vorstand sich nochmals in

Verhandlungen über die von der AluTrek in Aussicht gestellte Zahlung von 50 000 Euro begeben würde. In seinem eigenen Interesse hoffte er auf keine weiteren Verzögerungen. Die mittlerweile wieder auf dem Aktenwagen befindlichen Unterlagen würden dann bereits am Montag sein Büro verlassen können. Jerome druckte den Kurzbericht aus, verschloss ihn in einem Umschlag und legte diesen Wertmann in sein Postfach. Mit schnellen, aber erleichterten Schritten schritt er über die bereits dunklen Flure des Verwaltungsgebäudes und trat durch die Sicherheitsschleuse vor das Betriebsgelände. Der letzte Bus in die Stadt sollte in fünf Minuten ankommen.

22

Die Wolken, die an diesem regnerischen Tag den Himmel gegen das von oben einfallende Licht abgeschirmt hatten, sorgten am Abend für einen frühen Übergang von Grau zu Schwarz. Als Jonathan Enbe von seinem Schreibtisch aus einen beiläufigen Blick nach draußen warf, konnte er kaum mehr als Nacht erkennen. Die Lampen seines Büros kämpften nur ungenügend gegen die hereinfallende Dunkelheit an. Enbes Stimmung selbst war in Erwartung des verabredeten Treffens mit Majib nicht so düster, als dass sie der Schwärze des Abends entsprach, allerdings auch nicht so heiter oder erwartungsfroh wie er es selbst erwartet hatte. Enbe musste sich eingestehen, dass der lange Arbeitstag nicht spurlos an ihm vorbeigegangen war. Der Vormittag war durch die routinemäßige Arbeitssitzung mit den Entscheidungsträgern von „Enbe Energies" ausgefüllt worden. In einer Videokonferenz, in der sein Vater von Lagos aus den Vorsitz führte, hatten neben der Filiale in Hamburg auch die Leiter der Niederlassungen in Johannesburg und Delhi teilgenommen, außerdem ein für den Konzern engagierter Agent, der den südostasiatischen Markt, etwa in Laos und Malaysia beobachtete. Noch einmal war die Umsetzung der strategischen Entscheidungen zum globalem Wachstum des

Unternehmens kritisch betrachtet worden. In der Runde wurden unterschiedliche Optionen zum Zukauf von Firmen besprochen. So gab es etwa in Südafrika Gerüchte über den Rückzug europäischer Konsortien aus einigen Goldminen. Vordergründig wurde dieser Schritt mit der Umsetzung einer europäischen Richtlinie begründet, die Geschäftsbeteiligungen in Drittstaaten untersagte, sofern es sich um ökologisch zweifelhafte Industrien handelte. Es galt nun, zu prüfen, ob der wahre Grund für das Aussteigen nicht eher darin bestand, dass die Minen keinen Ertrag mehr abwarfen. In der Konferenz verständigte man sich auf eine Widervorlage nach Auswertung eines in Auftrag gegebenen Untersuchungsberichts. Jonathan Enbe hatte auch über einige aussichtreiche Übernahmen in Europa gesprochen und dabei über das avisierte Telefonat mit Mister Chen berichtet. Das Interesse eines Weltkonzerns wie „Loook" weckte Neugier. Enbe versprach, die Konzernleitung über die konkreten Anliegen Chens zu unterrichten. Im Nachhinein ärgerte er sich über die vorschnelle Erwähnung dieser noch vagen Anfrage. Zum einen hatte er sich damit unter Zugzwang gesetzt. Man würde bald etwas Substantielles und möglichst mit Erfolgsaussichten Versehenes von ihm erwarten. Zum anderen brachte ihn die Erwähnung von Chens Anruf darum, auf eigene Faust ein lukratives Geschäft verhandeln zu können. Wie er seinen Vater kannte, würden eventuelle Geschäfte mit „Loook" nie ohne Einmischung aus Lagos zustande kommen. Tatsächlich meldete sich Mister Chen noch an diesem Abend. Gegen acht Uhr klingelte Enbes Telefon. Mister Chen bat wegen der ungewöhnlichen Uhrzeit um Verständnis. Enbe versicherte ihm, dass auch er selbst gerade erst vom Tagesgeschäft ins Büro zurückgekommen sei – was so nicht ganz der Wahrheit entsprach - , so dass der Anruf genau zum richtigen Zeitpunkt komme. „Wie Sie wissen, würde ich mich gerne mit Ihnen persönlich treffen." Chen sprach im üblichen Duktus eines Managers, der durch Wortwahl und Diktion den Eindruck von Souveränität, Selbstbewusstsein und Geschäftigkeit erweckte. „Da wir gerade von unserem anstrengenden Alltag gesprochen haben, könnte ich mir gut vorstellen, dass wir uns in einem eher informellen Rahmen treffen. Vertrauen und Vertraulichkeit zwischen Geschäftspartnern sind mir ganz besonders wichtig. Zudem geht es um eine Frage von einiger Wichtigkeit für unser und – so denke ich – auch bald für Ihr Unternehmen. Ich will nicht zuviel sagen, aber: ‚Look‘ würde ‚Enbe Energies‘ gerne als Partner gewinnen." Enbe war erfahren genug, um hinter einer solchen Ankündigung nicht sofort ein großes Geschäft zu wittern. Hinter Chens Worten konnte sowohl eine Verheißung als auch eine Drohung stecken. Einem Treffen mit ihm stimmte Enbe trotzdem sofort zu. „Herr Enbe, ich schlage Ihnen das Folgende vor: Ich mache mit meiner Frau am Sonntag einen Ausflug nach Hamburg. Sie hatte sich ohnehin vorgenommen, die neue Ausstellung in der Kunsthalle zu besuchen. Am Abend könnten wir uns dann zu einem guten Essen im ‚Centrale‘ an der Alster treffen. Aus meiner Sicht eines der wenigen guten Restaurants in Hamburg. Einen Tisch besorge ich. Unser Treffen bekommt so einen eher privaten Charakter. Wir könnten im Falle des Falles jederzeit bestreiten, über Geschäftliches gesprochen zu haben. Es wäre daher gut, wenn Sie Ihre Frau auch mitbringen." „Ich halte das für einen guten Vorschlag, Mister Chen. Wir sehen uns also am Sonntag." „19 Uhr. Ich hoffe auf einen anregenden Abend." Mister Chen verabschiedete sich und legte auf. Als Enbe einige Zeit später seinen Wagen vorfahren ließ, der ihn zu einem Zwischenstopp in sein Haus brachte, wusste er, was er heute Nacht bei seinem Treffen unbedingt mit Majib besprechen musste.

23

In Yacines Wohnzimmer herrschte zu diesem Zeitpunkt beste Laune. Mae und Rosy waren der spontanen Einladung ihrer Freundin nur allzu gern gefolgt. Yacine hatte mit der Erzählung vom geheimnisvollen Besucher im Supermarkt und der unerwarteten Lebensmittel-Schenkung nicht nur die Neugier auf eine spannende Geschichte, sondern auch auf seltene kulinarische Genüsse geweckt. So war mittlerweile die zweite Flasche aus dem gelieferten Weinsortiment angebrochen worden. Yacines Obstsalat aus exotischen Früchten und das edle Konfekt hatten in der Dreierrunde großen Anklang gefunden. „Bald werde ich immer so speisen, ihr werdet sehen." Yacine kicherte nach dieser Ankündigung in sich hinein. „Ich werde leben wie die Königin von England. Aber keine Angst, ihr seid natürlich dabei. Ich lade euch immer ein." „Na, wir werden sehen." Rosy, der Yacines Überschwang anstrengend wurde, sah sie herausfordernd an. „Was ist passiert? Du hast heute ein paar schöne Dinge aus eurem Supermarkt geschenkt bekommen. Wenn ich mich bei dir so umgucke, ist das hier immer noch ein Wohnzimmer und noch kein Speisesaal in einem Palast. Obwohl ich schon zwei Gläser Wein getrunken habe, sehe ich noch keine Perserteppiche und Kristalllüster, sondern Rauhfaser und Blumendeckchen." Yacine verzog leicht verstimmt das Gesicht. „Rosy, lass ihr doch die Freude." Mae versuchte, die gute Stimmung von jeder störenden Beimischung freizuhalten. „Lass sie nur, Mae. Rosy hat ja recht. Noch ist das hier ein ganz normales Zimmer in einer ganz normalen Wohnung in einem ganz normalen Haus. Aber, was wäre wenn? Was wäre, wenn der Märchenprinz wirklich käme? Offenbar ist dieser Herr Enbe ein guter Mensch. Er ist reich und wir sind normale Leute. Er will uns helfen. Und er hat nach Majib gefragt – das hast du so erzählt, Mae. Sollte dieser Herr Enbe eventuell noch mehr für uns tun wollen, dann geht es uns besser." Obwohl Yacine das „eventuell" betont langsam und gedehnt gesprochen hatte, verbarg sich hinter diesem Wort mehr als eine vage Hoffnung. In Wirklichkeit hatte sich ihr Glaube an die Ernsthaftigkeit von Enbes Bemühen um ihre Tochter und damit auch um sie selbst seit dem heutigen Vormittag deutlich gesteigert. Sie neigte fast zu einem Bekenntnis der enbeschen Heiratsabsichten. Yacine war in diesem Moment nicht bewusst, dass sie durch diesen Glauben selbst nicht unbedeutend zur weiteren Entwicklung beitrug. Ihr Traum von einer Verbindung Enbes mit ihrer Tochter erfüllte – oder kontaminierte – ihre Wohnung dauerhaft mit einem atmosphärischen Willkommen für den erträumten Schwiegersohn. Es roch gewissermaßen schon nach Erwartung. Rosy ließ sich von Yacines Rede nicht beirren. „Aus meiner langen Erfahrung im Hotel kann ich dir sagen Yacine, dass es den Märchenprinz nicht gibt. Was habe ich nicht alles erlebt! Ich habe Paare gesehen, die sich auf der Urlaubsreise getrennt haben und solche, die sich in unserem Haus gefunden haben. Ich habe untreue Frauen und Männer gesehen, die sich im Hotelzimmer ein Stelldichein gaben. Sie meldeten sich als Ehepaar an und fuhren getrennt in zwei Wagen wieder davon. Glaub mir, als Rezeptionsdame bekommst du mit der Zeit einen scharfen Blick. Ich habe selbst Männer gekannt, die mir die große Liebe schworen nachdem sie mir kaum dreimal ‚Guten Tag‘ gewünscht hatten. Du kannst dir ihre Versprechungen ausmalen: Geld, ein Haus, ein Boot, ein Leben in Saus und Braus. Sobald du aber mit ihnen im Bett warst, wurden aus den Märchenprinzen wieder Frösche. Du solltest Majib vor solchen Enttäuschungen bewahren. Sie hat ihren Jerome und das ist gut so. Das ist kein Märchenprinz, aber auch kein Frosch." „Aber Jerome ist doch so langweilig". Mae hob theatralisch die Hände in die Luft. „Du kannst doch nicht dein Leben lang Schwarzbrot essen, Rosy. Jetzt überlegt doch mal. Majib ist jung und hübsch. Da will man doch noch was vom Leben haben. Ein bisschen Abenteuer und ein bisschen weite Welt. Und dann kommt auf einmal ein Mann, groß, attraktiv mit viel Geld und will dich kennenlernen. Und du willst mir erzählen, dass du den links liegen lassen würdest? Nein, du gehst mit ihm mit. Da wird aus deinem Leben auf einmal eine Kreuzfahrt nach Australien. Das ist was anderes als die Fahrradtour an die Ostsee, die du sonst dein Leben lang machen würdest." Rosy schüttelte den Kopf. „Du würdest es gut finden, wenn Majib Jerome verlässt?" „Naja, sie muss ihn ja nicht verlassen, aber sie soll wenigstens frei entscheiden. Sie kann ja auch sagen: Ich möchte keine Abenteuer. Aber sie soll sich später nicht beklagen, sie hätte ja keine Wahl gehabt." Yacine war in ihrem Sessel etwas zusammengesackt. Das freimütige Sprechen über Jerome verursachte ihr Unbehagen. Auch wenn sie Maes Urteil sachlich zustimmen wollte, erkannte sie in ihm doch einen ungehörigen Vorgang. So offensichtlich durfte man bei aller Begeisterung für Enbe eine Trennung Majibs von Jerome nun doch nicht in Erwägung ziehen. Zumindest musste eine solche Trennung das Ergebnis natürlicher Fliehkräfte sein und beide, Majib und Jerome, unverletzt zurücklassen. Unter dieser Bedingung, so redete sich Yacine ein, wäre ein Auseinanderbrechen dieser langjährigen Beziehung verantwortbar. Sie wechselte daher gedanklich lieber auf die angenehmere Seite des Trennungsvorgangs und malte sich die überaus verlockenden Folgen einer Verbindung ihrer Tochter mit Enbe aus. „Liebe Leute, lasst uns von etwas anderem sprechen", unterbrach sie die laufende Konversation. „Lasst uns davon sprechen, wie gut es uns geht. Das ist wirklich ein besonderer Abend. Zur Krönung hole ich jetzt den Champagner aus dem magischen Warenkorb." Da diese Ankündigung bei Mae und Rosy auf sofortige Zustimmung traf, öffnete Yacine die Flasche mit einem lauten Korkenknall. Der übersprudelnde Inhalt lief Yacine unter ausgelassenem Juchzen der Freundinnen über die Hand und tropfte auf den Boden. Was vom Champagner den Weg in die bereitgestellten Gläser fand, wurde nach ausgiebigem Zuprosten in kleinen Schlucken getrunken. „Auf alle Märchenprinzen", rief Mae. „Und auf die Frösche", fügte Rosy hinzu. Yacine erhob das Glas. „Ich würde erst mal sagen: Auf uns. Und auf Majib."

24

Das am späten Abend mit Spannung erwartete Zusammentreffen zwischen Majib und Enbe verlief unerwartet nüchtern. Enbe, der in seinem Wagen um elf Uhr vor der Skybar eingetroffen war, musste nicht lange warten, bis Majib in einem schwarzen Mantel, einen Regenschirm unter dem Arm ins Freie trat. Sie öffnete, ohne dass es einer weiteren Aufforderung bedurft hätte, die Wagentür und setzte sich neben ihn auf die Rückbank. Nachdem sie einige Sätze miteinander gewechselt hatten, war ihnen beiden deutlich klar, dass dies nicht der Abend für große Ereignisse werden würde. Majib, welcher der kurze Streit mit Jerome noch nachging, hatte sich zudem, möglicherweise beim Warten an der Bushaltestelle, eine Verkühlung zugezogen. Während der Arbeit hatte sie kurze Unterbrechungen genutzt, um sich zwischendurch auf die Toilette zurückzuziehen, nur, um sich in ihrer Jacke aufzuwärmen. Ein starker Schnupfen kündigte sich an. So bemerkte sie bereits eine Stunde vor Dienstschluss Anzeichen von Müdigkeit, die auch Enbe auf der Fahrt im Wagen nicht entgingen. Er selbst war ebenfalls erschöpft und während der kurzen Pause in seinem Haus auf dem Sofa liegend eingenickt. So kämpfte Enbe auch im Wagen noch mit den Symptomen der beruflichen Anstrengung des vergehenden Tages. Kurz: Beide waren in keiner guten Verfassung. So verabredeten sie, nicht wie geplant zu Enbe zu fahren, sondern sich lediglich auf einen gemeinsamen Spaziergang zu begeben. Enbe wies den Fahrer an, sie am Fischmarkt aussteigen zu lassen. Der Wind hatte sich gelegt und die immer noch dichte Wolkendecke sorgte für eine milde Temperatur. Enbe lieh Majib seinen Hut und seinen Schal. Er legte seinen Arm um ihre Schulter und führte sie über den Fischmarkt an den Strom. Schweigend gingen sie eine Weile auf dem Uferweg, sahen auf die Spiegelungen gelber und weißer Lichter im schwarzen Wasser, hörten das Stampfen von Schiffsmotoren, die Sirene eines Krans, das Lachen einer vorbeiziehenden Reisegruppe. Die Luft roch nach Regen und Schlick. Majib mochte es, von Enbe gehalten zu werden. Enbe genoss Majibs Wortlosigkeit. Nach einer halben Stunde kehrten sie zum Wagen zurück. „Ich fahre dich nach Hause." Majib war für dieses Angebot Enbes zu dankbar, um es abzulehnen. Mit tiefem Summen ließ der Fahrer den Wagen beschleunigen und erreichte die Schnellstraße, welche sie auf die Autobahn nach Osten führte. „Majib, ich habe eine Bitte." Enbe sah ihr fest ins

Gesicht. „Ich brauche deine Hilfe. Am Sonntagabend habe ich ein wichtiges Geschäftsessen. Ich möchte, dass du mich begleitest." „Ich?" „Es ist nichts Besonderes. Ein potentieller Kunde will sich mit mir treffen. Er bringt seine Ehefrau mit. Ich werde dich als meine Partnerin vorstellen. Ihr sollt euch ein wenig nett unterhalten. Es gibt ein gutes Essen, wir amüsieren uns. Nach zwei Stunden ist alles vorbei." „Worüber soll ich denn mit dieser Frau sprechen? Ich fürchte, ich weiß nicht, was solche Leute interessiert." „Das ist ganz einfach. Die Frau ist ein großer Kunst-Fan. Du machst morgen einen Ausflug in die Stadt und schaust dir in der Kunsthalle die neue Ausstellung an. Du merkst dir dort zwei, drei Kunstwerke und erzählst beim Abendessen, dass dir diese Werke besonders gefallen haben. Der Rest läuft dann von alleine. Und dann, wenn du die Ausstellung gesehen hast…", hier machte Enbe eine kurze Pause und zeigte ein verheißungsvolles Lächeln, „…dann gehst du in die Stadt und kaufst dir in einer Boutique auf dem Neuen Wall etwas Schönes zum Anziehen. Sag den Verkäufern, du wärst zu einer Party im Hamburger Yachtclub eingeladen – dann werden sie etwas Passendes für dich aussuchen. Danach gehst du zu einem Juwelier, zeigst ihm deinen Einkauf und lässt ihn einen passenden Schmuck dazu aussuchen." Majib lächelte jetzt auch. In diesem Augenblick war sie frei von Zweifeln. „Mache ich gerne." Enbe griff in seine Jackettasche, zog seine Geldbörse hervor und entnahm ihr eine Kreditkarte. „Die leihe ich dir bis Sonntag." Majib nahm die Karte entgegen und verbarg sie in ihrer Handfläche. Sie ließ nach Erreichen der kleinen Stadt den Fahrer an der Hauptstraße halten, dankte Enbe für die Heimfahrt und versprach ihm, am Sonntag pünktlich zu sein. Der Wagen setzte sich in Bewegung. Majib zog ihren Mantel eng um sich zusammen und ging mit schnellen Schritten an der Bushaltestelle vorbei in Richtung Innenstadt. Als sie die Wohnung ihrer Mutter betrat, empfing sie ein leicht säuerlicher Duft verschütteten Weins. Leise öffnete sie die Tür zu ihrem Zimmer, versteckte die Kreditkarte unter einer Taschentuchpackung auf ihrem Nachttisch, legte den Mantel ab und begab sich danach ins Badezimmer. An diesem Abend dauerte es später keine drei Minuten, bis sie in einen tiefen Schlaf gefallen war.

25

Jeromes kleine Wohnung lag im dritten Stock eines Miethauses in einem Neubaugebiet, das um das Jahr 2025 am Rande der Innenstadt auf einem vormaligen Acker errichtet worden war. Die mangelnde Motivation der Architekten und der durch hohe Baustoffpreise beförderte Sparzwang hatten eine Reihe von gesichtslosen weißen Quadern entstehen lassen, die im Laufe der Jahre eine mal grünliche, mal schwärzliche Färbung angenommen hatten. Mit den hervorstehenden Balkonen erinnerten die Häuser an Schubkästen, in die ihre Bewohner einsortiert werden konnten. Nicht ganz zu Unrecht sprach man später vom „Monotonstil", der diese letzte Epoche der Serienbauweise geprägt hatte. Von seinem Balkon aus sah Jerome an diesem Samstagvormittag auf die gegenüberliegende Häuserzeile und zugleich auf eine Gruppe Handwerker, die mit der Reparatur von Rollläden beschäftigt waren, mittels derer sich die großzügigen Fensterfronten hermetisch gegenüber der Außenwelt abschotten ließen. Jerome kannte das Problem. Auch in seiner Wohnung hatte es immer wieder Schwierigkeiten mit diesem Verdunklungssystem ergeben. Mal verkanteten sich die Jalousien in den seitlichen Führungsschienen, mal setzten die Elektromotoren aus, die sie bewegen sollten, mal lockerten sich einzelne Lamellen und ließen zwischen sich größere Spalte offenstehen. Die Handwerker waren in der Vergangenheit auch auf Jeromes Balkon zu Gast gewesen. Zwischen seinem und dem Nachbarhaus hatte der gestrige Tag als Erinnerung an sich eine große Pfütze hinterlassen. Im brackigen Wasser der Lache spiegelte sich der nunmehr blaue Himmel und erzeugte die Vision eines Sommermorgens. Das Bild geriet allerdings unter den Stiefeln zweier spielender Kinder in Bewegung und verschwand schließlich. Jerome wandte sich ab und ging in seine Wohnung zurück. Diese bestand im Wesentlichen aus einem großen Raum, der zugleich Küche, Wohn- und Esszimmer war. An ihn schlossen sich ein kleines Schlafkämmerchen und ein fensterloses Badezimmer an. Jerome, der vor wenigen Minuten sein Frühstück beendet hatte, stellte Teller und Tasse in den Spülautomaten, wusch sich die Hände und wollte gerade ins Badezimmer gehen, als sein Telefon blinkte und summte. Mit schnellem Griff nahm er es vom Tisch und erkannte das Eintreffen einer neuen Nachricht. Weder ein Name noch eine Telefonnummer waren auf ihr verzeichnet. Der Inhalt ließ allerdings leicht auf eine Mitteilung der „AluTrek" schließen. „Herr Dour, Ihr Name ist uns als Kontaktperson genannt worden. Vielen Dank, dass Sie sich für die Abwicklung der Ihnen bekannten Angelegenheit bereiterklärt haben. Die Übergabe von 50 000 Euro erfolgt morgen. Bitte halten Sie sich zwischen 10 und 11 Uhr vormittags in Ihrer Wohnung bereit. Prüfen Sie die Lieferung. Quittieren Sie den Empfang des Geldes. Löschen Sie bitte diese Nachricht nach dem Lesen." Jerome rief Wertmann an. Dieser hatte möglicherweise bereits auf das Telefonat gewartet, nahm sofort ab und teilte Jerome, der kaum Zeit zu einer Erläuterung seines Anliegens hatte mit, er möge das Geld nach der Übergabe gegen 15 Uhr zur Zentrale der „Enbe Energies" nach Hamburg bringen. Am Empfang würde man auf ihn warten. Zudem sei es wichtig, Verschwiegenheit über den gesamten Vorgang zu bewahren. Jerome notierte sich zur eigenen Erinnerung die Zeiten und legte den Zettel auf seinen Esstisch. Dann löschte er anweisungsgemäß die eingegangene Nachricht. Als nächstes rief er Majib an. Im Bedürfnis, ihre gestrige Verstimmtheit wegen seines Ausbleibens wieder zu besänftigen, schlug er ihr vor, sie zum Mittagessen einzuladen. Majib, die nach der gestrigen Nacht gerade erst aus dem Schlaf erwacht war, fühlte sich zugleich gerührt und bedrängt, als sie Jerome reden hörte. Es mag sein, dass in ihrer eigenen verschnupft-nasalen Stimme untertönig auch ein schlechtes Gewissen zu vernehmen war, als sie Jerome mit Bedauern mitteilte, dass sie leider heute nicht kommen könne. Sie habe sich mit Laura, ihrer Kollegin aus der Skybar zu einem lang geplanten Mittagessen in Hamburg verabredet. Es sei so schwierig gewesen, einen Termin zu finden, dass sie nun nicht mehr absagen wolle. Jerome äußerte sein Verständnis mit dem Hinweis darauf, dass er schließlich heute den Abend in ähnlicher Weise verplant habe und sich nach dem Training im Sportverein mit einigen Freunden aus seiner Mannschaft zum Bier treffen wolle. „Reiner Jungsabend, du weißt schon. Aber wenn du willst, sage ich natürlich ab." „Mach dir keine Sorgen. Ich weiß ja noch gar nicht, wann ich heute wieder zurück bin. Aber morgen sehen wir uns ja bestimmt zum Frühstück. Ich glaube, wir brauchen mal wieder Zeit für uns. Wir könnten zum Strom gehen und einen langen Spaziergang machen." In Jerome stieg ein unangenehmes beklemmendes Gefühl auf. Er fürchtete, Majib nun eine Lüge erzählen zu müssen, unwissentlich, dass auch Majib ihm gerade eben eine solche übermittelt hatte. Er versuchte es daher mit einer Ausflucht, die teils aus Wahrheit, teils aus Unwahrheit bestand: „Majib, es gibt da etwas, dass ich dir gerade nicht erzählen kann. Etwas Berufliches. Frag nicht weiter. Aber morgen muss ich eine wichtige Sache erledigen. Ich bin erst am Nachmittag wieder zurück." Majib, die eine solche Auskunft nicht ohne Argwohn hören konnte, wies nun ihrerseits kurz angebunden auf ihre Arbeitsschicht am Abend hin. So blieb beiden nur, sich gegenseitig auf Montag zu vertrösten. „Ich warte auf dich an der Bushaltestelle. Aber lass mich nicht wieder sitzen." „Bestimmt nicht, Majib. Wir müssen uns dann erzählen. Wir erzählen uns alles, was wir am Wochenende erlebt haben. In Ordnung?" „Natürlich." Es entstand eine kurze Pause, in der Jerome dreimal ansetzte, etwas zu sagen, das ihm wichtig war und ihm nicht leicht über die Lippen kommen wollte. „Majib, ich… Majib, ich… Ich hoffe, du bist mir nicht böse."

26

Das Telefonat ließ Majib in einer unklaren Gemütslage zurück. Zum einen plagte sie das schale Gefühl ihres eigenen Versagens. Sie hatte es nicht für nötig gehalten, Jerome offen von ihren Treffen mit Enbe zu erzählen, nicht von ihrem Auftrag für heute und nicht vom morgigen Abendessen. Warum tat sie das nicht? Majib rechtfertigte sich selbst damit, dass schließlich in ihren Begegnungen mit dem Chef der „Enbe Energies Europe" nichts geschehen war, das als Untreue zu werten gewesen wäre. Hatte sie sich nicht innerlich diesen Treffen immer widersetzt? Dass sie in das Diner mit Enbes Geschäftspartner eingewilligt hatte, war eher als Gefallen zu verstehen, der sich für sie, Majib, aber auch für Jerome noch gewinnbringend auszahlen konnte. Sie war zudem bereit, sich eine gewisse Abenteuerlust einzugestehen, hielt allerdings von ihrer Selbstbespiegelung Enbes kraftvolle Gestalt fern, die sie langsam immer mehr an sich zog. Zugleich hatte Jerome mit dem allzu offensichtlichen Verschweigen seiner sonntäglichen Vorhaben den Eindruck der Unaufrichtigkeit hinterlassen. Vielleicht war es ja eigentlich er, der ihr etwas zu beichten hatte. In Majib war auf jeden Fall etwas in Schieflage geraten, von dem sie hoffte, es würde sich in den nächsten Tagen wieder geraderücken lassen. Zuvor allerdings galt es, die kommenden Aufgaben gut zu bestehen. Zu diesen gehörte es, Laura davon zu überzeugen, sich am heutigen Nachmittag mit ihr in der Stadt zum Mittagessen zu verabreden, um ihre vorherige Lüge Jerome gegenüber im Nachhinein zum Verschwinden zu bringen. Majib war erleichtert, als Laura zusagte. Die beiden trafen sich in einem kleinen asiatischen Imbiss in der Nähe des Hauptbahnhofs. Nachdem sie sich in üblicher Weise über den Themenkreis „Skybar" ausgetauscht und über auffällige Gäste, neue Kollegen und die letzten verbalen Entgleisungen ihrer Chefin gesprochen hatten, brachte Majib ihr Hauptanliegen zur Sprache. „Laura, ich habe noch eine Bitte. Kannst du mich morgen bei der Schicht entschuldigen?" „Was soll ich sagen?" Laura, die selbst das eine oder andere Mal Majibs Hilfe bei spontanen Vertretungen oder kleinen arbeitsrechtlichen Unsauberkeiten in Anspruch genommen hatte, legte in ihre Frage einen verschwörerischen Unterton. „Sag einfach, ich hätte dich kurz vorher angerufen, weil ich starke Kopfschmerzen habe." „Und was möchtest du in Wirklichkeit tun?" Majibs Freundin senkte den Kopf und blickte ihr Gegenüber unter hochgezogenen Augenbrauen mit gespielt inquisitorischer Schärfe an. Majib musste darüber lachen. Sie beugte sich über den Tisch Laura entgegen und antwortete ihr fast flüsternd: „Das ist mein kleines Geheimnis. Also, ich will nicht zu viel sagen, aber ich bin zu einem Diner ins beste Restaurant der Stadt eingeladen. Es soll ein ganz besonderer Abend werden. Weiteres dazu sage ich dir später einmal." „O, ich verstehe." Laura zeigte nun ein wissendes Lächeln. Offenbar ging sie davon aus, dass am Sonntag ein lang erwartetes Ereignis bevorstehen würde. Jerome, der nun schon so viele Jahre an Majibs Seite in seiner Unsicherheit sämtliche Gelegenheiten für eine Verlobung oder gar einen Hochzeitsantrag hatte verstreichen lassen, war nun offenbar bereit, endlich den lang erwarteten Schritt zu tun. Die Tatsache der außergewöhnlichen Einladung sprach in jedem Fall dafür. Selbstverständlich willigte Laura ein, mit einer kleinen Lüge dem großen Glück ihrer Freundin ein wenig auf die Sprünge zu helfen und versprach, die gewünschte Entschuldigung am morgigen Abend zu überbringen. Als Majib und Laura sich nach etwa einer Stunde trennten, verband sie das kleine Geheimnis des sonntäglichen Rendezvous, auch wenn beide Frauen gänzlich unterschiedliche Erwartungen davon mit sich in den Nachmittag trugen.

27

Aus dem Imbiss kommend waren es für Majib nur ein paar Schritte bis zur Kunsthalle. Laura, die sich in Richtung Rathaus verabschiedete, wies ihr mit einer kurzen Handbewegung den Weg. Majib, die zuvor das Museum noch nie betreten hatte, sich bislang noch nicht einmal seiner Existenz bewusst war, erkannte es weniger an seiner grausteinernen Fassade über der sich die die flache Halbschale einer Kuppel abzeichnete, sondern eher an der unübersehbaren Inschrift, die auf die neue Ausstellung hinwies. „Welda Walihovic: PrOcr3ation EXiL RELOAD3D" stand in weißen Lettern auf einem pinkfarbenen Banner, das sich über den Sims der grauen Halle zog. Majib wusste nicht, was die Aufschrift bedeutete und war damit wahrscheinlich in bester Gesellschaft. Außer einem kleinen Häuflein verständnisvoller Kunsthallenfreunde dürfte der Hamburger Stadtbevölkerung der kryptische Ausstellungstitel verschlossen oder gar ganz gleichgültig geblieben sein. Für Majib zählte in diesem Augenblick ohnehin eher der Gedanke an die pflichtmäßige Erfüllung des ersten Teils von Enbes Auftrag zur Vorbereitung auf den morgigen Abend. Der zweite Teil, die Ausstattung mit ort- und anlassgerechten Kleidungsstücken versprach deutlich mehr Vergnügen und war von Majib daher bewusst ans Ende des heutigen Stadtausflugs gelegt worden. Vor diesem freudig antizipierten Einkaufsbummel lag nun also die Besichtigungstour in der Kunsthalle. Nachdem Majib eine Eintrittskarte mit Enbes Kreditkarte zu einem, wie sie fand, nicht unerheblichen Preis erworben und ihre Jacke auf Hinweis einer Sicherheitsfrau an der Garderobe abgegeben hatte, durchschritt sie zunächst die runde Eingangshalle und dann eine mit dem gleichen pinkfarbenen Banner wie dem der Außenfassade gekennzeichnete Tür. Hinter der Tür lag ein Raum, der sich offenbar gerade im Umbau befand. Majib bemerkte zu ihrem Erstaunen einige Baustrahler auf dem Boden und Ständer, aus denen schwarze Eisenstäbe ragten, offensichtlich zur späteren Anbringung von Bildern. An der einen Seite des Raums sammelte sich gerade eine Gruppe älterer Herrschaften. Die Herren trugen geöffnete Karosakkos, deren Knopfleisten ihnen wegen ihres leicht gebeugten Ganges fast bis zu den Knien reichten. Die Frauen hatten sich in bunten Farben adrett zurechtgemacht und große Brillen aufgesetzt. In Stille wartete die Gruppe offenbar auf einen Museumsführer, um mit ihm die Tour zu beginnen. Geblendet vom Gegenlicht eines

Bauscheinwerfers wäre Majib fast mit einer der heraufragenden Eisenstangen zusammengestoßen und beschleunigte ihre Schritte in Richtung eines gegenüberliegenden Durchgangs, der mit schwarzem Stoff verhängt worden war. Dahinter begann die Ausstellung. Majib, die zuvor keine Erfahrung mit Kunstmuseen gesammelt hatte, erkannte hier jetzt leicht wieder, was sie durch alte Filme längst im Bild gesehen hatte. In einer gewissen Periode der Kinokunst, so war ihr aufgefallen, hatten es die Drehbuchautoren für notwendig gefunden, dass sich Liebespaare in Museen das erste Mal begegnen. Im gemeinsamen Schauen auf ein meist riesengroßes Ölbild kamen sie hier das erste Mal ins Gespräch. Die Begegnung mit einem weiteren Verehrer wollte Majib tunlichst vermeiden und musste unvermittelt schmunzeln, als sie sich dieses Gedankens bewusst wurde. Sie durchschritt die Räume und betrachtete die vielen Bilder, große Holztafeln mit religiösen Motiven auf Goldgrund, Portraits verstorbener Adliger in eigenartiger Gewandung, schließlich Naturbilder, etwa einen Mann der auf einem Felsen stehend auf eine Wolkendecke schaute. Dieses Bild, das in Majib die Frage „was soll ich hier eigentlich?" aufwarf, sorgte für eine kurze Unterbrechung der Besichtigung. Sie dachte darüber nach, was in Hinblick auf die morgige Unterhaltung jetzt zu tun sei und erinnerte sich an die besagten Museums-Szenen in den Filmen zurück. Die Liebespaare dorten pflegten sich über die Güte eines Bildes zu unterhalten und gaben sich gegenseitig in geschmackvollen Worten über ihre tiefen Gefühle zum Gemälde und später zum jeweils anderen Auskunft. Majib nahm sich also vor, ebenfalls ein Bild, das ihr gefiel, intensiver zu betrachten. So oder so ähnlich hatte es Enbe ihr schließlich auch geraten, als er ihr den Besuch der Kunsthalle aufgab. Auf der Suche nach einem Motiv durchschritt sie mehrere Räume und setzte sich schließlich vor einem großen Ölgemälde auf ein bereitstehendes samtbezogenes Bänklein. Im Mittelpunkt des Bildes stand eine Frau mit blonden Locken, die ihr Gesicht der Betrachterin zuwandte. Sie trug einen weißen Rock, der am Saum offenbar mit Spitze versehen war, dazu ein hellblaues Mieder und ebenso hellblaue Strümpfe. In der rechten Hand hielt sie einen Wattebausch oder eine Puderquaste, mit der sie gerade offensichtlich ihr Makeup richtete. Darauf zumindest deutete der kleine runde Spiegel hin, der sich, von zwei Kerzen flankiert, auf einem hohen Standbein neben der Frau befand. Auf einem roten, geschwungenen Sofa saß schräg hinter der Frau ein eleganter Herr in schwarzem Frack, einen Zylinder auf dem Kopf. Mit leicht heruntergezogenen Mundwinkeln blickte er der Frau auf den Rücken. „Der starrt sie an", dachte Majib, „sie aber guckt lieber zum Maler hin. Sie hat also zwei Männer, den Reichen und den Künstler. Beide Männer sind hinter ihr her. Den einen mag sie und den anderen braucht sie, weil er reich ist." Majib verzichtete darauf, den Bildinhalt in tiefergehender Reflexion auf ihre eigene Situation zu beziehen. Vielmehr war sie froh, auf diese Weise von wenigstens einem Bild genauere Auskunft geben zu können. Sie notierte sich den Namen des französischen Malers in ihrem Telefon und nahm sich vor, auf dem Weg nach Hause nähere Nachforschung über Maler und Bild anzustellen. Nachdem Majib von ihrem Bänkchen aufgestanden war, streifte sie noch durch einige weitere Säle des Museums, fotografierte zur Sicherheit das ein oder andere Bild ab, das ihr besonders auffiel und war erleichtert, schließlich wieder die Garderobe und den Ausgang zu erreichen.

28

Als Majib gegen Abend mit der S-Bahn nach Hause fuhr, standen neben ihr auf dem Sitz zwei Einkauftaschen. Der Neue Wall war im Gegensatz zu anderen Hamburger Einkaufsstraßen bislang wenig vom allgemeinen Ladensterben betroffen. Die großen Luxusmarken, die Bekleidung, Schuhe, Schmuck und Handtaschen anboten, nutzen ihre Ladenflächen als Ausstellungsräume für ihre Produkte. Auch wenn die Läden weiterhin klingende italienische oder französische Namen trugen, verbargen sich hinter diesen Namen in der Regel chinesische oder russische Großkonzerne, die einige Jahre zuvor die europäischen Firmen aufgekauft hatten. Der zahlungskräftigen Kundschaft war die Herkunft ihrer Ware in der Regel solange egal, wie weiterhin im vermeintlich exklusiven Warensegment zu horrenden Preisen Dinge erworben werden konnten, die sie von der Durchschnittsbevölkerung abhob. Majib, der die Läden bislang nur vom Schaufensterbummel bekannt waren, hatte mit leichter Ehrfurcht die Boutique eines Herstellers von Damenmode betreten, deren Namen ihr aus den Boulevardmagazinen der Internetkanäle geläufig war. Sie hatte bei ihrem Eintreten die kritische Musterung ihrer Person durch die Verkäuferin wahrgenommen, der ihr durch die Blicke vermittelte Geringschätzung aber gleich den Boden entzogen, als sie sich als leitende Mitarbeiterin der „Enbe Energies" vorstellte und das Anliegen vorbrachte, sich für ein morgiges Business-Diner einkleiden zu wollen. Die darauf folgenden Fragen nach den Vorlieben bezüglich Farbe, Muster oder Material brachten Majib in eine gewisse Verlegenheit. Sie überließ sich daher ganz der Beratung durch das Personal, probierte verschiedene Kleidungsstücke und entschied sich auf Anraten der Verkäuferin schließlich für einen dunkelblauen Hosenanzug und eine korallenrote Bluse, zu der dann die passenden Schuhe in gleicher Farbe ergänzt wurden. Enbes Kreditkarte bewältigte die geforderten Summe, die Majibs Monatseinkommen überstieg, ohne Schwierigkeiten. Bei einem benachbarten Juwelier, der beim Vorzeigen der erworbenen Kleidung sogleich die edelsten und teuersten Stücke seiner Kollektion empfahl, übte sie jedoch Zurückhaltung. Sie erstand Ohrringe, an deren Ende silberne Plättchen befestigt waren, die durch das Wenden des Kopfes in Bewegung geraten, sanft schimmernd das Licht reflektierten, sowie einen Ring mit einer Emaillearbeit, die einen kleinen schwarzen Panther auf rotem Grund zeigte. In solcher Weise bestens für den Sonntag gerüstet, hatte sie nun den Heimweg angetreten. Auf der Fahrt sammelte sie ihre Gedanken und ließ den bisherigen Tag noch einmal an sich vorbeiziehen. Mehrfach öffnete sie die Einkaufstaschen, befühlte die Stoffe und besah sich die Schmuckstücke. Auf diese Weise bewahrte sie sich die Vorfreude auf den Moment, in dem sie, nun ganz Dame von Welt, das Restaurant betreten würde. Sie malte sich die entstehende Konversation bei Tisch aus und verdrängte erfolgreich jeden schlechten Gedanken, der ihr Gewissen belasten könnte. Zu Hause angekommen, gelang es ihr, die Taschen unbemerkt von ihrer Mutter in ihr Zimmer zu bringen. Yacine, die Majib einen freudigen Gruß aus der Küche zurief, klopfte wenig später an der Tür und wartete mit einem Abendessen auf, das sie aus dem geschenkten Warenkorb zusammengestellt hatte. Bei Fjordlachs und Wildreis erzählte sie Majib von den gestrigen Ereignissen im Supermarkt, der unverhofften Spende und dem anschließenden Abend mit ihren Freundinnen. „Majib, wir haben Glück. Mae meint, dieser Enbe sei ein wirklich guter Mensch. Was hältst du von ihm?" „Mum, ich kenne ihn kaum." „Du bist ihm noch nicht begegnet?" Majib, die es nach den vielen Flunkereien des heutigen Tagen für wenig angebracht hielt, nun auch noch ihrer Mutter gegenüber die weitere Last einer Notlüge auf sich zu nehmen, gestand ein, dass sie Enbe in den vergangenen Wochen bereits mehrfach gesehen hatte. „Er hat mich an der Skybar aufgesucht und wollte mich ausführen. Das habe ich aber nicht gewollt. Er hat immer wieder gefragt und so sind wir gestern am Hafen spazieren gegangen. Er hat mich für morgen zum Essen eingeladen – rein geschäftlich. Er will sich mit einem Kunden treffen und hat mich gebeten, mitzukommen." Dieser kurze zusammenfassende Bericht verschwieg sowohl das erste Treffen in Enbes Haus als auch Majibs nachmittäglichen Einkaufsbummel. „Und, willst du gehen?" In Yacines Stimme lag Besorgnis, die in der Befürchtung gründete, Majib könne die Einladung Enbes ablehnen. Umso erleichterter war sie, als ihre Tochter angab, dem abendlichen Treffen zugestimmt zu haben. „Aber sag Jerome nichts davon, bitte". Yacine schüttelte energisch den Kopf. „Ich sage ihm bestimmt nichts. Weißt du, Majib, dieser Herr Enbe scheint ein großzügiger Mensch zu sein und er hat offensichtlich ein Auge auf dich geworfen – na wenn schon. Du gefällst ihm halt, aber da ist nichts dabei. Solche Kontakte muss man pflegen, weißt du. Es kann nie schaden, einflussreiche Menschen zu kennen. Es kann das Leben einfacher machen. Vielleicht kann er dir beruflich helfen. Ich vermute, du möchtest nicht auf ewig als Kellnerin arbeiten." „Darüber mache ich mir jetzt keine Gedanken." „Das solltest du dir aber. Es ist eine echte Chance. Majib, bisher habe ich gedacht, dass du Jerome irgendwann heiraten wirst. Und dann? Dann zieht ihr vielleicht hier in eine kleine eigene Wohnung aber sonst bleibt alles beim Alten. Du gehst in die Skybar zum Arbeiten, bis irgendwann deine Beine nicht mehr wollen und der Schichtdienst dir zu schaffen macht. Jerome wird weiter ein kleiner Angestellter bleiben. Weißt du, das ist alles nicht schlimm, aber ich möchte nicht, dass du dir deine Möglichkeiten verbaust. Das Leben kann nach Fjordlachs schmecken oder nach Pizza vom Lieferdienst." „Mum, so etwas will ich gar nicht denken. Jerome und ich gehören zusammen. Dieser Enbe bedeutet mir nichts." „Die Dinge können sich ändern. Als ich noch jünger war, habe ich immer davon geträumt, einmal den Supermarkt hinter mir lassen zu können. Es ist mir nicht gelungen. Ich hatte ein Kind, um das ich mich kümmern musste. Die Träume habe ich aufgeschoben. Wenn aber Träume wahr werden können, warum darf man sie nicht weiterträumen? Warum muss man sich alles versagen, bloß weil man in der Jugend auf diesen oder jenen Weg geraten ist?" „Das geht mir zu weit. Vielleicht ist es ja mein Traum, mit Jerome genau das Leben zu führen, das du gerade so abfällig beschrieben hast." Majib versuchte, die angedeuteten Wünsche ihrer Mutter zurückzuweisen, auch wenn sie im Inneren wusste, dass sie bereits von ähnlichen Gedanken infiziert worden war. Zudem musste sie sich eingestehen, dass diese Gedanken eine reizvolle Versuchung darstellten. Das Gespräch mit ihrer Mutter hatte sie wieder ein Stück weiter in die Richtung gebracht, die bisherige, so selbstverständliche Grundlage ihres Lebens zu hinterfragen. Im Stillen nahm sie sich vor, den morgigen Abend abzuwarten und dann eine Entscheidung über das weitere Vorgehen zu treffen. Der Gedanke, die sich entwickelnden

Bande zu Enbe zu durchschneiden und damit auch ihre Mutter zu enttäuschen, gefiel ihr ebenso wenig, wie der Gedanke, Jerome zu verletzen. Die beiden Frauen beendeten die Mahlzeit und ihr Gespräch. Es ließ bei beiden das Gefühl zurück, an einem entscheidenden Punkt angekommen zu sein. Hier gabelte sich der Weg. Die Unentschlossenheit des Augenblicks ließ Majib nach rechts und links blicken, die verschiedenen Möglichkeiten abwägen, ohne zu wissen, was dort im Nebel der Zukunft verborgen lag. Welcher Abzweigung Majib folgen würde, war hier und jetzt noch nicht abzusehen.

29

Jerome, der von dieser Konversation am Küchentisch und den heraufziehenden Problemen nichts wusste, war zur gleichen Zeit in der Sporthalle beim Training. Sein Verein hatte in den letzten Jahren investiert und eine neue Spielstätte errichtet, die den Anforderungen an eine zeitgemäße Anlage gerade in technischer Hinsicht voll genügte. Der Aufstieg seiner Mannschaft in die dritte Bundesliga sollte in den nächsten Jahren realisiert werden und der Verein arbeitete daran, gute Nachwuchsspieler aus dem Hamburger Umland vertraglich an sich zu binden. Dass dies für einen eher mittelbegabten Spieler wie Jerome die Gefahr brachte, aus dem Kader herauszufallen, war ihm selbst genauso wie seinen Freunden klar. So legten sie seit einigen Monaten Extra-Trainingseinheiten ein, um mit dem ansteigenden Spielniveau mithalten zu können. An den aufgestellten Geräten in der Halle, zwölf leistungsstarken Spielekonsolen mit neuester Bild- und Tontechnik, saßen neben Jerome zwei weitere Spieler, verschanzt hinter großen Immersionsbrillen. Das Training bestand aus der Automatisierung bestimmter taktischer Varianten, in denen das Simulationstool Jerome in schneller Folge die immer gleiche Spielsituation anzeigte, einen Angriff über die rechte Seite, bei dem der Ball vom Abschlag des Torhüters bis vor die Füße des Mittelstürmers in möglichst unter zehn Sekunden zu befördern war. Das Programm ließ nun die gegnerische Abwehr immer wieder unterschiedlich darauf reagieren, so dass Jerome seine Spieler teils in direkter Manndeckung vorfand, der Ballführende gedoppelt wurde oder sich der Gegner in eine statische Raumdeckung zurückzog. Auf all diese Möglichkeiten galt es innerhalb von Sekunden mit entsprechenden taktischen Varianten zu reagieren. Große Stars des E-Soccers wie der südkoreanische Kim Park kannten Tausende solcher Spielsituationen auswendig und fanden die Lösungen für ihre Mannschaft automatisiert. Nach einer halben Stunde legte Jerome erschöpft seine Brille ab und ließ sich auf dem Bildschirm die Datenanalyse der Trainingseinheit anzeigen. Im Vergleich zur Vorwoche hatte sich seine Reaktionszeit etwas verbessert, wenn auch die gefundenen Lösungswege lediglich die Positiv-Quote von 79% aufwiesen, ein Wert, der von dem eines Top-Spielers weit entfernt war. Im Vergleich sah sich Jerome etwas besser als sein Kumpel Cris, der am Rechner neben ihm saß, allerdings deutlich schlechter als Ahmad, der im Übrigen scheinbar ohne Ermüdungsanzeichen bereits mit der nächsten Einheit begonnen hatte. Cris, der jetzt ebenfalls vor den Auswertungsdaten saß, sah zu Jerome herüber und gestand durch einen gesenkten Daumen seine schlechte heutige Leistung ein. „Jerome, lass uns für heute Schluss machen – ich kann mich nicht richtig konzentrieren." Cris verwendete solche Entschuldigungen häufig und überspielte damit die schlichte Tatsache, dass er einfach kein guter Spieler war. Sein Vater, der noch auf herkömmliche Weise Fußball gespielt und seinem Sohn aus Begeisterung für einen ehemaligen Star den Namen „Cristiano" gegeben hatte, war mit dessen Wechsel in den E-Sport-Bereich zunächst nicht einverstanden gewesen. Er musste allerdings später doch einsehen, dass nur in dieser Sportart noch eine hoffnungsvolle Karriere für Jugendliche möglich war. Der Analog-Fußball wurde in Folge finanzieller Zusammenbrüche der großen Clubs immer weniger einträglich. Leider konnte Cris die Hoffnungen auf die große Karriere nicht erfüllen. Anders war es bei Ahmad. Ihm lag bereits jetzt ein aussichtsreiches

Angebot des Vereins für die Dritte Bundesliga vor. Die Datenanalyse der heutigen Trainingseinheit spiegelte also „in nuce" den Leistungsunterschied zwischen den drei Spielern realistisch wider. Jerome schloss das Programm und erhob sich. Cris schickte Ahmad die kurze Nachricht auf dessen Immersionsbrille, dass Jerome und er schon einmal in den Clubraum hinübergehen und ihn dort erwarten würden. Statt einer Umkleidekabine hatte der Verein die neue Sporthalle mit einem geräumigen Zimmer ausgestattet, in dem die Sportler nach Training oder Spiel zum Bier zusammenkamen. Jerome ließ sich in einen der in den Vereinsfarben grün und weiß gehaltenen Sessel fallen. Cris brachte ihm ein Bier aus einem bereitstehenden Getränkeautomaten. Auf dem großen Bildschirm an der Wand studierte er die angezeigten Vorankündigungen der nächsten Spiele und die Aufstellung, welche automatisiert aus den Trainingsdaten der Spieler und ihrer derzeitigen Form ermittelt wurde. „Nächste Woche Donnerstag Spiel gegen ‚Raptors Barsbüttel', Spieler: Ahmad (Position 1), Ken (Position 2), Elli (Position 3), Jordis (Position 4), Ersatz: Will, Jerome, Heidi, Cris." „Sieht schlecht aus, oder?" Jerome streckte Cris seine Flasche zum Anstoßen entgegen. „Eigentlich wie immer." Cris prostete ihm zu. „Ich mache diese Woche noch mindestens drei Einheiten. ich arbeite mich wieder ran. Im Augenblick habe ich einfach etwas Trainingsrückstand. Jerome, kommst du Montag? Dann könnten wir das Simulationsspiel gegeneinander machen – mit der Champions-League-Aufstellung. Viertelfinale letztes Jahr Seoul gegen Osaka – du weißt, die Defensivschlacht." „Ich kann nicht" Jerome ließ sich tiefer in den Sessel sinken und legte die Beine auf den vor ihm stehenden Tisch. „Ich hab' gerade Stress auf der Arbeit. Weißt du, ich hab' Majib jetzt tagelang nicht gesehen. Da muss ich jetzt mal was für die Beziehung tun. Sonst gibt's da auch noch Ärger." „Frauen!" Cris nahm einen tiefen Schluck aus seiner Flasche. „Das ist es, was ich immer sage: Frauen und Sport gleichzeitig, das geht nicht. Du musst dich auf eins konzentrieren, sonst geht's nicht voran. Ich weiß schon, warum ich da zurückhaltend bin. Oder du musst dir halt eine

Frau suchen, die auch spielt. Wie bei Ken und Elli – da klappt es ganz gut." Jerome ging auf Cris' Weisheit nicht weiter ein. Auch dieses ostentative Schwadronieren von Sport und Beziehungen kam ihm bei Cris eher wie eine Entschuldigung der eigenen Unfähigkeit in Liebesdingen vor. Vielleicht, so vermutete Jerome schon länger, war Cris' Desinteresse an Frauen auch einer uneingestandenen Vorliebe für Männer geschuldet. Zumindest beobachtete er immer wieder, dass Cris auffällig häufig Ahmads Nähe suchte, auch wenn dieser zum einen wegen des Leistungsunterschieds unerreichbar und zudem bekanntermaßen seit einigen Monaten glücklich mit einem Mädchen aus seiner Berufsschulklasse verlobt war. Als Ahmad sich kurz darauf zu ihnen gesellte, vermeinte Jerome, einen bewundernden Blick zu bemerken, den Cris dem Eintretenden zuwarf und die auffällige Eilfertigkeit, auch Ahmad mit einem Bier zu versorgen. „Leute, was geht?" Ahmad wirkte nach dem Training entspannt. „Es geht nicht so viel, wie bei dir. Heute warst du richtig in Form, oder?" „Normal, Mann!" Ahmad grinste breit, setzte die Flasche an und leerte sie in einem Zug. „Leute, ich muss euch was sagen. Der Vertrag ist da. Bald gibt's richtig Kohle." „Freut mich für dich." Cris bemühte sich, seinen Neid hinter lässiger Freundlichkeit zu verbergen. „Ja Mann. Morgen unterschreib ich. Hab' den Verein noch ein bisschen zappeln lassen. Dann haben sie noch was draufgelegt. Berufsschule ist bald vorbei, Leute!" Ahmad schlug Cris auf den Rücken. „Aber keine Angst, ich vergess' euch nicht." „Na das hoffe ich. Bei mir sieht's auch gut aus." Cris versuchte Ahmads Ankündigung zu kontern. „Mein Vater will seinen Sportversand neu aufziehen und ich steige bei ihm als Junior-Partner ein. Weißt du, Trikots und Schuhe verkaufen kann jeder, aber E-Sport-Ausrüstung, die richtige Technik, Training-Tutorials und so, dafür musst du dich auskennen." Es ließ sich nicht ganz sicher sagen, ob Jerome die unverhoffte Leistungsschau, in die ihn das Gespräch mit seinen Vereinskameraden geführt hatte, beeindruckte, oder ob er ganz einfach positive Resonanz für sich erzeugen wollte. In jedem Fall ließ er sich nach einer Weile dazu hinreißen, in vagen Andeutungen von einem großen Deal zu sprechen, der ihm in den nächsten Tage bevorstehe, von etwas, worüber er noch nichts sagen dürfe. Soviel aber sei ihm klar: Seine Chefs hatten ihn für einen wichtigen Auftrag ausgesucht, von dem auch er sich einen gewissen Profit erhoffte. Es gehe, wie er erzählte, um Vereinbarung zwischen zwei großen Firmen, die sich ihm dann erkenntlich zeigen würden. Ob diese Nachrichten Ahmad und Cris beeindruckten, ließ sich für Jerome nicht ermitteln. Zur guten Stimmung, die sich zwischen den dreien einstellte, als jeder von ihnen wechselweise in Vorgriff auf große Zukunft eine neue Runde Bier ausgab, trug auch Jeromes Geschichte sicherlich bei. Auf jeden Fall gingen sie in dieser Nacht in unbeschwerter Stimmung auseinander.

30

In dieser Nacht irrte ein kleiner Lichtpunkt durch das Dunkel an der Landstraße, die auf die große Brücke über den Strom zulief. Zwischen den Büschen und Gestrüppen am Wegesrand leuchtete er immer wieder auf und bewegte sich in gemächlicher Geschwindigkeit vorwärts. Der Nacht fügte er so einen irdischen weißen Punkt hinzu, der seine Bewegung der Unbewegtheit der weißen Sterne entgegensetzte. Auf der Brücke kam der Punkt zum Stehen und verlosch. Gegen das Geländer der Brücke zeichneten sich die Umrisse eines Fahrrads ab, von dem eine kleine, zierliche Person abstieg, die ein Beobachter leicht als Yacines Freundin Rosy hätte identifizieren können. Der Nachthimmel hatte sie zu später Stunde noch einmal nach draußen geführt, wie er es manchmal tat, wenn Rosy von einer unbestimmten Sehnsucht getrieben nicht in den Schlaf fand. Auf der Brücke sah sie über die Weite des Stroms, dessen Wasser ihr von Osten her mit sanftem Wellengang entgegenkamen. Über ihr lag das Schwarz des Septemberhimmels und gewährte nach seiner Auswaschung durch den Regen der letzten Tage eine klare Sicht auf die Gestirne. Etwas weiter nach Süden hatte sich der Fluss verzweigt und ließ hinter kleinen Schilfinseln eine ruhende Wasserfläche erkennen. Ein Schwarm Graugänse hatte sich auf ihr niedergelassen, die Köpfe zum Schlaf unter das Gefieder gesteckt. Die Vögel schwammen fast regungslos. „Sie ruhen sich aus", dachte Rosy für sich. „Bald brechen sie wieder auf. In einem Monat werden sie sich aus den vertrauten Gefilden erheben und ihre lange Reise antreten, entlang der Landschaft und der Gestirne ihre Orientierung finden und gen Süden fliegen über Deutschland hinweg nach Spanien und weiter nach Afrika. Und wenn der Frühling kommt, kehren sie zurück." Rosy selbst erkannte sich in ihnen wieder. War nicht auch sie einst als Zugvogel aus dem Süden hierhergekommen? Aber anders als die Gänse hatte sie sich am ruhenden Wasser niedergelassen und war geblieben, viele Winter lang, sehr viele. Wahrscheinlich würden auch einige der Vögel das gleiche Schicksal teilen, nachdem in den letzten Jahrzehnten immer mehr von ihnen das beschwerliche Reisen aufgegeben hatten, da ihnen das Land ihres Sommers nun auch im Winter ausreichend Schutz und Nahrung bot. „Ob sie den Weg nach Süden überhaupt noch finden würden?" Rosy griff in ihre Jackentasche und zog eine kleine grüne Dose hervor, ließ den Deckel aufschnappen und blickte auf ein rundes weißes Blatt, auf dem die Himmelsrichtungen verzeichnet waren. Der Reisekompass war ihr von einem Kapitän geschenkt worden, der auf seinen Reisen zuletzt bei jedem Halt seines Schiffes am Strom zu ihr in das Hotel „Schifferklavier" gekommen war. Auch wenn es weit bessere und günstigere Unterkünfte gegeben hätte, war er doch, wie er sagte, froh um jeden festen Ort gewesen, der ihm zumindest für einen oder zwei Tage zwischen den Fahrten ein Gefühl von Heimat geben konnte. Als er das letzte Mal vor seinem Ruhestand im „Schifferklavier" eingekehrt war, hatte er Rosy als Dank seinen Reisekompass geschenkt. Wahrscheinlich war ihm der Gedanke tröstlich gewesen, an dem vertrauten Ort ein Stück seiner selbst hinterlassen zu können. Rosy betrachtete die Nadel, die sich langsam nach Norden hin einpendelte und drehte sich in ihre Richtung. Vor sich blickte sie am Saum des

Himmels auf das Sternbild des Großen Wagens und erkannte über ihm stehend den Nordstern. „Ein einziger Fixpunkt in einer Welt voll Bewegung. Nicht einmal das Himmelsgewölbe steht still, weil die Erde sich dreht." Rosy richtete ihren Standpunkt aus und begann, sich Grad um Grad der Kompassnadel folgend langsam um die eigene Achse zu drehen. Sie sah ostwärts gewandt wieder auf den Fluss und schaute auf den leuchtenden Mars, erkannte über ihr den Perseus und die Andromeda, deren Bildnisse unter dem Licht des im Südosten stehenden Mondes nur schwach zu erkennen waren. Sie folgte in ihrem Blick der Straße auf der Brücke, sah sie langsam in Richtung des Landes abfallen und schaute über sie hinweg zum westlichen Himmel. Dort konnte sie das Sternbild des Adlers ausmachen, dessen rechter Flügel auf die über ihm stehende Vega deutete. Deren Name verwies ebenfalls auf den Adler, diesmal nicht den aufsteigenden, sondern den herabstürzenden. Mit ihm kehrte auch Rosy wieder zur Erde zurück, an den kleinen Fleck, auf dem sie stand, während sich das Universum um sie herum ausspannte. Der Deckel des Kompasses schloss sich und die Dose verschwand wieder in ihrer Jacke. Auf diese Weise wieder neu auf sich selbst ausgerichtet, ging sie zu ihrem Fahrrad zurück. Die Lichtkegel starker Scheinwerfer erfassten die Fahrbahn und ein Lastwagen vertrieb mit seinem lauten Brummen die nächtliche Stille. Als er die kleine Person am Straßenrand passierte, ließ er zur Warnung kurz seine Hupe ertönen und entfernte sich dann in Richtung Süden. Rosy setzte zum Heimweg in die entgegengesetzte Richtung an. Ihre innere Stille wich den Gedanken an die vergangenen Tage. In diesen tauchten Majib und Jerome auf, Yacine und Mae, eingeschlossen in die Bewegung der Welt. Nur die Stelle, an der Rosy gestanden hatte, blieb zurück.

Wer bei einer geheimen Geldübergabe ein Abenteuer mit Geheimagenten, versteckten Codes, einsamen Orten, Männern mit dunklen Sonnenbrillen oder gar dem Einsatz von Waffen oder Fluchtfahrzeugen erwartet, wird von der Nüchternheit des Vorgangs, der sich am Sonntagmorgen vollzog, enttäuscht sein. Vielmehr erschien gegen 10 Uhr ein Fahrzeug einer der gängigen Kurierdienste in der weißen Siedlung vor Jeromes Haus. Ein mittelalter Mann mit einer Schirmmütze, auf der das Logo der Logistikfirma gedruckt war, klingelte. Jerome, der nach dem gestrigen Abend noch leicht verkatert war und um ein Haar vergessen hätte, sich rechtzeitig den Wecker zu stellen, drückte auf den elektrischen Türöffner und hörte die näherkommenden Schritte auf der Treppe. Der Bote trug ein offenbar nicht allzu schweres Paket in seinen Händen, das durch seinen gewöhnlichen hellbraunen Packkarton in keiner Weise auffällig erschien. Bei Beobachtung der Szene hätte jeder Nachbar einen Vorgang gesehen, der sich so oder ähnlich jeden Tag mehrfach im Haus ereignete. „Tag, Herr Dour, eine Lieferung für Sie." Der Kurier stellte das Paket kurz auf seinem vorgestreckten linken Oberschenkel ab und fingerte den Lieferschein aus einem am Deckel des Kartons befestigten Umschlag. „Sie müssten mir den Erhalt einmal bestätigen. Ist ein Einschreiben. Ich bräuchte dazu auch ihren Ausweis." „Kleinen Moment." Jerome, den in diesem Moment nun doch eine leichte Nervosität überkam, ging in die Wohnung zurück, griff nach seinem Geldbeutel, der auf dem Küchentisch lag und holte den Ausweis aus einem Seitenfach heraus. Währenddessen fiel ihm ein, dass er zur Sicherheit zunächst den Inhalt des Päckchens überprüfen sollte, wie es ihm in der Nachricht aufgetragen worden war, die ihm die Geldübergabe angekündigt hatte. Er händigte dem Boten seinen Ausweis aus und bat ihn, kurz zu warten. Es handele sich, so sagte er, um ein Geschenk seiner Großmutter, die ihn gebeten habe, sich bei Empfang von der Unversehrtheit der Lieferung zu überzeugen. „Da scheint mir nichts Zerbrechliches drin zu sein." Der Kurierfahrer schüttelte das Päckchen, ohne dass ein

Geräusch zu hören war. „Ja, ist wohl gut verpackt. Tut mir Leid für Ihre Zeit, aber meine Großmutter ist ein bisschen sehr vorsichtig." „Geht schon klar, ich warte kurz." Jerome bedankte sich, übernahm das Paket und ging in sein Schlafzimmer. Er zog die Vorhänge zu, nahm eine Schere und öffnete den Karton. In ihm befand sich ein schlichter kleiner grauer Koffer, der zu Jeromes Erleichterung weder durch ein Schloss noch durch einen Zahlencode gesichert war. Als er den Deckel hob, fand er im Inneren Bündel von 100-Euro-Scheinen, die durch Banderolen zusammengehalten wurden. Auf ihnen war der Wert „2500 Euro" vermerkt. Um das Durcheinanderfallen der Bündel im Koffer zu verhindern, hatte man zwischen sie Packpapier gelegt. Jerome entfernte das Papier und legte die zusammengebundenen Geldscheinstapel auf sein Bett. Er zählte zwanzig Stück, ein erstes und ein zweites Mal, legte das Packpapier über die Bündel und verließ das Zimmer. Auf den Lieferschein schrieb er zur Sicherheit „Inhalt vollständig angekommen" und unterschrieb dann. Der Bote gab Jerome den Ausweis zurück, reichte ihm einen Durchschlag des unterschriebenen Lieferscheins, tippte sich kurz an seine Mütze, wünschte einen schönen Sonntag und stieg die Treppe wieder hinunter. Als die Haustür ins Schloss fiel, atmete Jerome auf. In sein Schlafzimmer zurückgekehrt, streifte er mit dem Daumen mehrfach durch die Scheine. Eine solche Mange an Bargeld hatte er bislang weder gesehen, geschweige denn besessen. Nach einiger Zeit legte er die Geldbündel sorgfältig in den Koffer zurück, stopfte die Leerräume wieder mit dem Papier aus, verschloss den Deckel und schob das wertvolle Gut unter sein Bett. Als er sich für ein paar Minuten Ruhe rücklings auf die Matratze fallenließ, meldete sich nach kurzer Zeit die Müdigkeit, die ihn in einen kurzen, traumreichen Schlaf fallen ließ.

Weil sich zu diesem Zeitpunkt eine vollautomatische Limousine in Überlänge aus Berlin in Richtung Hamburg in Bewegung setzte, wäre es vielleicht angebracht, zumindest kurz auf den Besitzer des Wagens und seine Absichten einzugehen. Mister Chen und seiner Frau stand an diesem Tag ein zugleich angenehmes, wie auch für die weitere Zukunft bedeutsames Programm im Terminkalender. Auf den Besuch im Museum, der Mrs. Chens Interesse an zeitgenössischer Kunst geschuldet war und als Vorwand für den Hamburgbesuch diente, sollte schließlich ein Geschäftsessen mit Jonathan Enbe folgen. Von diesem Treffen erhoffte sich Chen die Lösung eines großen Problems. Chen arbeitete, wie früher bereits erwähnt, für „Loook", den weltweit wichtigsten Dienstleister für digitale Anwendungen. Im Jahr 2030 hatte sich „Loook" von einem nationalen chinesischen Staatsunternehmen zum „Global Player" entwickelt. Chinesische Staatsfonds hatten sich über Zwischenfirmen und Mittelsmänner über Jahre die Mehrheiten an einigen wichtigen amerikanischen IT-Firmen gesichert, schließlich zum großen Schlag ausgeholt und die Firmen gegen den erbitterten Widerstand des amerikanischen Staates zum Verkauf an „Loook" gezwungen. Der Konzern gewann so eine dominante Stellung im Bereich der sozialen Medien, der Suchmaschinen und Streaming-Portale. Der Vorgang, der fast einen chinesisch-amerikanischen Handelskrieg hervorrief, sorgte weltweit für Empörung. Man befürchtete, dass die nunmehr zur Verfügung stehenden Kanäle für die Verbreitung chinesischer Propaganda genutzt würden. Der Aufbau alternativer Portale in Europa, den USA oder Kanada hatte keinen Erfolg. Die Kunden blieben den bewährten Plattformen treu. Das Erfolgsgeheimnis von „Loook" bestand darin, seine Marktmacht nur sehr zurückhaltend politisch einzusetzen. Wie selbst Kritiker eingestehen mussten, schaffte „Loook", was seine Vorgänger nur unzureichend vermocht hatten, nämlich die Eindämmung verschwörungstheoretischer, staatsfeindlicher und ideologisch problematischer Inhalte, die über ihre

Plattformen verbreitet wurden. „Loook" wurde sogar zum verlässlichen Partner der Ordnungsbehörden im Kampf gegen Fehlinformationen und half zuverlässig auf Anfrage bei der Verbrechensbekämpfung. Die wahre Macht des Konzerns lag eher in seinen Möglichkeiten, als in deren Realisierungen. Aus der Zentrale war Chen, der die Deutschland-Filiale leitete, gemeinsam mit anderen allerdings kürzlich auf ein Problem aufmerksam geworden. Dieses lag weniger in den Inhalten, als vielmehr in der Infrastruktur der digitalen Dienstleistungen begründet. Suchmaschinen, Streamingdienste oder Social Media brauchten Server, gewaltige Knotenpunkte des digitalen Verkehrs. Die Leistungen dieser Server hatte sich in den vergangen Jahrzehnten vervielfacht. Die Folge war eine beständige technische Fortentwicklung, vor allem aber eine digitale Aufrüstung ungeahnten Ausmaßes gewesen, die spätestens mit der allgemeinen Verbreitung von Kryptowährungen und gängiger dreidimensionaler Grafik notwendig geworden war. Weltweit standen riesige „Loook"-Datenfabriken, Serverkraftwerke mit gewaltigen Kapazitäten. Und jede dieser Fabriken brauchte Energie, deren Bedarf proportional zum Ausbau der Serverleistungen stieg. „Loook" hatte nun in den letzten Monaten für sein Europageschäft den zukünftigen Energiebedarf kalkuliert und eine unmissverständliche Warnung an seine Filialen gegeben. Auf dem freien Markt, so hieß es, sei die benötigte Strommenge zukünftig nicht mehr zu bekommen, zumal die Europäer ihre Energieproduktion in den vergangenen Jahrzehnten immer weiter gedrosselt hatten. Der Aufbau einer eigenen Energiesparte wurde wegen der Regulierung des Marktes als zu langwierig und kompliziert angesehen. Es galt, neue Kooperationspartner im Energiesektor zu gewinnen und durch Exklusivverträge an „Loook" zu binden, bevor der Konkurrenzdruck auf dem Markt zu groß würde und eine verheerende Preisspirale in Gang setzte. Die Verhandlungen dazu mussten also dezent im Hintergrund geführt werden. „Enbe Energies" schien als relativ neuer Anbieter im europäischen Markt ein lohnendes Ziel. Die Firma war verhältnismäßig klein und lief noch immer leicht unter dem Radar der Behörden, die vor allem die Geschäfte der großen Anbieter im Visier hatten. Chen war guter Hoffnung. Entscheidend war nun, zunächst ein gutes Verhältnis zu Enbe aufzubauen, das als tragende Basis eines späteren Milliardengeschäftes dienen würde. Es war also eine professionelle Anspannung, die Chen auf dem Weg nach Hamburg begleitete. Sie sollte sich später im Laufe des Abends lösen.

33

Das „Centrale" war das Restaurant eines edlen Hotels an der Binnenalster. Der große Hauptraum trug alle Insignien vornehmer hanseatischer Gastlichkeit. Die schweren Deckenleuchter aus Messing beschienen die hölzerne Kassettendecke. An den Wänden hingen Ölbilder von beträchtlicher Größe, die hier einen stolzen Dreimaster, dort einen Elbdampfer oder ein Kriegsschiff in voller Fahrt aus der Zeit um 1900 zeigten. Unter einem dräuenden Wolkenhimmel umkreisten Möwen die Schiffe und zierliche, an den Rand gemalte Figuren, vornehme Herren und Damen in altertümlicher Gewandung, sahen vom Kai aus den Schiffen bei der Einfahrt in den Hamburger Hafen zu. Das Interieur war nach dem jeweiligen Zeitgeschmack über die letzten Jahrzehnte immer wieder angeglichen worden. Als vor zwei Jahren der neue Chefkoch verpflichtet wurde, der das Restaurant auf moderne französische Küche umgestellt hatte, wurde der Gastraum erneut modernisiert. Auf einem nachtschwarzen Teppichboden waren zwischen runden weißen Tischen Glaskuben aufgestellt worden, in denen Rosenstöckchen standen, Nachzüchtungen aus den Versailler Gärten, die eine dezente Lichtgebung durch versteckte Miniaturlampen in Szene setzte. Tafelaufsätze aus bemaltem Porzellan stellten Nymphen und Gottheiten dar, wie sie in einem französischen Barockpark zu finden sind. Als Reminiszenz an die französische Kunst des 19. Jahrhunderts waren sie allerdings im Stile berühmter Bildhauer wie Rodin oder Claudel gehalten. Auf dem Tisch, der für Mister Chen und seine Gesellschaft vor einem großen Fenster mit Blick auf das Wasser gedeckt worden war, befand sich passenderweise ein kleiner Hermes mit Flügelhelm, der in einer Laufbewegung, auf einem Bein stehend, das andere angewinkelt vorstreckend eingefangen war. Mister Chen nahm an diesem Tisch Enbe und Majib freundlich in Empfang und stellte ihnen seine Frau vor. Enbe, der neben Chen riesenhaft wirkte, begrüßte die beiden mit aller geschäftstüchtiger Freundlichkeit. „Darf ich Ihnen Majib vorstellen, meine Partnerin?" Majib, die sich alle Mühe gab, die anfängliche Unsicherheit zu unterdrücken, grüßte mit einer angedeuteten Verneigung. Bereits im Zugehen auf das Ehepaar Chen hatte sie zu ihrer Überraschung bemerkt, dass Mrs. Chen zu ihrem perlweißen Kostüm offenbar die gleiche korallenrote Bluse trug wie sie selbst. Was unter normalen Umständen zu einer gewissen Enttäuschung geführt hätte, da es die Einzigartigkeit ihres eigenen Aussehens in Frage stellte, gab ihr nun eher Sicherheit im Gefühl, ihrem Gegenüber auf gleicher gesellschaftlicher Ebene zu begegnen. „Majib, es ist mir ein große Freude." Mister Chen lächelte gewinnend und platzierte sie zu seiner Linken, während Enbe ihm gegenüber Platz nahm. „Hatten Sie eine gute Reise?" Nach Enbes Erfahrung war es immer richtig, die Konversation mit einer solchen Standardfrage zu beginnen. „Danke der Nachfrage. Unser Wagen hat uns ohne Umweg zur Kunsthalle und schließlich hierher gebracht. Ohne Umweg – wir sind ja hier in Hamburg, nicht in Basel." Chens kleiner Scherz mit der Anspielung auf die jüngsten Vorkommnisse in der Schweiz sorgte für Erheiterung. Überhaupt bewährte sich Chen, der an diesem Abend als Gastgeber auftrat, in seiner Rolle, versicherte, Enbe und Majib in jedem Fall heute einladen zu wollen und beriet anschließend bei der Auswahl der Gerichte. Während der Vorspeisen, Perlhuhnbrust in Korianderduft und Thunfischcarpaccio mit

Austerndestillat, ließ Chen Enbe über die aktuellen Entwicklungen am Energiemarkt berichten und stellte Majib in Kurzform die Vielfalt der Dienstleistungen des „Loook"-Konzerns vor, deren Hauptprodukte sie selbstverständlich aus dem täglichen Gebrauch kannte. Beim zweiten Glas Weißwein fuhr das Gespräch auf seine erste Klippe zu, die Majib und Enbe im Vorfeld bereits ausgemacht und deren Umschiffung sie geplant hatten. „Was machen Sie beruflich, Majib?" Es war Mrs. Chen, die die erwartete Frage stellte. „Tourismus – zumindest ist dies der Plan." Majib hatte sich ihren Text vorsichtshalber bei der Herfahrt in Enbes Wagen mehrfach vorgesprochen, um ihn jetzt mit großer Sicherheit widergeben zu können. „Wissen Sie, mein Vater besitzt ein schönes Hotel in Yenne Tode." Chen warf einen fragenden Blick zu ihr herüber. „Yenne Tode ist in meiner Heimat Senegal. Ein berühmter Badeort am Atlantik, südlich von Dakar. Ich kann Ihnen gerne nachher ein paar Fotos zeigen. Mein Vater hat gerade vor Kurzem aktuelle Bilder geschickt. Ein wunderbarer Strand, Palmen, Sonne und hohe Wellen. Ich habe wieder richtig Sehnsucht bekommen. Kein Wunder, beim Blick auf den Hamburger Herbst." Mrs. Chen lächelte verständnisvoll. „Sie möchten also wieder zurück?" „Irgendwann schon. Aber wissen Sie, mein Vater hat dafür gesorgt, dass ich hier in Deutschland zur Schule gehen konnte. So bin ich mit meiner Mutter nach Hamburg gekommen." Jetzt brachte sich Enbe in das Gespräch ein: „Majib und ich, wir haben uns in der Skybar am Hafen kennengelernt. Ein exklusiver Ort, Hamburgs beste Bar, nach meinem Geschmack. Majib hat dort bei der Geschäftsleitung ein Praktikum in Vorbereitung auf ihr Studium gemacht. Es war ein wunderbarer Abend. Nun ja, so kam es, dass Sie uns heute hier gemeinsam sehen." „Ich war auf der Suche nach einem guten Studienplatz und dachte an England oder die USA. Und dann kam alles anders." Majib wandte sich Enbe zu, nahm kurz seine Hand und vermittelte glaubhaft den Eindruck großer Verliebtheit. „Sie können sich ja vorstellen, dass ich zur Zeit keine Veranlassung habe, Hamburg zu verlassen." „Herr Enbe, ich beglückwünsche Sie und Sie natürlich auch, Majib." In

Chens Worten lag nun angesichts des offensichtlichen Glücks eines jungen Paares aufrichtige Freundlichkeit. „So kann es kommen. Wissen Sie, meine Frau hat Kunstgeschichte studiert. Dann hat sie mich kennengelernt, einen kleinen Geschäftsmann mit internationalen Verpflichtungen und schon schien es mit der Kunst vorbei zu sein." Mrs. Chen strich ihrem Mann scherzhaft über den Kopf. „Ja, ja, mein kleiner Geschäftsmann. Ich bin dir ja dankbar, dass du mir trotzdem ein gerade so auskömmliches Leben ermöglichst. Ich muss Ihnen sagen, Majib, dass ich keineswegs so enttäuscht bin, wie mein Mann es gerade angedeutet hat. Die Wahrheit ist: Seit ich ihn kenne habe ich auch von der Kunst viel mehr als vorher. Dank seiner kleinen Geschäfte komme ich nicht nur immer wieder an interessante Orte und in die besten Museen, ich kann es mir sogar leisten, selbst Kunst zu sammeln. Das ist im Rückblick betrachtet viel besser, als in irgendeinem chinesischen Museum Kunstwerke zu katalogisieren oder Artikel für Fachzeitschriften zu schreiben, die keiner liest. Im Gegenteil: Mittlerweile schreiben Kunsthistoriker schon über meine Sammlung." „Waren Sie deswegen heute in der Ausstellung?" Enbe, der selbst von Kunst nur allzu wenig verstand, kalkulierte richtig, mit seiner Frage einen kleinen Vortrag von Seiten Mrs. Chens auszulösen. „Sie haben ganz recht, Herr Enbe. Weda Walihovic ist eine verheißungsvolle junge Künstlerin. Sie ist mir vor etwa fünf Jahren anlässlich einer kleinen Werkschau von Abschlussarbeiten der Berliner Kunsthochschule aufgefallen. Ich habe daraufhin einige Stücke, meist Skulpturen von ihr erworben. Dass Hamburg nun ihre erste größere Werkschau zeigt, ist ein beachtlicher Erfolg." „Bei dem du eifrig mitgeholfen hast." In Mister Chens Stimme war eine Mischung von Anerkennung und Ironie zu hören. „Ich bin der Meinung, man muss Talent auch fördern." Mrs. Chen war jetzt ganz in ihrem Element. „Die Kontakte nach Hamburg ließen sich leicht vermitteln. Kunstmuseen sind übrigens dankbar, wenn man ihre Arbeit fördert. Die jetzige Ausstellung ist auch dank einer nicht ganz unerheblichen Spende von ‚Loook' zustande gekommen.

Kunst ist eben auch Geschäft. Die Preissteigerung, die Weda Walihovics Werke nun auf dem Kunstmarkt erfahren dürften, wird beträchtlich sein. ‚Loook‘ erhält exklusive Bildrechte, die Kunsthalle erwirbt sich das Renommee, einen neuen Star der bildenden Kunst entdeckt zu haben und meine Privatsammlung in ein paar Jahren einige neue Prunkstücke. Es ist wie bei gutem Wein. Wenn man sich auskennt, muss man nur ein paar Jahre warten, bis die Qualität und damit der Preis steigt. Auch aus der neuen Ausstellung habe ich mir schon ein Werkstück gesichert. Ich finde, Weda hat sich noch einmal verbessert. Sie sollten sich die Schau ansehen. Weda hat einen ganzen Raum bekommen. Sie zeigt schwarze Metallstangen bei karger Beleuchtung. Das hat etwas sehr Archaisches. Es erinnert an Baustellen, an einen vorfertigen Zustand der Welt. Aber das ist natürlich nicht alles. Das Schwarz der Stangen wird bei Weda, die selbst übrigens aus Bosnien stammt, zu einem kritischen, anklagenden Symbol an eine phallische Männlichkeit. In dieser Weise bezieht sie durch die Farbe den Kolonialdiskurs in ihre Werke ein. Es ist gerade die marginalisierte Welt der Menschen mit schwarzer Hautfarbe, die in der Vergangenheit die sexuellen Phantasien weißer Europäer und Amerikaner stimuliert hat. Das Bild vom Urtümlichen, Triebhaften des afrikanischen Kontinents landet hier in einer abstrahierten Form in der Mitte Europas. Das sorgt für Irritationen. Sie müssen sich als Betrachterin dazu verhalten. Finden sie es abstoßend oder anziehend? Meist ist es beides und diese Ambivalenz müssen Sie aushalten mit all den Schuldgefühlen aber auch den heimlichen Begierden. Weda nennt das Ganze mit drei Worten, die das Werk entschlüsseln: ‚Procreation‘, also Fortpflanzung – in Anspielung auf die sexuellen Konnotationen ihres Werkes – ‚Exil‘ im Verweis auf das Leben marginalisierter Minderheiten und schließlich ‚Reloaded‘. Aus der Wiederholung, gleichzeitig auch Wiederaufladung kann möglicherweise die Lösung des Schuldkomplexes kommen. Der unverstellte Blick, die reduzierte Darstellung zwingt uns gewissermaßen Demut auf.“ Enbe trank noch einen Schluck Wein. „Das ist sehr interessant.

Majib hat mir von der Ausstellung erzählt. Sie war gestern in der Kunsthalle." Majib nickte. „Es stimmt, ich wollte mir das Ereignis natürlich nicht entgehen lassen. Ich muss sagen, es war wirklich sehr beeindruckend. So viel Kunst. Am meisten hat mich ein Bild beeindruckt, auf dem ein Mädchen zu sehen war in einem weißen Kleid, das sich gerade schminkte und von einem Mann auf einem Sofa dabei beobachtet wird." „Ach, Sie meinen diesen Schinken von Manet?" Mrs. Chen wirkte auf den ersten Blick überrascht, fing sich aber schnell. „Ich kann mir vorstellen, dass es Sie beeindruckt hat. Es gehört in eine Zeit, in der der männliche Blick die Frauen erniedrigte. Möglicherweise haben Sie in dem Bild das emanzipatorische Flehen des Mädchens wahrgenommen. Mit dem haben sich schon mehrere Kunsthistorikerinnen identifizieren können. Es ist fast paradox, dass sich der erniedrigende Blick auf die Frau in deren eigener Reflexion in das Gegenteil verwandeln kann. Aufruhr statt Duldung. Wenn der Künstler gewusst hätte, was wir heute in seinem Werk erkennen würden, er würde sich sehr wundern." Das langsam mühsam werdende Gespräch wurde auf angenehmste Weise durch das Eintreffen des Hauptgangs unterbrochen. Die Kellner erklärten die Speisen: Heilbutt in Lavendelconsommé, Filet Mignon an Waldpilzen, Endiviensalat, Artischockencreme, frittierte Brunnenkresse, dazu wahlweise ein französischer Rosé oder Rotwein. Die aufgetischten Kreationen gaben willkommenen Anlass, das Kunstthema zu verlassen.

34

Nach dem Dessert lehnte sich Enbe zufrieden in seinem Stuhl zurück. Das Brombeerparfait, dessen Geschmack auf seiner Zunge noch nachklang, hatte dem Menü einen äußerst gelungenen Abschluss gegeben. Wäre in diesem Augenblick der Koch im Gastraum erschienen, Enbe hätte ihm Beifall geklatscht. So blieb es bei einem am Tisch ausgesprochenen Lob an die

Küche, das dem Kellner, der zum Abräumen der Teller erschien, mit auf den Weg gegeben wurde. Auf ein den anderen unsichtbar bleibendes Zeichens Chens hin wandte sich Mrs. Chen an Majib. „Würden Sie mich auf eine Zigarette nach draußen begleiten?" Majib, die nur gelegentlich rauchte, versicherte sich durch einen kurzen Blick bei Enbe, der ihr mit einem Nicken bedeutete, dem Wunsch Mrs. Chens zu folgen. So verließen die beiden Frauen den Tisch, ließen sich an der Garderobe ihre Mäntel aushändigen und traten ins Freie. Die Männer blieben am Tisch zurück. „Ich denke, wir haben nun etwas Zeit für das Geschäftliche." Chen senkte die Stimme etwas, blieb aber im freundlich unverbindlichen Plauderton. „Womit kann ich Ihnen dienen?" Enbe nahm einen Schluck Wasser und stellte das Glas auf die Seite. Er legte die Hände auf den Tisch und sah Chen offen ins Gesicht. „Herr Enbe, ich will es kurz fassen. Ich, oder besser gesagt ‚Loook' steht vor einer großen Herausforderung. Es gibt ein Problem, das ich kurz mit ‚Sonne und Wind' bezeichnen möchte. Sie kennen dieses Problem ganz gut." Enbe, der die unverkennbare Anspielung auf die europäische Energiepolitik so oder in ähnlicher Form erwartet hatte, nickte und grinste. „Sie kennen sich im Energiemarkt natürlich besser aus als ich und ich darf sagen, dass ich den Mut und den vorausschauendem Unternehmergeist von Ihnen und Ihrem Vater sehr bewundere. In diesen Zeiten Atomkraftwerke zu kaufen und auch weiter im Markt der fossilen Energieträger aktiv zu sein, erfordert einiges an Leidensfähigkeit. Sie machen sich öffentlich zum Buhmann. Man beschimpft Sie als unverbesserlichen Vertreter eines vergangenen Zeitalters, als Klimakiller und vieles mehr. Aber ihre Entscheidung ist sehr klug. Ich weiß nicht, wie Ihre konzerninternen Berechnungen ausfallen. Unsere Datenanalyse – und ich kann in aller Bescheidenheit sagen, dass ‚Loook' sicher die beste Adresse für Datenanalysen ist – nun, diese Analyse zeigt, dass uns die Förderung regenerativer Energien in den letzten Jahrzehnten auf einen erheblichen Energiemangel zulaufen lässt, dessen Ausmaß politisch noch gar nicht ausreichend diskutiert wird. Die

Prognosen der 20er Jahre, die davon ausgingen, zusammen mit der sogenannten ökologischen Wende bei der Stromerzeugung auch den Energiebedarf senken zu können, sind zumindest nicht eingetroffen. Im Gegenteil. Die Umstellung der Mobilität auf Elektro-Technologie ist dafür ja nur ein Beispiel. Ich muss Ihnen das alles nicht erzählen. Aber, was viele nicht bedenken: Auch die digitale Welt erfordert immer höhere Energiemengen. Wir gehen intern nicht nur von einer weiteren Steigerung des Strompreises aus, sondern rechnen damit, dass bereits in drei bis fünf Jahren die Nachfrage nach elektrischem Strom das Angebot um das 1,2-fache übersteigen wird. Sie sehen also, dass ,Enbe Energies' als verlässlicher Stromproduzent im Laufe der nächsten Jahre beständig an Bedeutung gewinnen wird. Mein Auftrag – und nun schließlich darf ich Ihnen mein Anliegen konkret schildern – ist es, die Dienste von ,Loook' für die nächsten Jahrzehnte abzusichern. Ich möchte Sie daher als exklusiven Partner gewinnen. Es soll sicher nicht zu Ihrem Schaden sein. Kurz: Wir wollen Ihre Kraftwerke. Ich biete Ihnen einen Vertrag an, der Ihnen für die nächsten 20 Jahre die Abnahme Ihrer gesamten Stromproduktion garantiert und das zu einem Preis, der deutlich über dem heutigen Marktpreis liegt. Für uns als weltweit führendes Unternehmen ist es zudem leichter möglich, auf die Politik einzuwirken, die Atomkraft auch in den kommenden Jahrzehnten weiter zu dulden. Schließlich kommt noch eines hinzu, dass eigentlich nur wir Ihnen in dem Ausmaß anbieten können: Wir bieten Ihnen kostenloses Campaigning an. Ihr Unternehmen wird eine große Aufmerksamkeit erfahren. Wir machen Sie zum Retter der deutschen Industrie und öffnen Ihnen so den Raum für weitere Expansion. Sie sehen also, dass ,Enbe Energies' im Verbund mit uns nur gewinnen kann." Zufrieden blickte Chen auf sein Gegenüber. Enbe hatte während seiner Ausführungen zugehört, ohne eine Miene zu verziehen. „Mister Chen, ich weiß Ihr Vertrauen sehr zu schätzen und danke Ihnen für Ihr Angebot. Ich würde Ihnen vorschlagen, dass wir die von Ihnen genannten Punkte in einer gemeinsamen Arbeitsgruppe erläutern und mit

Zahlen unterlegen. Aus meiner Sicht kann ich mir eine Kooperation gut vorstellen. Ich denke aber, Sie haben Verständnis dafür, dass ich vor weiteren Verhandlungen und späteren Entscheidungen meinen Vater und einige bewährte Mitglieder des Aufsichtsrats ins Vertrauen ziehen muss." „Selbstverständlich. Ich bin sicher, dass Sie unsere Anfrage diskret behandeln werden. Ich gehe davon aus, dass es kartellrechtlich keine Schwierigkeiten geben dürfte, da Ihr Unternehmen relativ klein und keineswegs konkurrenzlos ist. Genaugenommen sind wir unter anderem aus diesen Grund auf Sie zugekommen. Aber – und das wissen Sie genauso wie ich – die Sache hat das Potential, politisch zerredet zu werden. Unsere beiden Unternehmen sind schließlich unter kritischer Beobachtung. Wenn Sie als ‚Klimakiller' und wir als ‚Datenkrake' uns zusammentun, dürfte der Aufschrei groß sein, zumal wir im europäischen Markt ohnehin als ausländische Konkurrenten wahrgenommen werden." „Mister Chen, machen Sie sich keine Sorgen. Ich bin es gewohnt, dass Gespräche mit uns nur im Hintergrund stattfinden. Ich könnte Ihnen von den vertraulichen Gesprächen mit der Staatssekretärin im Wirtschaftsministerium berichten, als es um die letzte Verlängerung der Laufzeiten für unsere Anlagen ging. Im internen Kreis flehte sie uns fast an, uns jetzt nicht zurückzuziehen, sondern weiter zu produzieren. Nach außen hin sprach sie von einem großen Unglück, das die abermalige Verzögerung beim Abbau der Atomkraft bedeuten würde und versprach, nun erst jetzt den Ausbau der Wind- und Solarenergie noch entschlossener anzugehen. Naja, das Ergebnis des Ganzen haben Sie ja vorher treffend beschrieben." „Nun gut", Chen bemühte sich um einen Abschluss des Gesprächs, „einer meiner Mitarbeiter wird sich wegen der Einrichtung einer Arbeitsgruppe in ihrem Büro melden. Ich würde Sie bitten, Ihrerseits einen vertrauenswürdigen Verhandlungsführer zu benennen. Dann bringen wir alles auf den offiziellen Weg. Von unserem Treffen heute muss ja niemand wissen." Mit einer Handbewegung wischte Chen durch die Luft, als wolle er den eben zu Ende gegangenen geschäftlichen Teil des Abends verscheuchen wie ein Insekt, das sich zufällig am Tisch verirrt hatte. Sein Körper entspannte sich und beugte sich vertrauensvoll über den Tisch Enbe entgegen. „Noch eins, Herr Enbe – jetzt, wo die Damen noch nicht wieder zurück sind: Kompliment zu Ihrer reizenden Freundin. Enbe, Sie sind offenbar wirklich ein glücklicher Mensch."

35

Während des eben dokumentierten Gesprächs waren Majib und Mrs. Chen auf der Suche nach einer ausgewiesenen Raucherzone. Majib, die sich auf Nachfrage meinte erinnern zu können, einen solchen Ort am Jungfernstieg gesehen zu haben, musste dort angekommen einsehen, dass ihr Gedächtnis falsch lag. Eine ganze Weile suchten die Frauen die umliegenden Straßen ab und fanden schließlich in der Nähe des Gänsemarkts einen als Raucherbereich ausgewiesene gelb kennzeichnete Fläche, die mit Warnhinweisen für vorbeigehende Passanten beschildert war, sich hier in die Gefahr des Passivrauchens zu begeben. Die restriktive Politik der Stadt mit dem Ziel, das Rauchen ganz aus dem öffentlichen Raum zu verbannen, hatte nach langen Verhandlungen zum Kompromiss der Einrichtung besonderer Zonen geführt, deren Anzahl in den letzten Jahren allerdings sukzessiv vermindert worden war. Mrs. Chen trat mit einer gewissen Erleichterung in die gekennzeichnete Fläche, nahm eine Schachtel Zigaretten aus ihrer Handtasche und hielt sie Majib entgegen, die das Angebot teils aus eigenem Bedürfnis, teils aus Verpflichtung annahm. „Ich glaube, ich muss mich bei Ihnen entschuldigen." Mrs. Chen reichte Majib ein Feuerzeug und zündete sich dann selbst eine Zigarette an. „Ich glaube, ich habe vorhin einen Fehler gemacht. Ich hatte Ihnen von der Ausstellung in der Kunsthalle erzählt. Herr Enbe fragte sie darauf nach Ihren Eindrücken und Sie sind über Wedas Kunst einfach hinweggegangen und haben stattdessen von Ihren

Eindrücken in den anderen Räumen des Museums erzählt. Ich vermute, die Ausstellung hat bei Ihnen als schwarze Frau einen unangenehmen Eindruck hinterlassen. Wedas direkte Konfrontation mit dem Kolonialismus kann sehr schmerzhaft sein. Vielleicht ist ihr Werk für Sie, Majib, mit Ihrer eigenen afrikanischen Geschichte auch verletzend oder sie haben es als übergriffig erfahren. Weda selbst besitzt ja die weiße Hautfarbe der Europäer. Sie klagt sich gewissermaßen selbst an. Möglicherweise geht sie damit zu weit. Wenn ich Sie also vorhin mit meinen Ausführungen an einem wunden Punkt getroffen habe, tut mir das Leid." Majib, die wenig Lust hatte, sich einem erneuten Vortrag über moderne Kunst auszusetzen, deren Inhalt für sie so wenig nachvollziehbar war, beschloss, Mrs. Chen durch eigene Ehrlichkeit zu entwaffnen. „Sie brauchen sich nicht zu entschuldigen. Keine Sorge, Sie haben mich nicht verletzt. Es ist vielmehr so, dass ich von moderner Kunst eigentlich nichts verstehe. Ich will ganz ehrlich sein. Als ich gestern in der Kunsthalle war, habe ich die schwarzen Stangen zwar gesehen, wusste aber gar nicht, dass dies die Ausstellung war. Ich dachte, hier wird noch aufgebaut. Jetzt müssen Sie mich für sehr dumm, halten, oder?" Mrs. Chen fasste Majib vertrauensvoll am Arm. „Sie brauchen sich nicht zu schämen, Majib. Sie sollten sich niemals schämen, hören Sie. Dass Sie meinen, bei moderner Kunst nicht mitreden zu können, ist kein Fehler, sondern vielleicht sogar eine Stärke. Sie haben noch einen unverstellten Blick. Sie haben den Ausstellungsraum als Baustelle wahrgenommen. Damit haben Sie vielleicht mehr erkannt als so mancher angeblicher Kunstkenner. Die Baustelle, ja darum geht es. Sie betreten ein Museum und landen auf einer Baustelle. Nehmen Sie das als Bild für sich selbst. Sie stehen nicht als fertiges Produkt vor mir. Sie sind kein etabliertes Schaustück der Gesellschaft. Ihr Leben ist Aufbau, Entwicklung. Das Unfertige ist ihr Potential, Majib. Scheren Sie sich nicht um das, was andere über die Kunst sagen. Ihr Blick (und auch meiner) ist häufig schon von so vielen Gedanken verstellt, dass wir das Eigentliche kaum noch wahrnehmen: Die Kunst an sich, das Leben an sich.

Das Unfertige, darum geht es. Majib, Sie sind selbst noch unfertig. Lassen Sie sich nichts einreden. Menschen verachten das Unfertige manchmal, aber in Wirklichkeit verachten sie dabei das Fertige an sich. Sie würden gerne auf die Baustelle zurück, in den Moment, als sich ihr Leben noch nicht entschieden hatte, den Moment, wo noch so vieles Idee war und Traum. Aber jeder Traum der sich verwirklicht, ist viel schlechter als der Zeitpunkt, an dem er noch Traum war. Lassen Sie sich das von mir ruhig sagen. Ich weiß, wovon ich spreche. Gerade in dieser Unfertigkeit sind Sie wunderbar Majib. Und ich glaube, gerade darum liebt Herr Enbe Sie." Erstaunt und scheu blickte Majib Mrs. Chen in die Augen. Die Worte hatten sie berührt, auch wenn sie ihren Inhalt nur zum Teil verstanden hatte. Mrs. Chen griff nach einer weiteren Zigarette. Ihr Gesicht zeigte jetzt einen großen Ernst. „Eins möchte ich Ihnen noch sagen, Majib. Sie brauchen sich nicht zu verstellen. Hören Sie, verstellen Sie sich nicht. Lassen Sie sich nicht verbiegen. Ich vermute, dass Ihr Vater kein Hotel im Senegal besitzt. Ich vermute, dass Sie nicht erst als Jugendliche nach Deutschland gekommen sind. Ich vermute auch, dass Sie nie vorhatten zu studieren." „Woher wissen Sie…?" „Reine Beobachtung. Erstens: Wären Hotels ihre Passion, hätten Sie sich während des Tischgespräches viel mehr dazu geäußert, zum Gastraum, zum Service, zum Essen. Gelegenheit dazu gab es genug. Zweitens: Ihr Deutsch ist quasi ohne Akzent. In dieser Art lernt man eine Sprache eigentlich nur als kleines Kind. Daher vermute ich, dass Sie hier geboren sind. Drittens: Würden Sie ein Studium im Bereich Tourismus anstreben, wären Ihre Wunschziele nicht England oder die USA. Die besten Schulen im Hotelgewerbe sind mittlerweile in Japan und Südafrika. Das hätten Sie wissen müssen. Jetzt erzählen Sie mir doch einmal, wer Sie wirklich sind." „Ich weiß nicht, es ist mir unangenehm." „Majib, ich sage Ihnen: Schämen Sie sich nie für Ihre Herkunft. Schämen Sie sich nie für das, was Sie sind. Ich will Ihnen von mir erzählen. Meine Eltern waren einfache Landarbeiter im Norden Chinas. Ich bin aufgewachsene in einer kleinen Holzhütte ohne fließendes

Wasser, zwischen Hühnern und Schweinen, die frei um unser Haus herumliefen. Mein Vater und meine Mutter waren tagsüber bei der Feldarbeit. Meine Großmutter hat mich erzogen. Die Partei hat es mir ermöglicht, nach der Dorfschule auf eine richtige Kaderschule in der nächstgelegenen Provinzstadt zu wechseln. Der Staat hat das Internat bezahlt. Wir wurden zu linientreuen Sozialisten ausgebildet. Aber wir wurden auch gefördert. Man erkannte bei mir ein Talent zum Schreiben. Ich durfte Kunstgeschichte in Shanghai studieren. Wenn ich einmal im Jahr nach Hause kam, fragten mich meine Eltern, was ich mache und ich konnte es ihnen nicht erklären. Sie hatten noch nie in ihrem Leben ein Kunstwerk gesehen. Sie kannten Bilder nur aus der Zeitung und von Plakaten. So war das. Aber sollte ich meine Eltern deshalb verachten? Nein, ich habe sie bewundert. Sie haben mit ihrer Hände Arbeit dafür gesorgt, dass andere Menschen etwas zu Essen bekamen. Sie haben dafür geschuftet, andere zu ernähren. Das ist doch etwas viel Größeres, als irgendwelche Bilder zu analysieren und kluge Vorträge zu halten, oder? Verstehen Sie mich nicht falsch. Ich mochte mein Studium und später auch meinen Beruf. Ich habe es so gedeutet, dass dies nun einmal meine Aufgabe in der Welt sein sollte. Ich habe es nicht hinterfragt. Dann lernte ich an der Universität Mister Chen kennen. Er stammt aus ähnlichen Verhältnissen wie ich. Als er das erste Mal mit mir meine Eltern besuchte, hat er sich mit ihnen über Saatgut und Schweinezucht unterhalten. Da haben mich meine Eltern dafür gelobt, dass ich einen so guten Mann gefunden habe. Leider sind sie bald darauf gestorben. Mister Chen war mit dem Wirtschaftsstudium fertig und wurde kaufmännischer Leiter in einem mittelgroßen Softwareunternehmen. Dass daraus einmal der größte Digitalkonzern der Welt werden würde, hat niemand geahnt. Und heute, wenn ich in all diesen Gesellschaften und auf den Empfängen hier in Europa unterwegs bin, wünsche ich mich zurück in unsere Holzhütte. Wenn Grußworte gesprochen werden und alle sich gegenseitig ihrer Wichtigkeit versichern, dann denke ich an die Hühner und Schweine. Nein, ich schäme mich meiner Herkunft nicht. Im Gegenteil: Sie ist mein großes Kapital." Mrs. Chen atmete tief aus. Während ihrer Rede hatte sie zwischendurch fast zornig geklungen. Ihre Hände zitterten. Nach einer kurzen Zeit des Schweigens sah sie auffordernd zu Majib herüber. Majib zögerte und begann dann stockend von sich zu erzählen: „Es stimmt, was Sie vermutet haben. Mein Vater besitzt kein Hotel. Er wohnt in einem kleinen Dorf in der Nähe von Thiés. Er repariert Landmaschinen. Zumindest ist das mein letzter Stand. Ich habe wenig Kontakt zu ihm. Meine Mutter hat mich hier geboren. Sie arbeitet in einem Supermarkt. Seitdem ich die Schule abgeschlossen habe, schlage ich mich in unterschiedlichen Jobs durch. Was ich einmal wirklich machen will, weiß ich nicht. Tja, und dann kam Enbe. Das ist eigentlich alles." „Es ist gut, dass Sie mir das sagen, Majib. Ich kann mich nur wiederholen: Bleiben Sie bei Ihren Wurzeln. An Ihrer Stelle würde ich versuchen, meinen Vater besser kennenzulernen. Besuchen Sie ihn. Sie werden staunen, was sie dort im Senegal über sich lernen können. Und wenn sich Ihnen jetzt durch die Freundschaft zu Enbe eine unverhoffte Chance bietet, Ihr Leben in vollen Zügen zu leben, dann nutzen Sie sie." Mrs. Chen drückte ihre Zigarette an einem Aschenbecher aus, der an einem der Warnschilder angebracht war, verstaute die Packung in ihrer Handtasche und wandte sich um. „Kommen Sie, Majib, wir gehen zurück. Ich denke, unsere Männer konnten besprechen, was sie besprechen wollten. Und vielleicht konnten wir das auch." Auf dem Weg, den die beiden Frauen in Richtung des Restaurants einschlugen, rekapitulierte Majib in Gedanken die vergangenen Minuten. Mrs. Chen hatte sie irritiert und zugleich ermutigt. Es gab so viel, über das sie noch nie nachgedacht hatte.

36

„Ich denke, wir sollten den heutigen Abend noch etwas ausklingen lassen. Das Essen und die gute Gesellschaft brauchen noch ein würdiges Finale. Ich lade Sie auf einen Drink ein." Majib und Enbe hatten wenig Grund, Mister Chens Einladung auszuschlagen. Die Gespräche und der Wein hatten sie beide in eine gelöste Stimmung versetzt und die anfängliche Anspannung vertrieben. Mister Chen ließ also seinen Wagen vorfahren. „Zum Börsenclub in der Speicherstadt", schlug Enbe vor. Chen gab das Ziel über die Spracheingabe an den Wagen weiter, der sich mit den beiden Paaren in Bewegung setzte. Am Rathaus vorbei bogen sie in die fast menschenleere Mönckebergstraße in Richtung Hafen ein. „Wissen Sie was, Herr Enbe?" Chen hob die Stimme, als stünde er vor der Verkündung eines großartigen Einfalls. „Wir haben uns heute etwas besser kennengelernt und ich bin sehr froh darum. Sie haben mir doch erzählt, dass Majib und Sie sich in der Skybar kennengelernt haben. Ich denke, wir sollten den Abend dort beschließen. Wir bringen Sie sozusagen an einen ganz persönlichen Ort." „Ich weiß nicht, ob die Skybar heute geöffnet hat", wandte Majib entgegen ihres besseren Wissens ein. Chen ließ sich von seinem Gedanken nicht abbringen. „Wir versuchen es zumindest. Wenn die Bar geschlossen hat, können wir immer noch in die Speicherstadt fahren – ist ja nur ein Katzensprung." Enbe, der sich in diesem Moment offenbar der Unannehmlichkeiten nicht bewusst war, die Majib durch diese Änderung des Ziels erwachsen konnten und der zudem keine Differenzen zwischen sich und den Chens aufkommen lassen wollte, willigte in den Vorschlag ein. So kam es zur denkbar ungünstigen Situation, dass Laura, die Majib an diesem Abend wie besprochen krank vom Dienst abgemeldet hatte, ihre Freundin nun auf einmal in Begleitung eines chinesischen Ehepaars und eines fremden Mannes als Gäste in der Skybar begrüßte. Auch wenn sie auf Majibs Zeichen hin die Fassung bewahrte und den Service in gewohnter Routine wie gegenüber ganz normalen Gästen bewerkstelligte, dürfen wir uns über Lauras Befremden, ja ihrer Empörung dem ganzen Vorgang gegenüber keine Illusionen machen. Diese lag nicht nur in Majibs dreistem Auftauchen nach Krankmeldung begründet, die nun auch auf Laura zurückfallen konnte, die offensichtlich gelogen hatte. Mindestens genauso enttäuschend war die zerstörte Illusion einer bevorstehenden Verlobung Majibs mit Jerome, deren Vollzug Laura an diesem Abend erwartet hatte. Statt eine positive Nachricht über eine sich anbahnende Hochzeit zu erhalten, musste sich Laura nun eher auf Majibs spätere Beichte eines Seitensprungs einstellen. Wie anders hätte sie die Signale deuten sollen, die ihr vom Tisch der vier späten Gäste entgegengebracht wurden, die ausgelassene Stimmung, die teuren Drinks, das offenbar zärtliche Zueinander des fremden Herrn zu Majib. Laura meinte sogar, ein verstecktes Händchenhalten der beiden unter dem Tisch bemerkt zu haben. Majib hatte beschlossen, angesichts der nun unabänderlichen Situation ihr schlechtes Bauchgefühl zu ignorieren und zumindest diesen Abend, den sie für sich bereits als „mein Gala-Abend" verbucht hatte, ungeachtet seiner möglichen negativen Folgen in vollen Zügen zu genießen. Morgen, so ihr Plan, würde sie ihre Stellung in der Skybar kündigen. Mit Laura würde sie sich nach einer gewissen Zeit schon wieder versöhnen können. Damit hatte Majib eine wichtige Entscheidung über die nähere Zukunft getroffen, die deutlich als Abrücken von ihrer bisherigen unentschlossenen Haltung zu werten war. Diese Entscheidung fiel zu Ungunsten Jeromes aus. Tatsächlich endete das von Chen so bezeichnete nächtliche Finale nach mehreren Drinks in bester Stimmung. So war es kaum verwunderlich, dass Enbe, als er gegen ein Uhr seinen Fahrer bestellte und der Wagen am Eingang zur Skybar vorfuhr, wenig Mühe hatte, Majib davon zu überzeugen, ihn nun noch in sein Haus zu begleiten. Während der Fahrt hielt er in gelöster seelischer Verfassung und gespannter Erwartung auf jeden Fall auffallend lange ihre Hand.

37

Es ist an dieser Stelle, an der wir Majib und Enbe in gegenseitiger Zuneigung sehen, notwendig, ein paar Worte über den Kreislauf des Geldes zu verlieren. Dies ist nicht nur deswegen angebracht, weil wir im „Centrale" Zeugen wirtschaftlicher Verhandlungen geworden sind, die durch eine mögliche Vereinbarung zwischen „Loook" und „Enbe Energies" in der Lage waren, große Geldsummen in Bewegung zu setzen. Dass das Geld in dieser Weise einen Kreislauf nimmt, indem es aus den Händen der Kunden über den Umweg großer Konzerne an anderer Stelle in den Markt eingespeist wird oder auf Firmenkonten auf seine spätere Investition wartet, ist keine große Neuigkeit. Vielmehr muss von einem anderen, kleinen Geldkreislauf die Rede sein, der sich, wirtschaftlich völlig unbedeutend, am heutigen Tag ebenfalls vollzogen hatte. Es geht um das Geld, das Jerome am Vormittag aus den Händen eines Lieferdienstboten in Empfang genommen und später am Nachmittag anweisungsgemäß am Empfang der Hamburger Zentrale von „Enbe Energies" einem bereitstehenden Mitarbeiter gegen Quittung übergeben hatte. Dieses Geld, von dem Jerome annehmen musste, dass es sich um eine Zahlung der „AluTrek" handelte, einem säumigen Kunden, der sich auf diesem leicht illegalen Wege aus seinen Zahlungsverpflichtungen herauskaufen wollte, hatte in Wirklichkeit nie auf einem Konto des Aluminiumkonzerns gelegen. Seine Geschichte war vielmehr die Folgende: Zu dem Zeitpunkt, an dem Wertmann Jerome den Auftrag erteilte, sich aufgrund eines personellen Engpasses um den Fall der „AluTrek" zu kümmern, war dieses Unternehmen durch den Vorstand der „Enbe Energies" bereits als hoffnungsloser Fall eingestuft worden. Da bekannt war, dass eine Insolvenz bevorstand, war „Enbe Energies" schon vor einigen Wochen mit konkreten Übernahmeabsichten an die „AluTrek" herangetreten. Die Verhandlungen fanden diskret statt. Enbes Interesse an einem Industrieunternehmen dieser Art waren zum einen geweckt worden, weil sein internationales Unternehmen im Rohstoffmarkt, vor allem in Afrika aktiv war und sich eine Sanierung der „AluTrek" durchaus zutraute. Zum anderen sah er den Kauf als relativ risikoarm an, weil er darauf hoffte, zu einem sehr günstigen Preis zuschlagen zu können, sobald der Insolvenzantrag gestellt war und den Aktienkurs des Konzerns ins Bodenlose fallen lassen würde. Als Retter in letzter Not sollte

„Enbe Energies" dem finanziell kranken Unternehmen eine neue Zukunft ermöglichen und sich selbst ein gutes Geschäft sichern. In diesen Zusammenhang fiel nun Enbes unbedingter Wille, aus einem anderen, privaten Kampf siegreich hervorzugehen und Jerome als hartnäckigen Konkurrenten um Majibs Herz loszuwerden. Wertmann, der zunächst eher ohne konkreten Plan zur Umsetzung dieses Vorhabens eingespannt wurde, setzte dafür den entscheidenden Schritt, als er beschloss, den Fall der „AluTrek" seinem Mitarbeiter Jerome Dour anzuvertrauen. Dies geschah ursprünglich nur im Bestreben, ihn als noch unerfahrenen Kundenbetreuer in ein paar Fehler zu verwickeln, die ihm später nachteilig ausgelegt werden würden. Doch dann kam es anders. Als Enbe von dieser Entwicklung erfuhr, ergriff er selbst das Ruder und stellte mit der Geldübergabe die entscheidende Falle. Um allen Verdacht von sich selbst abzulenken bedurfte es eines kurzen Gespräches mit Frau Schmidt, die ihm als Vorstandsmitglied der „AluTrek" aus vorherigen Verhandlungen gut bekannt war. Für die Zusage, sie auch nach einer Übernahme auf diesem Posten zu belassen, war Frau Schmidt bereit, den vergleichsweise kleinen Dienst zu erledigen, Wertmann und durch ihn schließlich Jerome von der Wahrheit des geplanten Deals mit den 50 000 Euro zu überzeugen. Das Geld selbst ließ Enbe sich von einem diskreten Schweizer Familienkonto auszahlen. Am Sonntagmorgen gelangte es so in die Hände seines so treuen wie verschwiegenen Mannes für besondere Dienste (Wir haben ihn schon kennengelernt. Es handelt sich natürlich um den Mann mit dem schwarzen Hund). Dieser gab den Koffer über einen Kurierdienst unter dem Namen „Schmidt" zur Auslieferung aus. Wie das Geld gekommen war, so kehrte es noch am gleichen Abend wieder zurück. Es gab damit kein strafbares Geschäft, kein Schwarzgeld, nur die merkwürdige Reise von ein paar Scheinbündeln, die zu ihrem rechtmäßigen Besitzer zurückfanden. Jerome unterschrieb in der Firmenzentrale eine Bestätigung über die Aushändigung von 50 000 Euro. Als Verwendungszweck hatte man auf diesem Papier die Zuleitung an die „Energies Stiftung" angegeben, eine Tatsache, die Jerome nicht zu weiteren Fragen veranlasste, aber auch im Falle eines Nachhakens erklärbar gewesen wäre. Der entsandte Mitarbeiter an der Rezeption gehörte zur Finanzabteilung. Er öffnete im Beisein eines Kollegen den Koffer noch am gleichen Abend, zählte den Betrag und verschloss den Koffer zur baldigen Einzahlung des Geldes in einem Safe. In einer Mitteilung an seine Abteilungsleiterin vermerkte er pflichtgemäß den Eingang einer durch Herrn Jerome Dour überbrachten anonymen Spende. Der Inhalt des Koffers betrug 48 000 Euro. Das war die Summe, die Enbe abgehoben hatte.

38

Der Montag, den Jerome als einen Tag der Niederlage erleben würde, hielt für ihn drei vormittägliche Begegnungen parat. Die erste fand in der Kantine statt. Dort hatte man für den ungezwungenen Aufenthalt neben den sachlichen langen Tafeln, die es in fast jedem Werksrestaurant gab, an der Seite einige Sitzecken eingerichtet, an denen sich die Angestellten in kleinerer Runde zur Kaffeepause auf nachtblauen Veloursssesseln zu treffen pflegten. Es galt für Jerome, das der rothaarigen Kollegin gegebene Versprechen einzulösen, sie zum Dank für ihre Mithilfe bei der Auswertung der „AluTrek"-Akten zu einem Kaffee einzuladen. Die beiden trafen sich um neun Uhr. Neben zwei großen Tassen standen nun zwei Stücke Kirchkuchen und ein Schälchen mit Schokoladentäfelchen auf dem quadratischen Tischchen. In der Hoffnung, sich zunächst von einer eigenen Verlegenheit befreien zu können, begann Jerome das Gespräch mit einem Geständnis. „Wissen Sie, Sie haben jetzt so viel geholfen und ich… ich muss gestehen, dass ich mir immer noch nicht Ihren Namen richtig gemerkt habe. Sie heißen doch Möller?…Oder doch Maier. Verzeihen Sie, das ist jetzt wirklich sehr unhöflich…" Die Kollegin schien diese Einleitung des Treffens eher amüsant zu finden. „Möller oder

Maier? Wissen Sie, ich weiß manchmal selbst nicht genau, wie ich heiße. Da geht es mir so wie Ihnen." Sie lachte und strich sich eine Haarsträhne hinter das Ohr. „Nennen Sie mich einfach Bea. Und ich sage Jerome zu Ihnen, beziehungsweise zu dir. Was hältst du davon?" „Das ist wirklich einfacher… also Bea." „Ist doch merkwürdig – wir arbeiten ja nun schon einige Zeit zusammen. Aber es ist wie so oft in Betrieben. Man kennt sich seit Jahren, grüßt sich freundlich aber lernt sich eigentlich nicht wirklich kennen. Dagegen kann man aber etwas tun." Es war offensichtlich, dass Bea das von ihr gewissermaßen erzwungene Treffen, genau zu dem Zweck angestrebt hatte, ihn besser kennenzulernen. Er fühlte sich in eine Falle getrieben, auch wenn er sich eingestand, dass ihm diese Falle jetzt, wo er in ihr saß, keineswegs bedrohlich vorkam. „Du bist mir schon länger aufgefallen, Jerome. Als du damals als Auszubildender angefangen hast, warst du noch ein richtiges Kind. Ich glaube, du wusstest gar nicht, worauf du dich eingelassen hast. Aber das wurde, wenn ich es richtig gesehen habe, schnell besser. Du hast an Sicherheit gewonnen. Was hältst du von der Stromburg?" Jerome überlegte kurz, ob er der Beobachtung der Kollegin widersprechen sollte, hielt es aber für angebracht, sie in ihrer Überzeugung zu belassen. „Ich arbeite hier ganz gerne", antwortete er. „Am Anfang habe ich gedacht: ‚Der ganze Papierkram hier ist nichts für mich'. Heute denke ich das nicht mehr. Ich bin halt Teil eines großen Teams und der Papierkram ist für das Unternehmen genauso wichtig wie das, was die Techniker draußen am Reaktor machen. Wir sorgen dafür, dass die Menschen Energie haben. Das ist doch eine wichtige Aufgabe." „Du siehst es ganz richtig. Es wird ja viel gemeckert über die Atomenergie. Aber ohne geht es doch noch nicht. Und solange das so ist, sind wir halt hier. Als Ausgleich für den Papierkram muss man dann halt noch etwas anderes machen. Hast du Hobbies, Jerome?" „Ich mache Sport, E-Sport. Und sonst hält mich meine Freundin auf Trab…" Jerome war sich nicht sicher, warum er an dieser Stelle Majib erwähnte. Vielleicht plante er unbewusst, einer befürchteten Zudringlichkeit Beas zuvorzukommen. Diese aber blieb äußerlich gelassen. „Das ist gut. Man muss sich sein Leben außerhalb der Arbeit schön machen. Deiner Freundin fällt da sicher immer etwas ein. Ich lebe allein, aber nicht einsam. Mir sind meine Freundinnen wichtig. Wir gehen gern ins Theater oder Kino. Und ich lese sehr viel." Jerome, der auf dem Gebiet der Literatur ohne Erfahrungen war, die über ferne Erinnerungen an Schullektüren hinausgingen, nahm, um Zeit zu gewinnen, einen kräftigen Schluck aus seiner Kaffeetasse und fragte möglichst beiläufig: „Und, was gefällt dir so, beim Lesen, meine ich?" Bea, die vor der Wahl stand, sich nun in langen Ausführungen über ihre Lieblingsschriftstellerinnen zu ergehen oder lediglich ein paar kurze Sätze zu sagen, entschied sich für die zweite Variante, auch, weil sie das Gespräch auf einen bestimmten Punkt hinlenken wollte. „Ich lese gern die großen Klassiker, Rosamunde Pilcher zum Beispiel oder Charlotte Link – musst du nicht kennen. Das ist tiefstes 20. Jahrhundert: Familiengeschichten, Liebesgeschichten – alles schon ein wenig angestaubt, aber mir gefällt's. Und manchmal lese ich auch Gedichte." Bea griff in die Tasche ihrer über die Sessellehne gehängten Jacke, zog ein schmales Bändchen heraus und legte es vor Jerome auf den Tisch. „Dieses Buch hier begleitet mich schon einige Jahre. Es heißt ,Ein Tropfen Seele'. Es sind Gedichte von Elsa Lindblatt. Die Autorin ist nicht sehr bekannt, aber für mich sehr wichtig." Der Buchdeckel zeigte auf weißem Untergrund eine transparente Wasserfläche auf die ein goldfarbener Tropfen zufiel. „Ist das Honig?", fragte Jerome. „Du hast es gleich erkannt." Bea strahlte. „Ist das nicht ein schönes Bild? Der Honig fällt auf das Wasser. Und was passiert, wenn Honig in Wasser fällt? Ist das Wasser heiß, löst er sich darin auf. Hier aber ist das Wasser kalt. Der Tropfen fällt hinein und die beiden Flüssigkeiten verbinden sich nicht – zumindest nicht sofort. Und genau darum geht es: Um eine unerfüllte Liebe. Die Dichterin gibt einem Unbekannten ihre Seele, aber der nimmt sie nicht an. Es sind Gedichte voller Poesie und Schmerz." Bea nahm das Buch wieder an sich und betrachtete es. Dann sah sie Jerome mit einer bemühten Heiterkeit an, unter der sich Jeromes Empfinden nach ein tiefer Ernst verbarg. „Jerome, ich möchte dir das Buch gerne schenken. Es ist eine kleine Erinnerung an unser Kennenlernen heute." Mit einem schnellen Griff langte sie nach einer der kleinen Schokoladentafeln, auf denen sich ein Werbeaufkleber des Herstellers befand, ein braunes Herz auf violettem Grund unter dem mit weißer Schrift „Ein Herz für Süßes" gedruckt war. Sie zog den Sticker ab und klebte ihn innen auf die erste Seite des Büchleins. „Damit du den Anlass nicht vergisst." Bea lachte und legte den Gedichtband in Jeromes Hände. „Du musst es nicht lesen. Aber, ein kleiner Tipp: Falls du deiner Freundin einmal etwas Schönes schreiben möchtest – hier findets du eine Menge guter Worte." Jerome, der sich von der spontanen Gabe etwas überrumpelt fühlte, bedankte sich und legte das Büchlein neben sich auf den Tisch. Nun folgte eine weitgehend übliche Plauderei über die Arbeit, den Kirschkuchen und das Wetter, die schlagartig beendet wurde, als Wertmanns Sekretärin, die mit schnellem Schritt auf ihren Tisch zugekommen war, Jerome mit einiger Dringlichkeit aufforderte, ihr in einer wichtigen Angelegenheit zu folgen. Wertmann wolle ihn unverzüglich sprechen.

39

Vor dem Besuch in Wertmanns Büro machte Jerome einen kurzen Abstecher zu seinem Schreibtisch, legte das Buch, das er von Bea geschenkt bekommen hatte, dort ab. Er steckte den Durchschlag des Lieferscheins ein, der die Annahme der Geldsendung bestätigte, ebenso die Kopie der Empfangsbestätigung, welche ihm durch den Mitarbeiter in der Firmenzentrale überreicht worden war. Die Aufforderung, zu Wertmann zu kommen, überraschte ihn nicht. Er ging davon aus, dass sich sein Vorgesetzter der ordnungsgemäßem Erledigung seines Auftrags versichern wollte. Jerome hoffte auf ein Lob und eine finanzielle Anerkennung. Es kam anders. Als

Jerome Wertmann die Dokumente vorlegte, zeigte sich dieser bereits informiert. Er dankte Jerome in knappen Worten für die Abwicklung des heiklen Geschäfts, fuhr dann aber in einer Mischung aus Besorgtheit und Ärger fort: „Es gibt ein Problem. Herr Dour, sie haben zwar die Übergabe des Pakets wie vereinbart durchgeführt, aber ehrlich gesagt, bin ich enttäuscht von Ihnen. Ich hatte Ihnen doch eine Prämie, oder sagen wir eine gewisse Anerkennung in Aussicht gestellt, oder? Ich war weder davon ausgegangen, dass Sie die Höhe der Prämie selbst festlegen, noch, dass sie sich diese gleich abzweigen würden." Jerome blickte Wertmann verständnislos an. „Ich spreche von den 2000 Euro." „Ich weiß von nichts, Herr Wertmann." „Sie sollten sich aber besser erinnern. Sie haben das Päckchen bei seiner Lieferung doch geöffnet und den Inhalt überprüft?" „Ja, das sollte ich doch auch." „Ganz richtig. Und das Geld haben Sie gezählt?" „Natürlich. Es waren genau zwanzig Bündel mit Hundertern, jedes 2500 Euro, also 50 000. Das habe ich auf dem Lieferschein auch so, zumindest indirekt, bestätigt, wie sie sehen können." Jerome wies auf die vor Wertmann liegenden Dokumente. „Das habe ich schon zur Kenntnis genommen, Herr Dour. Und ich habe auch zur Kenntnis genommen, dass Sie in der Zentrale einen Koffer abgegeben haben unter der Angabe, dass sich in ihm 50 000 Euro, eine anonyme Spende an die ‚Energies Stiftung' befinden. Auch das haben Sie unterschrieben. Wenn es also 50 000 Euro waren, die Ihnen übergeben wurden, wie kann es sein, dass mir die Kasse aus der Zentrale eben gemeldet hat, dass der Koffer lediglich 48 000 enthielt? Hatten Sie gedacht, dass das Geld nicht nachgezählt werden würde? Um es genau zu sagen: Jedes Scheinbündel umfasste statt 25 nur 24 Hunderter. Es fällt mir schwer, darin ein Versehen zu erkennen. Dass beim Abzählen der Banknoten vielleicht ein Fehler unterläuft, kann ich noch glauben. Dass sich dieser Fehler allerdings fünfundzwanzigmal wiederholt, scheint mir sehr unwahrscheinlich. Ich frage Sie noch einmal: Wenn Sie das Geld gezählt haben, wo sind dann die fehlenden 2000 Euro, wenn nicht bei Ihnen?" Jerome schluckte. Die unerwartete Anklage machte ihn unsicher. Seine Verteidigung fiel in der Tonlage ein wenig zu laut und zu hoch aus: „Das kann alles nicht wahr sein. Ich habe das Geld gezählt, aber doch nicht jeden einzelnen Schein. Dafür war gar keine Zeit. Der Bote wartete. Ich war unter Druck. Die ‚AluTrek‘ hat uns betrogen. Ich habe kein Geld genommen, bestimmt nicht. Sie müssen mir glauben.“ „Ich würde Ihnen gerne glauben.“ Wertmann wirkte nun deutlich versöhnlicher. Jeromes augenscheinliche Verzweiflung hatte offenbar Wirkung gezeigt und bei Wertmann den Eindruck erweckt, sich in dieser Sache nun eher fürsorglich um seinen Mitarbeiter kümmern zu müssen. „Versetzen Sie sich doch einmal in meine Lage, Herr Dour. Sie sagen, Sie haben das Geld nicht genommen. Ich halte Sie für einen aufrechten Menschen. Aber die Faktenlage spricht gegen Sie. Sie haben bestätigt, 50 000 Euro empfangen und weitergeleitet zu haben. Sie haben den Koffer geöffnet. Ich gehe davon aus, dass Sie das Geld niemand anderem gezeigt haben und auch mit niemand anderem darüber gesprochen haben, richtig?“ Jerome nickte. „Angenommen, die ‚AluTrek‘ hätte uns betrogen? Welchen Sinn sollte ein solcher Betrug haben? Die 50 000 waren ein eigentlich zu niedriges Angebot. Das haben Sie ja selbst ermittelt. Wir, das heißt, die in der Zentrale, sind darauf aus Kulanz eingegangen, um sich weitere Mahn- und Klageverfahren zu ersparen oder bei der Insolvenz ganz leer auszugehen. Warum hätte die ‚AluTrek‘ uns weniger Geld übergeben sollen? Wenn die von vornherein gesagt hätten: ‚Wir können nur 48 000 zahlen‘, wäre uns das doch genauso recht gewesen. 2000 Euro sind nicht viel Geld, zumindest nicht so viel, als dass es einen großen Unterschied machen würde. Was würde geschehen, wenn wir jetzt die ‚AluTrek‘ beschuldigen, uns betrogen zu haben? Die ganze Sache würde plötzlich die Aufmerksamkeit bekommen, die wir immer vermeiden wollten. Das Unternehmen könnte die Zahlung ganz abstreiten. Ich bin mir sicher, dass in den Büchern nichts zu finden wäre. Angenommen, die Steuerbehörden kümmern sich um den Fall. Was würden Sie finden? Sie würden eine dubiose Spendenzahlung finden, deren einzige Spur Sie hinterlassen haben. Herr Dour. Sie wären der Verdächtige. Glauben Sie, der Vorstand würde zugeben, von der ganzen Sache gewusst zu haben? Ich warne davor, wegen 2000 Euro hier größeres Unheil heraufzubeschwören. Sie wussten von der Sachlage. Deshalb vermute ich weiterhin, dass Sie sich das Geld abgezweigt haben. Sie hatten nicht viel zu befürchten. Ich kann Sie sogar menschlich verstehen. Aber als Ihr Dienstvorgesetzter darf ich Ihnen das nicht einfach durchgehen lassen." Jerome erkannte die Ausweglosigkeit seiner Situation. Noch einmal setzte er zu seiner Verteidigung an. „Herr Wertmann, Sie müssen mir glauben. Ich wollte niemanden betrügen. Ich habe das Geld nicht genommen. Ehrenwort." „Nochmal, Herr Dour, ich würde Ihnen gerne glauben, aber ich bin dem Unternehmen in meiner Position genauso verpflichtet, wie Sie. In einem normalen Fall zieht eine solche Unterschlagung die Kündigung nach sich. Stellen Sie sich vor, welchen Eindruck es macht, wenn wir einen möglichen Betrüger einfach weiter in der Kundenbetreuung lassen, wo es dort doch um die entscheidenden Geldgeschäfte geht. Kein Konzern der Welt kann sich so etwas erlauben. Nun ist das hier kein…" Wertmann räusperte sich, „…kein ganz gewöhnlicher Fall. Ich muss außerdem selbstkritisch eingestehen, dass ich an der ganzen Situation nicht ganz unschuldig bin. Ich habe Sie ja gewissermaßen in Versuchung gebracht. Das ganze Geschäft lief unter dem Radar der offiziellen Dokumentation. Außer Ihnen und mir und vielleicht einigen Personen im Vorstand weiß niemand davon, sofern sie es keinem erzählt haben." „Das habe ich nicht." „Sehen Sie, und genau das lässt uns jetzt noch etwas Spielraum. Ich schlage also das Folgende vor. Wir schweigen von den 2000 Euro und ich spreche mit der Kasse, ob wir den Betrag irgendwie anders verrechnen können. Allerdings kann ich Sie nicht weiter auf Ihrer bisherigen Stelle belassen. Das werden Sie verstehen. Fürs Erste werde ich Sie beurlauben, bis wir eine neue Stelle für Sie finden. Ich will Ihnen da aber nichts garantieren. Die neue Stelle, wenn sich denn eine findet, kann auch an unsere Filialen im Emsland oder in Bayern angegliedert sein. Das wäre der Preis für einen Verbleib im Unternehmen, allerdings ein, wie ich finde, noch relativ niedriger. Soweit für jetzt. Herr Dour, das ist wirklich alles, was ich für Sie tun kann. Bitte akzeptieren Sie die Dinge, so wie sie sind. Jetzt gehen Sie erstmal wieder an Ihren Schreibtisch. Die Beurlaubung stelle ich Ihnen schriftlich aus. Ich gebe ‚gesundheitliche Gründe‘ an. Das weckt keinen Verdacht und Sie müssen sich nicht rechtfertigen. Die Kollegen werden glauben, Sie müssten zur Kur oder so. Ich werde dafür sorgen, dass hier keine unangenehmen Gerüchte aufkommen.“ Wertmann ließ keinen Zweifel daran, an dieser Stelle das Gespräch beenden zu wollen. Tatsächlich war Jerome aller Antrieb zum Widerstand in diesem Augenblick genommen. Wortlos verließ er Wertmanns Büro im festen Vorsatz, sich seine Niedergeschlagenheit nicht anmerken zu lassen. Vielleicht würden sich die Dinge in den nächsten Tagen doch noch zum Besseren wenden lassen.

40

Majibs Seelenzustand an diesem Vormittag fand in ihrem nach der unruhigen Nacht völlig zerwühlten Bett eine treffende Entsprechung. Das Krächzen der Krähen auf dem Ahorn vor ihrem Fenster hatte gegen 10 Uhr endgültig verhindert, den neuen Tag einfach zu ignorieren. Sie zog die Vorhänge auf und sah in das Grau des Himmels. Es würde wohl wieder Regen geben. Majib, deren Sinne vom Alkohol noch benommen waren und in deren Kopf es gleichmäßig pochte, schleppte ihren matten Körper ins Badezimmer. Sie nahm eine Kopfschmerztablette aus dem Medikamentenkästchen, das sie im Hängeschrank aufbewahrte, ließ sie in ihren Zahnputzbecher fallen und füllte diesen mit Wasser. Sofort begann sich die Tablette zischend aufzulösen. In kleinen Bläschen fuhr die Luft wie in der Miniatur einer heißen Quelle nach oben. Das weiße Plättchen verlor zunehmend an Kontur, franste an den Rändern aus und zeigte erste Bruchstellen. Kleine Partikel stoben in der sprudelnden

Flüssigkeit nach oben, setzten sich an den Rand des Bechers und lösten sich schließlich auf. Das Aufwallen des Wassers ging langsam zurück und hinterließ eine ruhige Klarheit, als ob es das heftige Sprudeln nie gegeben hätte. Im Wissen darum, dass sich mit Einnahme des Becherinhalts auch das Rumoren des Kopfes wieder beruhigen würde, trank Majib das Wasser, ging wieder in ihr Schlafzimmer zurück und legte sich, nun schon um einiges entspannter, wieder in ihr Bett, um die Wirkung des Schmerzmittels abzuwarten. Langsam sortierten sich ihre Gedanken. Wann sie von Enbes stets bereitstehendem Fahrer heute Nacht zurückgebracht worden war, konnte sie nicht mehr genau bestimmen. Dass sie sich hatte zurückfahren lassen, erschien ihr im Rückblick aber von Bedeutung, zeigte es doch, dass sie sich der Dynamik des gestrigen Abends nicht vollends gefügt hatte. Vielmehr hatte sich Majib, so ihre Deutung, durch diesen Akt einen Rest von Unabhängigkeit, vielleicht auch von Widerstand gegen das drängende Werben Enbes bewahrt. Noch war Jerome nicht vergessen. Wie sollte dies auch der Fall sein? Im Tiefsten hielt Majib an der langjährigen Verbindung zu ihrem Freund trotz deren Mittelmäßigkeit fest. Sie war zumindest noch nicht bereit, sich durch ein (wie sie meinte) einmaliges Aufwallen der Gefühle zu einem anderen Mann, der ihr nicht nur wohlwollend, sondern auch zärtlich zugetan war, von ihrem bisherigen Lebensweg abbringen zu lassen. Wie es nun weitergehen sollte, war ihr allerdings genauso wenig klar. Zumindest nahm Majib sich in dieser Stunde vor, das geplante Treffen mit Jerome am heutigen Abend in aller Offenheit und unter Aufbringung aller Sympathie und allen Verständnisses für ihn zu gestalten, ein Vorhaben, in dem sie einen gewissen Heldenmut erkennen wollte, einen tugendhaften Akt der Treue, auch wenn ihr ein solch pathetischer Begriff in diesem Augenblick nicht zur Verfügung stand. Eine weitere Erinnerung ging ihr nach. Im Gespräch mit Mrs. Chen hatte diese sie zur Eigenständigkeit ermutigt. Die Mahnung, sich nicht von ihren Wurzeln zu entfernen und insbesondere den Kontakt zum Vater zu intensivieren, hatte bei Majib bleibende Wirkung hinterlassen. Sie war gewissermaßen auf eine freie Lichtung in ihrer Gefühlswelt getroffen, auf ein verdrängtes Desiderat, ein „Erhofftes" in ihrem Innern. Sie nahm das Telefon und blätterte sich durch den Nachrichtenverlauf, die Fotos und Grußbotschaften, welche sie in den letzten Monaten mit ihrem Vater ausgetauscht hatte. Unter ihre letzte Nachricht setzte sie nun eine neue: „Wie geht es dir? Es wäre schön, wenn wir bald telefonieren können. Ich möchte deine Stimme einmal wieder hören." Sie drückte auf „Absenden". Eine Antwort kam nicht sofort. Majib blickte minutenlang auf den Bildschirm und wartete. In dieses Warten legte sie gesteigerte, noch unbestimmte Sehnsucht. Vielleicht erhoffte sie sich vom Gespräch mit ihrem Vater die Antworten auf ihre derzeitigen Fragen, eine Orientierung in ihrer Unsicherheit. Nach einer halben Stunde kam die erwartete Nachricht: „Majib, ich bin so froh, dass du dich meldest. Ich habe gerade viel zu tun. Ich melde mich bei dir. Bis bald, Dad." Es folgte ein Foto: Ihr Vater in seiner Werkstatt, eine Schirmmütze auf dem Kopf. Er lächelte.

41

Nach dem Gespräch mit Wertmann war Jerome nicht in sein Büro zurückgekehrt. Einem Bedürfnis nach Luft und Bewegung folgend, streifte er über das weitläufige Werksgelände. Innerlich legte er sich einen Plan zurecht, um der drohenden Versetzung zu entkommen und stattdessen, den Spieß umdrehend, Wertmann und „Enbe Energies" zu verklagen. Schließlich hatten ihn deren dunkle Geschäfte in diese missliche Lage gebracht. Wäre es nicht möglich, den Vorgang bei der Polizei anzuzeigen, ein Wirtschaftsverbrechen nachzuweisen, einen Skandal herbeizuführen? So verlockend ihm diese Möglichkeit in seiner Wut erschien, musste er sich doch bei genauerer Überlegung eingestehen, dass ein solches Vorhaben aussichtslos war. Wertmann hatte in seiner Darstellung recht gehabt. Es gab keine Beweise außer ein paar mündlichen Absprachen unter vier

Augen (die leicht abzustreiten waren) und zwei Schriftstücken, die immer noch auf Wertmanns Schreibtisch lagen. Diese bezeugten nicht mehr, als dass er, Jerome, am Sonntag den Geldkoffer ohne Absender angenommen und ihn dann der Zentrale übergeben hatte, wo der Eingang des Geldes später durch die Finanzabteilung bestätigt wurde. Zudem hatte sich bei Jerome eine unangenehme Erinnerung gemeldet, nach der er am Samstag beim Training Cris und Ahmad gegenüber leichtfertig von einem zu erwartenden guten Geschäft gesprochen hatte. Dass er damit lediglich auf die in Aussicht gestellte Prämie angespielt hatte, durfte einem neutralen Ermittler angesichts der verschwundenen 2000 Euro als wenig glaubhaft erscheinen. „Hey, Jerome". Einer der Arbeiter in grauer Werkskleidung winkte zu ihm herüber. „Was machst du hier draußen? Ist euch da drinnen die Arbeit ausgegangen?" Es war Rolf, der jetzt auf Jerome zukam und ihm lachend die Hand gab. Nachdem Rolf damals über Mae Jeromes Ausbildungsstelle vermittelt hatte, fühlte er sich immer noch für „seinen" Azubi von damals verantwortlich, auch wenn sie beide in denkbar unterschiedlichen Abteilungen der Stromburg tätig waren. Manchmal sahen sie sich in der Kantine oder trafen sich nach Feierabend bei Rolfs Techniktrupp auf ein Bier im Mannschaftsraum. Jerome, der zunächst wenig zum Gespräch aufgelegt war, gab ein paar ausweichende Sätze zur Antwort. Rolf ließ sich davon nicht beirren. „Hör mal Jerome, du bist nicht nur zufällig hier draußen, oder? Du hast Stress – seh' ich dir an der Nase an. Glaub mir, das kenn ich von meinen Leuten. Wenn die Ärger zu Hause haben oder sonst dicke Luft ist und man fragt sie danach, dann sagen sie alle: ‚Nö,nö, ich hab nichts' und ärgern sich lieber still für sich. Und wenn du nach 10 Minuten nochmal fragst, erzählen sie dir alles. Also, soll ich noch 10 Minuten warten?" Jerome gab sich Rolfs ungetrübter Herzlichkeit geschlagen. Die angestaute Verzweiflung suchte einen Weg nach draußen und Rolf war bereit, ihr den nötigen Raum zu einzuräumen. Jerome erzählte also davon, dass Wertmann gedroht hatte, ihn zu versetzen und dies nur aufgrund eines haltlosen Vorwurfs. Man habe ihn, Jerome, gezwungen, bei einem windigen Geschäft die Drecksarbeit zu machen und beschuldige ihn, sich dabei bereichert zu haben. An der ganzen Sache sei nichts dran. Er sehe es nicht ein, jetzt seinen Kopf hinhalten zu müssen, für „die da" (wobei Jerome auf das Bürogebäude zeigte). Rolf nickte nur mit dem Kopf. Die eben gehörte Beichte ließ ihn nicht klar erkennen, worum es sich bei den angeblichen Vorwürfen genau handelte, gab ihm aber die Gewissheit, dass Jerome offensichtlich in ernsten Schwierigkeiten steckte. Die Aufgeregtheit seines Gegenübers und die von ihm verwendeten (hier nicht wiedergegebenen) Schimpfworte gegenüber Wertmann gaben dafür genügend Hinweis. Rolf legte Jerome den Arm um die Schulter. „Weißt du, was du jetzt machst? Du machst jetzt vor allem nichts Unüberlegtes. Du gehst jetzt mal zu uns in den Mannschaftsraum und legst dich mal ein paar Minuten aufs Sofa. Du kannst dir auch ein Getränk nehmen oder die Wand anschreien oder was dir sonst so guttut. Wenn du wieder runtergekommen bist, dann gehst du ins Büro und machst deine Arbeit fertig. Und dann kümmerst du dich heute ganz lieb um deine Freundin, verstanden? Heute Abend geht's dir dann schon besser. Ich schau mal, ob ich in deiner Sache was über die Mitarbeitervertretung machen kann. Die kennen sich bei solchen Sachen aus. Glaub mir, es ist noch nicht alles verloren. Du darfst nur jetzt keinen Fehler machen. Wenn du den Wertmann siehst, dann sagst du schön ‚Guten Tag' und denkst dir dazu 'ne richtig dicke Beleidigung, so was wie ‚Guten Tag, du Sackgesicht'. Du wirst sehen, das hilft schon. Man wird entspannter." Jerome, der im Augenblick keine bessere Alternative wusste, folgte Rolf in den Mannschaftsraum, nahm sich ein Bier und setzte sich auf das Sofa. Als Rolf beim Hinausgehen die Tür hinter sich schloss, rollte eine dicke Träne über sein Gesicht.

42

Es kam alles noch schlimmer. Rolf kümmerte sich. Zunächst schrieb er an die Mitarbeitervertretung und erhielt eine automatisierte Antwort, dass dort wegen Überlastung zur Zeit keine neuen Beschwerden und Eingaben bearbeitet werden könnten. Schließlich befände man sich in der Vorbereitung der neuen Tarifverhandlungen. Der Nachsatz „Wir arbeiten unermüdlich für euch, damit ‚Enbe Energies' nicht ohne Strom bleibt" wirkte angesichts des vorhergehenden Inhalts der Nachricht nicht sonderlich überzeugend. Immerhin stellte man in Aussicht, sich bald zurückzumelden. Nach diesem erst einmal ergebnislosen Versuch beendete Rolf die heutige Frühschicht und fuhr gegen ein Uhr in die Stadt. Teils wegen eines knurrenden Magens, teils aber auch wegen der heutigen Neuigkeiten beschloss Rolf, zum Mittagessen Mae im Café Africaine aufzusuchen. Auch wenn Rolf die Rolle als Mann an der Seite Maes schon lange nicht mehr ausfüllte, hatte er die Rolle als Stammgast im Café beibehalten. Während er sich eine große Portion „Yassa Poulet" schmecken ließ, berichtete er Mae unter dem Siegel der Vertraulichkeit von seinem Gespräch mit Jerome. Er erzählte, dass Jerome um seinen Arbeitsplatz bange und fürchte, versetzt zu werden, weil man ihm vorwerfe, etwas Unrechtes getan zu haben. Mae nutzte wenig später das Auftauchen Yacines, die wie gewohnt nach der Arbeit im Supermarkt zu ihr ins Café kam, um ihr die Neuigkeiten „aus freundschaftlicher Besorgnis" weiterzugeben. In ihrer Version schien Jeromes Versetzung bereits sicher zu sein, ebenso wie die Tatsache, dass er sich offenbar an irgendeiner krummen Sache beteiligt habe. Yacine, deren Sympathie für Jerome in den letzten Tagen schließlich schon stark abgenommen hatte, zog zu Hause Majib ins Vertrauen, die schließlich „über das Bescheid wissen müsse, was ihr sogenannter Freund so treibe". Majib verstand zu ihrem eigenen Entsetzen, dass Jerome etwas Kriminelles getan habe, weswegen man ihn strafversetzen würde. Majib ging mit dieser Information zwar vorsichtig um, weil sie ihre Mutter, die über Mae und Rolf von der Sache erfahren haben wollte nicht ganz zu Unrecht als unsichere Quelle einstufte, nahm sich aber vor, der Sache heute beim Treffen mit Jerome nachzugehen. In jedem Fall schwächte die Nachricht jedoch die Überzeugungskraft von Majibs innerlichen Treueschwüren Jerome gegenüber deutlich, die sie heute Vormittag begleitet hatten. Aus ihnen wich das Pathos des heldenhaften Kampfes um eine Beziehung, die vielleicht nicht mehr zu retten war.

43

Gegen halb vier klingelte das Mobiltelefon. Nach dem Aufenthalt im Mannschaftsraum war Jerome wieder an seinen Arbeitsplatz zurückgekehrt. Durch die Aufnahme der alltäglichen Routine gelang es ihm, seine rebellische Verzweiflung zu besänftigen und die Fragen nach seiner Zukunft zumindest für eine Zeit aus seinen Gedanken zu verdrängen. Der Bildschirm seines Telefons zeigte ihm eine unbekannte Nummer. Als er sich meldete, gab sich ihm die Stimme einer jungen Frau als die Lauras zu erkennen, Majibs Kollegin aus der Skybar. Sie bat Jerome um einige Minuten, um ihm etwas Wichtiges mitzuteilen und berichtete ihm dann von ihren Beobachtungen des letzten Abends. Sie erzählte von Majibs Erscheinen in Begleitung eines großen, stattlichen Mannes, der, wie Laura sich ausdrückte „nach Geld aussah". Sie erzählte von der guten Stimmung der beiden im Gespräch mit einem „aufgetakelten" chinesischen Paar. Sie habe zwar nicht mitbekommen, worüber die vier gesprochen hatten, dafür aber das heimliche Händchenhalten zwischen Majib und dem Mann „sehr wohl wahrgenommen". Es sei ihr wichtig, Jerome zu informieren, weil sie Majibs Verhalten „total empört" habe und ihm schließlich das Recht zukomme, zu erfahren, was passiert sei. Wenn sie etwas für ihn tun könne, solle er sich melden. Jerome zog diese Nachricht den Boden, auf dem er emotional gerade wieder etwas sichereren Stand gefasst hatte, unter den Füßen weg. Ihm kam Majibs ausweichendes Verhalten der letzten Tage in den Sinn. Hatte sie aus diesem Grund ein Treffen mit ihm verhindert? Auf Nachfrage bestätigte Laura, dass sie sich am Samstag mit Majib zum Mittagessen in der Stadt getroffen habe. Diese Auskunft beruhigte Jerome bis zu dem Moment, als seine Gesprächspartnerin ihn über Majibs anschließenden Gang in die Innenstadt informierte, von dem sie nicht wisse, welches Ziel er gehabt habe. Jerome bedankte sich kurz bei Laura und legte auf. Für einen Moment verharrte er regungslos an seinem Platz, wischte dann mit einer heftigen Armbewegung die vor ihm liegenden Papiere vom Schreibtisch, trommelte mit den Fäusten auf die Tischplatte, fing sich wieder und sammelte die Unterlagen vom Boden auf. Er nahm das Telefon und informierte das Sekretariat darüber, dass er sich krank fühle und jetzt nach Hause gehe. Die Sekretärin äußerte Verständnis. „Herr Dour, einen kleinen Moment noch. Da ist gerade für Sie ein Brief der Abteilungsleitung gekommen mit dem Vermerk ‚persönlich‘. Wollen Sie den noch schnell abholen?" „Legen Sie ihn bitte auf meinen Schreibtisch. Ich hole ihn morgen ab." Jerome nahm seine Tasche, verließ das Büro, ging schnellen Schritts den Gang hinunter, passierte schweigend eine Kollegin, die am Kopierer stand und ihm einen schönen Feierabend wünschte, nahm die Treppe nach unten, schritt durch den Haupteingang auf dem Weg zur Sicherheitsschleuse, nickte dem Pförtner beim Verlassen des Geländes kurz zu und befand sich nun, die Stromburg im Rücken, im Freien. In diesem Moment atmete er auf. Als er unter dem Dach der Bushaltestelle stand, setzte ein kräftiger Regenguss ein. Beim Anblick des zusammenlaufenden Wassers, das von der Straße kommend gluckernd in einen Abfluss lief, wünschte er, mit dem Wasser auch den heutigen Tag verschwinden lassen zu können. Mit dem Bus fuhr Jerome nur einige Stationen, bis die Stromburg außer Sichtweite war, stieg an einem Haltepunkt an der Landstraße, noch vor der Stadt aus, wartete das Ende des Regenschauers ab und bog über einen Feldweg nach links in ein Wäldchen ein. Schattige Ruhe umgab ihn. Der Waldboden dunstete die Feuchtigkeit aus. Zwischen den Kiefernnadeln hingen dicke

Tropfen. Um die Pfützen auf den Wegen zu umgehen, wich Jerome auf den mit Gräsern und Moos bewachsenen Untergrund zwischen den Bäumen aus. Dieser gab unter seinen Schritten mit einem sumpfig quatschenden Geräusch nach. Vor ihm stob ein durch den unerwarteten Spaziergänger aufgescheuchtes Kaninchen davon. Über ihm war das Klopfen eines Spechtes zu vernehmen. In diesem Moment brach die Sonne durch eine kleine Öffnung in der Wolkendecke. Einige ihrer Strahlen brachen sich mattweiß in der feuchten Luft. Jerome näherte sich der lichten Stelle und streckte seine rechte Hand in den Sonnenschein. Für ein paar Sekunden spürte er Wärme auf der Handfläche. Dann schloss sich die Wolkendecke wieder. Das Schwirren in seinem Kopf beruhigte sich. Etwa eine Stunde streifte er weiter durch den Wald. Währenddessen flossen Jeromes mäandernde Gedanken zu drei klaren Überlegungen zusammen, die ihm für den heutigen Abend wichtig erschienen. Zum einen beschloss er, sich sein Leben nicht kaputtmachen zu lassen. Zum zweiten stellte er fest, dass ihm die Beziehung zu Majib wichtiger war als seine berufliche Zukunft. Aus diesem Grund wollte er, zum Dritten, keinen offenen Streit mit Majib riskieren, sondern sie vielmehr neu von sich überzeugen. Als dieser dritte Entschluss feststand, kehrte Jerome mitten auf dem Weg um und ging zur Bushaltestelle zurück. Er setzte sich auf eine Bank aus Drahtgestell und wartete. In der Tasche, die er neben sich gestellt hatte, steckte das Buch, das er von Bea geschenkt bekommen hatte. Er zog es heraus und begann, darin zu blättern. Auf jeder Seite befand sich ein Gedicht. Jerome, der bislang weder Erfahrung noch Interesse an solcher Art Literatur gehabt hatte, überflog einige der Texte. Eines der Gedichte hieß „Zwei Schiffe" und bestand aus den Zeilen: „Denn sieh, wir sind zwei Schiffe / die sich in sternklarer Nacht einst auf dem Meer begegneten. / Dann trug es uns fort, / dich nach Osten, mich nach Westen. / Folgen wir nur unserm Kurs, werden wir uns wiedersehen. / Irgendwann." Jerome las das Gedicht noch einmal, schüttelte dann den Kopf und steckte das Buch zurück. Er wartete noch etwa eine halbe Stunde, ließ einen ersten

Linienbus passieren und stieg dann in den, der ihn zur regulären Dienstschlusszeit zurück in die Stadt fuhr.

44

Majib wartete an der Haltestelle. Als Jerome aus dem Bus stieg, winkte sie ihm zu. Er umarmte sie für ihren Geschmack ein wenig zu lang und beteuerte, wie sehr er sich schon auf sie gefreut habe. „Was sollen wir machen? Majib, hast du eine Idee? Falls nicht, ich habe eine: Wir gehen eine Pizza essen und schauen uns dann den Sonnenuntergang am Fluss an." „Welchen Sonnenuntergang? Ich sehe gerade nur graue Wolken." „Das zieht vorbei. Und wenn nicht, gehen wir halt nachher ins Kino." Majib führte den ungewöhnlichen Tatendrang ihres Freundes nicht ganz unzutreffend auf sein schlechtes Gewissen zurück. „Er möchte es mir nicht sagen", dachte sie und beschloss, sich auf Jeromes Taktik zumindest für eine Weile einzulassen. Der Zeitpunkt zum Reden würde schon noch kommen. „Also gut, gehen wir eine Pizza essen. Zu ‚Emoji' oder zu ‚Lorenzo'?" „Lass uns in die Fußgängerzone gehen, da ist es netter." „Also, zu ‚Lorenzo'." Jerome nahm Majib an die Hand und schlenderte mit ihr, sichtlich um gute Laune bemüht am ehemaligen Kaufhaus vorbei über eine Nebenstraße auf den zentralen Brunnenplatz in der Fußgängerzone zu. Bei „Lorenzo" handelte es sich um ein ehemals von Italienern betriebenes Restaurant, das nun allerdings nur noch im Außer-Haus-Verkauf Pizza, Nudelgerichte und Döner Kebap, im Sommer auch Eis und Kaffee anbot. Trotz des kühlen Wetters ließ der Wirt vor dem Restaurant für Laufkundschaft ein paar Stühle und Tische stehen, über denen auf Wunsch eine antiquierte Außenheizung in Form eines Pilzes für annehmbare Temperaturen sorgte. Unter einem solchen Wärmespender setzten sich Majib und Jerome an einen Platz, von dem aus man einen guten Blick auf den Springbrunnen hatte. „Mit Sonne wär's etwas romantischer." Majib schloss den Reißverschluss ihrer

Jacke. „Man muss es sich halt romantisch vorstellen oder es sich romantisch trinken." Jerome lachte, verschwand für kurze Zeit im Gastraum, um die Bestellung aufzugeben und kam mit zwei Martini im Pappbecher zurück, die er auf den Tisch stellte. „Auf unseren Abend." Majib erwiderte den Trinkspruch wortlos, indem sie ihren Becher bis über Kopfhöhe hielt und dann mit Jerome anstieß. „Irgendwann machen wir das mal richtig, also ich meine Italien, richtig romantisch- Martini im Sonnenuntergang", sagte sie.

Auf dem Platz hatte sich eine Gruppe älterer Herrschaften eingefunden, offensichtlich eine der im Stadtbild häufig anzutreffenden Seniorengruppen, die per Schiff aus Hamburg zu einem Ausflug in die Kleinstadt aufgebrochen waren. Einige Herren waren eifrig damit beschäftigt, durch die Kameras ihrer Mobiltelefone die Schönheiten der Fußgängerzone einzufangen. Drei Paare gruppierten sich um den Springbrunnen zu einem gemeinsamen Bild und wurden von einem eifrigen Fotografen Mitte Siebzig lautstark in die richtigen Positionen gewiesen. Er forderte zudem dazu auf, für einen Augenblick die Regenjacken abzulegen. Mit dem entsprechenden Filterprogramm, so seine Aussage, werde das Foto später nach Hochsommer aussehen. Die Regenjacken würden diesen Eindruck nur trügen. Er könne versichern, dass die Erinnerung an einen wunderschönen Tag auch in einem digital erzeugten wunderschönen Wetter ausgedrückt werden müsse. Den grauen Himmel könne man also getrost vergessen. „Siehst du, er hat's gesagt." Jerome stupste Majib an: „Man muss es sich nur schön vorstellen." In diesem Augenblick nahte aus der Richtung des Rathauses eine korpulente Frau mittleren Alters. Sie trug eine historische Tracht, einen weiten dunkelgrünen Rock mit schwarzem Saum, ein weißes Rüschenhemd, dessen weit geschnittene Ärmel über das Handgelenk reichten, darüber eine schwarze Samtweste, die vorne mit goldenen Schnüren in mehreren Reihen überkreuz zusammengebunden war und eine weiße Haube auf dem Kopf. Aus der Gruppe ging ihr ein vollbärtiger Mann entgegen und schüttelte ihr die Hand. Er klatschte in die Hände und bat die

Gruppe, die sich währenddessen im Halbkreis um den Brunnen formierte, um Aufmerksamkeit. Nach dem ausgiebigen Kaffeetrinken sei nun doch Zeit für etwas Kultur, auch wenn Esskultur natürlich auch irgendwie schon als Kultur gelten können. Das dünne Witzchen wurde mit unverhältnismäßigem Gelächter beantwortet und der Bitte um Applaus für die Stadtführerin enthusiastisch entsprochen. „Joa, meine Daam' und Hean', härzlich willkommen in unserer schöinen Stadt." Die Führerin sprach mit ebenso kräftiger wie norddeutsch gefärbter Stimme, einschließlich des voneinander getrennten „S" und „T". „Wir machen heute einen wunderbaan Ausfluch in die Geschichte und ich froi mich schon ganz bannich! Soo viele reizende Daam' und: Mensch, so viele knackige Kerls habt ihr auch dabei." Wiederum folgte allgemeines Gelächter. „Ach so, ich hab mich noch goar nich vorgestellt. Mein Name is Trine Pedersen. Ich wurde 1850 hier geboorn. Ich bin Korbflechterin, wie so viele in dieser Zeit. Domals war das hier noch 'n lüttes Dorf und ganz beschaulich. Wir haben ganz ruhig geaabeitet, Stress gab das damals noch nich. Einmal die Woche kam ein Handelsschiff auch Hamburch und hat uns unsere Körbe zum Verkauf mitgenommen." Ein kleiner Mann in grauer Weste, der offensichtlich Probleme mit dem Hören hatte, schob sich nun ganz dicht an die Stadtführerin heran. „Naja, aber was soll ich sagen. Mit einem Mal wurde alles anners. Da is so ein stattlicher Herr gekommen, gut sah der aus. Der war ein Schwede und hieß Alfred Nobel." Die Gruppe antwortete mit einem lauten „Ah". Einzelne Teilnehmer sahen sich wissend an. „Joa, un' dieser Herr Nobel hat sich was ausgedacht. Er hat hier was erfunden, das ihr alle kennt. So'n Zeug, was alles in die Luft jagen kann. Das nannte er Dynamit. Da war's mit der Ruhe hier bald vorbei. Er hat eine Fabrik gebaut für sei'n Sprengstoff hier ganz in'ner Nähe. Und dann kamen die Aabeiter von überall und aus unserm Dorf wurde bald 'ne richtige Stadt. Joa, so war das. Der Alfred Nobel is denn auch bald weitergezogen. Aber der Schlamassel war da. Und ich muss euch eins verraten: Er hat hier Sprengstoff verbuddelt und keiner weiß genau wo. Ich glaube ja, es war genau hier." Die Frau in Tracht deutete auf den Boden des Platzes und bewirkte damit ein leichtes Zurückweichen der Gruppe. „Naja, ich denk wenigstens, warum sonst sollte hier das Wasser aus dem Boden sprengen!" Diesmal wurde das Gelächter von Beifall begleitet. „Ma keine Angst, war nur ein Scherz. Wir gehen besser auch gleich weiter. Aber eins will ich noch kurz sagen, damit ihr das auch wisst. Wo damals die Fabrik war, die hier alles durcheinandergebracht hat, da is' hoite, na was wohl, die Stromburg! Ich sach ja Sprengstoff damals, Sprengstoff hoite!" In der Gruppe breitete sich eine gewisse Unruhe aus. Wohl auch, um weitere Diskussionen über den Sinn und Nutzen der Atomkraft zu verhindern, lenkte die Fremdenführerin die Aufmerksamkeit schnell auf ein anderes Thema, indem sie mit dem Finger von sich weg wies. „In diese Richtung, meine Daam' und Hean' geht's weiter. Da steht nämlich unsere alte Dorfkirche. Die heißt Salvator-Kirche, also Retter-Kirche. Ihr seht, wo Gefaah'n sind, da is auch die Rettung nich' weit." Die Führerin setzte sich an die Spitze des Zuges. Neben ihr lief der kleine Mann in der grauen Weste, der den Augenblick nutzte, um offenbar eine Menge Fragen zu stellen. Mit ein paar Rufen wie „Los, es geht weiter" oder „Bitte nicht so schnell da vorne" schob sich die Gruppe langsam in Richtung Kirche vom Platz. „Hast du das gewusst, das mit dem Dynamit?", fragte Majib. „Ne." Jerome erhob sich aus seinem Stuhl. „Ich geh unsere Pizza holen."

45

Nach dem Essen schlenderten Majib und Jerome durch die Stadt. Da der von Jerome in Aussicht gestellte romantische Blick auf den Sonnenuntergang wegen des verhangenen Himmels ausfiel, verständigten sie sich auf einen Spaziergang in Richtung Hafen. Jerome, der sich durch den aus seiner Sicht gelungenen Auftakt mit dem gemeinsamen Abendessen ermutigt fühlte, eröffnete nach längerem Schweigen das Gespräch. „Ich glaube, es muss sich was ändern." Majib sah ihn fragend an. „Ich meine, dass wir uns jetzt nach wieviel… drei, vier Tagen das erste Mal wieder treffen, das kann doch nicht so bleiben, oder?" „Was willst du daran ändern? Du hast deine Arbeit und ich meine. Das passt halt vom Zeitrhythmus nicht immer zusammen." Majib hoffte, mit der Anspielung auf die Arbeitszeit, Jerome zum Geständnis seiner in Aussicht gestellten Kündigung herauszufordern. Dass sie selbst den Entschluss gefasst hatte, ihren Job in der Skybar zu kündigen, erwähnte sie nicht. Jerome stieg wie gewünscht auf das Thema ein, allerdings in unerwarteter Weise. „Das ist ja gerade das Problem. Majib, ich möchte mehr bei dir sein. Ich überlege, ob ich die Stromburg verlasse. Die tägliche Aktenwühlerei, hier eine Rechnung prüfen, dort eine Mahnung veranlassen, da ein neues Tarifangebot zusammenzimmern… Das will ich doch nicht bis an mein Lebensende machen. Immer dieses stickige Büro und immer die gleichen Gesichter. Ich glaube, ich brauche mal eine Abwechslung. Ich überlege zur Zeit ernsthaft, ob es nicht für uns beide etwas Alternatives geben kann. Weißt du, du und ich so als Team." „Und was sollte dieses Alternative sein?" „Das müssten wir entwickeln. Cris hat mir neulich beim Sport erzählt, dass er jetzt in den Internethandel einsteigt. Da kann man von zu Hause arbeiten. Oder vielleicht machen wir ein Restaurant auf. Eine so mittelmäßige Pizza wie die bei ‚Lorenzo' kann ich auch noch backen." „Du willst plötzlich Koch werden?" Majib überlegte, wann sie Jerome das letzte Mal in einer Küche gesehen hatte. „Majib, ich muss ja nicht kochen. Ich kann dafür den ganzen Verwaltungskram, Abrechnungen, Bestellungen und so. Du kennst dich doch in der Gastronomie aus. Du machst einen exzellenten Service. Beim Rest kann uns vielleicht Mae helfen oder deine Mutter oder Rosy, die kennen sich doch aus." „Du willst mit meiner Mutter ein Restaurant eröffnen?" In Majibs Erstaunen schwang bereits ein spöttischer Unterton. „Ist doch nur eine Idee. Am Anfang von etwas Großem steht immer eine Idee." „Wo hast du das gelesen? In einem eurer Werbetexte?" Majib war jetzt wütend. „Hör mal zu, du Träumer. Weißt du was das heißt, ein Restaurant zu eröffnen? Als erstes brauchst du Geld, viel Geld oder zumindest eine Bank, die dir was leiht. Da kommst du mit deinem Gehalt nicht hin. Davon kannst du ja gerade die Miete bezahlen." „So schlimm ist es auch nicht und das weißt du. Warum wohnen wir eigentlich nicht längst zusammen? Ich habe eine schöne Wohnung und du willst ja nicht von deiner Mutter weg. Wenn wir zusammen wohnen, können beide was zur Miete dazutun." „Und wovon soll meine Mutter dann die Miete bezahlen? Verstehst du nicht, dass diese Frau mich mein ganzes Leben unterstützt hat? Sie hat sich das Geld für mich vom Mund abgespart und jetzt kann ich endlich etwas für sie tun. Außerdem hängt sie an mir. Ich kann nicht einfach zu dir ziehen, selbst wenn ich wollte." „Du willst es gar nicht?" Majib, die ihre unbedachte Äußerung sofort bereute, bemühte sich um einen deutlich versöhnlicheren Ton. „Doch natürlich möchte ich. Ich möchte es wirklich, aber es geht jetzt noch nicht. Jerome, ich hatte gehofft, dass wir darüber nicht diskutieren müssen." „Wir diskutieren sowieso zu wenig. Ich sage dir mal, wie ich das sehe. Wir brauchen eine Veränderung. Ich brauche einen neuen Job und du brauchst vielleicht auch einen neuen Job. Ich habe neulich ein Inserat gesehen: ehemalige Ladenfläche zur Wohnvermietung bei mir in der Nähe. Ist zwar nicht Innenstadt, aber trotzdem nicht schlecht. Riesiges Schaufenster, wie du es dir immer gewünscht hast. Ein bisschen mehr Gehalt, dann wäre das für uns möglich und deine Mutter könnten wir trotzdem unterstützen." Majib wandte sich von ihm ab. „Ist doch nur eine Idee. Majib, ich will dir doch mit all dem nur eins sagen." Hier stockte Jerome. Er griff nach ihrer Hand. Majib drehte sich um. „Was ich doch nur sagen möchte ist, dass ich mit dir zusammenbleiben möchte. Ich möchte mit dir zusammen leben und ich finde, wir sollten diesem Zusammenleben eine Form geben, irgendwas Verbindliches. Wir sind irgendwie wie Schiffe, die ständig auf verschiedenen Routen unterwegs sind und sich nur hier und da begegnen." Jeromes Bemerkung traf Majib. Sie spürte einen Druck auf ihrer Brust. Bei all seinen unnützen und hilflosen Vorschlägen der letzten Minuten – hier hatte er etwas berührend Treffendes gesagt. Majib spürte in seiner Stimme die Verzweiflung des Tages, seine Angst, ihr die Wahrheit über seine Situation zu sagen, darüber, dass er seine Arbeit verlieren würde, dass er offenbar tief in der Klemme saß, dass er sich verzweifelt um eine neue Perspektive bemühte. Das war der alte Jerome, der, den sie als Jugendlicher kennengelernt hatte, als sie damals eine Pizza in einem Park vor einer Festhalle mit ihm geteilt hatte; der nicht wusste, wohin er gehörte und der keinen Ausdruck für sein Leben fand. Das war der Jerome, der damals unbeholfen und kindlich bei Yacine und ihr eingezogen war und den sie genau deswegen lieb gewonnen hatte. Jerome, der Langweilige, der Dankbare, der Verlässliche, der Treue, der, den sie einfach gernhaben musste. Sie nahm Jerome fest in den Arm, so wie damals. Diesmal allerdings geschah es aus Mitleid.

46

An diesem Abend telefonierte Majib lange mit ihrem Vater. Es tat gut, seine Stimme nach so langer Zeit wieder zu hören. Nachdem das Gespräch mit Jerome friedlich aber im letzten unbefriedigend zu Ende gegangen war, hatte Majib ihren Freund auf den morgigen Tag vertröstet und später erleichtert die Tür ihrer Wohnung hinter sich zugezogen. Sie fühlte sich ausgelaugt. Die Intensität, mit der Jerome sein seelisches Ungleichgewicht in seinem hilflosen Reden und Agieren zum Ausdruck gebracht hatte, überforderte sie. Die Stimme ihres Vaters wirkte dagegen beruhigend. Sie verstand nicht jedes Wort. Als Kind hatte sie zwar von Yacine die Grundkenntnisse des Wolof, der Hauptsprache Senegals vermittelt bekommen (übrigens eine Frucht des ständigen Bemühens von Mae, die ihre Freundinnen stets zur Pflege der heimischen Kultur angehalten hatte), diese aber mangels Praxis nur wenig verbessern können. Ein zwischengeschaltetes Sprachprogramm, das die mündlichen Passagen des Gesprächs zeitgleich übersetzte und als Text auf den Bildschirm schrieb, half der Verständigung verlässlich nach.

Majibs Vater erzählte ihr in einfachen Sätzen von seinem Leben, von der Arbeit in der Werkstatt, von den Kindern, von seiner Frau, die vor Kurzem als eine Art Erzieherin oder Hilfslehrerin in der Grundschule einer benachbarten Kleinstadt angestellt worden war. Er erzählte noch einmal vom Ausflug nach Yenne Tode und zeigte Majib ein Video der heranrauschenden Wellen am Badestrand. „Du müsstest es einmal selber sehen", sagte er. Dann erkundigte er sich nach Majib. Sie erzählte ihm, dass sie zur Zeit müde und traurig sei, die Arbeit und der ständige Ärger, das schlechte Wetter und schließlich sei ihre Beziehung zur Zeit in den Krise. Auch Yacine könne ihr keine große Hilfe sein, sie lebe mehr ihr eigenes Leben, mische sich aber immer noch zu viel in das ihrer Tochter ein. „Du kennst sie ja. Es ist nicht einfach." „Armes Mädchen." Die Stimme des Vaters klang aufrichtig anteilnehmend. „Bei euch in Deutschland ist alles so kompliziert. Alles ist so durchgetaktet. Ich glaube, ihr habt wenig Zeit zum Leben. Bei uns ist es einfacher. Wir haben zwar weniger Geld, aber sonst ist alles da. Die Sonne scheint, die Welt ist schön, die Menschen sind nett. Wenn du mich fragst – ich weiß nicht, warum hier alle immer nach Europa wollen. Sie machen sich völlig falsche Vorstellungen." Vor Majibs Auge standen Bilder, wie sie Yacine von ihren Verwandtschaftsbesuchen im Senegal mitgebracht hatte, aus der Zeit, bevor Majib geboren wurde. Sie sah lachende Menschen in bunten Gewändern auf dem Dorfplatz auf Plastikstühlen sitzen, Frauen mit Kopftuch, die hinter großen, dampfenden Töpfen standen, Mädchen in Schuluniform, die im Chor sangen, rote Sonnenuntergänge, eine Musikgruppe unter einem großen Baum, die weißen Häuser eines Dorfes, vor denen Scharen von Kindern spielten, einen Eselswagen, der gelbe und grüne Mangos geladen hatte, den Strand, an dem die bunten Fischerboote lagen. „Ich muss euch wirklich bald einmal besuchen", sagte sie. „Du kannst immer kommen. Wir haben für dich einen Platz frei. Was glaubst du, wie oft ich mir schon gewünscht habe, meine große Tochter in die Arme zu nehmen? Komm so schnell wie möglich, gleich morgen!" Majibs Vater lachte. Hatte er einen Scherz gemacht?

Majib wusste es nicht. Sicher war sie sich in diesem Augenblick nur über ihre eigene Sehnsucht. Sofort würde sie die Koffer packen und fliegen und für ein paar Tage oder ein paar Wochen alles hinter sich lassen, Jerome und Enbe, Yacine, diese Wohnung, die Skybar, den grauen Herbst. „Danke Dad", antwortete sie. „Ich melde mich bald bei dir. Schlaf gut und grüß deine Familie von mir." Sie legte auf, schaute durch das Fenster auf die Straße. Die Blätter des Ahorns waren im Gegenlicht der Laterne gut zu erkennen. Vor ihr lag eine schlaflose Nacht.

47

Die Nachrichten des vergangenen Tages enthielten neben vielem anderen auch eine Vorschau auf den in der nächsten Woche geplanten Gipfel der EU-Staatschefs in Brüssel. Das Hauptthema war ein mögliches Vertragsverletzungsverfahren gegen Luxemburg wegen Unterwanderung der verschärften Richtlinien zur Besteuerung von Großunternehmen. Weiter sollten der Jahresbericht zum Klimaschutz vorgestellt und die Offensive zur Förderung europaweit einheitlicher Standards bei der Vergabe von Studienplätzen beschlossen werden. Strittig war bei letzterer noch die Bedingung, künftig damit auch alle Universitäten zu verpflichten, sämtliche Lehrveranstaltungen mindestens mit simultaner Übersetzung ins Englische stattfinden zu lassen. Widerstand dagegen waren vor allem aus Frankreich und Deutschland laut geworden. Unter den weiteren Tagesordnungspunkten war ein auf Antrag der Kommission gestellter Eilantrag zu finden. Er befasste sich mit dem bereits bekannten Problem mit der Satellitentechnik. Die Kommission mahnte die dringliche Umsetzung der Beschlüsse von 2030 zu Reparatur und Ergänzung des europäischen Navigationssystems an. Die wiederholten Störungen der letzten Wochen gaben Anlass zu ernster Besorgnis, auch wenn einzelne Vorkommnisse bislang eher noch ein Fall für die Lokalpresse waren.

So berichtete ein populäres Nachrichtenportal von einem Vorfall, der sich im nordrhein-westfälischen Attendorn zugetragen hatte. Dort war ein Geschwisterpaar nach der Schule nicht nach Hause gekommen. Die besorgte Mutter griff nach vergeblichen Telefonaten mit der Schule auf die Daten des Tracking-Systems zurück, das über die im Schulranzen eingebrachten Digitalsender übereinstimmend als letzten Standort einen nahegelegenen Baggersee angab. Nachdem die Mutter dort weder die Kinder noch deren Schultaschen ausfindig machen konnte, verständigte sie die Polizei, die einen Großalarm ausrief und die Gegend absuchen ließ. Taucher untersuchten das Ufergebiet des Sees und äußerten die Befürchtung, dass die Kinder möglicherweise in den See gefallen und von einer unterirdischen Strömung hinausgetragen worden seien. Dafür spreche auch, dass der Sender eine langsame Bewegung der Schüler über den See meldete. Die aufkommende Panik löste sich zum Glück auf, als die in einem benachbarten Ort wohnende Großmutter der Kinder die Mutter anrief und sie bat, die beiden Ausreißer bei ihr abzuholen. Sie hatten sich nach der Schule auf Wanderung begeben, um die Großeltern zu besuchen. Der polizeiliche Großeinsatz verdankte sich also einer Fehlinformation der eigentlich unfehlbaren Tracking-Sender.

In Braunschweig ergab es sich, dass im städtischen Klinikum für eine dringliche Operation zusätzliche Blutkonserven benötigt wurden. Auf Anfrage schickte ein benachbartes Krankenhaus die angeforderte Lieferung in einem Spezialbehälter mit einer Lastendrohne auf den Weg. Durch eine Störung des Navigationssystem landete die Drohne jedoch statt auf dem Landeplatz des Klinikums drei Kilometer entfernt auf dem Spielplatz einer Neubausiedlung und stellte den Behälter dort ab. Die schnelle Reaktion einiger Passanten verhinderte Schlimmeres. Der Fehler konnte über eine auf der Lieferung angegebene Nummer schnell erkannt werden. Ein eilends beauftragter Kurierfahrer brachte die Blutkonserven noch rechtzeitig zum Operationssaal.

Wesentlich folgenschwerer war ein Navigationsausfall im Schwarzwald. Ein Motorradfahrer war auf der B33 vom Kinzigtal in Richtung Gutach bei Dunkelheit und Regenwetter von der Landstraße abgekommen und einen Abhang herunter gestürzt. Der Fahrer von seinem Sitz geschleudert, erlitt mehrere schwere Knochenbrüche und lag bewusstlos in einem Gebüsch, so dass später vorbeifahrende Wagen ihn nicht bemerkten. Das digitale Notfallsystem des Motorrads löste beim Unfall sofort den Alarm aus. Die Rettungszentrale erhielt allerdings falsche Standortdaten und ließ einen Krankenwagen von Haslach in Richtung Mühlenbach starten, statt die nähergelegene Station in Hornberg zu beachrichtigen. An der durchgegebenen Stelle fanden die Sanitäter den Unfallort nicht und kehrten wieder zur Rettungswache zurück. Der Verunglückte musste so mehrere Stunden auf seine Bergung warten.

Diese hier nur exemplarisch aufgezählten Vorgänge aus Deutschland ließen sich leicht um weitere in anderen Staaten der EU ergänzen. Es war also dringend Zeit, sich politisch des Problems anzunehmen. Bei fortschreitenden Störungen drohten schwerwiegende Konsequenzen für den Verkehr, den Handel und die Sicherheit. Es konnte, um es einfach zu sagen, bald jeden treffen.

48

Seit Sonntagnacht hatte Enbe nichts von Majib gehört. Spätestens mit der Entlassung Jeromes hoffte er, eine Entwicklung in Gang gesetzt zu haben, die Majib nun unausweichlich und endgültig zu ihm führen würde. Enbe ärgerte sich über seine eigene Ungeduld, hatte aber beschlossen, Majib den nächsten Schritt zu überlassen. Im Übrigen ließ ihm die Arbeit wenig Raum für seine privaten Angelegenheiten. Die Verhandlungen mit der „AluTrek" stockten. Wie schon zuvor als Kunde, stellte sich das Unternehmen auch als Übernahmeobjekt als unzuverlässig heraus. Man hatte sich in Details verzettelt. Für einzelne

Konzernteile, etwa ein Weißblechwerk im süditalienischen Tarent, waren weitere Interessenten aufgetaucht. Die Verhandler der „Enbe Energies" hatten Schwierigkeiten herauszufinden, ob es sich dabei um ernstzunehmende Konkurrenten handelte, oder um Erfindungen der „AluTrek"-Geschäftsführung, um im Interesse der Aktionäre den Preis nach oben zu treiben. Vielleicht wollte man auch durch den Verkauf weiterer Aktienpakte der Alternative Insolvenz oder Übernahme durch eine Zufuhr frischen Geldes entkommen. Die „AluTrek" spielte auf Zeit und mit dem Risiko, weitere Firmensubstanz zu schädigen. Auch die informelle, durch Mister Chen übermittelte Anfrage von „Loook" zur Etablierung einer festen Zusammenarbeit war bereits verhandelt worden. Nachdem Enbe gestern zunächst mit einigen Vertrauten aus seiner Europaabteilung gesprochen hatte, saß er bereits am heutigen frühen Morgen seinem Vater gegenüber, der ihm in Videokonferenz aus Lagos zugeschaltet war. Sachlich hatten sie Chens Angebot analysiert. Enbes Vater war vor allem auf die Tatsache aufmerksam geworden, dass „Loook" offensichtlich über eine umfangreiche Prognose zur mittelfristigen Entwicklung des weltweiten Energiebedarfs und Enregieangebots verfügte. Er riet seinem Sohn Jonathan, sich von der Größe und dem Prestige des chinesischen Digitalunternehmens nicht blenden zu lassen. Die Prognose, welcher aufgrund der „Loook" zur Verfügung stehenden Datenmenge höchste Genauigkeit zuzutrauen war, stellte nach seiner Ansicht das eigentliche Kapital für die künftigen Verhandlungen dar: „Wenn die bei einem solchen Digitalriesen eines können, dann ist es, genaue Daten zu erheben. ,Loook' weiß heute schon alles über seine Nutzer. Sie kennen deren Stromrechnungen, den Verbrauch ihrer Fahrzeuge. Sie wissen, welche Elektrogeräte in den nächsten Monaten gekauft werden und können diese Käufe mit gezielter Werbung auch steuern. Und vor allem wissen sie, welche Entwicklung ihre eigene Branche nehmen wird. Wenn Chen dir offen sagt, dass er mehr Energie braucht, dann ist er bereits in einer Notlage. Wir sind also am längeren Hebel. Es mag sein, dass er dir Mondpreise für deinen Strom bieten wird, zumindest im Vergleich zu heute. Aber was gibt uns die Gewissheit, dass die Mondpreise von heute nicht die Dumpingpreise von übermorgen sind? Mit anderen Worten: Solange wir die ‚Loook'-Prognose nicht kennen, haben wir keinen Maßstab für die Verhandlungen. Und noch eins: Ich traue Partnerschaften dieser Art nicht über den Weg. Gegenüber ‚Loook' sind wir ein kleiner Fisch, eine Gartenlaube neben einer Prunkvilla. Stell dir die beiden Gebäude ruhig nebeneinander vor. Was geschieht, wenn es zum Streit kommt? Sobald dem Villenbesitzer die Leute aus der Gartenlaube lästig werden, kauft er ihr Grundstück auf und macht es platt. Wenn du deine Hütte unbedingt neben die Villa setzen willst, hast du drei Möglichkeiten. Erstens: Du lässt in deine Hütte all die Diener aus der Villa einziehen, so dass der reiche Nachbar nichts gegen dich unternimmt, weil er sich die Sympathien seiner eigenen Leute nicht verscherzen möchte. Du kannst dir, zweitens, eine zweite, ebenso große Villa suchen, die du belieferst, so dass sich beide Villenbesitzer in ihrer Rivalität egalisieren oder du kannst, drittens, dafür sorgen, dass in deiner Gartenlaube der Beamte einzieht, der alle weiteren Bauvorhaben des Villenbesitzers genehmigen muss. Alle drei Lösungen sind möglich, alle drei sind gefährlich." Enbe einigte sich mit seinem Vater, darauf, der Offerte Chens zunächst freundlich entgegenzukommen, im Laufe der Verhandlungen aber die Einsicht in die „Loook"-Studien zur Voraussetzung für einen konkreten Abschluss zu machen. Nach Kenntnis der Zahlen könnte dann über die weiteren Schritte befunden werden. Der „Villen-Theorie" nach erschien aber der Abschluss einer Vorzugspartnerschaft mit „Loook" eher unwahrscheinlich. Zeitgleich zu den Verhandlungen mit Chens Leuten waren also parallele Gespräche mit „Loook"-Konkurrenten zu führen, vor allem aber mit den Aufsichtsbehörden und dem Energieministerium. Enbe machte sich einige Notizen, die später in einen geheimen Arbeitsplan zu überführen waren. Zudem dachte er darüber nach, welchen seiner Mitarbeiter er mit den anstehenden Verhandlungen betrauen sollte. In den nächsten

Tagen mussten also einige Personalgespräche geführt werden. Erst in seiner kurzen Mittagspause schaute Enbe wieder auf sein privates Telefon. Eine Nachricht von Majib war immer noch nicht eingetroffen.

49

„Sehr geehrter Herr Dour, Ihrem Wunsch entsprechend und gemäß den mündlichen Absprachen aus unserem Gespräch vom 10. September stelle ich sie nach erfolgter Genehmigung durch die Personalabteilung vom gleichen Tag auf zunächst unbestimmte Zeit von Ihrem Dienst frei. Die Freistellung gilt ab dem 11. September. Ich weise Sie auf die Verpflichtung hin, sich in der Zeit der Freistellung um eine baldige gesundheitliche Genesung zu bemühen. Die Personalabteilung wird Anfang Dezember einen Gesprächstermin zu Fragen Ihrer Wiedereingliederung in den Betrieb mit Ihnen vereinbaren. Dabei ist, wie besprochen, auch eine Versetzung in eine andere Abteilung oder an einen anderen Standort der ‚Enbe Energies‘ nicht ausgeschlossen. Von einer Kürzung Ihrer Bezüge sehen wir aus Kulanzgründen einem verdienten Mitarbeiter gegenüber bis zu Ihrer Wiederkehr, spätestens zum 10. März 2041 ab. Ich wünsche Ihnen eine gute Erholungszeit. Mit freundlichen Grüßen, Wertmann." Das auf dem üblichen Briefbogen verfasste Schreiben erregte keinen Verdacht. Es war trotz der offensichtlichen Falschbehauptung, Jerome habe selbst um eine Freistellung gebeten, so geschrieben, dass es arbeitsrechtlich keinen Anstoß erregen würde. Jerome kämpfte mit sich selbst. Er zog in Erwägung, Wertmann unter lautstarkem Protest in seinem Büro aufzusuchen und ihn unter Zeugen der Lüge zu bezichtigen, eine Option, die er angesichts der zu vermutenden Aussichtslosigkeit auf eine Rücknahme der Freistellung schnell verwarf. Zu sehr hatte er sich vielleicht über den letzten Tag hinweg bereits schon mit dem Gedanken angefreundet, die angedrohten Konsequenzen auf sich nehmen zu müssen. Die

Idee, die nunmehr auf Zeit gewonnene Freiheit zu einer gänzlich neuen Orientierung zu nutzen, übte trotz ihrer Unausgegorenheit, auf die Majib ihn gestern unmissverständlich aufmerksam gemacht hatte, einen eigentümlichen Reiz aus. War Jerome hier, wenn auch unfreiwillig, nicht auch einem vorhersehbaren Lebenslauf entkommen, wie er nie seinen tieferen Wünschen entsprochen hatte? Zur Sicherheit verfasste er allerdings eine Eingabe an die Mitarbeitervertretung und bat sie um Prüfung der Rechtmäßigkeit des Vorgangs, auch, um sich später nicht vorwerfen zu lassen, dass er nicht um seine Stelle nicht gekämpft habe. Das Schreiben gab er zusammen mit einer Kopie des wertmannschen Briefs in die Hauspost. Es war eine Mischung aus Wut, Enttäuschung und Erleichterung, die ihn in dieser letzten Stunde seiner Tätigkeit als Kundenbetreuer der „Enbe Energies" begleitete. Den Kollegen schrieb er eine Nachricht über seine nun anbrechende Auszeit, die ihm aus gesundheitlichen Gründen gewährt worden sei und dankte ihnen für die gute Zusammenarbeit. Die Unterlagen zu den laufenden Vorgängen, mit denen er sich beschäftigt hatte, stellte er in einem Ordner zusammen. Dann gab er im Sekretariat seinen Dienstausweis und seine Schlüsselkarte ab und trank zum Abschluss in der Kantine einen Kaffee. Dabei nahm er auf dem gleichen Sessel Platz nahm, auf dem er gestern Bea gegenüber gesessen hatte. Eine mit schrillem Summen durch den Raum fahrende Kehrmaschine nötigte ihn zu einem schnellen und unsentimentalen Abschied von der Kantine. Als er die Stromburg verließ, trug er in seiner Tasche nicht mehr bei sich als das Freistellungsschreiben, einen mit seinem Namenszug versehenen Kugelschreiber, den ihm seine Eltern zum Beginn der Ausbildung geschenkt hatten, den grün-weißen Wimpel seines Sportvereins, der am Bildschirm seines Computers hing und seine Kaffeetasse. Die Karte auf dem Schreibtisch, die ihm von den Kollegen zu seinem letzten Geburtstag überreicht worden war, hatte er im Papierkorb entsorgt. Sie blieb in seinem nun ehemaligen Büro das einzige materielle Relikt, das die

Kollegen noch über diesen Tag hinaus mit ihm verbinden würden.

<h2 style="text-align:center">50</h2>

Yacine war die Erste, die an diesem Tag eine Nachricht von Majib erhielt. Als sie nach der Arbeit in die Küche kam, fand sie einen handgeschriebenen Zettel, eine kurze Notiz: „Mum, ich bin ein paar Tage unterwegs. Musste mal raus. Mach dir keine Sorgen, alles ist gut. Bin bald wieder da. Majib.“ Wahrscheinlich hätte die Ankündigung eines Selbstmords keine größere Aufregung bei Yacine verursachen können. Beim sofortigen Versuch, Majib telefonisch zu erreichen, empfing sie lediglich eine automatisierte Sprachnachricht, die darüber informierte, dass der Empfänger sein Telefon zur Zeit ausgestellt habe. Diese Information bewirkte eine nochmals gesteigerte Beunruhigung, die weitere Telefonate zur Folge hatte. Bei der Skybar teilte eine Frau mit müder Stimme Yacine zunächst mit, dass die Bar noch nicht geöffnet sei und gab auf Nachfrage an, dass man heute nicht mit Majib rechne, da sie erst morgen wieder zum Dienst erwartet würde. Dies seien die einzigen Informationen, die ihr vorlägen. Von einer längerwährenden Abwesenheit Majibs sei nichts bekannt. Jerome, der zum Zeitpunkt von Yacines Anruf gerade seine Wohnung betreten hatte, zeigte sich überrascht, jedoch nicht panisch. Er beruhigte Yacine, indem er versicherte, dass ihm an Majibs Verhalten bei ihrem gestrigen Treffen nichts Ungewöhnliches aufgefallen war. Lediglich etwas gestresst sei sie ihm vorgekommen, so dass es ihn nicht verwundere, wenn Majib sich an ihrem offensichtlich freien Tag einmal zurückgezogen habe. Vielleicht treffe sie sich mit Laura oder einer anderen Freundin. Jerome bot an, in dieser Richtung weitere Nachforschungen anzustellen und schlug vor, sich zur Beratung der Lage in einer Stunde im „Café Africaine“ zu treffen. Bis dahin, so hoffe er, habe sich die Sache bereits aufgeklärt. Zuletzt versuchte Yacine, einer mütterlichen Ahnung folgend, Jonathan Enbe anzurufen. Dieses Unternehmen blieb erwartbar ohne Erfolg. Yacine landete, sobald sie mit der Telefonzentrale der „Enbe Energies" verbunden war, in einer kommunikativen Sackgasse. Der Anruf einer Frau, die behauptete, ihre zur Zeit telefonisch nicht erreichbare Tochter befinde sich möglicherweise im Augenblick in der Gesellschaft Enbes, stieß bei der Mitarbeiterin in der Firmenzentrale verständlicherweise auf Argwohn. Yacine, die sich nicht beirren ließ und mit zunehmend aufgeregter Stimme schließlich kühn behauptete, ihre Tochter sei, auch wenn sie das nicht belegen könne, die Geliebte des Firmenchefs, erweckte am anderen Ende der Leitung den Eindruck einer nicht zurechnungsfähigen Person. Mit routinierter Freundlichkeit versicherte die Mitarbeiterin, Herrn Enbe natürlich über das vorgetragene Anliegen zu informieren. Man werde sich im gegebenen Fall zurückmelden. In der Tat hinterlegte sie eine knappe Gesprächsnotiz im Protokollprogramm, unterließ es aber wegen der Abseitigkeit des vorgetragenen Anliegens, Enbes Sekretärin damit zu belästigen. Bei Bedarf würde sich die Dame ohnehin wieder melden. Vorsichtshalber legte die Mitarbeiterin sich für den Fall wiederholter Anrufe eine Liste mit Notfallnummern zurecht, um die merkwürdige Anruferin an die zuständige Polizeistelle, die Telefonseelsorge oder einen sozialpsychiatrischen Dienst verweisen zu können. Yacine hingegen rechnete ernsthaft mit einem Rückruf Enbes und ersparte sich weitere Gespräche mit der abweisend-kühlen Mitarbeiterin der Firmenzentrale. Immer wieder las sie die kurze Notiz, die Majib hinterlassen hatte. Jerome hatte recht. Im Wortlaut war der Inhalt der Zeilen nicht anders als harmlos zu nennen. Yacine faltete den Zettel sorgfältig zusammen und steckte ihn in ihre Hosentasche. Um der mittlerweile einsetzenden grübelnden Ratlosigkeit in ihrem Kopf zu entfliehen, suchte sie Zerstreuung und beschloss, bereits jetzt, auch zum Zwecke des Gedankenaustauschs ins „Café Africaine" zu gehen. Zu ihrer Enttäuschung war Mae bei ihrem Eintreffen gerade in Verhandlungen mit einem ihrer Lieferanten und konnte sich Yacine erst nach einigen Minuten zuwenden. Diese nutzte die Wartezeit, um Majib über einen Nachrichtendienst per Telefon mehrere Botschaften zukommen zu lassen, die obgleich wortreich verfasst, sich auf den Grundappell: „Kind, bitte melde dich!" zusammenfassen ließen. Jerome erschien nach einer weiteren halben Stunde und wurde nun für Yacine sofort zum Gefäß, in das sie ihre überlaufenden Befürchtungen, Anklagen, Spekulationen, wie auch eine Reihe selbstbemittleidender Sentenzen schwallartig entleerte. Mit Rücksicht auf Jerome hielt sie lediglich ihre Enbe betreffenden Mutmaßungen zurück. Jerome brachte die Geduld auf, Yacines Ausführungen nicht zu unterbrechen und fügte seinerseits nur hinzu, auch von Majibs Kollegin Laura noch keinen Rückruf erhalten zu haben. Seine Hypothese, nach der sich Majib lediglich auf einem unangekündigten Ausflug mit einer Freundin befinde, war somit noch nicht widerlegt. Auch Mae bemühte sich um eine Beruhigung der Lage und reichte Yacine einen Tee und einen Likör, der „für den Seelenfrieden" bestimmt sei. Jerome, dem die Aufregung Yacines, mit der er konfrontiert worden war, deutlich zu weit ging, nutzte die Gelegenheit, sich zu verabschieden und die Frauen sich selbst zu überlassen. Die Frage, wo sich Majib aufhielt, würde sich bald klären. Zu Hause angekommen schrieb ihr Jerome eine kurze Nachricht und bat sie um Rückmeldung. Dann packte er seine Sportsachen und verließ die Wohnung in Richtung Trainingszentrum. Der heutige Tag erforderte dringend eine Ablenkung. Unausgesprochen war Jerome nicht allzu traurig, sich aktuell nicht erneut mit Majib in die Auseinandersetzung über Zukunftsfragen begeben zu müssen. Diese hätte schließlich eine Beichte über seinen derzeitigen Status als beurlaubter, vielleicht sogar ehemaliger Mitarbeiter der „Enbe Energies" enthalten müssen. Stattdessen übte er zusammen mit Cris mehrere Stunden das Abwehrverhalten mit einer Dreierkette bei gegnerischer Überzahl am eigenen 16-Meter-Raum.

51

Unabhängig vom Standort eines Menschen bleibt das Blau des Himmels immer gleich. Erreicht ein Mensch jedoch eine gewisse Höhe und durchbricht die Wolkendecke, wird das Blau makellos. Jede Einmischung durch die Wolken, die es zuweilen ganz verdecken, kann hier ausgeschlossen werden. Vogelgleich zog so das weiße Flugzeug über den Wolkenbergen hinweg, die den Himmel von der irdischen Sphäre trennen. Das Aufsteigen in diesen oberen Bereich kann bei entsprechender Gestimmtheit leicht das Vergessen der erdhaften Verortung bewirken. Genau dieses Vergessen war bei Majib gewollt. Trotz ihres etwas beengten Zustands auf einem grauen Flugzeugsitz, umgeben von schlafenden, essenden oder plaudernden Mitreisenden, empfand sie eine große Freiheit. Sie war für ein paar Stunden der Erde enthoben und ließ sich von der weißen Maschine, die durch ein beständiges Sirren und Brummen im Innenraum auf sich aufmerksam machte, ins Blau hineintragen. Trotz des Tageslichts entdeckte Majib schräg über sich die Mondsichel. Es war ihr erster Flug. Enbes Kreditkarte, die sie gestern Nacht auf ihrem Nachtschrank wiedergefunden hatte, eröffnete ihr die Möglichkeit, ihrer Sehnsucht nach der Ferne spontan nachzugeben. Die Buchung des Fluges erfolgte reibungslos. Nachdem Yacine am frühen Morgen die Wohnung in Richtung Supermarkt verlassen hatte, packte Majib ihren Koffer und schrieb die kurze Nachricht, die später ihre Mutter in solche Aufregung versetzen sollte. Von den Nachbarn offenbar unbemerkt ging sie aus dem Haus zur S-Bahn, fuhr zum Flughafen nach Hamburg, bestieg einen Flieger nach Brüssel und wechselte dort in die Maschine, in der sie jetzt saß. Majib war auf dem Weg nach Süden, nach Afrika, genauer in den Senegal. Sie folgte der Einladung ihres Vaters, welcher ihr bereits während des kurzen Aufenthalts in Brüssel zugesagt hatte, sie später am Flughafen in Dakar abzuholen. Die Stunden in der Luft, in denen sie das beglückende Gefühl der Freiheit begleitete, vergingen schnell. Majib erblickte bald durch die immer lückenhafter werdenden Wolkengebirge hindurch das Glitzern des Mittelmeeres, sah unter sich die gelbe Weite der Wüste. Mit einem Schwenk nach Westen entfernte sich das Flugzeug schließlich vom Festland und befand sich bald über der graublauen Fläche des Ozeans. Dabei sank es immer weiter in Richtung des Wassers ab, strebte der Erdsphäre Minute für Minute mehr entgegen. In einer scharfen Kehre legte sich das Flugzeug auf seine linke Seite und beschrieb einen Bogen auf das Festland zu. Ein krächzendes Geräusch signalisierte das Ausklappen des Fahrwerks und eine Stimme aus dem Lautsprecher wies auf die bevorstehende Landung hin. In diesem Augenblick erfasste ein scharfer Seitenwind die Maschine und ließ sie hin- und hertrudeln, bis der Pilot gegensteuerte und den Flieger wieder in die richtige Position brachte. Das Meer kam näher. Man erkannte die Wellen und die Schaumkronen, die sich weiß auf ihnen abzeichneten. Als Majib das Gefühl hatte, der Flieger komme dem Wasser zu nahe und werde die Wellenkämme gleich mit seinen ausgefahrenen Rädern berühren, wechselte die Szenerie. Die Maschine schwebte dicht über einen breiten Strand, an dem bunte Fischerboote lagen und flog über eine Reihe weißgetünchter niedriger Häuser vor denen Menschen ihre Köpfe zum Himmel gerichtet hatten. Eine dumpfe Erschütterung, ein Rütteln und Rucken im Passagierraum zeigte den Reisenden die Landung auf dem Rollfeld an. Der Gegenschub setzte dröhnend ein und der Flieger verlangsamte sein Tempo. Helle Lichter wiesen ihm den Weg zu seiner Position. Auf einem Platz in Sichtweite des grauen Flughafengebäudes kam die Maschine zum Stehen. Majib war angekommen. Sie verließ das Flugzeug über eine an die Maschine geschobene Treppe und stieg in einen bereitstehenden Bus, der sie und die anderen Reisenden zum Empfangsterminal brachte. Beim Warten am Gepäckband schaltete sie ihr Telefon wieder ein. Mehrere Nachrichten ihrer Mutter blinkten sofort auf, dazu eine von Jerome und eine ihres Vaters, die sie sofort öffnete. Er sei in Dakar angekommen und warte am Ausgang hinter dem Zoll auf sie. Nach einigen Minuten rumpelte Majibs Koffer auf dem Rollband heran. Sie nahm das Gepäck und durchquerte ohne weitere Schwierigkeiten die Passkontrolle. Ihr Vater hielt ein Schild mit ihrem Namen in seinen Händen. Winkend schritt sie auf ihn zu und umarmte ihn. Vor dem Verlassen des Flughafens machten Vater und Tochter schnell ein Foto von sich. Sie bemühte sich um ein strahlendes Lächeln, winkte in die Kamera und achtete darauf, dass der Schriftzug „Dakar" gut im Bild zu sehen war.

52

Dieses Foto war für lange Zeit das Einzige, was die im herbstlichen Norddeutschland Zurückgebliebenen von Majib zu sehen bekamen. Sie hatte es auf ihr „Loook"-Profil gestellt und darunter vermerkt: „Sommer, Sonne, Urlaub! Cherish your roots! Bin für die nächsten Wochen offline." Das Foto wurde als erstes vom Mrs. Chen kommentiert. „Du machst es genau richtig. Enjoy yourself. Find yourself." Darunter fand sich bald das zu erwartende „Melde dich doch bitte bei mir" Yacines, die einerseits das Lebenszeichen ihrer Tochter aufatmend zur Kenntnis genommen hatte, sich andererseits aber hintergangen fühlte, als sie einen Mann im Bildhintergrund korrekterweise als Majibs Vater identifizierte. Mae schrieb: „Grüße in den Senegal. Es wird Zeit, dass du unsere Heimat kennenlernst." Jerome schrieb nicht. Es wäre auch unnötig gewesen. Nach Absenden des Fotos hatte Majib noch im Auto ihres Vaters, das sie in Richtung seines Dorfes brachte, das Telefon ausgestellt. Die späteren Anrufversuche, etwa die Yacines und Lauras liefen ins Leere. Statt also mit Majib zu sprechen, wurde ihre spontane Reise – andere hätten vielleicht von „Flucht" gesprochen – zum Gesprächsthema an verschiedenen Orten, vor allem im „Café Africaine", wohin Yacine am Abend neben Mae auch Rosy gebeten hatte. Die drei Frauen bildeten gewissermaßen einen Krisenstab, wobei zumindest zweien von ihnen nicht ganz klar war, worin die Krise eigentlich bestand. Yacines Hauptvorwürfe an Majib bestanden zum einen in der Feststellung, dass sich ihre

Tochter ohne Vorbesprechung und ohne weiteren Kommentar in die Fremde abgesetzt, zum anderen darin, dass sie sich ohne mütterliche Einweisung in die Obhut ihres Vaters begeben hatte. „Sie kennt Pierre doch gar nicht. Sie hat von ihm doch nur ein paar Fotos gesehen! Meine Güte, als ich Pierre damals kennenlernte, war er noch ein grüner Junge. Er war der Freund meines Cousins Ousmane aus Anéne. Wir haben uns bei einem Dorffest in der Gegend das erste Mal gesehen. Die Jungs hatten schon ein paar Bier getrunken und waren in guter Stimmung. Wir haben auf dem Dorfplatz getanzt. Wir hatten eine schöne Zeit. Pierre war niedlich und unerfahren. Ja, wir sind miteinander ins Bett gegangen, mehrmals. Der Sommer war frei und unbeschwert. Wir haben uns amüsiert. Aber ich wäre doch nie mit ihm zusammengeblieben. Selbst, als klar war, dass Majib unterwegs war, habe ich das nie in Erwägung gezogen. Was sollte ich auch bei ihm? Er wohnte mit Eltern und Geschwistern in einer winzigen, abgeranzten Bude. Sie hatten ein paar Ziegen und einen Acker. Das war's. Pierre ist damals Taxi gefahren. Wie hätte er für ein Kind sorgen können? Wie will er jetzt für Majib sorgen?" „Yacine, beruhig' dich." Rosy legte ihre Hand auf ihren Unterarm. „Pierre muss nicht für Yacine sorgen. Sie ist einfach zu einem Besuch zu ihm gefahren. Ich finde, du hättest ihr schon längst die Gelegenheit geben müssen, ihren Vater kennenzulernen. Irgendwann musste sie doch einmal zu ihm. Sie ist erwachsen. Und nach dem, was du erzählt hast, ist er doch wohl kein Unmensch." „Weißt du's?" Yacine entzog den Arm Rosys Zugriff. „Als Majib geboren wurde, war er doch bloß froh, dass wir weit weg waren. Ich habe das genau gespürt. So konnte er immer schön schreiben, wie sehr er sich über die Babyfotos freut und alles Gute wünschen und so. Für mich hat er sich dabei gar nicht interessiert. Meinst du, er hätte sich einmal erkundigt, wie es mir so geht mit der Kleinen und wie ich es schaffe, mich um sie zu kümmern? Außer Worten kam von ihm nichts, kein Geld, keine Geschenke. Aber zu Hause konnte er stolz erzählen von der Tochter in Europa. Richtig angegeben hat er mit ihr. Mein Cousin Ousmane hat's mir doch erzählt." „Das ist doch alles lange her. Menschen verändern sich." Rosy ließ in ihrer Bemühung Yacine zu beruhigen nicht locker. „Ja, Menschen verändern sich. Manche verändern sich zum Guten und andere zum Schlechten. Bei Pierre weiß ich das nicht. Wie ich höre hat er einen Job und eine Familie. Was sollen die denn sagen, wenn da plötzlich die unbekannte Tochter auftaucht, so ein Seitensprungkind. Du weißt doch besser als ich: Senegal ist nicht Deutschland. Da gelten noch andere Familienbilder. Ein uneheliches Kind, weißt du, was das bedeutet?" An dieser Stelle fühlte sich Mae herausgefordert. „Sag jetzt nichts Schlechtes über den Senegal. Auch da ist die Zeit weitergegangen. Erinnerst du dich noch an den Vortrag, den wir neulich im Kulturverein hatten, den über die gesellschaftlichen Veränderungen? Da wurde doch deutlich gesagt, dass das Land sehr westlich geworden ist." „Mae, das mag ja für die Städte gelten. Aber auf dem Dorf – das ist was anderes." „Trau den Menschen doch mal was zu, Yacine. Du bist ja immer noch voller Vorurteile. Denk daran, dass du immer noch über deine Heimat sprichst. Ich finde es übrigens gut, dass Yacine diese Heimat mal kennenlernt. Was hat sie geschrieben? ‚Cherish your roots' – halte deine Wurzeln in Ehren. Als ich das gelesen habe, war ich auch ein bisschen stolz. Die Arbeit des Kulturvereins war offensichtlich nicht umsonst." Die Unmittelbarkeit, mit der Mae Majibs scheinbar neu gewonnenes Interesse an Afrika ihrem eigenen Engagement zuschrieb, überraschte die anderen Frauen sehr. Yacine zumindest konnte sich nicht erinnern, wann Majib sie das letzte Mal ins „Café Africaine" oder zu einer Veranstaltung des Vereins begleitet hatte. Zudem wusste sie nicht zu sagen, ob der Senegal in den letzten Monaten irgendwann einmal Gesprächsthema gewesen war. Um Mae nicht zu kränken, die ihre Freundinnen im Übrigen gerade mit einem äußerst schmackhaften Seelentröster in Form eines selbstgemachten Reispuddings bewirtet hatte, unterließen Yacine und Rosy eine Vertiefung des Themas. Stattdessen begannen die Spekulationen darüber, wie Majib sich die teure Reise hatte leisten können. Unvermeidlich wurde der Name „Jonathan Enbe" dabei genannt. Maes Vermutung war, dass dieser offenkundige Wohltäter und Werber um Majibs Gunst ihr einen Wunsch hatte erfüllen wollen und die Reise bezahlte. „Vielleicht hat sie das Geschenk so unvermittelt erhalten, wie du deine Feinkostlieferung." Yacine war nicht ganz einverstanden: „Auch dann hätte Majib mit mir vorher sprechen können." Mae spekulierte weiter: „Es kann auch sein, dass er selbst mitgefahren ist und du deswegen nichts von der Reise wissen solltest." „Majib wusste doch, dass ich dagegen nichts eingewandt hätte. Außerdem wären die beiden dann sicher nicht zu Pierre gefahren, sondern hätten sich in einem noblen Hotel am Cap Vert einquartiert." „Da du nicht weißt, wo genau Majib gerade ist, kannst du das nicht ausschließen. Vielleicht reist er später an." „Gerade deswegen wäre es mir wichtig, dass sie sich bei mir meldet. Ich finde es unmöglich von ihr, sich einfach zu entziehen. Ich bin schließlich ihre Mutter." Wiederum bemühte sich Rosy um Beschwichtigung, diesmal mit Erfolg. Es gelang ihr, Yacine davon zu überzeugen, ihre Tochter die nächsten Tage zunächst in Ruhe zu lassen. Sie werde sich melden, sobald es ihr langweilig würde, wenn ihr etwas Unangenehmes widerfahren sollte sogar eher. Das mögliche Geheimnis hinter ihrer Afrikareise würde sich mit der Zeit offenbaren und sei an diesem Abend durch spekulatives Reden kaum befriedigend zu ergründen. Als die drei auseinandergingen, war Yacine in versöhnlicher Stimmung. Zumindest ihre Freundinnen hatten sie an diesem Abend nicht im Stich gelassen.

53

Jerome verbrachte die folgenden Tage in unbeschwerter Eintönigkeit. Der vergangene Dienstag hatte ihm nach der konfliktreichen Spannung auf der Arbeit und in der Beziehung zu Majib zwei Lasten auf einmal abgenommen. Der Druck, den er bis in den Körper hinein gespürt hatte, wich von ihm. Er schlief lange und verbrachte die Nachmittage und Abende im

Trainigszentrum. Cris, der den angestrebten Einstieg in das Onlinegeschäft seines Vaters auf unbestimmte Zeit hinausgezögert hatte, erwies sich Jerome neben seiner Eigenschaft als Trainingspartner auch als guter Kumpel, mit dem er seine derzeitige Situation ausgiebig erörterte. Auf die Nachricht von der unbefristeten Freistellung hatte Cris mit einer herzlichen Gratulation reagiert, die Jerome dankend zur Kenntnis nahm. Es werde sich, wie sein Kumpel meinte, schon wieder etwas Neues finden und solange Jerome sich keine Sorgen um sein Gehalt zu machen brauche, solle dieser die Chance der unbegrenzten Freiheit in vollen Zügen ausschöpfen. Auch Majibs Verschwinden gab Cris seine ganz eigene Deutung. Beziehungen verhielten sich wie Krafttraining, sagte er. Man brauche dort zwar die regelmäßigen Übungen beim Stemmen, Drücken und Ziehen von Gewichten. Der effektive Muskelaufbau setze aber eine geschickte Steuerung von Trainings- und Ruhezeiten voraus. Wer ständig trainiere, verausgabe sich erfolglos, wenn er keine Pausentage dazwischen einlege. Das habe er aus den Ratgebervideos gelernt, die sein Vater an seine Kunden verschickte. „Ich glaube, in Beziehungen ist es auch so. Ständig trainieren, also immer nur zusammenhocken, immer nur reden, immer nur ausgehen oder Sex haben ist genauso schädlich, wie gar nichts gemeinsam zu unternehmen. Die Beziehung wächst wie die Muskeln erst, wenn sie zwischendurch Pausenzeiten kennt. Du wirst sehen, Majib wird wild auf dich sein, wenn sie dich mal ein paar Tage nicht gesprochen und gesehen hat." Als Jerome ihm offenbarte, dass Majib kurz vor ihrer Abreise in der Skybar mit einem anderen Mann gesehen worden sei, spann Cris die Krafttrainingsmetapher einfach weiter und konstatierte, dass auch dies kein Grund zur Besorgnis sei. Jedes Training, das dem Sportler zu einseitig werde, wecke in ihm das Verlangen nach einem Ausgleichssport. Das sei der Grund, warum früher viele Tennisspieler manchmal häufiger auf dem Golfplatz als auf dem Tenniscourt zu sehen gewesen wären. „Schau dir Ahmad an. Er ist ein super Digitalsportler und was macht er nebenbei? Er fährt gern Motorrad. Aber sein eigentlicher Trainingsplatz ist hier. Hier ist er richtig gut." Cris vermutete, dass die nun eingetretene Pause im Verhältnis Majibs zu „ihren Männern hier" die Verhältnisse schon wieder ordnen würde. Jenseits des Empfangs derartiger Weisheiten gab das tägliche Training Jerome Gelegenheit, seine Daten deutlich zu verbessern. In der letzten Einheit, die das taktisch richtige Spielen von Querpässen zum Inhalt hatte, erreichte er mit 92% einen selten gekannten Höchstwert, was ihm kurz darauf ein Sonderlob des Coaches einbrachte. Zudem gab ihm die Arbeit an seiner sportlichen Leistungsfähigkeit in diesen Tagen ausreichend Motivation und führte ihm ein sinnvolles Ziel für die nächsten Wochen der arbeitslosen Zeit vor Augen.

54

Der unbeschwerte Zustand hielt allerdings nur ein paar Tage an. Dies lag an einer zufälligen Begegnung, die sich am folgenden Samstag, also drei Tage nach Majibs Verschwinden ereignete. Jerome nahm an diesem Tag auf dem Weg zum Training den Umweg über die Innenstadt, um sich auf Ahmads Empfehlung hin ein paar Flaschen eines neuartigen konzentrationssteigernden Sportgetränks zu besorgen, das bei den gängigen Lieferdiensten noch nicht im Angebot war, angeblich aber bei Kevins Kiosk, einem kleinen Ladencafé in der Nähe des Brunnenplatzes, das sich eigentlich auf den Verkauf und Probekonsum von cannabishaltigen Produkten spezialisiert hatte. Am Platz angekommen wurde er auf eine Frau aufmerksam, die in die Lektüre auf einem digitalen Lesegerät vertieft vor dem „Lorenzo" saß. Vor ihr stand ein Cappuccino auf dem Tisch. Jerome erkannte die Frau nicht gleich wieder, war sich aber sicher, sie von der Stromburg her zu kennen. Ein unbestimmter Reflex hielt ihn davor zurück, sie zu ignorieren, auch wenn er sich sonst darum bemühte, alles, was ihn an seine Arbeit erinnerte, auszublenden. Die Frau war etwa Mitte

Vierzig, hatte das lange dunkelblonde Haar zu einem Pferdeschwanz zusammengebunden und trug eine daunengefütterte erdfarbene Jacke. Jerome ging an ihr vorbei und steuerte auf Kevins Kiosk zu. Als er die Tür gerade öffnen wollte, meldete sich aus den Tiefen seines Gedächtnisses mit einem Mal eine Erinnerung, ein Name. Er drehte um und ging in schnellen Schritten wieder zum „Lorenzo" zurück. „Entschuldigen Sie…" In Jeromes Stimme lag eine Zögerlichkeit, die die Frau mit Blick auf den vor ihr stehenden jungen Mann als Schüchternheit deutete. „Sie sind Frau Wasitzki, oder? Nochmal Entschuldigung, wenn ich sie störe. Ich heiße Jerome Dour. Ich bin ein Kollege von ihnen. Wir kennen uns von der Stromburg." Die Frau überlegte kurz, konnte aber offenbar mit diesem Namen nichts anfangen. Auf Jeromes Bitte, sich kurz zu ihr setzen zu dürfen, willigte sie ein und deutete auf den Stuhl neben ihr. Sie hielt es für unwahrscheinlich, dass hinter der Frage des jungen Mannes etwas verborgen lag, das ihren Argwohn erwecken sollte. „Nur ganz kurz. Ich arbeite als Kundenbetreuer für ‚Enbe Energies', also Wertmanns Bereich. Da waren sie doch auch, oder?" Der Name „Wertmann" weckte offenbar ihr Interesse. „Ich muss zugeben, dass ich mich leider nicht mehr richtig an sie erinnern kann. Haben Sie ihr Büro bei uns auf dem Flur?" „Nein, ich arbeite im zweiten Stock. Kann sein, dass wir uns lange nicht begegnet sind. Sie sind ja jetzt seit einiger Zeit hauptsächlich in der Lohnbuchhaltung." „Merkwürdig, dass sie das sagen." Die Frau legte ihr Lesegerät aus der Hand und sah Jerome mit einem zweifelnden Blick an. „Das ist mir diese Woche schon einmal passiert. Als ich am Mittwoch den ersten Tag wieder in die Stromburg zurückkam, hat mich eine Kollegin etwas Ähnliches gefragt. Offenbar gibt es das Gerücht, ich wäre in die Lohnbuchhaltung versetzt worden." „So hat es mir Wertmann erzählt. Ich erinnere mich noch genau. Es muss so vor etwa 10 Tagen gewesen sein." Jerome versuchte in seinem Kopf den Zeitpunkt genauer zu bestimmen. Der Tag, an dem Wertmann ihm die „AluTrek" übergeben hatte, lag gefühlt schon sehr lange zurück. „Auf jeden Fall wurde ich an diesem Tag zu

Wertmann zitiert. Er sagte mir, sie müssten kurzfristig in der Lohnbuchhaltung aushelfen, weswegen er mir einige ihrer Kundenakten zur weiteren Bearbeitung übergeben müsse." „War das zufällig am 6. September?" Frau Wasitzkis Aufmerksamkeit richtete sich nun endgültig auf das gerade begonnene Gespräch. „Es kann sein. Es war ein ganz normaler Wochentag." „Es wird wohl der 6. gewesen sein. Und Wertmann hat gesagt, ich sei versetzt worden?" „Genau. Deswegen sollte ich von Ihnen die ‚AluTrek' übernehmen." „Die ‚AluTrek'? Das glaube ich nicht." „Doch, so war es. Gegen Mittag brachte man mir die Akten." „Die ‚AluTrek' war ein schwerer Fall. Das werden sie gemerkt haben. Dass Wertmann damit einen, bei allem Respekt, unerfahrenen Kollegen beauftragen würde, halte ich für ausgeschlossen. Allein, er musste niemanden mehr beauftragen. Der Fall war abgeschlossen." „Abgeschlossen? Das kann nicht sein. Ich habe die Unterlagen doch gesehen. Haufenweise offene Rechnungen, Mahnverfahren, Rechtsstreitigkeiten. Das war doch noch das reinste Chaos." „Ja, sie haben Recht. Ich kann Ihnen aber versichern, dass der Fall trotz allem erledigt war. Das weiß ich genau." Jerome sah Frau Wasitzki mit weit geöffneten Augen ungläubig an. „Wissen Sie, Herr Dour, ich bin nicht sicher, ob ich Ihnen das so erzählen kann." Sie beugte sich zu ihm herüber. Ihre Stimme war beim letzten Satz leiser geworden. „Sie können ruhig offen sprechen. Seit Dienstag bin ich meinen Job los – Freistellung auf unbestimmte Zeit. Ich habe gerade nichts mehr mit Stromburg zu tun. Das hängt übrigens mit der ‚AluTrek' zusammen." Jerome war über seine eigene Offenheit überrascht. Frau Wasitzki wich nun ihrerseits mit leichtem Erschrecken zurück. „Sie armer Kerl. Das tut mir leid. Ich fürchte, Sie sind da in etwas hineingeraten, das ich nicht ganz deuten kann. Ich erzähle Ihnen, was ich weiß, wenn Sie versprechen, dass sie mich nicht in die Sache hereinziehen." „Glauben Sie mir, Frau Wasitzki, ich habe zur Zeit keine Lust, wieder zur Stromburg zurückzukehren. Ich will mir etwas anderes suchen. Sie können offen sprechen. Ich werde mit keinem anderem darüber reden." „Also gut. Ich sage

Ihnen einmal, was mir passiert ist. Es ist nur meine Sicht auf die Dinge. Ich ziehe keine Schlussfolgerungen und ich möchte niemanden beschuldigen." Sie rückte mit ihrem Stuhl etwas näher an Jerome heran, nahm einen Schluck Cappuccino, gab sich eine kurze Pause und begann zu berichten: „Ich habe die ‚AluTrek' mehrere Jahre betreut. Immer gab es Ärger. Es war der Kunde, über den ich laufend im Gespräch mit Wertmann war. Mitte August bekam ich Anweisung, in diesem Fall vorerst nichts mehr zu unternehmen. Ist Ihnen nicht aufgefallen, dass die Bearbeitung der offenen Mahnverfahren und anhängigen Klagen zu diesem Zeitpunkt endeten?" Jerome schüttelte den Kopf. „Das hätte Ihnen auffallen können. Begründet wurde die Aussetzung der laufenden Geschäftsbeziehungen mit der drohenden Insolvenz der ‚AluTrek'. Als ich nachfragte, warum wir nicht gerade deswegen auf die Einholung der ausstehenden Zahlungen drängen sollten, bekam ich keine Antwort. Wie ich jedoch inoffiziell aus der Rechtsabteilung erfuhr, liefen bereits Übernahmegespräche. Verstehen Sie? ‚Enbe Energies' plante, die ‚AluTrek' zu kaufen. Augenscheinlich hatte man sich zwischen den beiden Unternehmen darauf geeinigt, die Verhandlungen nicht durch die offenen Streitpunkte im täglichen Geschäft zu belasten. Im Falle einer Übernahme würden die Schulden ohnehin betriebsintern verrechnet, oder durch eine einmalige Zahlung abgegolten werden. Ich einigte mich mit Wertmann darauf, die Akten vorerst zu schließen und zu archivieren. Sollten die Verhandlungen scheitern, wäre immer noch Zeit genug, unsere Ansprüche geltend zu machen. Lediglich bereits terminierte juristische Verfahren sollten weitergeführt werden. Dafür hatte aber die Rechtsabteilung zu sorgen. Am 6. September schloss ich also die Akte. Die ‚AluTrek' war für mich als Kundenbetreuerin vorerst nicht mehr relevant. Am Abend des 5. September erhielt ich einen Anruf von Wertmann. Er dankte mir für seine Art geradezu überschwänglich für meine langjährige Arbeit mit diesem schwierigen Kunden. Er habe sich heute beim Vorstand für mich eingesetzt und könne mir die erfreuliche Mitteilung machen, dass man mir für meine

Verdienste und als Kompensation für den Ärger der letzten Jahre eine Prämie zahlen wolle und ich zudem eine Woche Sonderurlaub erhalte, den ich allerdings gleich morgen antreten müsse. Zur Begründung erklärte er mir die Notwendigkeit des sofortigen Antritts des Sonderurlaubs damit, dass er in der nächsten Woche mit der vollen Besetzung in der Kundenbetreuung rechnen konnte, da weder Krankmeldungen noch Urlaubsanträge vorlägen. Der Zeitpunkt sei für die Abteilung also gerade günstig. Ich muss gestehen, dass ich so überrumpelt wie erfreut war, mich herzlich bedankte und am 6. September, also bereits am Tag darauf die gewonnene Zeit für einen Besuch bei meiner Tochter in Freiburg nutzte. Sie studiert dort. Wertmann bat mich lediglich, über den Sonderurlaub Stillschweigen zu bewahren, um keine Schwierigkeiten mit der Mitarbeitervertretung zu bekommen. Die geltenden Ordnungen würden sonst im Vorfeld ein langwieriges Genehmigungsverfahren vorsehen. Ich schrieb also meiner Kollegin Bea, dass ich für ein paar Tage aus Krankheitsgründen ausfiele. Wertmann hatte sich offenbar eine andere Ausrede ausgedacht, wie ich ihrer Eingangsfrage entnehmen kann. Er hat, so deute ich es, erzählt, ich sei vorrübergehend zur Aushilfe in die Lohnbuchhaltung versetzt worden. Eigentlich keine schlechte Idee. Die Lohnbuchhaltung hat schließlich ihre Büros nicht in der Stromburg, sondern in der Zentrale. Mein Fehlen ließ sich so leicht und plausibel begründen. Jetzt wissen Sie Bescheid. Aber nochmals: bitte kein Wort an andere. Ich möchte nicht in ellenlange Diskussionen mit der Mitarbeitervertretung hineingezogen werden. Ich hatte eine schöne Urlaubswoche, von der niemand etwas wissen braucht." „Ich gönne Ihnen Ihren Urlaub wirklich." Jerome versuchte, Ordnung in seine Gedanken zu bringen. „Was ich aber nicht verstehe: Warum gibt mir Wertmann einen Fall, der eigentlich abgeschlossen ist? Warum soll ich ihm ausrechnen, wie hoch die Summe der offenen Forderungen ist, wenn gar keine Rückforderungen geplant waren?" Jerome fragte sich, ob er Frau Wasitzki von der mysteriösen Zahlung der 50 000 Euro erzählen sollte, hielt sich aber im letzten Moment zurück. Er war sich nicht sicher, in welchem für ihn möglicherweise nachteiligen Verhältnis sie zu Wertmann stand. „Auf Ihre Frage, Herr Dour, habe ich keine Antwort. Das müsste Ihnen Wertmann selber sagen. Ich sage nur so viel: Der Vorgang ist mehr als eigenartig. Vielleicht sind die Übernahmeverhandlungen gescheitert und man hat den Fall neu aufgenommen. Vielleicht wollte Wertmann auch einfach Ihre Fähigkeiten prüfen. Vielleicht hat man Sie aber auch hereingelegt. Ich sage das mit großer Vorsicht." Sie trank den kalt gewordenen Cappuccino aus. Offensichtlich hatte sie nicht die Absicht, sich durch weitere Spekulationen selbst in Schwierigkeiten zu bringen. „Ich muss weiter. Tut mir leid. Ich hoffe, dass alles für Sie wieder gut wird. Wir sehen uns bestimmt bald wieder in der Stromburg und falls nicht, wünsche ich Ihnen viel Glück und Erfolg." Sie stand auf und streckte Jerome zum Abschied ihre Hand entgegen. Jerome bedankte sich für das offene Gespräch. Auf dem Weg zur Trainingshalle rekapitulierte er das Gehörte. Mit einem Schlag standen ihm die Geschehnisse der letzten Tage, wenn auch in ein anderes Licht getaucht wieder vor Augen. Bei Ahmad entschuldigte er sich später dafür, dass er vergessen hatte, ihm ein Flasche des neuartigen Sportgetränks mitzubringen.

55

Majib saß unter einem großen Baum, einem Baobab. Über seinem meterdicken Stamm wölbte sich die nur wenig ausladende Krone mit ihrem dunklen Blätterwerk. Die Äste glichen weniger den langfingrigen Auswachsungen so mancher europäischer Baumverwandter, sondern erinnerten an kräftige Oberarme, die sich nur wenig verzweigten und wenn, dann knorrig und stummelig. Verglichen mit den uralten Baobabs in anderen Teilen des Landes, war dieses Exemplar geradezu noch jugendlich. Es mochte vielleicht 150 Jahre alt sein. Diese Zeitspanne reichte allerdings, um im Dorf bereits Traditionen und Geschichten erzeugt zu haben. Die Bewohner zogen mehrfach im Jahr zu ihm hinaus, um rings um den Stamm ein fröhliches Fest zu feiern, dessen Ursprung wie bei so vielen Festen im Dunkel lag. Es mochte ursprünglich eine Totenbeschwörung stattgefunden haben, vielleicht auch ein christliches Heiligenfest, möglicherweise auch bloß ein Dorfpalaver, das im Schatten der Blätter stattgefunden hatte. Der Baobab lag etwas abseits der Häuser, die sich, meist weißgekalkt ein wenig unter einer kleinen Geländekuppe wegduckten, so dass der Eindruck entstand, sich hier am Baum auf einer erhabenen Stelle zu befinden. Denn das Land war weitgehend plan. Zwischen den kleinen Feldern rund um das Dorf wuchs das Gras auf rotbrauner Erde und ließ diese je nach Trockenheit in kleineren oder größeren Kahlstellen sichtbar werden.

Majib hatte diesen Ort für sich entdeckt. Hier war sie für sich allein, nicht umgeben von den vielen spielenden und laufenden Kindern auf den Dorfwegen, fern vom Blöken der Schafe und Ziegen, die hinter den Häusern ihre Pferche hatten und schließlich auch fern davon, durch die Bewohner des Ortes aufmerksam beobachtet zu werden. In den ersten Tagen ihres Aufenthalts hatten einige Frauen sie auf ihre Herkunft angesprochen. Später, nachdem ihr Name und ihr Status im Dorf bekannt geworden waren, wurde allerdings auf weitere Gespräche verzichtet, was sicher auch an der stockenden Art der Verständigung hing, denn Majib verstand nur Bruchteile dessen, was die Frauen des Dorfes ihr mitteilen wollten. Seitdem fühlte sie sich beobachtet, war ihrer Vermutung nach Objekt des Dorfklatsches geworden, der sich dank der Ereignisarmut des täglichen Lebens willig über alles ausließ, was nur eine Spur des Außergewöhnlichen trug.

Am Stamm des Baobab lehnend widmete sich Majib den Bildern und Videos, die sie in den letzten Tage gesammelt hatte. Das Telefon, welches eigentlich aus ihrem Bedürfnis nach Absonderung heraus abgeschaltet bleiben sollte, war ihr bereits am zweiten Tag ihres Aufenthalts wieder zwischen die Finger geraten. Als Kompromiss hatte sie den Entschluss gefasst, es zwar einzuschalten, alle Anruf- und Nachrichtenfunktionen jedoch zu deaktivieren. So diente es ihr als Hilfsmittel zur Sprachübersetzung und als Aufnahmegerät zur Dokumentation ihres „Trips zu den Wurzeln", wie sie ihre spontane Reise für sich überschrieben hatte. Diese Reise hatte zu Beginn, also vor knapp einer Woche, zunächst alle ihre Wünsche erfüllt. Vom Flughafen angekommen, war sie von ihrem Vater Pierre in die Familie eingeführt worden, die fortan, wie er sagte, auch ihre Familie sein sollte. Fatou, seine Frau, eine schlanke, großgewachsene Person mit verschlossenem Gesicht hatte ein festliches Essen zubereitet, Hühnchen, Reis, Maniok und Salat, dazu Mangos aus dem eigenen Garten, Fruchtsaft und Bier. Die beiden Kinder, ein Mädchen und ein Junge im Grundschulalter, die auf Wunsch ihrer Mutter die sprechenden Namen „Grace" und „Bonheur" erhalten hatten (wobei der Junge stets schlicht „Bo" gerufen wurde), interessierten sich anfangs sehr für die unbekannte Stiefschwester und zeigten ihr mit Stolz als erstes ihre Spielkonsole. Ebenso führten sie Majib gemeinsam mit Fatou durch das Haus, einen kleinen Bungalow mit drei Zimmern, von denen eines als Wohn- und Speiseraum, eines als Zimmer der Eltern und das dritte als Zimmer der Kinder diente. Ein enges Badezimmer befand sich mittig zwischen den letztgenannten beiden Räumen. Küche und Speisekammer lagen in einem kleinen Anbau aus unverputzten Betonfertigsteinen. Die abgesonderte Lage der Küche sei hier Tradition, erklärte Fatou auf Nachfrage. Einige der älteren Häuser des Dorfes verfügten sogar noch über eine traditionelle Küche, einen strohgedeckten Rundbau mit einem Abzug im Dach, in dem noch auf dem Feuer gekocht werden könne, auch wenn dies heute kaum noch jemand wirklich beherrsche.

Beim Essen erzählte Pierre, Majibs Vater, von dem, was die Familie zur Zeit beschäftigte, von seiner Arbeit in der Werkstatt, von Fatous neuer Tätigkeit in der Schule, von den guten Leistungen der Kinder, die zur Probe ihres Könnens sofort zum Aufsagen eines französischen Kindergedichtes gedrängt

wurden, das in der vergangenen Woche im Unterricht behandelt
worden war. Majib ihrerseits machte sich den anderen bekannt,
indem sie mit Hilfe des Übersetzungsprogramms vom Leben in
Deutschland berichtete, von Yacine, vom „Café Africaine", von
der Skybar, von den Schiffen auf dem Strom und allem, was ihr
sonst noch als tauglich erschien, für Pierre und seine Familie von
Interesse zu sein. Auf Fatous Frage, ob sie schon verheiratet sei,
gab sie eine ausweichende Auskunft. Sie habe sich, so sagte sie,
zwischen den vielen Bewerbern noch nicht recht entscheiden
können.

Der erste Abend, von dem sie in ihrem Telefon die Aufnahmen
der reich gedeckten Tafel wiederfand, entsprach ganz Majibs
Vorstellungen. Hier, bei freundlichen Menschen, abgeschottet
von allem, was sie in der letzten Zeit bedrängt hatte, wollte sie
bleiben. In diesen Zustand tiefer Zufriedenheit hinein mischten
sich allerdings schneller als gedacht erste Störungen. Eine davon
war dem Umstand geschuldet, dass Majib mangels Alternativen
als Schlafstätte das Sofa im Hauptraum des kleinen Hauses
zugewiesen bekam. Es war nicht nur der mangelnde Komfort,
der ihr Schwierigkeiten bereitete, sondern auch die schlichte
Tatsache, einen privaten Bereich erst in Anspruch nehmen zu
können, nachdem die letzten Hausbewohner ins Bett gegangen
und bevor die ersten (meist die Kinder) morgens aus dem
selbigen wieder aufgestanden waren und durch das Haus
streunten. Als Pierre ihr am Mittwoch seine Werkstatt zeigte und
sie seinen Arbeitskollegen vorstellte, mit denen er, wie sie
herausfand, auch gerne schon während des Tages das eine oder
andere Bier teilte, berichtete er beiläufig von einer Anfrage seiner
Kinder, ob Majib keine Geschenke für sie mitgebracht habe. Er
sagte zwar, dass er mit Verweis auf die Spontanität ihrer Reise,
beantwortet habe, die es ihr nicht ermöglichte, etwas aus
Deutschland für Grace und Bo einzukaufen. Zugleich war Majib
allerdings deutlich bewusst, dass diese Antwort die beiden nicht
zufriedenstellen würde. Das Wissen darum, sich möglicherweise
als schlechter Gast in der Familie eingeführt zu haben, der es
nicht für notwendig befand, seinen Gastgebern wenigstens ein

paar Kleinigkeiten aus ihrer Heimat zu überreichen, beschämte sie. Um den entstandenen Ansehensverlust wieder auszugleichen, beeilte sie sich, die Familie am Wochenende zu einem gemeinsamen Ausflug nach Yenne Tode einzuladen. Doch schon mit dieser Einladung geriet sie in neuerliche Verlegenheit. In ihrem Portemonnaie befanden sich gerade einmal 50 Euro Bargeld. Über die Möglichkeit, an einen Ort zu kommen, an dem die Bezahlung mit Enbes Kreditkarte ein Problem darstellen würde, hatte sie sich vor ihrer überhasteten Abreise keine Gedanken gemacht.

Um das Geldproblem zu lösen, bestieg sie am folgenden Tag einen heillos überfüllten Linienbus und fuhr in für sie erstaunlich langer Fahrtzeit in die benachbarte Großstadt Thiès, wo es nach Pierres Auskunft eine Internationale Bank geben sollte. In der Stadt angekommen, wurde Majib beim Aussteigen auf den merkwürdigen Geruch aufmerksam, der die Luft erfüllte. Ein beißender Gestank lag unter dem aufgewirbelten Straßenstaub. Er stammte offenbar von den hier immer noch verbreiteten Verbrennungsmotoren der Lastwagen und Kleinbusse, die ihre giftige Abluft teils in rußigen Fahnen in die Luft stießen. Die Fotos des Tages, Häuser und Straßenzüge, bildeten die Reizlosigkeit der Stadt treffend ab. Majib hielt sich wegen des Verkehrs abseits der Hauptwege und suchte das Zentrum. Auf einem großen Markt, fragte sie nach dem Weg. Der angesprochene Händler blickte sie verwundert an, lachte dann und gab ihr zu verstehen, dass sie sich mitten im Zentrum befinde. Immerhin konnte er ihr den Weg zur nächsten Bank beschreiben. Da Majib den Eingabecode der Kreditkarte, der für eine Abhebung am Geldautomaten gefordert wurde nicht kannte, betrat sie das Gebäude und stellte sich in die Schlange der Wartenden. Als sie nach gut einer halben Stunde zu einer Mitarbeiterin an einen Schalter vorgelassen wurde und radebrechend ihr Anliegen vorbrachte, forderte die Frau am Schalter sie auf, ihren Pass vorzulegen. Nach Kontrolle des Ausweises bat sie um eine schriftliche Kontovollmacht. Schließlich stimmte der Name auf der Kreditkarte mit ihrem eigenen nicht überein. Majib schüttelte den Kopf und steckte die Karte wieder in ihre Tasche. Immerhin ließen sich die mitgebrachten Euroscheine umtauschen. Ernüchtert fuhr sie mit ihrer kleinen Barschaft wieder zurück.

Ein angenehmer Lufthauch bewegte die Blätter des Baumes über ihr. Aus seinen Ästen flog ein schwarzglänzender Vogel auf. Majib war beim Betrachten ihrer Erinnerungsfotos bereits bei den Bildern des Donnerstags angekommen. Sie zeigten die Schule, in die Grace und Bo gingen, ein hellblau gestrichenes nüchternes doppelstöckiges Gebäude. Der Unterricht fand an diesem Tag draußen auf dem Hof unter einem ausgespannten Sonnensegel statt. Die Kinder präsentierten ihre Halbschwester der Lehrerin, welche Majib aufforderte, der versammelten Klasse (es mochten um die 30 Kinder sein) etwas über Deutschland zu erzählen. Beim Betrachten der vielen Bilder von lachenden Kindern, die sie umringten, wurde Majib der Unterschied zwischen dem Abgebildeten und dem Erlebten besonders deutlich. Sie hatte sich nämlich beim Versuch, der Schulklasse etwas von ihrer Heimat zu erzählen mächtig blamiert und gleich in den zweiten Satz einen offensichtlich sehr erheiternden Vokabelfehler eingebaut. Auf jeden Fall erhob sich ein schadenfreudiges Gekreisch, in dem alle weiteren Ausführungen Majibs untergingen. Die Lehrerin sorgte schließlich mit lauter Stimme und strengem Tonfall wieder für Ordnung, ließ Majib ein paar Fotos schießen und setzte dann den regulären Unterricht fort. Den ganzen Vormittag streifte Majib auf den Wegen rund um die Schule, umkreiste sie mehrfach, um schließlich wieder in Pierres Haus zurückzukehren. Die Kinder fanden von der Schule ohnehin allein nach Hause. Überhaupt war es nicht so, das Grace oder Bo Majib als Schwester oder Spielkameradin in Anspruch nahmen. Nach Schulschluss vergnügten sie sich mit den zahlreichen Nachbarskindern auf der Straße oder saßen mit ihnen spielend vor einer der zahlreichen Spielkonsolen, die es offenbar in jedem Haushalt gab.

Die Tage schleppten sich dahin. Die Fotos von Freitag und Samstag zeigten in hundertfacher Ausführung den Baobab, unter dem Majib gerade saß, ein paar Felder, Pflanzen und Alltagsszenen, die sie in und rund um das Dorf aufgenommen hatte. Abends half sie Fatou beim Essenkochen und Abwaschen. Ihre Stiefmutter (wenn man sie zwar korrekt aber doch unpassend so nennen will), war ihr gegenüber schweigsam und zurückhaltend. Sie gab lediglich den einen oder anderen Hinweis zur Ausführung der nächsten Arbeitsschritte, blieb aber sonst ganz bei sich. Sie blühte erst auf, wenn eine der Nachbarinnen auf einen Schwatz in der Küche oder am Zaun auftauchte. Dann wirkte es so, als ob sie der Enge des von einem ungebetenen Gast okkupierten Hauses entfliehen wollte. Sie erging sich in wortreichen Reden, begleitete die jeweilige Nachbarin ein Stück die Straße hinauf und kam offenbar nur widerwillig wieder ins Haus zurück. Die Abende saß Majib daher mit Pierre und einigen seiner Freunde vor dem Haus. Die Männer tranken Bier, lachten über Witze, die Majib nicht verstand oder sprachen über Leute, die Majib nicht kannte.

Eine Verbesserung der Lage erwartete sie vom gemeinsamen Ausflug nach Yenne Tode. Pierre hatte sich angeboten, die Benzinkosten zu übernehmen. Majib hoffte, im Restaurant mit der Kreditkarte zahlen zu können und die versprochene Einladung zumindest in Teilen einlösen zu können. Am Morgen fuhren sie los. Mit fünf Personen war es in Pierres Auto sehr beengt. Majib fand sich auf der schmalen Rückbank wieder, eingequetscht zwischen Bo und der Tür. Während der Fahrt beschwerten sich die Kinder. Wenn Majib es richtig verstand, hatten sie gehofft, den freien Tag zum Abschluss des nächsten Levels bei einem ihrer digitalen Abenteuerspiele nutzen zu können. Pierre versuchte, sie von der Schönheit des Ausflugs und des sie erwartenden Meeres zu überzeugen. Seine Stimme war unter dem Pfeifen des Fahrtwindes, der durch die geöffneten Wagenfenster blies, kaum zu verstehen. Das Nörgeln der Kinder hielt über den weiteren Tag an. Am Strand angekommen, zogen sie sich auf die Terrasse eines Strandlokals zurück, tranken literweise Cola und videotelefonierten mit ihren Freunden zu Hause. Fatou blieb bei ihnen. Majib, die sich für den weißen Strand und die hohen Wellen begeisterte, die sie in einer Fotoserie ablichtete, warf sich in das Wasser, merkte aber schnell, dass der hier anbrausende Atlantik wenig mit der Ostsee zu tun hatte, in der sie im letzten Sommer so ausgiebig gebadet hatte. Das Wasser war kühl. Die starke Brandung machte das Schwimmen unmöglich. Nach wenigen Minuten traf sie eine Welle mit voller Wucht im Nacken, so dass sie für einen Augenblick benommen war und den Rest des Tages Schmerzen und Schwindel fühlte, sobald sie ihren Kopf zur Seite drehen wollte. Immerhin schmeckten die Garnelen mit Pommes frites ausgezeichnet, die zum Mittag auf Pierres Empfehlung hin in einem beliebten Ausflugslokal bestellt wurden. Auf den großen Eisbecher, den Majib Grace und Bo zu Beginn des Essens in Aussicht gestellt hatte, wurde mit Rücksicht auf das weiter anschwellende Drängen der Kinder verzichtet. Fatou drängte Pierre dezent aber unmissverständlich zur Heimfahrt war. Majib verstand, dass die Familie entgegen der ursprünglichen Intention, ihr damit einen Gefallen zu tun, dem Ausflug ihr zuliebe zugestimmt hatte. Pierre, der sich verpflichtet fühlte, seiner Tochter am freien Tag noch etwas zu bieten, fuhr mit ihr, nachdem Fatou und die Kinder am Haus abgesetzt worden waren, etwas durch die Gegend. Er zeigte ihr das Dorf seiner verstorbenen Eltern mit einer alten Dorfkirche, die in den 1920er Jahren von Missionaren errichtet worden war. Dann schauten sie auf einen Tee bei einem alten Onkel, dem Bruder von Pierres Mutter vorbei, der kurz über das Dorf und lange über seine Krankheiten erzählte und machten sich anschließend auf den Weg zurück. Im Haus trafen sie eine Meute Kinder an, die sich vor dem Fernseher eingefunden hatten, so dass Majib Beschluss fasste, sich unter den Baobab zurückzuziehen, unter dem sie jetzt saß. Der Schmerz in ihrem Nacken war zum Glück wieder verflogen, die Unzufriedenheit mit den vergangenen Stunden blieb.

Nachdem Majib die Bilder durchgesehen und ihren Erinnerungen nachgegangen war, beschloss sie, die selbstgewählte digitale Isolation zu beenden und öffnete ihre Nachrichtenprogramme. Wie zu erwarten, tauchten sofort mehrere Meldungen ihrer Mutter auf, in denen diese ostentativ nach Majibs derzeitigem Befinden, nach einem Rückruf und nach dem Zeitpunkt ihrer Heimkehr fragte. Von Jerome war am Donnerstag eine kurze Nachricht mit dem schlichten Satz „Ich hoffe, es geht dir gut!?" eingegangen. Ihre Chefin aus der Skybar fragte nach ihrem Verbleib und drohte die Kündigung an. Auch Laura hatte versucht, sie zu erreichen. Unter einer ihr unbekannten Nummer fand sie den Text: „Jonathan Enbe hat mich gebeten, Sie zu kontaktieren. Es wäre schön, wenn Sie sich melden können." Dem Absender, aber auch Laura, Jerome und Yacine schrieb Majib nach einigem Überlegen eine etwa gleichlautende Nachricht zurück: „Ich bin's, Majib. Vielen Dank für eure Nachrichten. Ich war die letzten Tage offline. Hier im Urlaub geht es mir gut. Senegal ist ein herrliches Land. Es gibt keinen Grund zur Sorge. Ihr könnt mich jetzt wieder erreichen. Leider ist das Telefonnetz schlecht. Besser, ihr schreibt mir. Komme bald wieder und sage rechtzeitig Bescheid!". Mit den Nachrichten verschickte sie einige der Fotos: das Meer, der Baobab, sie selbst mit den Schulkindern. Der Hinweis auf den schlechten Telefonempfang war übrigens falsch (eine Tatsache, die Yacine sofort auffiel). Majib wäre hier überall, auch im letzten Winkel, problemlos erreichbar gewesen.

56

Es war Rosy, die an diesem Sonntag eine neue Wendung in die Geschichte brachte. Nachdem sie sich mehrere Tage im „Café Africaine" Yacines Klagen angehört sowie Maes Schwärmereien für den Senegal und für Jonathan Enbe erduldet hatte, beschloss sie, etwas zu tun. In ihr meldet sich eine Art mütterliches Gefühl für den von den anderen scheinbar vergessenen Jerome. Über ihn hatte sie gerüchteweise gehört, dass er schon seit Tagen nicht mehr zur Arbeit gefahren sei. Mit der Annahme, der junge Mann leide sicher wie ein Hund unter der Trennung von seiner Freundin, lag sie zwar nicht ganz richtig. Dass er aber dennoch des Zuspruchs bedurfte, erwies sich relativ bald. Rosy packte einige Stücke eines selbstgebackenen Marmorkuchens ein, stieg auf ihr Fahrrad, radelte in die Schubkastensiedlung und erschien zu einem unangekündigten Besuch bei Jerome. Dieser hatte am Morgen eine Neuigkeit erfahren, die seinen von Gleichmut, wenn nicht gar Ignoranz der Situation gegenüber geprägten Seelenzustand aufwühlte. Laura hatte ihm das Bild eines Mannes geschickt, dessen Gesicht ihm von den Hochglanzbroschüren der „Enbe Enregies" nur allzu bekannt vorkam. Dieser Mann, so schrieb Laura, habe sich gestern Abend in der Skybar erkundigt, wann Majib wieder zum Dienst erscheinen würde. Es sei der gleiche Mann, mit dem die Vermisste neben dem chinesischen Paar vor sechs Tagen im Lokal aufgetaucht sei. Eine Verwechslung könne sie ausschließen. Es fiel Jerome nicht schwer, nunmehr die vor ihm liegenden losen Fäden der Erzählung zu verknüpfen. Majibs Verschwinden und die durch Frau Wasitzki enthüllte „AluTrek"-Intrige hingen offenbar zusammen. Mit dem Bild Enbes war ihm das fehlende Detail zur Kenntnis gelangt. Jerome staunte. Alles war so simpel: Ein Mann, der Majib für sich gewinnen wollte, hatte seine Macht gebraucht um seinen Konkurrenten aus dem Weg zu räumen. Spätestens mit einer Versetzung an einen anderen Standort des Unternehmens würde Jerome aus dem Sichtfeld Majibs verschwinden, er, der beruflich gescheiterte dumme Junge aus der Vorstadt, der Enbe lediglich aufgrund eines biografischen Zufalls im Kampf um Majibs Gunst (von Liebe wollte er erstmal noch nicht sprechen), zuvorgekommen war. Was für Enbe als Unternehmer, der den Konkurrenzkampf der Konzerne nur allzu gut kannte, eine übliche Geschäftspraxis sein mochte, verursachte in seiner Anwendung auf das menschliche Zusammenleben eine schwere, unentschuldbare Art von Schaden. Jeromes Herz zog sich zusammen. Ein Gemisch aus Ohnmacht, Wut und Trauer schnürte ihn ein. Aus diesem Zustand entstanden in wenigen Sekunden zwei Gefühle, eine unbändige Sehnsucht nach Majib und ein rebellierender Zorn, den er später Rosy gegenüber als „Hass auf Enbe" beschrieb. Es war kaum verwunderlich, dass Jerome keinen Versuch machte, den Besuch der kleinen, alten Dame, die mit einem Mal vor seiner Tür stand, abzuwimmeln. Vielmehr war er in diesem Moment zutiefst dankbar, mit jemandem, der es gut mit ihm meinte, zu sprechen. Rosy hörte der teils stockenden und unzusammenhängenden Erzählung Jeromes geduldig zu, versuchte die Geschichte, die er ihr erzählen wollte, in ihrem Kopf zu ordnen, erfasste aber unmittelbar seine Verwundung und Verzweiflung. Sie nahm ihn schließlich in den Arm, wobei sie sich auf die Zehen stellen musste, nannte ihn einen „armen Jungen" und streichelte ihm über den Kopf. Dann ging sie in die Küche, kochte einen Kaffee, brachte ihm auf einem Teller den Marmorkuchen, öffnete das Fenster, um, wie sie sagte, den Kummer entfliehen zu lassen und setzte sich zu ihm. Sie erzählte ihm von ihrem nächtlichen Ausflug auf die Brücke, beschrieb ihm den Sternenhimmel und das sanfte Fließen des Stroms, den von ihr beobachteten friedlich auf dem Wasser schwimmenden Gänseschwarm und schilderte die Episode von dem Kapitän, der sie früher immer wieder im Hotel besucht hatte. „Jerome, was ich dir damit sagen möchte: Der Mensch braucht eine Heimat. Er muss wissen, wohin er gehört. Du musst wissen, wohin du gehörst und Majib muss es auch wissen. Und im Moment weiß Majib es nicht. Die Reise in den Senegal war ein großer Unsinn. Sie meint dort offenbar, an einen Ort zu kommen, an dem sie zu Hause ist. Aber das stimmt nicht. Majib gehört hierher und sie gehört zu dir. Und vielleicht hat dir alles das, was du jetzt erlebt hast, geholfen, das jetzt auch zu merken." Jerome nickte. Rosy gab seinem momentanen Gefühl einen passenden Ausdruck. In den letzten Tagen hatte er nie so intensiv an Majib gedacht, wie in diesen Minuten. „Siehst du." Rosy faltete die Hände vor ihrem Bauch und hielt einen Augenblick inne. Jerome ließ die Schultern sinken. „Was soll ich

denn jetzt machen? Ich muss doch was gegen diesen Enbe tun."
„Was sollte das sein? Willst du ihn verklagen, willst du ihn
öffentlich angreifen, willst du ihm eine runterhauen?" Rosy
kicherte, wurde aber sofort wieder ernst. „Gegen diesen Enbe
kannst du nichts tun. Vergeude deine Kraft nicht. Du musst
etwas für Majib tun. Du musst ihr beweisen, dass sie zu dir
gehört." „Das habe ich schon versucht. Ich habe ihr gesagt, dass
ich mit ihr zusammenziehen möchte, dass ich mein Leben
ändern möchte, dass ich mit ihr eine neue Zukunft plane. Sie
wollte das alles nicht hören." „Sie wollte nicht hören, was du
alles vorhast." Der Ton in Rosys Stimme wurde strenger. „Sie
wollte etwas anderes von dir. Sie wollte sicherlich, dass du
ehrlich zu ihr bist. Sie wollte aber vor allem, dass du sie liebst.
Das hat sie vielleicht nicht mehr gespürt. Weißt du, es reicht
nicht zu wissen, dass man mit einem Menschen zusammen ist,
sondern man muss wissen, warum man mit einem Menschen
zusammen ist." So schlicht wie diese Weisheit Rosys war, so sehr
verfing sie bei Jerome in diesem Moment. „Und wie kann ich das
erreichen?" „Du musst sofort anfangen. Majib wird sich sicher
bald melden. Schreib ihr etwas Schönes. Sie muss merken, dass
du sie vermisst. Sie muss spüren, dass du um sie kämpfen
möchtest. In ein paar Tagen kommt sie dann zurück. Du musst
sie am Flughafen abholen und du musst ehrlich mit ihr sprechen.
Ich weiß, das ist nicht leicht. Du wirst ihr erzählen, was du über
Enbe erfahren hast. Greif sie deswegen nicht an, mach ihr keine
Vorwürfe, sondern erzähle, wie es dir geht. Dann erzählst du ihr
alles, was auf der Arbeit, in der Stromburg mit dir geschehen ist.
Und entschuldige dich bei ihr für dein Verhalten in den letzten
Wochen. Alles weitere wird sich dann zeigen."

57

Der Ernstfall trat am Abend ein. Jerome empfing die erste
Nachricht von Maijib. „Ich bin's, Majib. Vielen Dank für eure
Nachrichten. Ich war die letzten Tage offline. Hier im Urlaub

geht es mir gut. Senegal ist ein herrliches Land…“. Es war eine unpersönliche Mitteilung, aber immerhin die erste Kontaktaufnahme seit ihrer Abreise. Jerome sah flüchtig auf die mit der Nachricht versandten Bilder. Wie sollte er reagieren? Sein erster Impuls war, die Bilder mit einem anerkennenden „wunderschön“ „super nice“ oder einem ähnlich abgegriffenen Kommentar zu versehen. Was allerdings, so überlegte er, würde ein solcher Kommentar für Majib aussagen? Würde er sie nicht in ihrer Reiseflucht bestätigen? Wenn er Rosy richtig verstanden hatte, so war ihre Empfehlung gewesen, Majib etwas Persönliches zu schreiben. Aber was? „Schatz, ich vermisse dich, komm wieder zurück?“ Vor einer solchen Formulierung schreckte er zurück, klang sie doch wie aus einem billigen Liebesfilm. Auch andere Alternativen wie „Ich sehne mich nach dir“ kamen für ihn nicht in Frage. So etwas hatte er Majib bislang weder gesagt noch geschrieben. Sie würde es mit Sicherheit für unecht halten oder, schlimmer noch, den unbeholfenen Versuch, sich bei ihr einzuschmeicheln, sofort durchschauen. Jerome suchte also in seinem Computer unter dem Stichwort „Versteckte Liebesbotschaften“ nach Alternativen, fand aber nichts, was ihn überzeugte. Einige der vorgeschlagenen Lösungen brachten ihn sogar zum Lachen. Wer schrieb einer Frau schon: „Als ich heute eine Rose sah, musste ich an dich denken“ oder „Rate mal, wer in meinem Leben mehr zählt als alles andere“? In welchem Jahrhundert hatten Menschen so geredet? Jerome durchschritt grübelnd sein Zimmer, trat auf den Balkon hinaus, sah in den Himmel, kehrte wieder zurück und wiederholte diesen Ablauf gleich noch einmal. Eine wirkliche Inspiration wollte sich nicht einstellen. Merkwürdig, dass in den Serien die Liebespaare jederzeit in der Lage waren, einander das genau Passende zu sagen. Für einen Moment zog er in Erwägung, in der Hoffnung, irgendwann über einen in seiner Situation brauchbaren Satz zu stolpern, sofort mit dem Schauen einer solchen Serie zu beginnen, besann sich aber auf das Naheliegende. Er nahm den kleinen Gedichtband „Ein Tropfen Seele“ zur Hand, der die letzten Tage unbeachtet neben dem

Fernseher gelegen hatte. Da ihm das Büchlein, wie er meinte, schon einmal einen ganz guten Dienst erwiesen hatte, als es ihm das Bild von den zwei Schiffen zur Verwendung im Gespräch mit Majib anbot, begann er, durch die Gedichte zu blättern. Auf Seite 24 stieß er auf einen sehr kurzen, mit „Fernweh" überschriebenen Text. Er lautete: „Such ich deine Nähe, geht mir meine Suche nah. Ich schrecke mich davor. Weht's mich in die Ferne, tut mir deine Ferne weh. Ich schrecke mich davor." Jerome nahm das Telefon und schrieb als Antwort auf Majibs Nachricht: „Deine Ferne tut mir weh." Mehrmals las er den Satz. Dann schickte er ihn ab. Es dauerte keine drei Minuten bis Majib schlicht „Jerome?" schrieb. Er antwortete: „Ich würde gern deine Nähe suchen." Die nächste Nachricht aus dem Senegal ließ wiederum nicht lange auf sich warten. „Du hast recht, in der Ferne ist es schön. Manchmal kann man sich auch in der Ferne nah sein." Jerome überlegte. Als nächstes tippte er: „Kann sein. Aber echte Nähe ist schöner. Vielleicht war mir das nicht immer klar. Ich bin vor meiner Suche zurückgeschreckt. Das tut mir jetzt leid." Was genau dieser Text bedeutete, war Jerome selber nicht klar. Die Worte aber klangen gut, fast wie bei den Liebespaaren in den Serien. Majib antwortete nochmal: „Muss dir nicht leid tun. Bei mir ist das ja auch nicht anders. Ich gehe jetzt zurück ins Dorf -saß gerade unter dem dicken Baum (siehe Foto). Das ist ein Baobab. Schreibst du mir bald wieder?" „Ja, ich melde mich. Ich wünsche dir einen wundervollen Abend." Majib schickte das Bild eines nach oben gereckten Daumens. Später am Abend schickte sie ein Herz.

58

Die Kommunikation mit Majib nahm in den nächsten Tagen an Intensität zu. Yacine war über die erste Kränkung hinweggekommen und stellte das Klagen langsam ein. Stattdessen verlegte sie sich darauf, Majib mit Fragen zu überschütten. Wie es ihr gehe war hierbei sicher die naheliegendste. Zunehmend gab Yacine nun auch ihr Interesse an Majibs Umfeld zu erkennen. Sie wollte wissen, was Pierre zur Zeit arbeite, wie Majib mit den Kindern auskäme, ob die Familie ein hübsches Zuhause habe. In Erinnerung an ihren nun schon über zwanzig Jahre zurückliegenden letzten Besuch im Senegal fragte sie nach ihrem Cousin Ousmane und seinen Freunden, von denen ihr einige Namen im Gedächtnis geblieben waren. Sie erkundigte sich nach bestimmten Orten, etwa nach einer Weberei, die sie besucht hatte und bat im Auftrag Maes darum, traditionelle Stoffe mitzubringen, die zu neuen Tischdecken im Café Africaine verarbeitet werden sollten. Da Majib auf die meisten Fragen keine Antwort hatte, drängte ihre Mutter sie, die Wissenslücken durch Besuche und Nachforschungen vor Ort baldmöglich zu schließen. Enbe, den die Abwesenheit Majibs zunehmend ärgerte, ließ ausrichten, dass er eine verbindliche Auskunft über den Zeitpunkt der Rückkehr erwarte. Schließlich habe Majib nur dank der überlassenen Kreditkarte ihren Urlaub finanzieren können. Ein gewisses Zeichen der Dankbarkeit könne er sicher auch erwarten. Zu Majibs Beruhigung drohte er jedoch nicht damit, die Karte zu sperren. Von der Geschäftsführung Skybar erhielt sie die Mitteilung über ihre fristlose Kündigung wegen unerlaubten Fehlens. Majib war darüber fast erleichtert, ersparte ihr die Nachricht doch, selbst noch einmal in der Skybar vorstellig werden zu müssen. An Laura schrieb sie mit falschem Bedauern, dass sie nun aus dem Team der Skybar ausgeschieden sei, aber hoffe, die Freundschaft zu ihr weiter erhalten zu können. Laura schrieb darauf etwas unbestimmt: „Wir sehen uns sicher bald wieder." Zwischen Majib und Jerome gingen dafür tägliche Botschaften hin und her, die über die bloße Mitteilung von Informationen hinausreichten. Elsa Lindblatts Gedichte erwiesen sich für Jerome als schier unerschöpfliches Reservoir an brauchbaren Formulierungen, mit denen er Majib zu einem regen und durchaus ernsthaften Gedankenaustausch bewegte. Als besonders ergiebig erwies sich das Gedicht „Der Baum", mit dessen Inhalt sich leicht an den von Majib ausgewählten Lieblingsplatz unter dem Baobab anknüpfen ließ: „Die Äste eines Baums sind meine Erinnerungen an dich. / Wenn ich an ihnen entlang fühle, finde ich kein Ende. / An jedem Haltepunkt eine Verzweigung, ins Feinste, ins Schönste. / Und auf den Zweigen Knospen, / die aufplatzen, wenn meine Gedanken darüber streichen. / Ich wünsche, dass aus jeder Blüte eine Frucht wird." Jerome baute daraus Sätze wie: „Wenn ich mir den Baum vorstelle, unter dem du immer sitzt, dann hängt dieser Baum für mich voller Erinnerungen." Oder er schrieb: „Immer, wenn ich über uns nachdenke, finde ich so viel, dass ich an kein Ende komme." An einem Abend wagte er sich selbst ins Lyrische: „Wenn ich die Fotos anschaue, die du mir schickst, dann ist das so, als ob ich Blüten eines Baums angucke. Aber mir wäre lieber, wenn ich seine Früchte essen könnte." Majib fand diesen Satz auf eine aufregende Weise anzüglich. Sie schickte ihm ein Foto von sich, auf dem sie einen Kussmund formte und kommentierte: „Damit du noch mehr Appetit bekommst." Dies wiederum bewirkte bei Jerome ein lange nicht gekanntes Begehren nach Majib, in dem er, alle lyrische Zurückhaltung hinter sich lassend schrieb: „Dann komm endlich zurück. Ich kann es kaum erwarten."

59

Kurz, die Dinge kamen in Bewegung. In Majib bildete sich langsam das Heimweh aus. Mit dem Gedanken an zu Hause hatte sich in ihrer ersten Woche im Senegal stets das Bild ihrer Mutter verbunden, die ihr Vorwürfe machte, das Bild der Skybar, in die sie nicht mehr zurückwollte, das Bild Enbes, von dem sie sich unter Druck gesetzt fühlte. Zu ihrem eigenen Erstaunen trat ihr jetzt Jerome vor Augen. Sie sah ihn in seiner schmalen, kindlichen Gestalt vor ihr sitzen, voller Kummer und Sehnsucht nach seiner Freundin. Sie erinnerte sich nicht mehr so stark an den Ärger der vergangenen Tage vor ihrer Abreise, sondern dachte an den Jerome, der friedlich schlafend neben ihr lag. Sie sah sich in der hundertfach durchlebten Situation wieder, in der sie an der Haltestelle wartete, beobachtete, wie der Bus um die Ecke bog, hielt, die Türen öffnete und wie Jerome mit seiner Tasche ausstieg, freudig auf sie zukam, sie umarmte oder küsste. Bei dieser Vorstellung freute sie sich fast darauf, bald wieder so an der Haltestelle sitzen können. Es gab einen Grund, zurückzukommen.

Hinzu kam, dass es für Majib auch immer weniger Anlass gab, zu bleiben. Die Tage nach dem verunglückten Ausflug ans Meer waren in großer Gleichförmigkeit verlaufen. Majib hatte eine gewisse Routine entwickelt und war unter anderem dazu übergegangen, morgens als erste aufzustehen. Sie bereitete dann das Frühstück für Grace und Bo, begleitete die Kinder später zur Schule, besorgte für die Familie Einkäufe und kümmerte sich um die Ordnung im Haus. Diese Umkehrung vom versorgenden zum sorgenden Gast sicherte ihr in der Gastfamilie eine gewisse Akzeptanz. Auch wenn Fatou ihr gegenüber weiterhin zurückhaltend blieb, so gab sie ihre Ablehnung nicht mehr so deutlich zu erkennen wie zuvor. Am Abend verzichtete Majib darauf, mit Pierre und seinen Freunden zusammenzusitzen, sondern nutzte die Dämmerung für einen Rundgang über die Felder zum Baobab. Dort nahm sie sich die persönlichen Nachrichten des Tages vor, beantwortete sie und hörte je nach Stimmung Musik oder schaute in den aufziehenden Nachthimmel. Über ein neu geladenes Programm auf ihrem Telefon lernte sie die Sternbilder, die sich hier, einige Tausend Kilometer von zu Hause entfernt, erstaunlich wenig von den heimischen unterschieden. So erkannte sie leicht den Kleinen Wagen und die Kassiopeia, die hier im rechten Winkel gedreht als Zickzacklinie am Horizont erschien. Etwas später konnte sie eine mit „Giraffe" verzeichnete Konstellation identifizieren. Majib mochte dieses Sternbild besonders. Der Name verband sich unweigerlich mit Afrika, auch wenn in diesem Teil des Kontinents keine Giraffen lebten. Gegen halb Elf kehrte sie für gewöhnlich von ihrem Spaziergang zurück, sprach noch ein paar Sätze mit Pierre, bevor sie dann ihre Couch für die Nacht richtete. In dieser Weise hätte es durchaus noch einige Tage oder

Wochen weitergehen können. In Wirklichkeit standen die Zeichen bereits auf Abschied. Dies war Majib deutlich geworden, als ihr Vater sie am Donnerstag nach dem Abendessen zur Seite nahm. Pierre erzählte zunächst dies und das, kam aber bald auf sein eigentliches Anliegen zu sprechen. Ihm sei, so sagte er, ein schwerer Fehler aufgefallen. Er habe Majib das Sofa zum Schlafen angeboten, was sicher für einige Nächte als akzeptable Schlafstätte gelten könne, jedoch sicher nicht auf Dauer. So habe er gestern Abend die Freunde um Hilfe gebeten. Sein Arbeitskollege Jean habe daraufhin erzählt, dass seine Mutter (sie wohne am Ende des Dorfes) im Hinterhaus noch über eine freie Gästewohnung verfüge, die während Jeans Ausbildunsgzeit in Dakar für dessen Verlobte und ihn eingerichtet worden war. Gegen eine kleine Gebühr sei die Mutter gerne bereit, Majib aufzunehmen. Pierre warb für das angebotene Quartier, indem er seiner Tochter wortreich die Vorteile eines Umzugs vor Augen stellte. Schließlich könne sie so das unbequeme Sofa verlassen, müsse sich nicht nach dem Tagesablauf der Familie richten und sei überdies ohnehin viel unabhängiger. Majib verstand hinter all diesen im Ton der größter Zuvorkommenheit vorgetragenen Worten vor allem eins: Man wollte sie loswerden. Ob dies der Wunsch Fatous war oder Pierre aus eigenem Antrieb mit ihr sprach, war ihr in diesem Augenblick gleichgültig. Majib dankte ihrem Vater für seine Bemühungen, kündigte ihm aber an, dass sie leider ohnehin ihre Abreise am Ende der Woche planen müsse. Zwei oder drei Nächte mehr auf dem Sofa würden ihr also nichts ausmachen.

An diesem Abend nahm Majib die Kreditkarte mit unter den Baobab. Passenderweise schrieb ihr Jerome: „Das Schönste vor einer Reise ist der Gedanke ans Wegfahren, das Schönste nach einer Reise ist der Gedanke an die Heimkehr." Sie antwortete ihm: „Jerome, du hast recht. Ich mache mich bald auf den Weg. Ich freue mich schon jetzt auf dich. Ich schaue nachher nach Flügen." Sie öffnete ein Suchprogramm in ihrem Telefon und gab die Reiseanfrage „Dakar-Hamburg am nächsten Sonntag" ein. Zu ihrer Überraschung erschien die Meldung: „Für die gewünschte Route sind keine Ergebnisse vorhanden." Sie versuchte es erneut und änderte den Zeitpunkt von Sonntag auf Samstag. Wieder erschien die gleiche Mitteilung. Danach änderte sie den Ort und gab als Ziel erst „Berlin", dann „Frankfurt", schließlich „Brüssel" und „London" an. Es änderte nichts. Majib ging auf eine andere Suchplattform und wechselte schließlich zu einzelnen Fluglinien. Das Ergebnis blieb dasselbe. Es gab keinen Flug von Dakar nach Europa. Es gab auch keinen Flug von einem anderen westafrikanischen Airport nach Europa, weder heute noch morgen noch übermorgen noch nächste Woche.

60

In den alten Zeiten war das Fliegen noch einfach gewesen. Die relativ kleinen Maschinen ließen ihre Propeller in verhältnismäßig geringer Höhe kreisen. Wenn auch aus gebührendem Abstand, in den sich das Flugzeug erhoben hatte, war es möglich, die Erde im Blick zu behalten. Ein Pilot sah die Landschaft unter seinen Tragflächen und konnte sich zumindest bei gutem Wetter leicht an ihr orientieren. Ein Fluss, eine Stadt, ein Berg, ein Kirchturm, eine Fabrik – die Landmarke unten auf der Erde ließ sich leicht mit der Eintragung auf einer Karte abgleichen. Man konnte die richtige Position durch Augenmaß recht gut bestimmen. Jenseits der Wolken, im Nebel oder Regen, also dort, wo die Erde dem Betrachter entzogen war, wurde das Auge bald technisch ergänzt. So erfand man zum Zweck der Positionsbestimmung das Feuer neu, genauer das Funkfeuer der terrestrischen Anlagen, an deren Signalen die Piloten ihre Maschinen ausrichteten. In die Flieger wurden zum Teil Trägheitsmessgeräte eingebaut, die auch ohne Kontakt zum Irdischen die Positionen bestimmten, allerdings nur zu einem gewissen Grad der Genauigkeit. Unterstützung leistete hier die Satellitennavigation, die im Laufe der Jahre dank ihrer hohen

Genauigkeit zur beherrschenden Technik ausreifte. Der Fehler der Hersteller war es gewesen, zunehmend einseitig auf diese Art der Positionsbestimmung zu vertrauen. Wer hätte auch mit Ausfällen der Satellitensignale gerechnet? Nun war es aber genau dieses Problem, das neben dem See- und Landverkehr auch der Fliegerei zu schaffen machte. An diesem Abend, an dem Majib die Sterne beobachtend unter dem Baobab saß, bekam sie die Auswirkung einer Notmaßnahme zu spüren die am Nachmittag eingeleitet worden war. Die zunehmenden Meldungen über die Störungen der Navigation hatten schon seit Tagen die Fluglinien, Lotsen und Airports alarmiert. An diesem Morgen meldete die Zentrale der europäischen Flugsicherung einen weitgehenden Ausfall der Systeme. Dieser währte zwar nur einige Minuten, ließ aber die Sicherheitsbehörden unmittelbar die notwendigen Konsequenzen ziehen. Der Luftraum war nicht mehr sicher. Solange die Zuverlässigkeit der Positionsbestimmung nicht gewährleistet werden konnte, durften die Maschinen nicht starten. Neben den großen Flugzeugen betraf dies auch manche Frachtschiffe, sofern sie Routen nicht in Sichtweite der Küsten oder auf gut bekannte und eher ungefährliche Passagen verlagern konnten. Im Fall der Flugzeuge einigte sich die Europäische Aufsicht mit den Konzernen innerhalb weniger Stunden auf einen Kompromiss. Sie gestattete die Flüge dort, wo eine andere Form der Positionsbestimmung, eben etwa die durch Funkfeuer gewährleistet war. Innerhalb Europas konnten so viele der Linien aufrecht erhalten werden, wenn auch die Zahl der Piloten, die noch ausreichende Kenntnisse in der Anwendung veralteter Technik hatten, lange nicht ausreichte, um das noch mögliche Verbindungsangebot aufrecht zu erhalten. Man entschied sich für das Naheliegende und strich als erstes sämtliche Flugverbindungen, die über den Ozean, große Gebirge oder Wüsten gingen, also über Gebiet, das weder optisch, noch durch terrestrische Funkstationen zuverlässig erschlossen werden konnte. Die technischen Schwierigkeiten waren dabei nur ein Faktor, dem Beachtung geschenkt wurde. Ebenso wichtig war die nüchterne Kalkulation von Fluggästen und notwendigen Geschäftsreisen, die dem innereuropäischen und transatlantischen Verkehr eindeutig einen Vorrang einräumten. Man konzentrierte den Einsatz der Piloten auf diese besonders wichtigen Routen. Ein Teil der europäischen Maschinen strandete damit an den Zielorten und wartete in Südamerika, Australien oder Afrika auf ihren erneuten Einsatz, oder auf einen geschickten und erfahrenen Piloten, der sie (dann jedoch aus Sicherheitsgründen ohne Passagiere) im Sichtflug an ihren Heimatflughafen zurückbrachte. Wie lange sollte man mit diesem Zustand rechnen? Die europäischen Behörden stellten keine schnelle Lösung des Problems in Aussicht. Man bildete einen Krisenstab. An gestrandete Geschäftsleute und Touristen, die Beschwerden einreichten, wurden in den Folgetagen Hilfen zur finanziellen Überbrückung der zwangsweisen Aufenthalte gezahlt. Majib erfuhr von alle dem, nachdem sie die erfolglosen Versuche einen Flug zu buchen eingestellt und sich in den Nachrichtenportalen über den Grund der Störung informiert hatte. Es brauchte einige Stunden, bis sie sich ihrer Lage in vollem Umfang bewusst war. Sie saß fest.

61

„Bitte, schick mir ein Wort für den Tag." Die kurze Nachricht Majibs beantwortete Jerome nach wenigen Minuten. Er schrieb: „Es gibt immer einen reißenden Fluss voller Gefahren. Aber es gibt auch immer eine Brücke." An diesem Tag begann Majib zu telefonieren. Sie bemühte sich darum, ihre eigene Hilflosigkeit angesichts der nun unerwartet neuen Situation unter gutgelaunten Worten zu verbergen. Yacine jedoch hörte sie hinter den Worten nach wenigen Sekunden heraus. Sie verzichtete auf all die Vorhaltungen, die in den langen Gesprächen mit Mae und Rosy scharfe Konturen angenommen hatten und begann, ihre Tochter zu beruhigen. Mit dem aus den Talkshows der letzten Nacht gewonnenen Wissen erklärte sie ihrer Tochter, dass die Experten von einer schnellen Lösung des Ortungsproblems ausgingen, zitierte eine Wissenschaftlerin, die in den vergangenen Jahren bereits Alternativen zur Satellitentechnik für die Navigation erforscht hatte und setzte ihre Hoffnung auf die Beratungen der Regierungen, die eine internationale Krisenkonferenz einberufen hatten. „Du bist bald wieder zu Hause." Majib, die vor wenigen Tagen ihre Rückkehr kaum bereitwillig für die nächste Zeit in Aussicht gestellt hatte, wurde angesichts der derzeitigen Unmöglichkeit des Vorhabens zunehmend nervös. Gerade jetzt verspürte sie einen drängenden Wunsch danach, Yacine und Jerome so schnell wie möglich wiederzusehen. Die Aussicht auf einen wochen- oder monatelangen Verbleib im Senegal machte ihr nun Angst. Um wenigstens etwas Veränderung herbeizuführen und der wachsenden Ungeduld in Pierres Familie zu entkommen, willigte sie in einen Wechsel ihre Quartiers ein und meldete sich bei der von ihrem Vater genannten Dame am Ende des Dorfes. Diese wiederholte ihr Angebot, Majib bei sich unterzubringen. Zu diesem Zweck bat Majib Yacine um eine Geldüberweisung auf Pierres Konto, damit sie die auf sie zukommenden Miet- und Lebenshaltungskosten begleichen könne. Yacine willigte der Not gehorchend ein, auch wenn sie es nicht versäumte, ihre Tochter bei dieser Gelegenheit unverhohlen vorwurfsvoll auf die Begrenztheit ihrer Ersparnisse hinzuweisen. Schließlich müsse Majib auch noch einen Flug bezahlen. Nun war es an Majib, ihre Mutter zu beruhigen. Sie offenbarte ihr, was diese schon längst geahnt hatte und erzählte von Enbes Kreditkarte, die ihr die Reise überhaupt erst ermöglicht hatte. Zugleich berichtete sie von ihren bisherigen Schwierigkeiten, mit Hilfe dieses Zahlungsmittels zu Bargeld zu gelangen. Yacine könne also ganz beruhigt sein. Majib würde ihre Schulden schon zurückzahlen können.

Als das Geld tatsächlich schon am nächsten Tag eintraf, veranschlagte Pierre einen Teil der Summe für die bisherige Unterbringung und hob den Rest für seine Tochter ab. Die alte Dame nahm eine Vorauszahlung entgegen und führte Majib in ein kleines Hinterhaus auf ihrem Hof. Hier fand sich ein einfaches Zimmer nebst einer Toilette und Dusche. Majib, die sich angesichts des angebotenen Privatraums von der Last des Zusammenlebens in der Familie ihres Vaters befreit fühlte, dankte ihrer Vermieterin für die Wohnmöglichkeit, holte ihren Koffer und verabschiedete sich von Pierre, Fatou und den Kindern. Die Trennung fiel allen Beteiligten nach fast zwei Wochen des beengten gemeinsamen Wohnens nicht schwer. Pierre war Majib geradezu dankbar. Er sagte, dass es nun sicher leichter möglich sei, sich in entspannter Atmosphäre in den nächsten Tagen zu treffen und half ihr, das Gepäck an das andere Ende des Dorfes zu bringen. Als Majib die Tür ihres Zimmers hinter sich schloss, war sie erleichtert. Den weiteren Tag lag sie auf ihrem Bett, beobachtete im Internet die Nachrichtenlage und telefonierte lange mit Jerome. War Yacine eher für die Beratungen über die anliegenden praktischen Fragen herangezogen worden, erfüllte Jerome seine Aufgabe, die seelsorgliche Arbeit zu übernehmen. Wortreich bedauerte er Majib, die ihm in schwärzesten Farben ihr Gefühlstief der letzten Tage schilderte. Dabei erwähnte sie an mehreren Stellen ihre aufrecht empfundene Dankbarkeit für Jeromes „liebe Nachrichten", die ihr so manchen Tag gerettet hätten. Jerome nahm dieses Lob mit einem gewissen Stolz und einem unausgesprochenen Dank an Rosy entgegen und betonte, es sei ihm immer nur um Majibs Wohlergehen gegangen. Die Tatsache ihrer Abreise habe er zwar erst einmal verdauen müssen, jetzt aber könne er den Tag des Wiedersehens kaum mehr erwarten. Ihm sei klar geworden, was Majib für ihn bedeute. „Du hast das immer wieder sehr gut ausgedrückt, Jerome. Du hast immer die richtigen Worte gefunden. Der Baum der Erinnerung – das war ein gutes Bild. Tatsächlich habe ich viel an dich gedacht. Ich glaube, wir sollten viel mehr über unsere Erinnerungen sprechen und über unsere Gefühle." Majib verdrückte bei diesen Worten eine Träne. Sie nahm Jerome das Versprechen ab, ihr zu helfen, einen Ausweg aus der jetzigen Situation zu finden. Vor allem aber solle er nicht aufhören, ihr in dieser schweren Situation gute Gedanken zu schicken.

Nach dem Gespräch machte sich Majib wieder zu ihrem nun schon gewohnten Abendspaziergang auf. Die Sterne waren am heutigen Abend nicht zu sehen. Stattdessen hatte eine graue Wolkenfront den Himmel eingenommen. Kaum, dass Majib in die Nähe des Baobabs kam, schickte diese ein drohendes Grollen über das Land. Der Wind frischte auf. Eine kleine Gruppe schwarzsilbriger Vögel flog dicht über den Erdboden und suchte unter einer Hecke Zuflucht. Ein Wetterleuchten am Horizont gab Majib das Signal zum schnellen Rückzug. Am Eingang des Dorfes angekommen, schlugen die ersten schweren Tropfen vor ihren Füßen auf dem Weg ein. Dem hellen Zucken eines Blitzes folgte nach wenigen Momenten der heftige Schlag des Donners. Majib begann zu laufen. Der Regen wurde stärker. Ein kleines Rinnsal zog über die Hauptstraße, das sich wenige Minuten später in einen Bach verwandeln würde. Gerade, als der flutartige Schauer niederging, erreichte Majib ihre kleine Wohnung, wie eine Schutzhütte. Sie schaltete das Licht an, trocknete sich ab und sah aus dem geöffneten Fenster in den peitschenden Regen. Das Trommeln der Tropfen auf dem Dach wurde für einen Moment unerträglich laut, ließ dann langsam nach. So schnell, wie das Gewitter gekommen war, zog es weiter. Majib legte sich auf ihr Bett und schloss die Augen. Aus der schwülwarmen Luft jedoch zogen die Moskitos durch das Fenster in den Schlafraum, sirrten um Majibs Kopf, setzten sich auf ihre Hände und Füße. Wohl eine Stunde focht sie den nicht gewinnbaren Kampf gegen die Insekten, bevor die Erschöpfung ihren nunmehr zerstochenen Körper in einen bleiernen Schlaf hinein befreite.

62

Jonathan Enbe hatte Majib nicht vergessen. Es war allerdings nicht zuletzt seiner hohen Arbeitsbelastung geschuldet, dass er beim Eintreffen der Nachrichten über die Flugausfälle nicht zuerst an ihre derzeitige Lage gedacht hatte. Aus Majibs wenigen, kurzen und allgemein gehaltenen Mitteilungen, die Enbe über einen Mittelsmann erreichten, schloss er auf ihr Wohlergehen. Mit einem baldigen Ende ihres Aufenthalts im Senegal rechnete er nicht. Im Grunde bereitete ihm Majibs Abwesenheit auch keine größere Betrübnis. Seine Tage waren mit geschäftlichen Angelegenheiten gefüllt. So hatte etwa das erste Treffen mit den „Loook"-Unterhändlern stattgefunden. Enbe hatte ihnen seine ausgewählten Mitarbeiter vorgestellt, die für sein Unternehmen das angestrebte Vertragsabkommen vorbereiten sollten. Zum Leiter dieser Gruppe war Wertmann bestimmt worden. Er war aufgrund guter Leistungen in den vergangenen Wochen, vor allem aber durch die störungsfreie Abwicklung der von Enbe verfügten geheimen Sonderaktion auf der Liste der Anwärter auf eine baldige Beförderung deutlich nach oben gerückt. In den Verhandlungen mit „Loook" sollte Wertmann nun seine Führungsqualitäten erneut beweisen. Man traf sich in ungezwungener Atmosphäre im Clubraum einer altehrwürdigen Hamburger Handelsgesellschaft. Die Verhandlungsleiter des chinesischen Digitalriesen legten nach einer kurzen Vorstellungsrunde, zu der auch eine in den Raum holografierte Kurzpräsentation der beiden Unternehmen gehörte, direkt einen Vertragsentwurf vor. Dieses unerwartete Manöver wurde mit dem besonderen Vertrauen zu „Enbe Energies" begründet, die langwierige Vorverhandlungen überflüssig mache. Von den Verhandlern auf der anderen Seite wurde der bereits ausgefertigte Vertragsentwurf allerdings als Indiz für den Druck gewertet, unter dem „Loook" stand. Offensichtlich rechnete man schon bald mit dem Eintreten der erwarteten Energieengpässe. Wertmann gelang es mit aller Freundlichkeit, einen voreiligen Vertragsabschluss zu verhindern. Er plädierte für die vorgängige Prüfung der Datenlage. Es wurde vereinbart, sich beim nächsten Treffen die jeweiligen firmeninternen Berechnungen zur Steigerung des Energieverbrauchs und zur Entwicklung am Strommarkt vorzustellen, um auf dieser Basis eine Verständigung über die voraussichtlich zu liefernde Strommenge und einen angemessenen Preis zu erzielen. Man vertagte sich auf ein nächstes Gespräch. In Enbes Auftrag gab Wertmann nun firmenintern ein Gutachten in Auftrag, das nach Willen der Konzernleitung ein möglichst düsteres Bild über den Energiebedarf der Zukunft zeichnen sollte. Man rechnete mit den pessimistischsten Annahmen über die weitere Entwicklung. Den Entwurf des Gutachtens fand Enbe am Samstagabend in seiner Arbeitsmappe vor, etwa zur gleichen Zeit, als Majib in einem kleinen senegalesischen Dorf von einem Gewitterschauer überrascht wurde. Neben dem 15 Seiten starken, von Wertmann unterschriebenen Papier, enthielt die Mappe auf seinem Schreibtisch an diesem Tag noch einen Gesprächsvermerk seiner Sekretärin: „Anruf 17.30 Uhr. Eine Frau, die sich am Telefon ‚Yacine' nennt. Sie hat am Nachmittag die Telefonzentrale so lange mit Anrufen belästigt, bis diese mit gewisser Hilflosigkeit zu mir hochstellte. Die Frau sagt, sie sei die Mutter einer Freundin von ihnen, Majib. Diese Majib befinde sich in Schwierigkeiten. Sie wolle aus dem Senegal zu Ihnen zurückkommen, hänge dort aber wegen der Flugausfälle fest. Yacine bittet dringend um Ihre Hilfe, die Tochter zurückzubringen. Ich vermute, ein Bettelanruf. Sorry, dass ich Sie damit belästige. Geben Sie mir kurz Bescheid, wenn ich die Dame abwimmeln soll." Enbe seufzte. Die Nachricht konfrontierte ihn mit einem zusätzlichen Problem, auf das er gerne verzichtet hätte. Gleichzeitig berührte ihn, dass Majib offensichtlich nach ihm fragte. Warum sie dies nicht auf direktem Weg tat, indem sie seinen Mittelsmann benachrichtigte, sondern ihre Mutter vorschickte, leuchtete ihm nicht ein. Vielleicht war Majib aber in einer solch schlechten Verfassung, dass sie selbst an diese Möglichkeit nicht gedacht hatte. Enbe schrieb unter den Vermerk: „Alles ok. Bitte die Dame benachrichtigen: Wir kümmern uns." Er nahm sein Telefon und wählte die schlicht unter „A." verzeichnete Nummer. „Hier Enbe." „Guten Abend. Es gibt leider noch keine weiteren

Nachrichten von Majib." „Ich habe hier aber etwas Neues. Majib hängt wegen der Flugausfälle im Senegal fest. Finden Sie eine Möglichkeit, sie hierher zu bringen. Lassen Sie die anderen Aufträge liegen. Die Sache hat Priorität." „Kann schwierig werden." „Kontaktieren Sie die Zentrale in Lagos. Vielleicht wissen die eine Möglichkeit. Checken Sie alternative Verkehrsmittel, Schiff, Bahn, Bus, wie auch immer." „Ich versuche mein Bestes." Im Hintergrund hörte Enbe am anderen Ende der Leitung das Bellen eines Hundes, der von seinem Gesprächspartner mit einem kurzen Zuruf zum Schweigen gebracht wurde. „Enbe, ich melde mich." „Machen Sie schnell." Enbe legte auf. Er nahm den Entwurf des Gutachtens zur Hand, merkte aber bald, dass er die nötige Konzentration zum aufmerksamen Lesen nicht aufbringen konnte. Das Bild Majibs schob sich zwischen ihn und die nüchternen Zahlen auf dem Papier. Enbe steckte das Dokument in seine Aktentasche, löschte das Licht und ließ seinen Wagen kommen.

63

Den nächsten Morgen verbrachte Majib damit, die in ihrem Zimmer verbliebenen Mücken aufzuspüren und zu erschlagen. Ihr ganzer Körper war zerstochen. Besonders an ihrem linken Knöchel schien ein ganzer Schwarm von Insekten seinen Blutdurst gestillt zu haben. Er war zu einem roten, juckenden Ballon angeschwollen, der bei jedem Auftreten einen pochenden Schmerz verursachte. Ihrer Zimmerwirtin blieb Majibs Zustand nicht verborgen. Sie brachte ein altes Moskitonetz, das über dem Bett befestigt wurde und versorgte ihren Gast mit einer stinkenden Salbe, die auf die geschwollenen Stichstellen zu schmieren war. Zugleich beklagte die alte Frau Majibs Leichtsinn, bei schwülfeuchtem Wetter das Fenster offen gelassen zu haben und warnte sie vor der durch die Mücken übertragbaren Malaria. Majib könne von Glück sagen, wenn sie in den nächsten Tagen kein Fieber bekäme. Die Aussicht auf eine gefährliche Krankheit ließ Majib, die aufgrund ihrer Lage ohnehin entmutigt war, nun vollends verzagen. Sie verkroch sich in ihr Bett unter das weiße Moskitonetz und beschloss, diesen Ort nur noch dann zu verlassen, wenn es unbedingt nötig war. So grübelte sie lange Stunden vor sich hin und sah alle paar Minuten in der Hoffnung auf neu eintreffende Nachrichten auf ihr Telefon. Gegen Mittag wagte sie den schüchternen Versuch eines Anrufs bei der deutschen Botschaft in Dakar. Ein freundlicher Mitarbeiter zeigte Verständnis für die Situation, konnte Majib aber nicht weiterhelfen. Schließlich seien er und die Botschaftsangehörigen von der Flugkrise genauso betroffen wie sie selbst. Eine Lösung des Problems bahne sich nicht an. Majib möge sich noch einige Tage in Geduld üben. Sobald es eine Gelegenheit zur Ausreise gebe, würde man sich bei ihr wieder melden. Er notierte Namen, Telefonnummer und Aufenthaltsort und legte auf.

Jerome versuchte nach Kräften, Majib beizustehen. In seinen nun in kurzer Folge eintreffenden Nachrichten berichtete von seinen Versuchen, bei verschiedenen Reiseorganisationen Erkundigungen einzuziehen. Das Ergebnis war ernüchternd. Neben den Fluglinien hatten die Störungen in der Satellitenortung auch die Kreuzfahrtlinien verunsichert, so dass zahlreiche Fahrten aus Sicherheitsgründen abgesagt worden seien. Zudem lag der Senegal auf keiner der häufig befahrenen Routen. Die Reise über Land wurde als zu gefährlich eingestuft. Von einer immerhin möglichen mehrtägigen Busreise, die südwestlich entlang der Küste durch Nigeria und schließlich über Tschad und Sudan nach Ägypten geführt hätte, von wo eine Weiterreise nach Israel oder Zypern möglich gewesen wäre, hatte man ihm dringend abgeraten. Für eine allein reisende Frau sei ein solches Unternehmen zu gefährlich. Zudem seien auch die organisatorischen Hürden mit Blick auf die vielen zu beantragenden Reisevisa nicht zu unterschätzen. Eine schnelle Abreise müsse ausgeschlossen werden. Sofern Majib sich zur Zeit an einem sicheren Ort aufhalte, empfehle man ihr, dort zu bleiben. Auch bei den Reiseveranstaltern hoffte man auf ein baldiges Ende des derzeitigen Zustands. Als Majib von ihrer Mutter erfuhr, dass diese Enbe informiert und um seine Hilfe gebeten hatte, schöpfte sie ein wenig mehr Hoffnung. Auch wenn ihr die Vorstellung, ihr weiteres Schicksal ausgerechnet von Enbe abhängig zu machen nicht besonders lieb war, schien ihr doch die Unterstützung eines weltweit vernetzten Unternehmers aussichtsreich zu sein. Sie bat Yacine lediglich darum, Jerome davon aus nachvollziehbaren Gründen nichts zu erzählen, sondern dessen erwartbare Hilfe gegebenenfalls als eigenen Beitrag zur Lösung des Problems zu deklarieren. Tatsächlich erhielt Majib bereits am Nachmittag eine Mitteilung über die von Enbe verwendete Kontaktnummer, in der ihr eine Bearbeitung ihres Hilfegesuchs bestätigt wurde. Die „Enbe Energies" seien dabei, ihre Handelsbeziehungen auf mögliche Mitreisemöglichkeiten hin zu befragen. Man werde sich bald wieder bei ihr melden. Es blieb nicht bei einer Ankündigung. Das kaum zu Erhoffende trat tatsächlich ein. Schon am Abend erhielt Majib zwei Dokumente, die ihr im Auftrag Enbes digital übersandt wurden. Das erste war die Kopie einer Banküberweisung. Pierre, dessen Kontonummer man über Yacine erhalten hatte, erhielt einen Betrag von 2000 Dollar, der Majib zur Begleichung der Reisekosten in bar ausgezahlt werden sollte. Das zweite Dokument enthielt die genaue Beschreibung einer Reiseroute. Am Dienstag, also bereits in zwei Tagen sollte die Fahrt beginnen. In Majibs Erleichterung mischte sich die Angst vor dem bevorstehenden Abenteuer. Kurz überlegte sie, doch lieber vor Ort zu bleiben, verwarf den Gedanken allerdings spätestens, als eine neue Nachricht von Jerome eintraf: „Blick nur zurück. Die Zukunft ist aus Sehnsucht gemacht. Wer sie nicht wagt, wird in der Gegenwart alt."

64

Pierre überreichte Majib 1500 Dollar. Den Rest der überwiesenen Summe habe er, wie er sagte, zum Ausgleich für das vergessene

Gastgeschenk für die Familie einbehalten. Er wolle Fatou und den Kindern etwas Schönes davon kaufen. Als kleines Entgegenkommen bot Pierre an, Majib an diesem Tag von der ersten Busetappe ihrer Heimreise zu entlasten, indem er sie mit dem Auto nach St. Louis im Norden des Landes brachte. Nach dreistündiger Fahrt gelangten sie dorthin. Pierre lenkte den Wagen auf einen Parkplatz in der Nähe der Moschee. Von dort war es nicht weit zu einem kleinen Reisebüro, wo Pierre nach einigem Handeln Majibs Fahrkarte für den Überlandbus zu einem vergünstigten Preis erstand. Die Zeit bis zur Abfahrt verbrachten beide mit einem Spaziergang an den Hafen. Eine graue Kaimauer ragte in das kristallblaue Wasser des Ozeans. Am Strand daneben lagen die traditionellen Fischerboote, lange schotenförmige Holzkähne, die mit ihrer orangenen oder gelben Bemalung ein gutes Fotomotiv abgaben. Majib nutzte das sich bietende Panorama für ein paar letzte Schnappschüsse, die sie mit „Bald geht es los – letzte Stunden im Senegal" untertitelte und an Jerome und Yacine schickte. Pierre sprach unentwegt auf sie ein, so als habe er die Gespräche der letzten Tage ohne Begegnung für diesen Moment aufgespart. Noch einmal erzählte er von Fatou, Grace und Bo, von denen er grüßen solle, lobte die Schönheiten des heimatlichen Dorflebens und prophezeite seiner Tochter zum wiederholten Mal, dass sie schon bald die Zeit bei seiner Familie vermissen werde. Majib vermied es, darauf einzugehen. Sie enthielt sich auch kritischer Bemerkungen über ihre als Abschiebung erfahrene Ausgliederung aus dem pierreschen Haushalt. Stattdessen lobte sie die Entwicklung der Kinder und betonte, wie froh sie sei, ihre vergessene Heimat nun endlich gesehen zu haben. Sie warb überflüssigerweise auch um Verständnis für ihre bevorstehende Heimreise. Wenn sich angesichts der erschwerten Bedingungen schon die Möglichkeit biete, nach Hause zu kommen, fühle sie sich verpflichtet, diese Gelegenheit zu nutzen. Wer wisse schließlich, wann sich die nächste bieten würde. Die beiden spazierten über den Fischmarkt. Unter der prallen Sonne wurde hier auf Holztischen der vermeintliche Tagesfang der Fischer angeboten. Ein beißender Geruch zog von den Verkaufsständen durch die Luft. Pierre erklärte, dass es sich bei den angebotenen Fischen leider meist nicht mehr um Ware handle, die von den heimischen Fischern nach Hause gebracht worden war, sondern vielmehr um Ausschuss der großen Handelsflotten, die weit vor den Küsten das Meer leerfischten. Was für den Export nach Europa unbrauchbar war, werde hier zu günstigen Preisen an die einheimische Bevölkerung weitergegeben. Majib drängte darauf, dem Fischgeruch zu entgehen. In einer Nebenstraße stießen sie auf eine kleine Bar, wo sie ein einfaches Abendessen zu sich nahmen. Pierre holte das Gepäck und führte Majib zum Busbahnhof. Hier herrschte in dieser frühen Abendstunde unerwarteter Betrieb. Großfamilien rückten vor Bergen von Gepäck zusammen, das häufig aus zusammengeschnürten Bündeln bestand, die mit einiger Mühe auf die Dachgepäckträger der bereitstehenden Busse gehievt wurden. Junge Männer standen rauchend in Gruppen zusammen, unterhielten sich lautstark in den unterschiedlichsten Sprachen. Einige Frauen aus den umliegenden Dörfern kamen mit ihren Einkäufen vom Fischmarkt und eine Gruppe muslimischer Pilger in langen weißen Gewändern, teils verschleiert, drängte in einen überbesetzten Bus nach Touba, einem der zentralen Heiligtümer im Inneren des Landes. Auch Majibs Bus war bereits gut gefüllt. Offenbar waren einige der Mitfahrenden bereits sehr früh gekommen, um sich und ihrem Gepäck gute Plätze zu sichern. Pierre bat den Fahrer, ihm beim Einladen von Majibs Gepäck zu helfen, das zu ihrer Erleichterung dank der Nachhilfe eines erheblichen Trinkgelds nicht auf dem Dach, sondern unten in den Gepäckfächern verstaut wurde. Dann nahmen sie Abschied. Pierre bestand auf ein letztes Foto, rückte sich seine Schirmmütze zurecht und zeigte ein strahlendes Lächeln. Er nahm die angespannt wirkende Majib in den Arm. Dieses Foto würde bald auf der heimischen Kommode einen Platz finden und den Freunden und Bekannten stolz präsentiert werden: „Schaut, meine Tochter aus Deutschland – ich bin sehr stolz auf sie." Als Majib in den Bus stieg, war sie froh, dem

Redefluss ihres Vaters und bald auch dem Land, an das sie bei ihrer Ankunft so viele Erwartungen geknüpft hatte, zu entkommen. Sie fand einen Platz neben einer älteren Frau , die einen großen Proviantkorb auf ihren Knien trug und Majib bei ihrem Eintreffen kritisch musterte. Pierre klopfte von außen an die Fensterscheibe und reichte zwei Flaschen Wasser durch eine geöffnete Luke. Dann winkte er und verschwand aus dem Sichtfeld. Im vorderen Teil des Busses diskutierte der Fahrer lautstark mit einer Gruppe zugestiegener Männer, deren Fahrkarten ihm offenbar nicht gefielen. Ein zweiter Mann der Busgesellschaft stieg zu und verlangte eine Nachzahlung, die nach aufgeregtem Wortwechsel und einigen drohenden Gesten widerwillig erfolgte. Nun wurden auch die anderen Fahrkarten noch einmal kontrolliert, bevor der zuletzt zugestiegene Mitarbeiter dem Fahrer das Zeichen zur Abfahrt gab. Mit einem lauten Brummen fuhr der Bus an und hinterließ eine bläuliche Abgaswolke. Die darauffolgenden Ansagen des Fahrers verstand Majib in der Geräuschkulisse aus Motorbrummen, Fahrtwind und Fahrgastgesprächen nicht. Sie wusste nur, dass es jetzt nordwärts ging. Die Grenze war nicht mehr weit entfernt.

65

Die Fahrt zog sich bereits über viele Stunden. In mäßigem Tempo folgte der Bus der Hauptstraße entlang des Atlantiks. Schon lag zur Rechten und zur Linken die große Weite der Wüste. Majib schaute im vergehenden Tageslicht auf die Ödnis aus Sand und Geröll. Aus dem Landesinneren kroch die Dunkelheit. Sie legte sich langsam über den Himmel. Die Gespräche im Fahrzeug waren verstummt. Die alte Frau hatte den Kopf ans Fenster gelehnt und war eingeschlafen. Ihrem Atem war ein leichtes Rasseln unterlegt, das zuweilen in einem Husten herausbrach. Dann öffnete die Frau für einige Sekunden die Augen, richtete sich auf und ließ sich wieder zur Seite sinken. Majib dachte an nichts. Die trostlose Weite draußen legte eine schier unausdenkliche Distanz zwischen die Erlebnisse der letzten Tage und die erwartete Ankunft in Deutschland. In diesen Stunden lebte Majib in einer Zwischenwelt, eingeengt zwischen Menschen und Gepäckstücken auf einem zunehmend unbequemen Sitz in einem wackligen Gefährt irgendwo im großen Nichts. Gegen Mitternacht wurden die Lichter der ersten Siedlungen am Rande der Millionenstadt Nuakschott sichtbar. Der Bus hielt zum Tanken. Das Verstummen des Motors ließ die Fahrgäste erwachen. Einige stiegen aus dem Bus. Vor den Fenstern näherten sich Gestalten mit Handkarren und Motorrädern, fahrende Händler, die Proviant verkauften. Majib erstand Brot, Obst und Käse, sowie weitere Wasserflaschen, die sie unter ihrem Sitz verstaute. Nach der Unterbrechung wich der Bus über eine trotz der späten Stunde befahrene Autobahn der Stadt aus, umfuhr sie westlich in einem Bogen und tauchte, als die letzten Lichter entschwunden waren, in die Schwärze der Nacht. Majibs letzter Blick galt dem klaren Sternenhimmel, bevor sie nun auch die Müdigkeit übermannte.

Ein Rütteln weckte sie. Majib blinzelte in die Morgensonne. Es mochte gegen 9 Uhr sein. Der Bus war über den Seitenstreifen der Straße hinaus auf einen buckligen Sandplatz gefahren und zum Halten gekommen. Staubschwaden hüllten das Gefährt ein. Durch das Fenster waren einige niedrige kastenförmige Häuser zu sehen, deren rostrote Farbe sie vom Graubraun der Umgebung abhob. Es gab wiederum eine Ansage, die Majib nicht verstand. Die Frau neben ihr deutete ihr an, aussteigen zu wollen. Als Majib sie hilfesuchend ansah, erklärte sie in verwaschenem Wolof, dass man in El Argoub angekommen sei. Der Bus werde hier eine längere Pause einlegen. Man müsse auf den Fahrer warten, der den bisherigen ablösen werde. Majib stieg mit den anderen Fahrgästen aus. In etwa hundert Metern Entfernung stand ein Gebäude, in dem sich Toiletten befanden. Ein fahrender Händler bot Kaffee und Tee von einem Tablett an, das er auf den Gepäckträger eines Mofas gestellt hatte. Eine jüngere Frau, die ebenfalls im Bus gesessen hatte, kam auf Majib zu und ermahnte sie, gut auf ihre Handtasche aufzupassen. Vom

Platz aus hörte man die Brandung des Meeres. Es musste sich ganz in der Nähe befinden. Einige der Männer luden ihr Gepäck ab, zumeist große Seesäcke, die sie sich über die Schultern hängten. Dann brachen sie auf einem kleinen Trampelpfad in Richtung des Meeres auf. Die junge Frau, die bei Majib stehengeblieben war, wies in Richtung der kleinen Gruppe, die sich rasch vom Bus entfernte. „Gran Canaria" sagte sie und winkte mit der Hand in Richtung Norden, als wolle sie eine weite Entfernung andeuten. Nach etwa einer halben Stunde fuhr ein Polizeiwagen vor und hielt neben dem Bus. Zwei Uniformierte entstiegen den Wagen und riefen in einer Majib unbekannten Sprache die Reisenden im Befehlston zu sich. Die rund um die Gebäude im Schatten sitzenden Leute kamen zögernd heran. Man forderte sie auf, die Pässe und die Fahrkarten zu zeigen. Verwundert nahm einer der Polizisten Majibs deutschen Pass zur Kenntnis, setzte wortlos einen Stempel auf eine der freien Seiten und reichte ihn ihr zurück. Auf seinem Gesicht lag ein fragender Ausdruck. „To Germany, no flights", sagte Majib. „Ok, I understand. Be careful. Dangerous." Der Polizist wandte sich ab, weil in diesem Augenblick neben ihm eine lautstarke Auseinandersetzung einsetzte, die sein Kollege mit einem Mann mittleren Alters führte. Wenn Majib es richtig deutete, verlangte der Mann seinen Pass zurück. Der Polizist zog seinen Schlagstock und bedeutete ihm, still zu sein und die Hände auf den Polizeiwagen zu legen. Die Uniformierten tasteten den Mann ab. Mit einem schnellen geübten Griff zog einer der beiden die Hände des Mannes nach hinten und legte ihm Handschellen an. Unter lauten Protesten drückten ihn die Polizisten auf die Rückbank des Wagens. Die Tür wurde geschlossen und der Busfahrer aufgefordert, das Gepäck des Mannes zu holen. Dies führte zu weiteren Auseinandersetzungen, weil der Festgenommene sich weigerte, anzugeben, welches seine Gepäckstücke waren. Mit der Hilfe einiger anderer Fahrgäste gelang es, eine große grüne Reisetasche als Eigentum des Mannes zu identifizieren. Sie wurde in den Kofferraum des Polizeiwagens gelegt. Mittlerweile war ein weiterer Wagen eingetroffen, ein moosgrüner Jeep, auf dessen Dach ein Blaulicht angebracht war. Vier Männer in Militäruniformen stiegen aus und sprachen mit den Polizisten. Diese deuteten in Richtung des Meeres. Der Jeep drehte auf dem Platz und verschwand in einer Staubwolke querfeldein, dem Trampelpfad folgend. Nach dieser Unterbrechung gaben die Polizisten dem mittlerweile eingetroffenen neuen Fahrer das Signal zur Weiterfahrt. Die verbliebenen Fahrgäste beeilten sich, schnell auf ihre Plätze zu kommen. Majib blieb nun bei der jungen Frau, die sie angesprochen hatte und setzte sich mit ihr zusammen auf einen freigewordenen Zweiersitz im vorderen Teil des Busses. Der Fahrer wies die Reisenden an, die Fenster fest zu verschließen. Nach wenigen Minuten fiel kalte Luft auf die Fahrgäste herab, während das Außenthermometer bald mehr als 30 Grad anzeigte. Auf der linken Seite kam bald der Ozean in Sicht. Vor Majib und den anderen Reisenden lag ein weiterer langer Fahrtabschnitt zwischen Meer und Wüste durch das Niemandsland immer gen Norden nach Marokko.

66

An einer langgezogenen Bucht erhoben sich die weißen mehrstöckigen Häuser von Agadir. Hinter Majib lag eine unruhige Nacht. Immer wieder war sie in ihrem Schlaf unterbrochen worden, sei es, dass sie ihr schmerzender Rücken plagte, der auf dem Sitz des Busses keine angenehme Position mehr fand, sei es das Rumpeln der Landstraße oder das Schnarchen anderer Fahrgäste, das sie weckte. Mehrmals hatte der Bus zum Tanken zwischenzeitlich gehalten. Zuletzt hatte auch der Fahrer gegen Mitternacht eine mehrstündige Pause zum Ausruhen einlegen müssen. Nun empfing sie die Stadt, das Ziel ihrer Fahrt am frühen Morgen noch vor dem Sonnenaufgang. Beim Aussteigen streifte eine frische Brise vom Meer her die übermüdeten, stummen Reisenden, die vor dem Bus auf die Ausgabe ihres Gepäcks warteten. Majib hielt ihre

Handtasche fest unter dem Arm. Sie war froh um die Gesellschaft der jungen Frau, die ihr die vergangenen Stunden erträglich gemacht hatte. Die Frau hieß Aminata und stammte aus Dakar. Sie erzählte Majib von ihrer Anstellung in einer Computerfirma in Casablanca. Ein Trauerfall in der Familie hatte sie eine Woche zuvor zur Rückreise in die Heimat gebracht. Dort war sie, wie Majib auch von der Aussetzung der Flugreisen überrascht worden und notgedrungen auf die lange Bustour ausgewichen. Von Agadir würde sie am Nachmittag nach Casablanca weiterreisen. In Aminatas Reisegepäck befand sich ein kleiner hölzerner Kasten, der ein Brettspiel enthielt, bei dem es darum ging, mit runden Spielsteinen auf einer Art Schachbrett durch taktische Züge die Steine des Gegners zu erobern. Majib kannte das Spiel nicht, ließ sich aber die Spielregeln erklären. Über viele Stunden der Fahrt hatten die beiden Frauen so einen mal ernsten, mal vergnüglichen Zeitvertreib. Musste Aminata am Anfang noch häufiger die Spielzüge Majibs korrigieren, gelang es letzterer zunehmend, die stets drohende Niederlage abzuwenden. Am Abend hatte sie die ersten Partien für sich entscheiden können. Nun standen die beiden Frauen am Busbahnhof in Agadir. Aminata wies Majib an, ihren Kopf mit einem Tuch zu bedecken und erbot sich, ihre Reisegefährtin durch die Stadt zu begleiten. Während der Himmel mit dem ersten Licht des Tages aufwartete, betraten sie die Medina, die Altstadt Agadirs. Sie spazierten durch die engen Gässchen, ihr Reisegepäck mit einigem Lärmen auf Rollen hinter sich herziehend, vorbei an den hellbraunen Steinhäusern, in deren Obergeschossen sich malerische Rundbögen auf kleine Terrassen und Balkone hin öffneten. Ein unwissender Beobachter hätte die beiden Frauen leicht für Touristinnen halten können. Auf einem kleinen terrassenartig angeordneten Platz setzten sie sich auf Steinstufen in den Schatten eines Baums. Aminata besorgte Tee aus einem nahegelegenen Café, das gerade öffnete. Majib fühlte sich das erste Mal seit zwei Tagen wirklich in Sicherheit. Erst jetzt holte sie ihr Telefon hervor, auf dessen Benutzung sie während der Fahrt verzichtet hatte, um keinen unnötigen Stromverbrauch zu riskieren und nur für Notfälle erreichbar zu sein. Sie knipste einige Fotos von sich selbst und dem Platz, der vom Morgenlicht nun warm ausgeleuchtet wurde. Mit den Bildern verschickte sie kurze Nachrichten an Jerome, Yacine und an die von Enbe angegebene Telefonnummer, in denen sie ihre wohlbehaltene Ankunft in Agadir bekanntgab. Von den Strapazen der Busreise schwieg sie. Jerome hatte ihr in den letzten Stunden gleich mehrere seiner poetischen Sprüche geschickt. Einer von ihnen lautete: „Alle Straßen seh' ich nur bis zur nächsten Biegung. Folg' ich ihnen, seh' ich weiter – bis zur nächsten Biegung. Alle diese krummen Straßen sind in Wahrheit gerade. Denn das Ziel gibt ihnen Gestalt. Dieses Ziel bis du." Majib versuchte, Aminata den Text zu übersetzen. Diese zeigte sich beeindruckt und gratulierte Majib zu ihrem offensichtlich feinsinnigen Freund. „Ihr müsst sehr glücklich sein", sagte sie. Majib lächelte. Es stimmte, in diesem Moment war sie glücklich, über den schattigen Ort, an dem sie sich befand, über die überstandene Busfahrt, über Aminatas Gegenwart und über die Aussicht, Jerome bald wiederzusehen. Für ein paar Augenblicke saß sie stumm da, spürte den Sonnenschein, der sich wärmend auf die Stadt goss, schmeckte den süßen Tee und hörte das Zwitschern einiger Vögel, die sich im Baum niedergelassen hatten.

Auf dem weiteren Weg durch die Stadt erwiesen sich Aminatas Arabischkenntnisse als äußerst nützlich. Es gelang ihr nicht nur, mit der richtigen Absprache aufdringliche Bettler und Händler fernzuhalten, sie erfragte auch den Weg zum Hafen. Unterwegs machten die Frauen in einem Einkaufszentrum halt. Die klimatisierte Umgebung schnitt sie von der aufsteigenden Hitze des Tages ab. Majib erledigte einige Einkäufe, die hier mit Enbes Kreditkarte leicht möglich waren. Für die anstehende Schiffspassage erstand sie nach einigem Suchen einen wärmenden Umhang, eine leichte Regenjacke, außerdem eine Mütze, Sandwiches und Schokolade für die Fahrt und Tassen mit Motiven aus der Medina als Mitbringsel aus Agadir. Danach machten sie sich auf den Weg zum Hafen. Abseits des touristischen Bereichs der sorgfältig gepflegten Strandpromenade sahen sie die grauen Kaimauern, an denen kleinere und größere Schiffe lagen, Fischerboote und Frachter. Zwischen zwei vom Wind zerrupften Palmen stand das kleine Bürogebäude der Hafenmeisterei. Ein Beamter, der hier am frühen Morgen mit müden Augen hinter einem übervollen Schreibtisch saß, schaute verwundert auf die beiden Frauen, die mit Koffern in seinem Büro auftauchten. Offensichtlich hielt er sie für gestrandete Kreuzfahrturlauberinnen und wollte ihnen den Weg zum Fährhafen zeigen. Aminata erklärte ihm, dass Majib einen Platz auf einem Frachtschiff gebucht habe. Die MS „Patria" solle am Nachmittag nach Italien auslaufen. Der Beamte zeigte durch das Fenster auf einen rostroten Schüttgutfrachter, der etwas weiter draußen am Kai festgemacht hatte. Er ließ sich Majibs Pass geben, durchsuchte einen auf dem Schreibtisch liegenden Ordner, nahm ein Blatt heraus und wählte eine Telefonnummer. Nach einem kurzen auf Englisch geführten Telefonat teilte er Aminata mit, dass man Majib erwartete. Der Frachter würde allerdings erst am späteren Abend auslaufen, da offensichtlich noch Ladung erwartet würde. Majib solle um 17 Uhr zum Eingangstor des internationalen Handelshafens kommen. Von dort würde sie ein Mitglied der Besatzung abholen. Die beiden Frauen bedankten sich und verließen die Hafenmeisterei. Sie schlenderten über die Strandpromenade in die Stadt zurück und brachten sich für die nächsten Stunden erneut im klimatisierten Einkaufszentrum vor der Hitze in Sicherheit.

67

Zur gleichen Zeit erschien auf dem Portal eines deutschen Wirtschaftsmagazin ein Artikel, der in Politikerkreisen schnell von Computer zu Computer verschickt, für einiges Aufsehen sorgte. Unter der Überschrift „Kampf um die knappe Energie" veröffentlichte ein Journalisten-Team die Ergebnisse einer umfangreichen Recherche zu den Expansionsplänen der großen Tech-Konzerne. Dabei verwiesen sie auch auf eine anonym zugespielte interne Studie des chinesischen Daten-Giganten „Loook". Auf den ersten Blick enthielt diese wenig Neues. Dass „Loook" durch die Anforderungen im Zuge der Verbreitung allgemein zugänglicher und deutlich günstigerer VR-Technik die technischen Kapazitäten ausbauen würde, war keine Überraschung. Alarmierend war jedoch der dabei zu erwartende zusätzliche Energiebedarf. Der ohnehin schon an die Kapazitätsgrenzen gelangende europäische Strommarkt stehe, so die zitierte Studie, vor ungeahnten Herausforderungen. Allein Konzerne wie „Loook" würden durch den Ausbau der Zentralserver ganzen Städten in Europa buchstäblich „das Licht ausschalten", wie die Journalisten in ihrem Artikel schrieben. Pikanterweise hätten sie bereits davon Kenntnis erhalten, wie der Kampf um die Ressourcen bereits im Hintergrund eingesetzt habe. „Loook" verhandele bereits mit Stromkonzernen über Exklusivverträge. In deren Folge könnten dem normalen Verbraucher schon bald Ausfälle drohen, in jedem Fall aber eine weitere deutliche Verteuerung der elektrischen Energie. Bei einem der Verhandlungspartner, mit denen „Loook" in Kontakt getreten sei, handele es sich um die „Enbe Energies", Deutschlands einzigem Betreiber von Atomkraftwerken und damit Garanten einer kontinuierlichen Stromproduktion. Auf Anfrage haben sich weder „Loook" noch „Enbe Energies" zu den Vorgängen äußern wollen. Die Politik sei nun gefragt, im Sinne der Daseinsvorsorge zu handeln und in den Strommarkt einzugreifen. Großkonzernen wie „Loook" müsse eine Regulierung auferlegt werden. Einer der ersten, der den Artikel zu lesen bekam war Jonathan Enbe. Er reagierte sofort, indem er Wertmann kommen ließ und ihm in deutlichen Worten das offensichtliche Versagen seiner Verhandlungsgruppe vorwarf. Wertmann beteuerte, sich nicht erklären zu können, wie die internen Papiere an die Journalisten hätten gelangen können. Er selbst habe sich stets korrekt verhalten. Das Datenleck müsse an anderer Stelle aufgetreten sein. Enbe ließ sich nicht beschwichtigen. Er gab Wertmann die volle Verantwortung für die aufgetretene Panne und zog ihn mit sofortiger Wirkung von seinem Posten als Verhandlungsführer ab. Vorerst solle er wieder in seine alte Abteilung in die Stromburg zurückkehren. Über seinen weiteren Verbleib im Unternehmen wolle man später entscheiden. Wertmann zog sich sichtlich getroffen aus der Unterredung zurück. Nachdem sich die Bürotür hinter ihm geschlossen hatte, telefonierte Enbe mit Mister Chen und übermittelte ihm wortreich sein aufrichtiges Bedauern über den Vorfall. Er habe bereits die Konsequenzen gezogen und seinen offenbar illoyalen Verhandlungsführer abgezogen. Man einigte sich darauf, die laufenden Gespräche wegen der erhöhten Aufmerksamkeit der Öffentlichkeit vorerst auszusetzen. Enbe legte den Hörer auf und atmete tief durch. Dann lehnte er sich zufrieden in seinen Sessel zurück. In einer Stunde würde er nach Berlin aufbrechen, wo ihn die Staatsministerin im Wirtschaftsministerium erwartete. Alles war bereits vorbereitet. Die morgige Pressekonferenz sollte den Durchbruch bringen. Er, Enbe, wäre dann endgültig zu einer bedeutenden Persönlichkeit der Wirtschaftswelt werden. Er würde die Anerkennung finden, die er seiner Ansicht nach verdiente und wahrscheinlich einflussreicher und mächtiger werden als je zuvor. Auf dem Bildschirm seines Computers erschien eine Nachricht seines Vaters. Er gratulierte Enbe zum Gelingen seines Plans: „Mein Junge, ich bin stolz auf dich."

68

Zum verabredeten Zeitpunkt fand sich Majib nach langen Stunden des Wartens am angegebenen Standort, dem Eingangstor des Handelshafens ein. Die gelassene Stimmung des Vormittags war, nachdem sich Aminata von ihr verabschiedet hatte, einer nun zunehmend angespannten Besorgnis gewichen. Majib empfand die Fremde der Stadt nicht mehr als reizvoll, sondern als bedrohlich und wünschte sich in den Augenblick der

Abfahrt hinein. Auf ihrem Telefon fand sie eine erneute aufmunternde Nachricht von Jerome, der ihr eine Reise „in den sicheren Hafen, in dem ich auf dich warte", wünschte. Nach einigen Minuten, in denen Majib schon befürchtete, an einem falschen Ort zu stehen, fuhr ein Wagen vor. Ein kleiner, drahtiger Mann mit schwarzen Haaren und einem sonnengegerbten Gesicht stieg aus und kam auf das Tor zu. Er stellte sich in knappen Worten als Steuermann der „MS Patria" vor, ließ sich Majibs Reisepass zeigen und veranlasste mit einem kurzen Ruf in Richtung einer nahegelegenen Baracke die Öffnung des Tores. Das Gepäck verstaute er im Kofferraum des Wagens und ließ Majib auf dem Beifahrersitz einsteigen. Die kurze Fahrt führte sie an Containern, Lagerhallen und Silos vorbei. Majib, die einen Hafen aus den Panoramafenstern der Skybar bislang nur von oben gesehen hatte, empfand hier aus der Froschperspektive die Größe der Industrieanlagen als bedrohlich. Die Menschen, die vereinzelt zwischen den Bauten auftauchten wirkten zwergenhaft. Die rostrote Schiffswand des Frachters, der sie sich nun näherten, stand zunehmend unüberwindbar vor ihnen. Der Wagen kam zum Stehen. Der Steuermann gab einem der vor dem Schiff stehenden Arbeitern Anweisung, das Gepäck nach oben zu tragen. Er stieg Majib auf einer schwankenden Leiter an der Schiffswand voraus, an deren Ende sie eine kleine geöffnete Luke in das Innere des stählernen Rumpfes führte. Durch einen Maschinenraum gelangten die beiden zu den Mannschaftsräumen. Der Steuermann erklärte in gebrochenem Englisch, dass es sich bei dem ersten etwas größeren Raum um den Speise – und Aufenthaltsbereich handele. Die Kabinen lagen dahinter. Majib wurde in eine schmale Kajüte mit vier Stockbetten geführt. Auf einem von ihnen saß ein südeuropäisch aussehender Mann mit struppigem Bart im Unterhemd und tippte auf seinem Telefon. Mit einem kurzen, stechenden Blick sah er zu Majib hinüber und grinste breit. Der Steuermann deutete auf eines der Betten und erklärte, dass dies leider das einzige freie Lager für die Nacht sei. Majib, die angesichts des Mannes im Unterhemd einen intuitiven Schritt nach hinten getan hatte, sah den Steuermann mit ängstlich geöffneten Augen an. Der Bärtige begann, laut zu lachen und zeigte dabei eine Reihe gelblicher Zähne. Auch der Steuermann lachte nun, nahm Majib an seine Seite und gab ihr zu verstehen, dass sie natürlich auch auf eine andere Übernachtungsmöglichkeit zurückgreifen könne. Er selbst nämlich habe eine Kajüte für sich allein, die er ihr gegen ein kleines Entgelt zur Verfügung zu stellen bereit war. Majib nickte schnell und ließ sich auf die andere Seite des Gangs führen. Sie zählte 300 Dollar aus ihrer Barschaft ab und reichte sie dem zufrieden dreinblickenden Steuermann. Dieser verbeugte sich mit dem Gestus eines Stewards auf einem Kreuzfahrtschiff und bat sich noch einige Minuten aus, um seine Sachen aus der Kabine zu räumen. Majib würde er währenddessen dem Kapitän vorstellen. Über eine schmale Stiege gelangten sie auf die Brücke. Der Kapitän, ein Grieche, der trotz der Wärme einen Pullover trug, stellte sich Majib auf Englisch vor. „Herzlich willkommen auf der ‚MS Patria‘. Sie sind ein ungewöhnlicher Gast. Normalerweise haben wir keine Passagiere. Deswegen – leider- auch kein großer Komfort." Majib versuchte in ein paar zusammengesammelten Worten, ihre Dankbarkeit für die Gelegenheit, mitzufahren zu vermitteln. Der Kapitän hob abwehrend die Hand. Es sei für ihn selbstverständlich, zu helfen. Als ihn die ‚AluTrek‘-Firmenzentrale, in deren Auftrag der Frachter fahre, gebeten habe, eine in Afrika gestrandete junge Dame zurück nach Europa zu bringen, habe er nicht gezögert. Majib solle ihm nur noch die verabredeten 1000 Dollar für die Überfahrt geben. Auch wenn in Majibs Erinnerung ein Fahrpreis von 800 Dollar vereinbart worden war, regte sich bei ihr an dieser Stelle kein weiterer Protest. Sie händigte den gewünschten Betrag aus und bedankte sich noch einmal. In einer Stunde, so teilte der Kapitän mit, werde die Hafenbehörde noch einmal zur Kontrolle erscheinen. Majib möge ihm daher zur Erledigung der Formalitäten ihren Pass überlassen. So könne er auf See dann später auch die Anmeldung in Italien mit den nötigen Daten vornehmen. Das Dokument würde Majib vor Verlassen des Schiffs dann wieder ausgehändigt werden. Majib, die mit den Gepflogenheiten auf See nicht vertraut war, übergab den Pass wunschgemäß. Der Kapitän bedankte sich. Eine Bitte allerdings habe er noch. Die Mannschaft müsse nun mit den Vorbereitungen für das Auslaufen beginnen. Wegen der Enge des Schiffes sei es nötig, dass Majib sich bis zur Ausfahrt auf die Kabine zurückziehe, um die Abläufe nicht zu behindern. Majib, die im Grunde froh war, sich weiteren Begegnungen mit der Besatzung entziehen zu können, nickte und ließ sich vom Kapitän zur Kabine begleiten. Sie dankte noch einmal und zog dann die Tür hinter sich zu, verschloss sie und ließ sich auf die Matratze fallen. Eine Träne der Erleichterung lief über ihr Gesicht. Nach den langen Tagen der Reise fühlte sie sich hier in diesem schmalen kargen Raum im Bauch des Schiffes sicher. Die nächste Etappe ihrer Fahrt konnte beginnen.

Kurz vor der geplanten Abfahrt fiel Majib auf, dass sie einen Fehler gemacht hatte. Im Grunde war es nur eine kleine Vergesslichkeit gewesen, die ihr nun aber größere Probleme bereiten würde. Mit Blick auf ihr Telefon hatte sie festgestellt, dass ihre Akkuladung nur noch für eine halbe Stunde Betrieb reichen würde. Hastig durchsuchte sie ihr Reisegepäck, konnte aber das Ladekabel nicht finden. Beim Versuch, sich daran zu erinnern, wann sie es das letzte Mal gesehen hatte, landete sie in Gedanken im Einkaufszentrum von Agadir. Dort hatte sie heute Mittag einen freien Steckdosenplatz genutzt, um das Telefon zumindest wieder etwas aufzuladen und dabei, so stand es zu befürchten, offenbar das Kabel zurückgelassen. Hastig schrieb sie daher noch einige Nachrichten. Sie teilte der Kontaktperson zu Enbe mit, dass sie sicher auf dem Schiff angekommen sei, allerdings durch ungünstige Umstände fast kein Bargeld mehr besitze. Majib bat daher noch einmal um Hilfe, erwähnte aber zugleich, dass sich das Schiff kurz vor dem Auslaufen befinde und auf See kein Telefonempfang zu erwarten sei. Falls sie also nicht auf Nachrichten reagiere, sei dies kein böser Wille. Die Antwort kam prompt: „Machen Sie sich keine Sorgen. Kontaktieren Sie mich, sobald sie in Italien sind. Um alles weitere kümmere ich mich. Ich soll sie von Enbe grüßen. A." An Yacine schrieb Majib einen ähnlich lautenden Text und teilte ihr zur Sicherheit mit, dass die Fahrt voraussichtlich vier oder fünf Tage dauern werde. Jerome sandte sie die folgenden Zeilen: „Jerome, bin jetzt auf dem Schiff. Leider auf See kein Empfang. In ein paar Tagen bin ich in Italien. Denke an mich. Ich kann es kaum erwarten, dich wiederzusehen." Sie hängte ein Bild von sich in der Kabine an die Nachricht an und drückte auf „Senden". Kurz darauf wurde der Bildschirm schwarz und das Telefon schaltete sich ab.

Aus dem Maschinenraum hatte das Brummen das Motors zugenommen. Im Gang vor der Kabine war schon seit einiger Zeit rege Aktivität zu hören. Die Mitglieder der Besatzung liefen zwischen Mannschaftsbereich, Brücke und Maschinenraum hin und her. Vereinzelt waren Rufe und Kommandos auf Englisch zu hören. Dann kamen mit einem Mal neue Stimmen hinzu. Majib legte das Ohr an die Kabinentür. Eine offenbar größere Anzahl von Personen kam an den Kajüten vorbei. Eine raue Stimme gab kurze Anweisungen, deren Inhalt Majib nicht verstehen konnte. Es folgte ein Gemurmel aus männlichen und weiblichen Stimmen, in Sprachen, die in der Kabine nicht zu identifizieren waren. Ein lautes Zischen bedeutete den Menschen auf dem Gang, still zu sein. Es folgte ein gedämpftes Getrappel von Füßen auf dem Stahlblechboden. Eine Tür öffnete und schloss sich. Dann verstummten die Geräusche im Gang. Die Schiffssirene gab ein alles andere übertönendes Signal und die Schiffmaschinen hoben zu einem lauten Stampfen an. Durch das kleine Fenster in der Kabinenwand sah Majib, wie sich die „MS Patria" langsam von der Kaimauer entfernte. Im langsam vergehenden Licht des Abends schob sich das Schiff im nun rötlich glänzenden Wasser auf die Ausfahrt des Hafens zu. Dahinter lag der Ozean.

69

Auf dem langgezogenen grauen Tisch standen zahlreiche Mikrofone verschiedener Radio- und News-Anstalten. Mit ihren bunten Abdeckungen brachten sie eine gewisse Abwechslung in die gedeckten Farben des Presseraums. Gleich drei Kamerateams hatten sich in mittlerer Distanz zum Tisch aufgebaut. Mit Scheinwerfern leuchteten sie die Szenerie aus. Die anwesenden Journalisten sahen meist mit betont geschäftiger Miene auf ihre Computer und durchsuchten das Netz nach Hintergründen und den Presseberichten der Konkurrenz zum in der Pressekonferenz anberaumten Thema. Die Nachrichten über den möglichen „Loook"-Deal mit einem bislang eher als unbedeutend eingestuften Energieversorger hatten in den Wirtschaftsredaktionen für Aufregung gesorgt. Die dabei enthüllte offensichtliche Knappheit der Stromreserven bot Anlass für eine potentielle politische Krise. Es war daher nur folgerichtig, dass sich das Wirtschaftsministerium sich hierzu schnellstmöglich erklären musste. Die Ministerin selbst würde vor die Kameras treten. Als darüber hinaus noch bekannt wurde, dass sie dabei von Jonathan Enbe begleitet werden würde, steigerte sich das Interesse noch einmal. Durch einen Pressesprecher angekündigt, betraten die beiden um 10.10 Uhr unter dem Klicken der Fotoapparate das Podium. Die Ministerin wies Enbe einen Platz an ihrer Seite zu, beanspruchte für einen Augenblick die Aufmerksamkeit der Kameras für sich, indem sie stehend und mit gewinnendem Lächeln die anwesenden Pressevertreter begrüßte und setzte sich hinter die aufgestellten Mikrofone. „Wie Sie bereits der Einladung zu dieser Pressekonferenz entnehmen konnten, möchte ich heute zu Berichten Stellung nehmen, in denen von einem Exklusivvertrag des ‚Loook'-Konzerns mit einem unserer Energieversorger die Rede war. Der Bericht hat eine Fülle an Anfragen an die Regierung und besonders mein Haus zur Folge gehabt. Ich möchte Ihnen und der Öffentlichkeit zunächst versichern, dass es keine Engpässe in der Stromversorgung gibt. Das Ministerium und die Energiekonzerne arbeiten vertrauensvoll zusammen. Ich bin daher dem Europa-Geschäftsführer der ‚Enbe Energies‘, Herrn Jonathan Enbe sehr dankbar, dass er heute Morgen zu direkten Gesprächen mit unserer Staatssekretärin nach Berlin gekommen ist und im Rahmen dieser Konferenz zu dem berichteten Sachverhalt Stellung nehmen kann." An dieser Stelle nickte sie kurz zu Enbe herüber, der sich im Angesicht der auf ihn gerichteten Kameras um einen ernsten und zugleich entspannten Gesichtsausdruck mühte. „Bevor ich ihm das Wort erteile, möchte ich Ihnen kurz ein paar grundsätzliche Erwägungen der Regierung mitteilen. Wie Sie wissen, ist die Energiesicherheit bereits seit einigen Monaten ein wichtiges Thema in unseren Kabinettsberatungen. Wir haben viel Zeit dafür aufwenden müssen, die Versäumnisse der Vorgängerregierung aufzuarbeiten. Mittlerweile hat der Ausbau der erneuerbaren Energien durch unser Förderprogramm aus dem Juni wieder an Fahrt gewonnen. Sie stellen für die Zukunft unsere primäre, gewünscht wäre sogar unsere ausschließliche Energiequelle zur nachhaltigen Absicherung des Strombedarfs der privaten Haushalte und unserer Wirtschaft dar. Zur Wahrheit gehört allerdings auch: Bis zum Erreichen dieses Zieles werden wir noch einige Monate brauchen. So sind in der Vergangenheit von unseren Vorgängern immer wieder Zugeständnisse an die Stromerzeugung durch herkömmliche Energieträger, Atom, Kohle und Gas gemacht worden. Bei allem Bedauern, das ich mit weiten Teilen der Öffentlichkeit über diesen Umstand teile, bin ich Konzernen wie der ‚Enbe Energies‘ dankbar, dass sie trotz des Risikos einer beschlossenen Abschaltung ihrer Kraftwerke bislang ihren notwendigen Beitrag zur Energieversorgung geleistet haben. Sie haben sich um eine verstärkte Umweltverträglichkeit ihrer Anlagen bemüht und in den letzten Jahren ihre CO^2-Werte kontinuierlich verringert. Dass nun ein chinesischer Großkonzern versucht, offensiv in den deutschen Energiemarkt einzugreifen und damit in der Konsequenz über Exklusivverträge den Bürgerinnen und Bürgern Strom gewissermaßen ‚vor der Nase wegkaufen‘ möchte, wird von mir und der gesamten Regierung scharf missbilligt. Entsprechende Ordnungsmaßnahmen werden wir in der nächsten Zeit prüfen. Wir betrachten den Vorgang im Licht einer aggressiven chinesischen Handelspolitik. Der Außenminister wird dies in den nächsten deutsch-chinesischen Regierungskonsultationen deutlich zur Sprache bringen. Die Verbraucherinnen und Verbraucher sollten für sich erwägen, ob sie durch ihr Konsumverhalten einen ausländischen Konzern, der in dieser Weise handelt, weiter unterstützen möchten." Während die Ministerin mit entschlossenem Blick in die aufgestellten Kameras blickte, notierten die Journalisten bereits mögliche Schlagzeilen: „Ministerin ruft zum ‚Loook'-Boykott auf."; „Kaufen uns die Chinesen den Strom weg?"; „Regierung nimmt ‚Loook' ins Visier."; „Schmutziger Strom für schmutzige Geschäfte?". Nun nahm Jonathan Enbe auf ein Zeichen des Pressesprechers einen Zettel mit einer formulierten Stellungnahme zu Hand. „Frau Ministerin, meine Damen und Herren. Ich danke Ihnen zunächst für die große Aufmerksamkeit, die sie heute einem wichtigen Thema widmen. ‚Enbe Energies' engagiert sich seit 10 Jahren auf dem deutschen Markt. Wir wissen, dass wir als Betreiber von Kernkraftwerken und zudem als ausländischer Investor am Anfang sehr kritisch begleitet wurden. Im letzten Jahrzehnt haben wir unter Beweis gestellt, der großen Verantwortung, die wir übernommen haben, gerecht werden zu können. Wir haben unsere Kraftwerke sicherer gemacht. Wir engagieren uns aktiv für den Klimaschutz und möchten dies in Zukunft noch viel mehr tun. Deutschland liegt uns sehr am Herzen. Wir liefern unseren Strom an tausende Haushalte, an kleine und mittelständische Betriebe. Das soll auch in Zukunft so bleiben. Ich darf Ihnen ganz persönlich sagen: Als der ‚Loook'-Konzern vor einigen Wochen auf uns zukam, war ich bereits skeptisch. Als faire Gesprächspartner haben wir intensive Gespräche geführt. Allerdings mussten wir erkennen, dass wir die Wünsche nach einer exklusiven Vertragsbindung nicht erfüllen möchten. Es stimmt, der Strommarkt wird in Zukunft umkämpfter sein. Umso mehr ist es mir ein Anliegen, dass der Strom in erster Linie den Bürgern gehört. Auf ‚Enbe

Energies' können Sie sich verlassen. Wir bleiben ein Energieversorger für die Menschen. Wir bleiben ein Stromversorger für Sie. Ich danke der Ministerin für ihre Initiative, die Diskussion um eine gerechte und sozial verträgliche Verteilung der Energie weiter zu fördern. Frau Ministerin, wir stehen dazu an Ihrer Seite." Enbe setzte sein erprobtes Siegerlächeln auf und reichte der Ministerin die Hand. In diesem Augenblick setzte das Klicken der Fotoapparate in verstärkter Intensität ein. Die Ministerin entwand ihre Hand der Enbes schnell wieder und beeilte sich fortzufahren. „Sehr geehrter Herr Enbe, vielen Dank für Ihr Statement. Ja, meine Damen und Herren, wie eben bereits angedeutet, werden wir den Dialog mit der Wirtschaft und den Stromkonzernen intensivieren. Ich habe Herrn Enbe heute Morgen für die Mitarbeit in einem Expertenrat zur Energiesicherheit gewinnen können. Das Gremium wird in den nächsten Wochen seine Arbeit aufnehmen. Über die Zusammensetzung des Rates und seine Beratungsziele werden wir Sie bald informieren. Ich danke Ihnen." Den folgenden Fragen der Journalisten konnten mit Hinweis auf die laufenden Prozesse und die Beratungen des Expertenrats leicht ausgewichen werden. Bereits wenige Minuten nach der Pressekonferenz meldeten die Nachrichtenportale. „Gegen die Großkonzerne: Regierung schließt Bündnis für bezahlbaren Strom." Unter der Überschrift fand sich das Foto des Handschlags. Jonathan Enbe galt den Kommentatoren als Hoffnungsträger. Man traute ihm zu, die künftigen Probleme lösen zu können.

70

Am Nachmittag des gleichen Tages zog ein einsamer Spaziergänger in Begleitung eines großen schwarzen Hundes durch das Dickicht am Ufersaum. Hinter den Zweigen der Büsche, die eine weite Sicht auf den Strom verwehrten, ließ sich das langsam in Richtung Hamburg ziehende Wasser nur erahnen. Eine Amsel, die auf dem Boden nach Nahrung gesucht hatte, flog vor dem herannahenden Hund, der seine Schnauze schnüffelnd zur Erde geneigt hielt, auf und flüchtete auf einen Baum. Über dessen Krone lag der graue Himmel. Die letzten Tage hattem wieder Regen gebracht. Auf dem aufgeweichten Spazierpfad blieben die Eindrücke der Sohlen des Mannes und die der Hundepfoten zurück. Nach einigen Minuten öffnete sich der Weg auf eine kleine Wiese hin. An deren Ende, nur etwa hundert Meter entfernt, stieg eine Treppe hinauf zum Steilufer. Der Spaziergänger blieb stehen. Unvermittelt traf ihn die Erinnerung an den Ort. Vor nicht ganz einem Monat hatte er ihn, aus der anderen Richtung kommend betreten. Er sah in Gedanken noch einmal die gedrungene Gestalt Wertmanns vor sich, die unbeholfen, offenbar aus Angst vor dem Hund die Treppen heruntereilte und dabei ins Stolpern kam. Auf der Wiese schließlich hatten sie sich damals getroffen. Der Mann rief den Hund zu sich, nahm ihn an die Leine und setzte sich auf eine Bank. Er sah auf den Fluss, hörte das Rauschen des Windes im Schilf und dachte nach. Der Hund legte sich ihm zu Füßen. Enbe hatte ihm den ungewöhnlichen Auftrag damals im persönlichen Gespräch mitgeteilt. „Was Privates", hatte er gesagt. Und dann hatte er von dem Mädchen aus der Bar erzählt, das er um jeden Preis für sich gewinnen wollte. Dass der Freund des Mädchens in der Stromburg arbeitete, hatte alles erleichtert. Die ursprüngliche Idee war einfach gewesen: Man hatte Jerome auf der Arbeit in Schwierigkeiten bringen wollen, um ihn später versetzen zu können. „Abstand zwischen ihn und das Mädchen bringen, damit sie ihn bald vergisst", so hatte es Enbe ausgedrückt. Wertmann hatte seinen Teil dazu beigetragen. Die Idee mit der Geldübergabe war allerdings Enbes Einfall gewesen. Sie diente dazu, einen Vorgang zu beschleunigen, der wahrscheinlich auch auf unspektakulärere Weise zu einem ähnlichen Ergebnis geführt hätte. Ein wenig zu viel Dramatik, ein wenig zu hohes Risiko. Der Mann strich sich durch den Dreitagebart. So war die Sache auf jeden Fall aus dem Ruder gelaufen. Das Mädchen hatte überreagiert und war geflohen. Die

Anstrengungen, es wieder zurückzubringen, hatte den Mann bislang schon einiges an Anstrengungen gekostet. War nicht schon jetzt alles zerstört? Das Glück des Paares auf jeden Fall schien dahin. Glück? Was für ein romantisches Wort. Der Nachrichtenverlauf aus Majibs Telefon, der zur Kontrolle mit Hilfe des „Loook"-Konzerns seit einigen Tagen regelmäßig überprüft wurde deutete darauf hin, dass es offensichtlich eine erneute Annäherung zwischen Jerome und dem Mädchen gab. Infolge des nun entstandenen Streits mit „Loook", dürfte diese Informationsquelle nun bald zum Versiegen kommen. Vielleicht war es auch richtig so. Der Mann blickte über die Wiese vom Uferweg zur Treppe und zurück. Es schien an der Zeit, die Entwicklung umzukehren. Vielleicht war der glückliche Ausgang der Sache noch möglich. Es bedurfte eines Umdenkens. In diesem Augenblick traf er den Entschluss, sich von Enbes Anweisungen zu lösen. Er dachte an Jerome, der in seiner Vorstellung das Wiedersehen mit Majib ersehnte. Zumindest deuteten die kryptischen Botschaften, die Jerome ihr sandte, darauf hin. Es blieben noch einige Tage, bis das Mädchen in Italien eintreffen würde. Es war also noch Zeit, zu handeln. Der Mann erhob sich, gab dem Hund ein Zeichen und schritt zielstrebig auf die Stufen der Treppe zu. Er musste Jerome finden. Noch heute.

71

Die „MS Patria" fuhr in ruhiger See. Ihr schwerbeladener Schiffsbauch führte eine große Menge Mangan aus marokkanischen Bergwerken mit sich. Am Zielort Tarent würde diese in der großen Aluminiumhütte zur Herstellung von Blechen verwendet werden, aus denen Getränkedosen bestanden. Dass das Schiff auch noch eine weitere, illegale Fracht mit sich führte, war in diesen Tagen keine Seltenheit. Nicht zuletzt aufgrund der finanziellen Schwierigkeiten der „AluTrek" war die von ihr beauftragte Reederei, zu der auch die „MS

Patria" gehörte, mit den Lohnzahlungen an die Schiffsmannschaften im Verzug. Die mangelnde Zahlungsmoral der Unternehmen hatte auch die sonstige Moral der Schiffoffiziere untergraben. Für die Aussicht auf einen schnellen Gewinn war der griechische Kapitän des Frachters ohne tiefergehende Gewissenskonflikte auf das Geschäft mit den Schleusern eingestiegen. Seitdem die Grenzkontrollen der Europäischen Union vor einigen Jahren deutlich verringert worden waren, kam es häufiger vor, dass Schiffe zuweilen unangemeldete Fracht an Bord mit sich führten. Es waren Menschen aus verschiedenen Teilen Afrikas, die in den Hafenstädten auf diese Gelegenheit zur Überquerung der Kontinentalgrenze teils Monate gewartet hatten. Die MS Patria hatte an diesem Abend rund zwei Dutzend der Wartenden aufgenommen und in einem ihrer Frachträume untergebracht. Majib begegnete diesen Mitreisenden an diesem Tag das erste Mal. Nach einer unruhigen Nacht in der Kabine, hatte sie zunächst nur widerwillig ihren Schutzraum verlassen, um im Mannschaftsraum ein Frühstück, etwas Weißbrot, Käse und Kaffee zu sich zu nehmen. Gegen die Langeweile nahm sie sich einige der dort in einer Kiste zur Verfügung gestellten Bücher mit auf die Kabine, abgegriffene Kriminalromane, in denen sie während der nächsten Stunden ohne große Aufmerksamkeit stöberte, sie schließlich zur Seite legte und zu einem kleinen Rundgang an Deck ging. Ihr Blick ging über die Weite des Meeres. Sie hörte das rhythmische Klatschen der Wellen am Schiffrumpf, das monotone Brummen der Motoren und die Rufe einiger Möwen, die das Schiff begleiteten. In der Ferne war zur rechten Seite das Land unter dunstigem Himmel zu erkennen. In diesem Augenblick vernahm sie hinter sich die Stimmen wieder, die sie in ähnlicher Weise bereits am gestrigen Abend durch ihre verschlossene Kabinentür gehört hatte. Als sie sich umwandte, sah sie eine Gruppe von Männern und Frauen, die dem Schiffsbauch entstiegen gerade durch die geöffnete eiserne Tür zum Kabinengang ins Freie traten. Sie winkten Majib und kamen auf sie zu, offensichtlich in der Annahme, sie würde zu ihnen gehören. Einer der Männer, ein etwa dreißigjähriger kleiner Afrikaner sprach Majib in einer fremden Sprache an. Mit den Fingern deutete Majib auf ihre Ohren und schüttelte als Zeichen des Nichtverstehens den Kopf. „Ghana?" fragte der Mann, anschließend auch: „Togo?", „Nigeria?". „Senegal" sagte Majib und deutete mit der Hand auf sich. „Ah, Wolof?" Der Mann lächelte und bedeutete mit einer hastigen Winkbewegung einem schüchtern wirkenden Jugendlichen aus der Gruppe, näherzukommen. Dieser sprach Majib auf Wolof an und fragte sie nach ihrem Nahmen. „Ich heiße Majib". „Ich heiße Thomas, ich komme aus Liberia, aber meine Mutter war aus dem Senegal. Warum haben wir dich gestern nicht getroffen? Wie bist du auf das Schiff gekommen?" Die neugierigen Blicke, die Majib aus der Gruppe heraus trafen, ließen sie für einen Moment nach der richtigen Antwort suchen. Sie hielt es für unangebracht, auf ihren offensichtlich bestehenden Sonderstatus hier auf dem Schiff hinzuweisen und versuchte es mit einer Ausrede. „Ich habe einen Freund, der auf dem Schiff arbeitet. Er hat mich schon etwas früher auf das Schiff geholt und mir einen anderen Schlafplatz gegeben." Thomas übersetzte. Ein verständiges Nicken bestätigte die Aufnahme der Erklärung und veranlasste den Kleinen, der Majib zuerst angesprochen hatte zu einer Bemerkung, die von den anderen mit Gelächter begleitet wurde. „Er sagt..." Thomas stockte kurz, als müsse er die richtigen Worte finden. In Wirklichkeit versuchte er wohl, wie Majib vermutete, eine offensichtlich zotige Bemerkung in andere Worte zu kleiden. „Er sagt, du musst einen wirklich guten Freund hier haben. Uns haben sie in einen Lagerraum gebracht. Dort sind nur ein paar Decken und es hat heute Nacht bei uns gestunken und es war kalt." Wieder meldete sich der Kleine zu Wort und sprach nun mit deutlich ernsterer Mine. „Du sollst bei uns bleiben. Das ist sicherer. Er sagt, auf die Mannschaft darf man sich nicht verlassen. Da gibt es manchmal böse Männer." Majib dachte für einen Moment an ihre vergleichsweise komfortable Kajüte, hielt es dann aber für besser, auf die geäußerten Bedenken einzugehen. Zudem versprach der

Kontakt mit diesen illegal Mitreisenden zumindest eine gewisse Abwechslung für die nächsten Reisetage. „Zeigt mir doch mal euren Schlafplatz." „Später", sagte Thomas. „Für den Augenblick bleiben wir gerne an Deck. Hier ist die Luft besser."

72

Für Jerome lief es gut. In den letzten Trainingseinheiten war es ihm gelungen, neue Höchstwerte zu erreichen und seinen Defensiv- wie Offensiv-Score über die letzten Tage Stück für Stück zu verbessern. Der Trainer hatte ihm nun einige Sondereinheiten zum Torwartspiel zugewiesen. In der letzten halben Stunde hatte Jerome an der Abstoßgenauigkeit gefeilt. Im gerade laufenden Probematch mit Ahmad lag er zwar mit zwei Toren hinten, arbeitete sich aber gegen die starke Innenverteidigung seines Gegners einige vielversprechende Chancen heraus. „Sauber gespielt!" Mit einem wuchtigen Schlag auf Jeromes Schulter zeigte Cris, der hinter ihm stand und das Spiel auf dem großen Monitor beobachtete, seine Anerkennung. Dieser unverhoffte körperliche Kontakt störte für einen Moment Jeromes Konzentration und verursachte einen haarsträubenden Ballverlust im Mittelfeld. Jerome grinste trotzdem breit, drückte auf „Auszeit" und erwirkte so eine zweiminütige Unterbrechung. „Jerome, was los?" Ahmad riss am anderen Ende des Raumes die Hände in gespielter Empörung nach oben. „Cris hat mich geschlagen, war ein Foul – Spielstopp!" „Was machst du, Alter?" Ahmad sah jetzt zu Cris hinüber. „Chill mal, war ein Versehen. Du liegst ja eh' vorne." Cris deutete besänftigend mit den Handflächen nach unten. Der reizbare Ehrgeiz Ahmads war manchmal schwer zu ertragen. „Cris, geh mal lieber Bier holen – Jerome, wir spielen jetzt noch zu Ende." Ahmad aktivierte das Match wieder, ließ Jeromes zentrale Mittelfeldspieler durch ein geschicktes Dribbling aussteigen, passte nach außen auf einen mitgelaufenen Stürmer, der mit hartem Schuss aus halblinker Position abschloss, das Tor jedoch deutlich verfehlte. Hier nun machte sich Jeromes gerade absolvierte Trainingseinheit bezahlt. Mit einem reaktionsschnellen Abstoß ließ er den Ball an der noch unsortierten Deckung des Gegners vorbeifliegen und verschaffte seinem pfeilschnellen Zentralstürmer den nötigen Raum für einen Sololauf. Dieser umkurvte den herausstürmenden Torwart und schob locker zum Anschlusstreffer ein. „Yes!" Jerome ballte die Fäuste. Jetzt unterbrach Ahmad das Spiel und deutete auf den gerade mit den Bierflaschen eintretenden Cris. „Lass mal einen trinken." Die drei Spieler setzten sich auf die Couch und stießen mit den Flaschen an. „Jerome, bester Mann! Das Training hilft schon. Noch ein paar solche Wochen und du kommst in die erste Mannschaft – kannst mich dann ersetzen." Ahmad nahm einen tiefen Schluck. „Wann kommt deine Freundin zurück?" Seine Frage traf Jerome unerwartet. „Warum fragst du?" „Ich mein nur – ohne Freundin hast du mehr Zeit zum Training." „Weiß noch nicht genau, wann sie wieder da ist. Sie ist erstmal in Afrika steckengeblieben. Kein Flug und so, du weißt, Satellitenproblem." „Ja, Mann, das nervt voll. Ich will im November nach Amerika – Flug ist schon gebucht." Cris lehnte sich entspannt im Sofa zurück. „Die kriegen das mit den Satelliten wieder hin, sagt mein Vater. Können die sich gar nicht erlauben. Zu viele Ausfälle sind nicht gut für's Geschäft." „Na, wenn dein Vater das sagt…" Jerome blickte nachdenklich zum Monitor. „Das ist gar nicht so ohne. Majib, weißt du, die versucht jetzt gerade nach Hause zu kommen. Sie ist mit dem Bus drei Tage nach Marokko gefahren und sitzt jetzt auf irgendeinem Schiff und fährt nach Italien. Wie es da weitergeht, weiß sie noch nicht." „Also, ich schwimm bestimmt nicht – nach Amerika, mein ich", Ahmad lachte kurz. „Willst du Majib nicht irgendwie abholen?" In Cris' Stimme lag eine gewisse Besorgnis. „Ich würde ja, aber wie soll ich nach Italien kommen?" „Weiß auch nicht." Cris nahm einen erneuten Zug aus der Flasche. „Prost Jungs, auf die Ladies!" Ahmad reckte die Hand mit dem Bier in die Höhe. „So und jetzt, zweite Halbzeit?" „Gleich, ich hab noch nicht fertig." Jerome deutete auf seine halbvolle Flasche. „Guck mal, da ist ein Hund!" Cris zeigte auf das Fenster hinter den Spieltischen. Ein schwarzer Hundekopf hob sich gegen das langsam verdämmernde Abendlicht ab. Das Tier hatte sich offenbar auf die Hinterbeine gestellt, öffnete das Maul und ließ ein scharfes Bellen vernehmen. „Ey, verpiss dich, du Köter". Ahmad stand auf, ging mit schnellen Schritten auf das Fenster zu und schlug gegen die Scheibe. Der Hund bellte erneut. „Entschuldigung". Die Stimme kam von hinten. Die drei wandten ihre Köpfe um. Ein Mann mit einem Dreitagebart, bekleidet mit einer etwas zu weiten Jacke, füllte den Türrahmen. „Ich suche Jerome Dour." „Ja", sagte Jerome und meldete sich dabei instinktiv „Das bin ich. Was gibt's?" „Jerome, komm mal kurz zu mir." Jerome ging zögernd auf den Mann zu. Der Fremde schaute ihm fest in die Augen, streckte dann seine Hand Jerome entgegen. „Keine Angst, es ist nichts Schlimmes. Mein Name ist Anleitner. Ich will dir helfen."

73

Gegen sieben Uhr morgens schob sich am nächsten Morgen ein altertümlicher, kastenförmiger grauer Wagen durch die Wohnblöcke der Siedlung am Rand der Stadt. Jerome, der mit einer gepackten Reisetasche bereits vor dem Eingang seines Miethauses wartete, sah dem Gefährt mit gemischten Gefühlen entgegen. Sollte sie tatsächlich ein so altes Auto die weite Strecke bis Süditalien bringen können? Anleitner, wie am Tag zuvor in seiner etwas zu großen Jacke gekleidet, stieg aus dem Wagen und grüßte Jerome mit einer kurzen Handbewegung. Dann öffnete er die Heckklappe und entließ den schwarzen Hund aus dem hinteren Teil des Wagens. „Ich lasse ihm kurz etwas Auslauf. Die Fahrt wird noch lang genug." Mit Blick auf Jeromes Gepäck fragte er: „Ist das alles? Du weißt, dass wir einige Tage unterwegs sein werden, vielleicht sogar eine Woche." „Ist alles dabei – ein paar Klamotten, Waschzeug, ein Handtuch – mehr brauche ich doch nicht." „Nimm dir mindestens noch eine dicke

Jacke mit und ein paar andere warme Sachen. Wir wissen noch nicht, wo wir übernachten werden. Zur Not werden wir im Auto schlafen müssen." Jerome überlegte kurz, drehte sich um und ging wieder in die Wohnung hinauf. „Ich warte hier", rief Anleitner ihm nach. Oben angekommen warf sich Jerome eine Jacke über, öffnete die Reisetasche, legte einen Pullover, eine feste Hose, Wollsocken und eine Mütze auf das bisherige Gepäck und griff dann noch nach der Sonnenbrille, die auf dem Fensterbrett seines Schlafzimmers lag. Dabei fiel sein Blick auf das Buch mit den Gedichten. Es war ihm am Abend offenbar aus der Hand gefallen und neben dem Bett gelandet. Mit einer schnellen Bewegung bückte er sich und steckte es in seine Jackentasche. Nachdem ihm die Gedichte in den letzten Wochen die Kommunikation mit Majib erleichtert hatten, könnten sie vielleicht auch für das Wiedersehen hilfreich werden. Majib durfte nur besser nicht erfahren, dass die per Nachricht verschickten lyrischen Passagen, die ihr so gefielen, nicht Jeromes eigene Eingebungen gewesen waren. Zurück beim Wagen, ließ Jerome seinen Begleiter die Reisetasche in einer Gepäckbox verstauen. Der restliche Teil des Kofferraums einschließlich des Platzes für die Rückbank waren für den Hund reserviert. Jerome besah sich das altertümliche Fahrzeug. Es war von kantiger Gestalt, besaß eine hohe Kabine, die auf einem ausladenden Fahrgestell mit breiten Reifen ruhte. Vorne bildete ein verchromter Kühlergrill die Form eines Trapezes. „Darf ich vorstellen: Das ist Sphinx. Sie ist schon 25 Jahre alt, fährt aber nach wie vor zuverlässig wie die Schweizer Eisenbahn". Anleitner, dem Jeromes kritische Musterung des Wagens nicht entgangen war, schlug mit der flachen Hand sanft auf das Dach des Wagens. „Sphinx?" „So habe ich den Wagen genannt. Ich habe eine Vorliebe für solche Wortspiele. Eine Sphinx ist ein Mischwesen aus einem Löwen und einem Menschen. Und dieser Wagen hier ist auch ein Mischwesen. Er hat zwei Antriebe. Er fährt ganz normal mit Strom, aber auch mit Benzin – hat man eine gewisse Zeit lang so gebaut." „Aber wo gibt's denn noch Benzin?" Jerome schaute wie ein kleiner Junge der gerade erkannt hat, dass man ihn reinlegen möchte. „Du wirst dich wundern. Warte einmal bis Italien. Da gibt es noch Tankstellen. Mit Strom wird es dagegen schwierig. Will sagen: Sphinx bringt uns überall hin. Allerdings gab die Sphinx im alten Ägypten den Reisenden Rätsel auf und wenn man sie nicht lösen konnte, erwürgte sie einen. Also, ist doch was für dich, oder?" Anleitner lachte, öffnete die Beifahrertür und ließ Jerome einsteigen. Dann rief er den Hund herbei, der ohne weitere Aufforderung in den Kofferraum sprang, schloss die Heckklappe und setzte sich hinter das Steuer. Mit einem leicht krächzenden Surren fuhr das Auto an und bog nach einigen Hundert Metern zwischen den Wohnblöcken auf die Hauptstraße ein.

Die nun beginnende Reise verdankte sich dem Gespräch, das der bislang so geheimnisvolle Hundeführer mit Jerome am späten Abend in der Trainingshalle geführt hatte. In knappen Worten hatte Anleitner sich als Mitarbeiter Enbes vorgestellt, der mit der Organisation der Rückreise Majibs aus dem Senegal beauftragt worden war. Der letzte Teil der Route von Italien bis nach Hamburg stelle ihn allerdings noch einmal vor Herausforderungen. Da der Flugverkehr nach Ankunft der „MS Patria" in Tarent entgegen der Erwartungen noch nicht wieder aufgenommen werden könne und eine Bahnfahrt wiederum mehrere Tage in Anspruch nehmen würde, in denen Majib sich alleine durchschlagen müsse, sei er zu dem Entschluss gekommen, Majib persönlich in Tarent abzuholen. Er plane daher, morgen früh mit dem Wagen aufzubrechen, um in drei Tagen zur Ankunft des Schiffes in Süditalien zu sein. „Ich will ehrlich sein, Jerome. Mir ist auch deine Geschichte schon seit längerem bekannt. Dass man dich bei ‚Enbe Energies' gefeuert hat, ist ein Unrecht. Das ist mir heute klar geworden. Enbe hat Majib und dich auseinanderbringen wollen. Ich meine, du solltest deine Chance haben, Majib wieder für dich zu gewinnen. Ich möchte dir dabei helfen." Anleitner bot Jerome daher an, mit ihm auf die Reise zu gehen. Es brauchte nicht lange, Jerome zu überzeugen. Sein gegenwärtiger Status als Müßiggänger war auf Dauer wenig befriedigend. Das Training der letzten Tage konnte problemlos für eine Zeit unterbrochen werden. Die Aussicht, Majib bald wiederzutreffen und bei dieser Gelegenheit ein erstes Mal Italien zu sehen, ließ den Zweifel gegenüber dem Unbekannten, der ihm gerade gegenübersaß, zurücktreten. Er willigte ein. So kam es, dass der graue Wagen mit dem Namen „Sphinx" mit drei Insassen, zwei Männern und einem Hund schon einige Stunden nach dem Gespräch den großen Strom überquerte und auf der Autobahn Richtung Süden Hamburg hinter sich ließ.

74

Die Fahrt ging nur langsam voran. Anleitner schimpfte über den schlechten Zustand der Straße. Früher, so sagte, er, als er selbst noch jung und Sphinx ein neues Auto gewesen war, habe er sich stets über die vielen Baustellen auf der Autobahn aufregen können. Heute jedoch bemühe man sich nicht einmal mehr, die Bauschäden an den Straßen zu reparieren. In der Tat hatte die Bundesregierung wegen Finanzknappheit vor drei Jahren ein Notfallprogramm für die Autobahnen beschlossen. Dies bedeutete, dass man nur noch die drängendsten Mängel beseitigte. Die Autobahn 7 war hinter Soltau durch den starken Lastverkehr zu einer Schlaglochpiste verkommen. Bei Regen zeigten die Pfützen die abgesackten Stellen im Asphalt deutlich an. Die zulässige Geschwindigkeit war auf einem Abschnitt von rund 80 Kilometern zunächst auf 100, dann auf 80, schließlich auf 60 Stundenkilometer heruntergesetzt worden. An einigen Passagen fuhr Anleitner noch langsamer, um keinen Achsenbruch zu riskieren. Immer wieder schüttelte es den Wagen und seine Insassen kräftig durch. Der schwarze Hund, der sonst zumeist friedlich auf einer Decke im Fond des Autos lag, heulte an diesen Stellen kurz auf. Hinzu kam ein weiteres Problem. Sphinx alte Batterien machten häufige Pausen zum Nachladen notwendig. Anleitner ließ sich auf dem Telefon die jeweils nächsten Elektrotankstellen anzeigen, kalkulierte die verbleibende Reichweite und sah sich genötigt, immer wieder die Geschwindigkeit zu drosseln, um den Stromverbrauch zu reduzieren. So kamen die Reisenden fast jede Stunde zum Stehen, Pausen, die dem Hund für einen kurzen Auslauf sehr willkommen waren, Jeromes Geduld aber auf eine harte Probe stellten. Beunruhigt nahm er zur Kenntnis, dass von den berechneten 2100 Kilometern am späten Nachmittag gerade erst einmal rund 400 absolviert waren. „Wo werden wir schlafen?" Jerome stellte sich diese Frage in Gedanken das erste Mal gegen 17 Uhr. Anleitner hatte den Wagen gerade kurz vor Frankfurt auf eine Landstraße gelenkt. Der Verkehrsfunk vermeldete die Sperrung der Autobahnbrücke über den Main. Nun zog sich der Verkehr in einer schier endlosen Schlange über den Taunus in Richtung Rhein. Kurz vor Wiesbaden kam er ganz zum Erliegen. Nach einer halben Stunde im Schritttempo gelang es Anleitner, am Stadtrand einen Ladeplatz an einer Tankstelle zu ergattern. Ein leichter Nieselregen hatte eingesetzt und von den Mittelgebirgshängen zog ein kalter Wind herauf, der während des Wartens langsam durch die Kleidung kroch. Jerome fröstelte. „Ich glaube, es wird Zeit für ein Abendquartier. Im Wagen sollten wir nicht schlafen. Es wird kalt heute Nacht." Anleitner zog bei diesem Satz die Kapuze über den Kopf und legte dem nun schon leicht zitternden Jerome seine schwere Hand auf die Schulter. „Du bist müde, oder? Ich hatte auch gedacht, dass es etwas schneller vorangehen würde. Sobald wir einmal in Italien sind wird es besser, glaub mir. Mir reicht es auch. Ich denke, wir fahren noch ein Stück weiter und suchen uns was für die Nacht. Hier in der Stadt dürften die Hotels teuer sein." „Ich hab Geld dabei…" In Jeromes Stimme schwang ein fast verteidigender Ton. „Lieber sparsam bleiben. Die Fahrt ist noch weit und wir wissen nicht, wie viele Tage wir noch unterwegs sein werden." „Sie könnten doch Enbe anrufen." „Du hast es noch nicht ganz verstanden. Enbe weiß nichts davon, dass ich hier mit dir unterwegs bin. Und er sollte es besser auch nicht wissen. Da kann ich ihm schlecht eine Hotelquittung schicken lassen, auf der zwei Personen als Gäste vermerkt sind. Ich arbeite gerade auf eigene Rechnung, verstehst du. Deshalb vorsichtig, besser keine Nachrichten schicken, keine Kreditkartenzahlungen, nichts, mit dem er dich nachverfolgen könnte. Und für die Nacht müssen wir uns etwas ausdenken." Um weitere Kilometer im Stau zu vermeiden, lenkte Anleitner den Wagen quer durch die Stadt auf eine ruhigere Nebenstrecke. Der Weg führte durch eine sanfte Hügellandschaft, vorbei an Weinbergen, und führte schließlich in ein Tal hinein. „Schau, der Rhein." Anleitner zeigte nach vorne auf ein zwischen Bäumen schimmerndes graugrünes Band, das sich quer durch das Tal legte. Er drosselte die Geschwindigkeit und versuchte, in der aufkommenden Dämmerung die Straßenschilder zu lesen. Nach einer Weile schien er gefunden zu haben, wonach er suchte und setzte den Blinker. „Da oben ist ein Kloster." „Was sollen wir in einem Kloster?" „Übernachten." „Übernachten?" „Jerome, du weißt wohl nicht viel über Klöster. Die haben eine Gastregel. Wenn ein Gast kommt, müssen sie ihn aufnehmen." „Auch fremde Leute?" „Ja, gerade Fremde. Das hat mit dem christlichen Glauben zu tun und mit einer Stelle aus dem Matthäusevangelium. Aber das ist jetzt zu kompliziert. Ich erklär das später." Über eine verschlungene Straße ging es durch sanfte Kurven beständig aufwärts. Im ausgehenden Tageslicht erblickte Jerome zunächst den Turm, dann das Kirchenschiff und schließlich anschließende niedrigere Gebäude einer offenbar uralten Klosteranlage. Auf einem Parkplatz vor einem eher brandneuen Glasbau, der mit „Besucherzentrum" beschriftet war, kam der Wagen zum Stehen. „Keiner da." Jerome rüttelte kurz an der Tür des Glaskastens. „Wir sind zu spät." „Ich glaub, wir sollten dort hinein gehen." Anleitner wies auf die Kirche, aus deren Fenstern ein durch die bunten Glasscheiben gebrochenes mattes Licht auf den Hof fiel. „Wahrscheinlich ist gerade Gebetszeit."

Die beiden Reisenden schritten durch ein schweres hölzernes Portal mit Bronzebeschlägen und gelangten in den nur halberhellten Raum des Kirchenschiffs. Jerome, der eine solch große Kirche noch nicht besucht hatte, sah mit einem leichten Befremden die Pfeiler des Schiffes aufragen und durch die auf halber Höhe angebrachten Scheinwerfer ins scheinbare Nirgendwo verschwinden. Erst, als sich seine Augen an das Dämmerlicht gewöhnt hatten, gewahrte er die flache Holzdecke, folgte ihr mit seinem Blick bis hin zur Apsis. In deren Halbrund war ein Mosaik zu sehen, dessen Gold das künstliche Licht der Strahler reflektierte. Ein kleines Glöckchen erklang hinter der linken Außenmauer. Schlurfende Schritte waren nun auf dem Steinfußboden zu vernehmen. Aus unsichtbaren Türen traten einige Ordensfrauen in langen schwarzen Gewändern, die Köpfe durch ausladende Schleier bedeckt vor dem Altarraum in die Kirche, verneigten sich und verschwanden zu beiden Seiten in den nicht einsehbaren Seiten des Chorraums. Dieses Erscheinen und Verschwinden vollzog sich noch mehrere Male. Es mochten etwa 20 Frauen gewesen sein, die auf diese Weise für einige Momente sichtbar geworden waren. Nun wurden im vorderen Bereich einige weitere Lichter angeschaltet. Anleitner bedeutete Jerome, sich zu ihm in eine der Kirchenbänke zu setzen. Von vorne war das Knarren von Holz zu vernehmen. Die Ordensfrauen hatten sich offenbar gleichzeitig aus ihrem Gestühl erhoben. Eine unsichtbare Orgel intonierte leise eine kurze Melodie. „Deus, in adiutorium meum intende." Eine sanfte, hohe Stimme eröffnete den Gesang. Sanft antwortete chorisch die Gemeinschaft. Und nun entspann sich im gedämpften Ton ein scheinbar endloser Wechselgesang zwischen den Vorsängerinnen und den anderen Frauen, ein Singsang, der, sobald er in der Kirche verschwebte, sofort wieder einen neuen Impuls erhielt, ähnlich der Welle die am Strand auslaufend von der nächsten sich brechenden überspült wird, bevor sie sich zurückzieht. Jerome verspürte Unbehagen. Er warf einen fragenden Blick zu Anleitner herüber. „Warte nur," flüsterte dieser zurück, „warte und hör zu. Es ist der Klang der Ewigkeit. Den kannst du heutzutage nur noch sehr selten hören." Tatsächlich schienen Jerome die aus dem Unsichtbaren stammenden Worte und Töne nicht nur räumlich sondern auch zeitlich von weit her zu kommen: „Quoniam ipse cognovit figmentum nostrum; recordatus est quoniam pulvis sumus.

Homo, sicut foenum dies ejus; tamquam flos agri, sic efflorebi." Jerome kämpfte bereits mit der Langeweile, als der Gesang stoppte. Eine der Schwestern trat nach vorne und las nun auf Deutsch ein paar Zeilen aus der Bibel. Es folgte Stille, dann wieder Gesang, dann Bitten, die wieder durch ein Mikrofon verstärkt auch im Kirchenschiff klar zu vernehmen waren. „Wir bitten für die Reisenden in diesen Tagen, dass sie immer den sicheren Weg finden, um ihr Ziel zu erreichen." „Siehst, du das gilt uns." Anleitner zwinkerte Jerome zu. Als schließlich der letzte Ton verklungen war und sich die Versammlung der Schwestern auflöste, verließ Anleitner die Bank und ging auf eine der Ordensschwestern zu. Nachdem die beiden für Jerome unhörbar ein paar kurze Sätze gewechselt hatten, blickte die Frau zu Jerome herüber und bedeutete den beiden unverhofften Besuchern mit einem kurzen Winken, ihr nach draußen zu folgen. Auf dem Vorplatz der Kirche angekommen wandte sie sich an Anleitner. „Sie haben Pech, unser Gästehaus ist zur Zeit geschlossen." Die Schwester sprach in einem nüchternen Ton, den Jerome ihr nach dem ganzen heiligen Singsang der letzten halben Stunde kaum zugetraut hätte. Ihre Stimme klang jetzt nach Alltag. „Schwester, ich denke doch, sie können etwas für uns tun. Dieser junge Mann hier…" Anleitner deutete auf Jerome, „…er ist unterwegs zu seiner Verlobten. Sie musste über das Meer aus Afrika fliehen. Das ist eine lange Geschichte. Wir fahren den weiten Weg nach Italien, um das Mädchen abzuholen. Der ewige Stau auf den Straßen hat uns zurückgeworfen, so dass wir unser eigentliches Nachtquartier nicht mehr erreichen können. Ich bin überzeugt, Sie werden doch sicher ihre alte benediktinische Gastfreundschaft nicht vergessen. Benedikt sagt, man solle zunächst mit dem Gast beten. Das haben wir ja gerade getan. Dann soll man ihm den Friedenskuss geben. Das können wir gerne überspringen." Die Ordensschwester lachte kurz auf, streckte dann den Kopf ein wenig vor und sah Anleitner tief in die Augen. „Sie sind sehr charmant. Sie wissen aber, wozu der Friedenskuss dient? Das Gebet und der Friedenskuss sollen helfen, den wahren Gast vom

Teufel zu unterscheiden, der sich in der Gestalt des Gastes einschleichen möchte." „Haben Sie da bei uns Bedenken?" „Ich habe zumindest eine Idee. Ein Stück hinter dem Besuchszentrum steht das alte Gärtnerhaus. Wir haben dort ein paar Zimmer für Pilger eingerichtet. Es war schon lange keiner mehr da. Aber ich denke, Sie können dort heute schlafen. Ich sage eben im Kloster Bescheid, dass man Ihnen öffnet und Handtücher bringt. Morgen können Sie ein Frühstück bekommen. Schellen Sie an der Klosterpforte und fragen Sie nach mir. Ich bin Schwester Michaelis." Die Frau tat einen Schritt zur Seite vor die geöffnete Kirchentür. Der schwache Schein des Innenraums hüllte sie ein und ließ im Gegenlicht ihr Gesicht verschwinden. Die fließende schwarze Gestalt der Ordensfrau zeigte sich als Schattenriss vor hellem Hintergrund. „Schwester, ich danke ihnen sehr." „Vielen Dank", fügte Jerome noch schnell hinzu. „Schlafen Sie gut." Die Schwester drehte sich um und ging in die Kirche zurück. Unter dem weiten Habit konnten man ihre Schritte nicht wahrnehmen. Für einen Moment war es Jerome so, als ob sie schwebe. Mit einem geübten Handgriff schloss sie mühelos das schwere Kirchenportal und verriegelte es von innen. „Das ist hier noch ganz alte Schule" knurrte Anleitner. „Immerhin haben wir einen Schlafplatz." Er ging zum Auto, ließ den Hund heraus. Das schwarze Tier steckte die Schnauze in die Luft und bewegte sich dann mit großer Behutsamkeit immer wieder um sich blickend über den Parkplatz. „Er ist vorsichtig und er ist hungrig." Anleitner holte aus einer im Kofferraum deponierten Box zwei Näpfe, stellte sie an den Wegesrand und füllte den einen mit Wasser, den anderen mit Hundefutter.

Nach einigen Minuten des Wartens fuhr ein Kleinwagen vor. Ein älterer wortkarger Mann, offenbar der Hausmeister des Klosters, der per Anruf verständigt worden war, begleitete die Reisenden zum Gärtnerhaus und führte sie in ein Zimmer, in dem zwei Betten standen. Er händigte den unerwarteten Gästen Bettzeug und Handtücher aus und zeigt ihnen das Badezimmer. „Der Hund muss aber draußen bleiben", nuschelte der Hausmeister und verabschiedete sich mit nachlässig erhobener Hand. Jerome betrachtete die Bilder an den Wänden. Auf Goldgrund waren dort kleine Szenen zu sehen. „Das sind mittelalterliche Miniaturen, Illustrationen aus alten Bibelausgaben." Anleitner deutete auf eine der Szenen. „Hier ist zum Beispiel Jakob und sein Traum von der Himmelsleiter zu sehen und hier…", er grinste und zeigte auf ein Bild, das eine Frau in einer Badewanne zeigte, „hier, das ist der Ehebruch Davids." Jerome sah ihn fragend an. „David, das ist der König hier links. Er schaute aus seinem Palast auf eine benachbarte Dachterrasse. Dort badete eine schöne Frau. David wollte sie unbedingt für sich haben. Das Problem: Die Frau war verheiratet mit Urija, einem seiner Soldaten. Sowas soll es ja heute auch noch geben." Anleitner grinste. Das Grinsen bereitete Jerome Unbehagen. „Und wie ging die Geschichte aus?" „David schickte Urija in den Krieg, in eine Schlacht, in der er getötet werden musste. So kam es auch. Urija starb und David heiratete die Frau." Anleitner gab Jerome einen freundschaftlichen Klaps auf den Rücken. „Keine Sorge, die Geschichte geht nicht immer so aus. Deshalb sind wir ja unterwegs. Du kannst schonmal die Betten beziehen. Ich hole das Gepäck." Jerome hatte in dieser Nacht einen unruhigen Schlaf. Er dachte an Majib und seit langer Zeit auch wieder an Enbe, den Mann, den er noch nie persönlich gesehen hatte, der ihn aber wie ein Schatten verfolgte. Über dem Gärtnerhaus verschatteten dunkle Wolken den Nachhimmel und vor der Tür saß der schwarze Hund, die Ohren gespitzt, das Maul geöffnet und hielt Wache.

75

Schwester Michaelis empfing die Reisenden in einem kleinen Frühstücksraum im Seitenflügel des Klosters. Im Licht des neuen Tages zeigte sich das Kloster freundlich und hell. Es schien im Vergleich zum vorherigen Abend in seinen Dimensionen etwas geschrumpft zu sein. Vor der Klosterkirche sprudelte ein kleiner Brunnen und lud die Vögel der Umgebung zum Bad ein. Bunte

Blumenbeete hoben sich farbig von den graubraunen Mauern ab. Neben der Kirche lag das eigentliche Klostergebäude. Auf seiner linken Seite erhob sich, etwa 100 Meter gegenüber dem gläsernen Besucherzentrum ein großes Gebäude, das nach Anleitners Schätzung noch keine 10 Jahre alt sein durfte. „Ich hoffe, Sie haben gut geschlafen?" Ob diese Frage der Ordensfrau eine allgemeine Höflichkeitsfloskel war oder durch das tiefe Gähnen Jeromes beim Eintreten in den Frühstücksraum provoziert wurde, ließ sich nicht sicher sagen. „Schwester, wir danken Ihnen auf jeden Fall noch einmal herzlich für die spontane Aufnahme." „Die haben Sie mit Ihrem Verweis auf die Benediktsregel ja geradezu provoziert." Schwester Michaelis sah spöttisch zu Anleitner herüber. „Sie kennen sich mit den Benediktinern offensichtlich aus." „Ich war auf einer Klosterschule, zumindest zwei Jahre lang, damals in Österreich." „Das erklärt einiges." „Um ehrlich zu sein: Die Zeit dort war gar nicht so schlecht. Wir liebten es, durch die alten Gänge mit den großen Ölgemälden an den Wänden zu laufen. Auf jedem Bild ein ehemaliger Abt. Wir gaben ihnen Spitznamen, Fiesidor und Nepumuckl, Igittius und Maulus und so weiter." Anleitner lachte. Sein Lachen war fast tonlos, eher ein rhythmisches Atemrauschen, das aus dem Hals kam. Schwester Michaelis verzog keine Miene. „Entschuldigung, Schwester, wir waren damals kleine Jungs. Haben Sie hier auch eine Schule?" „Wie kommen Sie darauf?" „Ich habe heute Morgen schon Ihren Neubau bewundert." „Ach, Sie meinen unser Gästehotel? Das ist erst vor drei Jahren eingeweiht worden." „Eine große Investition. Kommen denn so viele Besucher?" „Das ist eine lange Geschichte." Schwester Michaelis zog sich einen Stuhl heran, setzte sich an den Tisch und goss sich eine Tasse Kaffee ein. „Unser Kloster hat sich stark verändert. Vor zehn Jahren waren wir nur noch fünf Schwestern." „Gestern dürfte ich aber um die zwanzig gezählt haben." „Sie haben richtig gesehen. Zumindest meinten Sie, zwanzig Schwestern gezählt zu haben. Um die Wahrheit zu sagen: Die meisten sind gar keine Schwestern." Anleitner, der gerade ein Brot mit Butter bestrich, legte das Messer aus der Hand und schaute erstaunt auf. „Es war so: Unsere Äbtissin, Schwester Paula hatte eine, sagen wir, äußerst diskutable Idee. Damals kamen ins alte Gästehaus viele Leute, vor allem Frauen für irgendwelche Selbstfindungskurse, also Töpfern, Kräuterkunde, Yoga, Malen und so weiter. Sie waren für ein paar Tage im Kloster und bedrängten uns mit Fragen. Wie es wäre, in einer mittelalterlichen Institution zu leben mit verkrusteten Machtstrukturen und einem knechtenden Tagesablauf. In diesen Fragen war eine Mischung von Ablehnung und Faszination. Irgendwie hielten es die Frauen in ihrem eigenen Leben nicht mehr aus, konnten sich zu einem anderen aber auch nicht entschließen. Da haben wir sie eingeladen, unseren Alltag mit uns zu teilen. Daraus entstand dann das Kloster-Immersionsprogramm. Es ist eine Art Rollenspiel. Die Frauen dürfen sich als Schwestern verkleiden und eine Zeit einfach mitmachen. Sie probieren sich aus. Das Programm läuft sehr erfolgreich. Im Kloster haben wir für sie einen ganzen Flügel freigemacht. Wir bieten eine authentisches Klostergefühl, allerdings eines, das es in Wirklichkeit so nicht mehr gibt, mit strengen Fasttagen und Waschschüsseln auf den Zellen.“ „Aber das ist ja Theater.“ Anleitner schien von der Idee wenig angetan. „Es ist enorm einträglich.“ Schwester Michaelis stützte ihre Ellenbogen auf den Tisch. „Es lohnt sich finanziell, aber auch ideell. Die Immersionsschwestern bleiben manchmal monatelang. Bislang sind drei dieser Frauen fest ins Kloster eingetreten. Eine davon ist Schwester Magdalena. Sie war vorher in der Medienbranche tätig und hat einen sehr erfolgreichen Vlog über ihre Zeit im Immersionsprogramm gemacht. So bekamen wir Kontakte zu ‚Loook‘, dem großen Internetriesen. Das war der Durchbruch, oder der Sündenfall, wie Sie wollen. ‚Loook‘ hat vor fünf Jahren das ganze Kloster gekauft. Für sie ist es eine Art Denkmalschutz. Es läuft unter dem Label ‚Analoge Kulturen sichern‘. Das Kloster ist so etwas wie ein Museumsdorf alter Kulturtechniken. Die Religion interessiert die Internetleute nicht. Es ist Ihnen egal, was wir glauben. Im neuen Gästehaus bringt ‚Loook‘ Mitarbeiter unter, die zu Forschungszwecken kommen oder einfach einmal digital entgiftet werden müssen. Sie können das jetzt verwerflich finden. Uns allerdings sichert es unsere Existenz. Wir Ordensschwestern müssen nichts anderes tun, als die alte Ordnung bewahren, Stundengebet, Handarbeit, geistliche Unterweisung. Wenn wir ,echten' Schwestern einmal nicht mehr sind – und damit ist realistischerweise irgendwann zu rechnen, dann sind immer noch die Immersionsschwestern da und können weitermachen." „Das ist aber dann doch ein Kloster ohne Glauben." „Darauf läuft es irgendwann hinaus. Dass Sie das beunruhigt wundert mich." In Schwester Michaelis' Stimme lag ein herausfordernder Ton. „Sie haben doch selbst erzählt, was Ihnen von der Klosterzeit geblieben ist, ein paar alberne Spitznamen für verblichene Äbte."

Nach dem Frühstück begleitete die Ordensschwester die Reisenden zum Auto. Der Hund sprang ohne weitere Aufforderung in den Wagen, als habe er die Abfahrt bereits herbeigesehnt. Anleitner begann, das Gepäck einzuladen. Schwester Michaelis fasste Jerome am Arm und zog ihn für einen Augenblick zur Seite. „Hören Sie, junger Mann, Sie machen hier eine weite Reise. Wenn ich es richtig verstanden habe, tun Sie das für Ihre Freundin. Das ist sehr romantisch, oder auch leichtsinnig. Sind Sie sicher, dass Ihnen das Mädchen dieses Wagnis wert ist?" Jerome wusste nicht, ob er nicken oder den Kopf schütteln sollte. Er biss sich auf die Oberlippe und senkte den Kopf. Die Ordensschwester fuhr fast flüsternd mit sanfter Stimme fort: „Wenn es Liebe ist, die Sie bewegt, also das unbedingte Gefühl zueinander zu gehören, dann lohnt sich jeder Aufwand. Die Liebe ist etwas Ewiges." „Wir waren die letzten Jahre immer zusammen." Jeromes Antwort kam schüchtern und zögerlich. „Die Gewohnheit ist auch etwas Ewiges. Das kann ich Ihnen als Ordensfrau nur bestätigen. Am besten ist es, wenn Gewohnheit und Liebe zusammenkommen. Fahren Sie also. Aber erwarten Sie nicht zu viel. Der Mensch, den Sie in Italien wiedertreffen werden, ist nicht mehr der Mensch, der Sie damals verlassen hat." Sie brachte Jerome zum Wagen, öffnete ihm die Beifahrertür und ließ ihn einsteigen. Anleitner startete den

Motor. „Ich wünsche Ihnen gute Fahrt. Erlauben Sie mir, dass ich Ihnen einen Segenswunsch mit auf die Reise gebe: ‚Wenn Engel nun sich um euch scharen, wird reicher Segen bei euch stehen. Lasst fortan Liebe mit euch gehen und alle Hoffnung mit euch fahren.‘“ Die Tür schloss sich. „Was soll der Spruch bedeuten?“, fragte Jerome. „Er heißt übersetzt: Fahrt zur Hölle.“ Anleitner lachte und beschleunigte den Wagen. Das Kloster entfernte sich und im Rückspiegel sah man neben der Kirche noch eine Weile eine kleine schwarze Gestalt stehen, die verschwand, als der Wagen eine Rechtskurve nahm und langsam den Hügel in Richtung des Rheins hinabrollte.

76

„Waren Sie wirklich in einer Klosterschule?“ Jerome stellte die Frage, während er auf die Landstraße hinausschaute. Es mochten bereits zwei Stunden seit der Abfahrt am Kloster vergangen sein. Die graue Limousine mit dem merkwürdigen Namen „Sphinx“ trug ihre Insassen durch das Rheintal in Richtung Süden. Die Sonne ließ den Fluss zu ihrer Seite glänzen. Nach den gestrigen Erfahrungen auf der Autobahn hatte Anleitner sich entschlossen, auf Nebenstraßen einfach dem Fluss bis zur Schweizer Grenze zu folgen. „Ob ich auf einer Klosterschule war?“ Anleitner schien die Frage zu belustigen. „Natürlich war ich, zwar nur zwei Jahre und ich war auch nicht im Internat. In Österreich, wo ich aufgewachsen bin, gab es damals noch einige solcher Schulen.“ „Sind Sie Österreicher?“ „Nicht ganz. Meine Mutter kam aus Dalmatien, so wie der Heilige Hieronymus. Sie wollte mich ursprünglich nach ihm benennen. Aber mein Vater war dagegen. Er stammte aus Bayern. In Salzburg haben sie sich kennengelernt und so bekam ich den Namen Virgil. Das ist der dortige Stadtheilige.“ „Sie kennen sich gut mit diesen kirchlichen Sachen aus.“ „Kein Wunder, bei dieser Familiengeschichte.“ Anleitner ließ ein kleines Schnaufen vernehmen. „Die Klosterschule hatte auch ihr

Gutes. Wir haben Latein gelernt, was damals schon selten geworden war. Das hat mich fasziniert. Ich habe bis heute eine Freude an diesen alten Texten und Traditionen. Mein Hund zum Beispiel, er heißt Pluto." „Wie der Planet?" „Wie der griechische Gott." Wie zur Bestätigung steckte der schwarze Hund seinen Kopf zwischen den Sitzen hindurch und leckte ergeben über Anleitners Hand, die dieser ihm vor die Schnauze hielt. „Ich habe später dann in München Alte Geschichte und Literaturwissenschaften studiert." „Dann wollten Sie Lehrer werden?" „Nein, ich wollte an der Universität bleiben. Aber daraus wurde nichts. Das Institut, an dem ich angestellt werden sollte, zog aus Finanznot sein Angebot zurück. Vor zehn Jahren ist es ganz geschlossen worden. Ich stand also ohne Arbeit da. Also bin ich zum Militär gegangen. Die Europäische Union baute damals eine Sondertruppe für ihre internationalen Friedensmissionen aus. Die hatten massive Nachwuchsprobleme. Es war leicht, eine Anstellung zu finden. Ich bekam eine gute Ausbildung: Kampfsport, Schusswaffen, Überlebenstraining. War eine harte Zeit, aber es gefiel mir. 2025 ging ich mit in die Kongomission. Das war ein dreckiger Einsatz, schlechte Führung, schlechte Ausstattung, ein nutzloses Mandat. Wir sollten die Handelsrouten für die Kobalttransporte sichern. In Wirklichkeit hatten wir genug damit zu tun, uns selbst zu sichern. Die bewaffneten Diebesbanden lauerten uns überall auf. Es gab Verletzte und Tote, von denen hier niemand gehört hat. Unsere Einheit musste evakuiert werden. Man brachte uns mit dem Schiff nach Lagos in Nigeria und stationierte uns in einer alten Kaserne der nigerianischen Armee. Wohl einen Monat saß ich nutzlos dort herum. Dann half mir ein Zufall. Ein Kamerad machte mich darauf aufmerksam, dass ein großer Energiekonzern Sicherheitsleute suchte, Personenschutz und Objektschutz. Ich stellte mich vor. Damals lernte ich den alten Enbe kennen, Jonathan Enbes Vater. Er nahm gerne Europäer. So kam eins zum anderen. Jonathan nahm mich einige Zeit später mit nach Deutschland. Seitdem arbeite ich für ihn, als eine Art persönlicher Referent für besondere Aufgaben. So kam das alles.

Jetzt weißt du es." „Und jetzt riskieren Sie ihren Job." Anleitner schüttelte den Kopf. „Keineswegs. Ich tue das, was mir aufgetragen ist. Ich fahre, um das Mädchen aus Italien abzuholen. Das ist mein Auftrag. Das einzige, was Jonathan nicht weiß ist, dass ich dich dabei mitgenommen habe." „Warum machen Sie das?" „Ich glaube, Du hast eine gerechte Chance verdient." Im Wagen breitete sich Schweigen aus. Es schien, als ob für den Moment alles Wichtige gesagt sei.

77

Die letzten beiden Nächte hatte Majib mit den Illegalen im Frachtraum des Schiffes verbracht. Als sie das erste Mal das fensterlose, lediglich von zwei batteriebetriebenen Leuchten notdürftig erhellte Quartier der Gruppe betrat, regte sich in ihr ein tiefes Mitleid. Hier hatten sich die Mitglieder der durch Zufall zur Schicksalsgemeinschaft vereinten Gruppe notdürftige Nachtlager errichtet. Decken waren auf dem Boden ausgebreitet worden. Die Menschen saßen tagsüber auf ihrem Reisegepäck, das meist aus zusammengeschnürten Bündeln bestand. Einige hatten einen Schlafsack mit an Bord gebracht, andere hüllten sich nachts in ihre Jacken. Die Luft war stickig und es roch nach Schweiß. Unter den wohl zwanzig Passagieren waren auch einige Frauen. Sie blieben meist unter Deck. Von der Schiffsbesatzung waren ihnen Brot, Wasser und einige Früchte gebracht worden. Die Lebensmittel wurden von einer der Frauen, auf die sich die Gruppe verständigt hatte, rationiert und an die anderen ausgegeben. Majib legte ihre eigenen Vorräte zu den anderen. Bei den Mahlzeiten im Mannschaftsraum steckte sie sich für die Frachtraumbewohner übriggebliebenes Brot, Käse, Rohkost oder Schokolade ein. Mit Einverständnis des Steuermanns, dem sie einige ihrer verbliebenen Dollarnoten zusteckte, entnahm sie dem Arztkoffer im Mannschaftsraum eine Packung fiebersenkender Medikamente, mit dem einem der

Afrikaner, den eine heftige Entzündung plagte, geholfen werden konnte.

Im Frachtraum vertrieb man sich die Zeit mit Erzählen und Kartenspielen. Die Telefone mussten auf Weisung der Besatzung ausgeschaltet bleiben. Zum Lesen war es zu dunkel. Nach dem ersten Tag hatte sich Majib an den Frachtraum gewöhnt. Ihre Kabine suchte sie nur zwischendurch zum Duschen oder Umkleiden auf. Hier, im Bauch des Schiffes fühlte sie sich sicherer. Sie entzog sich so den Blicken der Matrosen. Vor allem aber war sie nicht allein. Thomas, der Junge aus Liberia, erwies sich als guter Gefährte. Sie saßen im Halbdämmer des Raumes zusammen und sie ließ sich von ihm erzählen. Thomas sagte ihr, dass er bereits 21 Jahre alt sei. Majib schätzte ihn eher auf 17 oder 18. Er war das fünfte von sieben Kindern einer Bauernfamilie. Zusammen mit einigen Jungs aus der Nachbarschaft hatte er auf Internet-Videoportalen in den letzten Monaten eine Menge kurze Filme gesehen, in denen Exilafrikaner von ihren Erfahrungen in Europa berichteten. Sie zeigten stolz die Dinge, die sie sich von ihrem ersten selbstverdienten Geld in Europa gekauft hatten, Uhren, Unterhaltungselektronik, Autos, Schmuck oder Markenkleidung. Zudem filmten sie ihre Umgebung, einsame Wälder und Seen, malerische Innenstädte, Straßenzüge mit großen Villen, Geschäfte voller Luxusartikel, Amüsiermeilen, Volksfeste. „Es ist sehr schön in Europa", sagte Thomas. „Man kann dort viel Geld verdienen." So hatte er sich entschlossen, den langen Weg auf den fremden Kontinent anzutreten. „Ich will meine Familie unterstützen. Wenn ich genug Geld habe, komme ich wieder zurück." Über die Umstände seiner Reise bis nach Agadir sprach er nicht. Wenn Majib ihn danach fragte, winkte Thomas ab. „Das ist Vergangenheit. Jetzt wird alles gut." Majib, die den jungen Mann nicht enttäuschen wollte, versuchte vorsichtig, seinen Vorstellungen vom Leben in der Ferne ein wenig mehr Realismus beizufügen. Sie berichtete von ihrem Leben in Deutschland, von der kleinen Wohnung, die sie sich mit ihrer Mutter teilte, von der Arbeit in der Skybar, von den grauen

Wintern. Aber Träume sind manchmal größer als die Realität. Thomas fragte sie dann nach den Geschäften, nach ihrem Lohn, der ihm unfassbar hoch vorkam. Er fragte sie nach den wundervollen Städten, nach den Wäldern und Seen, nach den Menschen, die in die Skybar kamen. All das schien sein Bild von Europa nur zu bestätigen. „In Europa musst du etwas gelernt haben, um einen Job zu bekommen." Thomas gab Majib fast entrüstet zurück: „Ich habe etwas gelernt. Ich war auf der Schule. Ich kann schreiben und lesen und rechnen. Ich spreche Wolof und etwas Englisch. Ich kann ein Feld pflügen, ich kann pflanzen und ernten. Ich weiß, wie man Hühner züchtet und wie man Auto fährt." Im Schein der Lampen zeichnete sich Thomas' Gestalt ab und warf einen großen Schatten auf die Stahlwand des Frachtraums. Sein sehniger, jugendlicher Körper weckte in Majibs Augen den Eindruck von Kraft und Ausdauer. Schweiß stand auf seiner Stirn, formte sich zu Perlen, die die Wangen herunterliefen. Sein Gesicht glänzte. Wenn er sprach oder lächelte gab er den Blick auf seine schneeweißen Zähne frei. Majib sah fasziniert auf die Bewegungen seines Mundes. Das Halbdunkel gab ihr Gelegenheit, näher an Thomas heranzurücken. In einem plötzlichen Impuls griff sie nach seiner Hand. „Du kannst sehr viel, Thomas und du wirst noch viel lernen. Du wirst es schaffen. Ganz sicher." Majib flüsterte die Worte. In ihren Augen standen Tränen. So saßen sie lange nebeneinander, zwischen Menschen, die redeten und lachten, auf einer Wolldecke in einer Zelle aus Stahl, in einem Schiff auf dem Ozean, im Schlingern der Wellen, das Stampfen der Maschinen im Ohr.

Am Abend brachte Majib mit Thomas' Hilfe ihre Matratze aus der Kabine nach unten, errichtete das Nachtlager neben seinem. Nachdem die Lampen gelöscht worden waren, ergriff sie wieder seine Hand. Dann streichelte sie seinen Kopf und sein Gesicht, tastete mit der Hand über seinen Körper, fühlte die Muskeln seiner Arme, spürte seine Wärme, lauschte seinem Atem. Mit einem Mal hielt sie inne. Aus ihrer Herzgegend arbeitete sich ein lange verborgenes Gefühl langsam an die Oberfläche und

erfüllte mit einem Mal ihre Gedanken, ihren ganzen Leib. Majib
war glücklich.

Am anderen Morgen weckte sie ein sanfter Kuss. Majib blickte
auf und sah Thomas' Gesicht direkt vor dem ihren. Sogleich zog
es sich schüchtern aus ihrem Sichtfeld zurück. Von diesem
Augenblick an blieben sie immer beieinander, standen auf Deck
und schauten auf die Wellen, aßen im Frachtraum mit den
anderen, umarmten, küssten und berührten sich stundenlang in
Majibs Kabine. Wie in einer Zeitkapsel gefangen war ihnen jeder
Augenblick der Gemeinsamkeit Gegenwart. Thomas sagte
Dinge wie: „Du hast wunderschöne Augen", „Ich möchte immer
bei dir sein" oder „Du bist mein großes Glück", Sätze von denen
Majib nicht mehr wusste, wann sie sie das letzte Mal in ihrem
Leben gehört hatte. Als die Illegalen, denen die Sache nicht
verborgen bleiben konnte, Thomas vor dem Abendessen nach
seinem Verhältnis zu Majib befragten, erzählte er ihnen von
großer Liebe, die er zu dieser wunderschönen Frau empfand,
von gemeinsamem Glück und großen Plänen für die Zukunft
und einiges mehr, das Majib in der fremden Sprache nicht
verstand. Die Gruppe nickte und spendete spontanen Applaus.
Die Männer klopften Thomas anerkennend auf die Schulter, die
Frauen umarmten Majib und wünschten ihr Glück. Dann
begannen einzelne zu singen und im Takt zu klatschen und auf
den Decken und Matrazen wurde über das Gepäck hinweg
getanzt und gelacht, so lange, bis einer der Matrosen den Raum
betrat und sich lautstark über den Lärm beschwerte. So zogen
sich die Illegalen auf ihre Nachtlager zurück. Schon bald lag
Schlaf über der Gruppe. Nur Majib und Thomas blieben wach,
eng umschlungen auf dem Lager, das Majib in diesem Moment
wie ein Brautgemach vorkam.

78

Schroff zeichneten sich die Berggipfel gegen den Horizont ab.
Die Straße verlief entlang der steil abfallenden Hänge der

Alpenwelt. Grüne Wiesen auf denen Kühe grasten und felsgraue Flächen, die im oberen Teil kleine Schneefelder erahnen ließen, wechselten einander ab. Dazwischen fanden sich einzelne Höfe, weiße oder holzverkleidete Häuser, die sich einst mühsam die wenigen ebenen Flächen im Berg gesucht zu haben schienen. Jerome staunte. Diese Landschaft war ihm, der sein ganzes Leben im norddeutschen Tiefland verbracht hatte fremd, von faszinierender wie bedrückender Schönheit. Fast schien es ihm, als sei der Wagen in den letzten Stunden nicht kontinuierlich aufwärts gefahren, sondern habe sich seinen Weg immer weiter in die Erde gegraben, so dass diese nun auf dem Tiefenweg ihre Erhabenheit nur vortäuschte. Auf der linken Seite erschien das tiefe Blau eines großen Sees, zu dessen Ufern er hinabblickte. Einige weiße Schiffe zogen auf ihm ohne erkennbares Ziel umher. Eine kleine Stadt am Ufer, deren auf einer Anhöhe gelegener Kirchturm aus ihr gleich einem Mahnmal hervorstach, markierte den Rand der bewohnten Zivilisation. Dort legten die Reisenden einen Halt ein, ließen Sphinx, ihr graues Gefährt, neue Energie tanken. Der Hund Pluto streunte durch ein Gebüsch am Rand der Raststelle. Anleitner studierte die Straßenkarte. Sie waren an diesem Tag gut vorangekommen. Die Entscheidung, weitgehend über die Landstraßen zu fahren, bewährte sich. Ohne weitere Verzögerungen hatten sie so im mäßigen Tempo, das zudem eine höhere Reichweite für den Wagen mit sich brachte, stetig Kilometer machen können und bereits am frühen Nachmittag die Grenze zur Schweiz passiert. „Wir sollten die gute Verkehrslage ausnutzen und noch ein Stück weiterfahren. Bis Italien sind es vielleicht noch zwei Stunden. Kurz vor der Grenze suchen wir uns in Nachtquartier." Jerome nickte. Die lange Fahrt hatte ihn in eine angenehme Gedankenlosigkeit versetzt. Anleitner hatte zwischendurch klassische Musik abgespielt. Das langsame Kommen und Gehen von Streichermelodien über dem beständigen Rauschen des dahinziehenden Wagens bildete den Untergrund, auf dem das Vergehen der Zeit sich sanft, aber bestimmt vollzog. Alles war vorbeiziehendes Bildwerk, sanftes Hinübergleiten des Raums, eine Welt im Vergehen. Kurz nach der Rast zog die Straße nun steiler den Berg hinauf. Schilder und Signale verkündeten das Nahen eines großen Tunnels. Schon wurde eine schwarze, runde Öffnung im Berg sichtbar, in die hinein sich der mäßige Strom der Fahrzeuge ergoss, die vom Berg wie Wasser in einem Siel strudelnd aufgesogen wurden. Trotz der Lichter an der Decke umschloss sie bald das steinerne Schwarz des Felsens, die Schneise durch ein verborgenes Inneres dieser gewaltigen Masse, die sich noch tausend Meter unsichtbar über ihnen türmte. Der Hund schlief auf seinem rückwärtigen Platz und auch Jerome wurde für einige Zeit von einem sanften Schlummer ergriffen.

Als er wieder erwachte, sah er vor sich im Abendlicht die weit ausgreifende Fläche des Lago Maggiore. Die schroffen Felsen waren deutlich kleineren Hügeln gewichen. Anleitner steuerte den Wagen durch eine Stadtlandschaft. „Da oben gibt es einen Zeltplatz", sagte er und deutete auf ein Hinweisschild am Straßenrand. „Da probieren wir unser Glück." Langsam stieg der Wagen in langgestreckten Kurven nun einen Hang hinauf, bog, immer den Hinweisen folgend auf einen Seitenweg ein und kam auf einer Wiese, die terrassenartig über Stadt und See ragte zum Stehen. Vereinzelte Zelte und Wohnwagen standen auf dem weiten Areal. Die Reisenden stiegen aus und gingen gemeinsam mit Pluto zu einem kleinen rechteckigen Blockhaus hinauf, das in kurzer Entfernung auf einer kleinen Anhöhe über der Wiese lag. „Ist jemand da? C'é qualcuno?" Anleitner schlug mit einiger Vehemenz gegen die Tür. Nach wiederholtem Klopfen hörte man hinter dem Haus das Schaben eines Gartenstuhls und schlurfende Schritte, die sich langsam näherten. Kurz darauf erschien ein offenbar sehr alter Mann mit einem abgewetzten T-Shirt. „Du brauchst nicht Italienisch schwätzen. Wir verstehen dich ganz gut." Der Mann zeigte mit einem verschmitzten Grinsen sein schadhaftes Gebiss. Die langen weißen Haare standen wirr um seinen Kopf. Ihm folgte nun eine ebenso alte Frau von stattlicher Figur, deren genaue Kontur sich unter einem weit herabfallenden knallbunten Sommerkleid verbarg. „Gustl, schau, so spät noch Gäste." Ihre Sprache offenbarte unüberhörbar ihre amerikanische Herkunft. Die Frau betrachtete Jerome und Anleitner eingehend, ebenso Pluto, der mit wedelndem Schwanz auf sie zuging. „Die sehen gut aus, was Gustl? Ein kleiner Schwarzer und ein bosnischer Freischärler. Und ein schöner Hund. Hey, good guy, good dog." Sie griff Pluto ohne ein Anzeichen von Furcht hinter die Ohren und nahm seinen Kopf zwischen ihre Hände. Der Hund gab ein wohlmeinendes Pfeifen von sich, legte sich vor der Frau auf die Erde und ließ den Schwanz rhythmisch auf den Boden schlagen. Anleitner, der es nicht gewohnt war, dass ihm die Kontrolle über Pluto entglitt, reagierte in genervtem Tonfall. „Entschuldigung, aber wir haben eine lange Fahrt hinter uns. Können wir hier bei Ihnen übernachten?" „Für einen bosnischen Freischärler spricht er ziemlich akzentfrei Deutsch." Der alte Mann blickte feixend zur Frau hinüber. „Also, was wollt ihr? What do you want? Ich denke, ihr wollt erstmal ein Bier. Kommt mal mit auf die Terrasse." Die Frau setzte sich in Bewegung und winkte den Gästen, ihr hinter das Haus zu folgen. Der Hund wich nicht von ihrer Seite. Die Reisenden folgten notgedrungen. Auf der anderen Seite der Hütte befand sich eine Sitzgruppe von Gartenstühlen. Auf einem Tischchen stand ein Aschenbecher, aus dem noch der Qualm einer gerade verglühenden Zigarette aufstieg. Eine bunte Lichterkette erhellte und färbte die Terrasse. Aus einem an der Wand stehenden Kühlschrank holte der alte Mann mit langsamen Bewegungen einige Bierflaschen hervor und stellte sie auf den Tisch. „Take your seat, black boy, you too, partisan!" Die Frau wies auf die bereitstehenden Sitze, setzte sich selbst auf einen Stuhl und begann, Pluto, der sich sofort neben sie legte, hinter den Ohren zu kraulen. „Also", der Mann erhob seine Bierflasche, „das ist die Mary und ich bin der Gustl", wobei er in unverkennbar süddeutscher Aussprache „Guschtl" sagte. „Und wie heißt jetzt ihr?" „Mein Name ist Anleitner." „Wie du heißt, hab ich gefragt." Anleitner nahm sein Bier, und prostete dem Mann zu. „Ich heiße Virgil." „O, look, Virgil!" Mary schlug vor Begeisterung die Hände zusammen. „So wie Virgil Cantini."

„Wie wer?" „Virgil Cantini. Den kennst du nicht mehr. War ein berühmter Bildhauer in USA, damals: ‚joy and life' seine wichtigste Skulptur in Pittsburgh 1969. Loved his work." „Und der Junge, wie heißt er?" Der alte Mann war mit dem bisherigen Verlauf der Vorstellungsrunde noch unzufrieden. Mit einem Blick forderte Anleitner seinen Nachbarn zum Selbstsprechen auf. „Ich bin Jerome." „Er kann sprechen!" Mary lachte vergnügt auf und strich Jerome über den Kopf. „Hübscher Kerl bist du. When I was young, wir hatten viele nice boys wie dich in unsern Camps." Jerome waren die Gefallensbekundungen der matronenhaften Frau unangenehm. Mit Befremden sah er auf die faltigen Arme, an denen die Haut sackartig herunterhing. Die Hände wandten sich von seinem Kopf ab, strichen ihm über die Wange und den Hals bis auf die Brust. Von dort zog Mary sie zurück und griff nach ihrem Bier. „Cheers!" Sie hielt die Flasche hoch über ihren Kopf. Neben ihr ließ der Hund ein zufriedenes „wuff" hören.

79

Der Abend nahm seinen Lauf. Nach mehreren Bieren und einer unbestimmbaren Zahl selbstgedrehter Zigaretten hatten sich Jerome und Anleitner ausreichend mit den Bewohnern des Blockhauses über dem Lago Maggiore bekannt gemacht. Mary stammte aus einer Kleinstadt in Indiana, war im „summer of love", wie sie mehrfach betonte, auf die Highschool gewechselt, hatte sich nach der Schulzeit „in der wir mehr Musik gehört haben als zu lernen" für ein Studium der Kunstgeschichte in Chicago eingeschrieben. „In unsern circles damals suchten wir das Neue. Raus aus dem repressiven Kapitalismus. Es ging um Bewusstsein, Leben. Es ging um Musik und Drogen und es ging für mich um M.C. Escher." Äußerst zeitgeistig hatte sie sich wie eigentlich fast alle ihre Kommilitonen für das Werk des niederländischen Grafikers begeistert und war unter abenteuerlichen Bedingungen „without money but a lot of enthusiasm" nach Europa aufgebrochen und hatte in einer kleinen Fankolonie des Meisters in einem verfallenen Bauernhof am Rand von Hilversum Zuflucht gefunden. Escher selbst begegnete sie allerdings nie. „Er war damals schon sehr krank und überhaupt war er ein spießiger Mensch. Er wollte mit uns Hippies nichts zu tun haben. Mick Jagger, der einmal für die Gestaltung eines Plattencovers bei ihm anfragte, hatte er glatt einen Korb gegeben. Believe it or not. Er sagte den Rolling Stones ab. Als ich drei Monate in Holland war, starb der Meister." Mary schlug sich als Kellnerin durch, verkaufte selbstgebatikte Tücher und Blusen die damals „very popular" waren. Da ihr und einigen Weggefährten das Geld für einen Trip nach Indien fehlte, „mussten wir in Europa nach neuen Horizonten suchen. Wir brauchten Ideen, die uns frei machten." Gustl hatte sie schließlich in Dornach in der Schweiz bei einem Lehrgang über die heilende Kraft der Farben kennengelernt. „Das war ein Ort where all spirits came together." Der damals sechzehnjährige Schulabbrecher war Sohn zweier entschieden gläubiger schwäbischer Anthroposophen, hatte außer dem Neuen Testament und Hermann Hesse in seinem Leben nie etwas anderes gelesen und interessierte sich für eine Töpferlehre. „Er war so überzeugt davon, dass das Leben etwas anderes ist, als ihm die alten Nazi-Teacher in der Schule beibringen wollten", wie Mary anmerkte. „Schon damals erzählte man uns von diesem Ort hier. Diese Berge sind magic – das habe ich gleich gemerkt. Du bist hier protected from all evils of society. Die Kräfte von Erde und Himmel treffen hier zusammen. You can feel it. In the first time I had so many inspiring dreams. Engel kamen zu mir. Ich sah die Welt in anderen Farben. Ich hörte die Musik des Berges and Gustl wrote wonderful poems about it." Gustl rezitierte: „Jetzt bin ich der Folterkammer meiner Schulzeit wohl entfloh'n, fort von allem Streit und Jammer, ist die Freiheit nun mein Lohn. Kommt ihr Geister, lasst euch nieder, auf dem Berg, im Fels, im Wald, wo nun meines Lebens Lieder laden euch zum Aufenthalt." Mit dem Geld aus ihrem Erbe gelang es Mary, die Blockhütte und die Wiese zu erwerben. Gustl richtete sich eine Töpferwerkstatt ein. Der Ort wurde zu einem Treffpunkt der Althippies und Esoteriker. Mary gab Engel-Seminare und Bewusstseinsworkshops. „The problem was: Many of our former companions died. Oder sie wurden reich und bequem und wollten nicht mehr in Zelten schlafen." „Dann kamen halt die Touristen", merkte Gustl mit resigniertem Unterton an. „Das sind uninspirierte, sehr gewöhnliche Leute. Aber solang sie keine Nazis sind, lassen wir sie hier wohnen. Die Geister sind noch da, aber sie melden sich nicht mehr häufig seit die Leute hier Serien streamen und Würstchen grillen. Man muss leider von irgendwas leben. Wollt ihr noch was trinken?" Unter den bunten Lichtern sammelten sich die Insekten. Mary hatte auf dem Tisch mehrere große Kerzen entzündet. Jerome in seinem Zustand von Trunkenheit und Müdigkeit sah ihre Flammen in seinem Blickfeld tanzen. Gustl schlurfte in das Blockhaus und kehrte mit kleinen Gläsern und einer Flasche in der Hand zurück, in der sich eine grünliche Flüssigkeit befand. „Wir trinken jetzt noch einen Absinth. Das gehört sich hier so. Es weckt den Geist und macht hellsichtig." Anleitner, der es aufgegeben hatte sich der leicht aufdringlichen Gastfreundschaft der beiden Greise zu widersetzen, ließ sich widerstandslos ein reichlich eingeschenktes Glas vorsetzen. „Sag mal, Gustl, wie lange seid ihr jetzt schon hier?" „Wir zählen die Jahre nicht", antwortete Mary an seiner Stelle. „Ich muss überlegen. Escher died in 72. When did we arrive here? 73? 74?" "Das sind ja fast siebzig Jahre!" Jerome war erstaunt, auch weil er in diesem Moment realisierte, dass Mary und Gustl mittlerweile bald 90 Jahre alt sein durften. Gustl hob das Glas vor sein Gesicht und fixierte die grüne Flüssigkeit. „Dieser Ort ist eine Zeitkapsel", sagt er bedächtig. Es war eher ein Raunen, das aus einer fernen Vergangenheit in ihm aufgestiegen war. „Es ist alles gleich geblieben. Seit wir hier sind hat sich die Welt nicht verändert. All die Politik und das Ganze nur ein oberflächliches Kommen und Gehen. Es ist bedeutungslos. Hermann Hesse hat das in einer Geschichte aufgeschrieben. Ein Mann geht zu einem berühmten Yogi in den Wald. Der gibt ihm eine Schüssel mit Wasser, schickt ihn an einen einsamen Platz und weist ihn an, still sitzen zu bleiben. Nach einer Zeit bricht der Mann auf, geht in die Stadt zurück, erlebt Liebesaffären, Kriege und politische Umstürze. Die Jahre vergehen. Plötzlich wacht er auf und sitzt wieder im Wald vor seiner Wasserschüssel. Alles was er erlebt hat war nur Schein. So geht es auch uns. Alles ist Schein. Wir sind hier und die Geister sind hier. Die Hütte bewahrt uns die Zeit in ewiger Gegenwart. Es gibt nur den Atem und die Farben und die Klänge. Wir werden niemals sterben. Prost.“ Der alte Mann hob kurz das Glas und trank den Absinth dann langsam, aber in einem Zug. Nachdem es Jerome ebenso getan hatte, verwandelte sich sein Kopf in einen summenden Bienenstock. Die Rede vom Atem, von den Farben und Klängen konnte er mit einem Mal gut verstehen. Er zog seine Jacke fester um sich und legte sich auf den Boden, um dem Schwindel zu entkommen.

80

Jeromes schwindelbedingter Ausfall hatte dem Abend eine Wendung hin zu einem eher situationsbedingten Realismus gegeben. Auf jeden Fall erwachte er bei bereits hellem Sonnenlicht auf einer Matratze. Eine buntgewebte Decke lag über seinem Körper. Mit hämmernden Schläfen gewahrte Jerome neben sich eine weitere Matratze, auf der Anleitner schnarchend schlief. Neben ihm wuchsen Tomaten und Hanfpflanzen in einem Beet. Jerome befand sich in einem Gewächshaus. Vor seinem Schlaflager hatte sich eine Pfütze Kondenswassers gebildet, das von den milchigen Glasscheiben des Daches auf den Boden tropfte. Jerome schüttelte den Kopf, um das Pochen abzuschütteln, das sich allerdings nach wenigen Sekunden zurückmeldete. Er zog die Decke zurück und verließ seine Schlafstätte. Die nasskalte Luft ließ ihn zittern. Er warf sich seine Jacke über, die am Fußende der Matratze lag, befahl seinen Beinen mühsam geraden Stand und ging dann mit wankenden

Schritten vorbei an den Beeten durch eine Tür ins Freie. Er spürte einen unbändigen Durst.

Das Gewächshaus stand im hinteren Teil des Gartens. Nebel hüllte den Berg ein, so dass man kaum bis zur Blockhütte sehen konnte. Die bunte Lichterkette war erloschen. Jerome stapfte zum Haus und fand einen Wasserhahn, öffnete ihn und begann gierig zu trinken. Dann wusch er sich zunächst die Hände und ließ dann das kühle Wasser über seinen Kopf laufen. „Richtig so, wasch dich nur." Die Stimme kam von hinten. Als Jerome sich umdrehte, sah er Gustl, den Greis im Nebel auf sich zukommen. Schemenhaft zeichnete sich seine Gestalt in das Grau. Die langen Haare standen wie gestern wirr um seinen Kopf und sein Bart wirkte deutlich länger als am Tag zuvor. „Wasch dich nur weiter. Es ist wichtig, dass wir uns reinigen. Schon viele sind an diesen Berg gekommen, um rein zu werden, ihr altes Leben hinter sich zu lassen und das neue zu beginnen. Die Berggeister helfen dir dabei, glaub mir. Komm mit, ich zeige dir etwas." Mit immer noch immer unsicheren Schritten folgte Jerome dem Alten, der ihn ein Stück vom Gewächshaus wegführte, durch ein kleines Wäldchen hindurch. Der Weg endete an einer Felswand, die wie aus dem Nichts mit einem Mal vor ihnen aufragte. „Schau hinauf!" Der Alte wies ihm mit dem Finger die Richtung. Im Gegenlicht erkannte Jerome über sich den Grat. Der Nebel schob sich in wolkenförmigen Schüben über den Felsen. Ob es seinem immer noch halbtauben Geisteszustand zu verdanken war, konnte Jerome nicht sicher sagen. Auf jeden Fall meinte er, in den Wolken Gestalten zu erkennen, die schweigend auf der Steinkante auf und ab gingen. Das leise, eindringliche Singen einer weiblichen Stimme erklang. Wortlose Töne formten sich zu langgedehnten Kantilenen. „Hörst du das?" Jerome nickte. „Das ist Mary. Sie singt für die Geister. Sie bittet sie, das Böse zu vertreiben." Der Schwindel wurde stärker und Jeromes Beine gaben nach. Auf seiner Stirn stand kalter Schweiß. Er setzte sich auf den Boden, zog die Beine an, umschloss sie mit den Armen, legte seinen Kopf auf sie und schloss die Augen. Die Stimme auf dem Felsen wiegte ihn in erneuten Schlummer. Ein Finger, der auf seine Schulter tippte, weckte ihn. Vor ihm stand Anleitner, den Hund an seiner Seite. „Hier bist du also. Steh auf, wir müssen weiter." „Hören Sie die Stimme?" Jerome deutete nach oben zum Felsen hin. „Ich höre gar nichts. Du bist wohl noch nicht ganz nüchtern, oder? Du hättest den Absinth nicht trinken sollen." Anleitner half Jerome auf die Beine und ging mit ihm langsam den Weg zum Blockhaus zurück. „Schöne Bescherung. Ich suche dich seit einer halben Stunde. Die Sachen sind schon im Wagen." „Haben Sie die beiden Alten gesehen? Wir sollten uns noch bei ihnen bedanken." „Wofür? Dass sie uns gestern mit ihrem Zeug zugequatscht haben, die alten Hippies? Ich war vorhin schon an der Hütte. Sie waren nicht da. Ich habe ihnen ein paar Euro für die Übernachtung dagelassen. Bin ja kein Unmensch. Pluto!" Der Hund war ihnen in langsamen Schritten gefolgt und kam nun eher widerwillig auf Anleitner zu. Bevor das Tier zum Einstieg in den Wagen zu bewegen war, drehte es sich noch einmal in Richtung des Berges um und ließ ein langgezogenes Jaulen vernehmen. Sein Heulen kam einer Melodie gleich, von der Jerome meinte, sie heute schon einmal vernommen zu haben. Sobald Sphinx, der graue Wagen, den Zeltplatz verlassen hatte, sackte Jeromes Kopf auf die Seite. Es war schließlich der Schlaf, der ihn aus seinem schwindelnden Zustand erlöste.

81

In der Zentrale der „Enbe Energies" herrschte indes rege Betriebsamkeit. Seit der Pressekonferenz vor zwei Tagen war es zu Vorbesprechungen der ministerialen Arbeitsgruppe gekommen, die Jonathan Enbe zu einer weiteren Dienstfahrt nach Berlin genötigt hatten. Neben das laufende Geschäft waren zudem noch zahlreiche Presseanfragen getreten. Enbe, mit einem Mal ein gefragter Gesprächspartner, medial angekündigt als „der Mann, der ‚Loook' die Stirn bietet", gab mehreren großen Nachrichtenportale Interviews. Am Abend des 27.

September, dem Tag des Handschlags mit der Ministerin, führte er ein langes Gespräch mit seinem Vater. Nachdem er ihm seine Strategie für die nächsten Tage beschrieben hatte, gab dieser ihm sein Einverständnis. „Junge, du machst es richtig. Bleib nah an der Regierung. Jedes Jahr, in dem wir die Kraftwerke am Netz behalten können, sichert uns die finanzielle Grundlage für weitere Investitionen. Ein gutes Image hilft uns, du wirst sehen." Tatsächlich war neuer Schwung in die stockenden Verhandlungen mit der „AluTrek" gekommen. Das Unternehmen schien plötzlich an einer schnellen Fusion interessiert, wohl auch weil man hoffte, im Windschatten der „Enbe Energies" leichter an staatliche Förderung zu gelangen. Enbe versprach, sich im Rahmen der Arbeitsgruppe auch für „AluTrek" stark zu machen. Der Vater hatte ihm allerdings noch einen weiteren Rat mit auf den Weg gegeben: „Lass die Chinesen nicht vom Haken. Sie können uns für das globale Geschäft noch sehr wichtig werden." Das am übernächsten Morgen geführte Telefonat mit Mr. Chen forderte von Enbe höchstes diplomatisches Geschick. Chen, der angesichts des eigenen PR-Desasters und des Rückzugs der „Energies" erstaunlich professionell und nüchtern wirkte, hörte Enbes Erläuterungen zu den Beweggründen seiner Entscheidung aufmerksam zu. In knappen Worten wurde die Möglichkeit einer weiteren Zusammenarbeit ausgelotet. Chen befand sich in der Schwierigkeit, angesichts der herrschenden Nachrichtenlage mit Offerten an andere Energieunternehmen sehr zurückhaltend sein zu müssen und war für Vorschläge offen. Vereinbart wurde schließlich, für den Moment von weiteren Kontakten zwischen seinem Konzern und der Europazentrale der „Enbe Energies" abzusehen. Allerdings vermittelte ihm Jonathan Enbe den Kontakt zum Hauptsitz in Lagos. Die weiteren Verhandlungen, auch über Energiepartnerschaften in anderen Staaten sollten dort geführt werden. Enbe würde sich dabei von seinem Vater vertreten lassen. Das Gespräch endete nach einer Stunde. Enbe war zufrieden. Mit Blick aus dem Fenster auf den Strom kam es ihm so vor, als habe das Wasser seine Fließgeschwindigkeit erhöht. Dieser Eindruck, Produkt Enbes unternehmerischer Phantasie, ließ ihn zufrieden an den Schreibtisch zurückkehren. In seiner schwarzen Mappe stapelten sich die Dokumente der letzten Tage. Neben den firmenbezogenen Pressemeldungen, die seine Sekretärin akribisch zusammengestellt hatte und zwischen Protokollen, Vermerken und Hausmitteilungen fand er auch eine Telefonnotiz. „A. hat angerufen. Er ist unterwegs. Ankunft des Schiffes in Tarent voraussichtlich am 1. Oktober, Rückkehr nach Hamburg für den 4. oder 5. Oktober geplant. Zwei Abendtermine sind bei Ihnen vorsichtshalber freigehalten." Enbe faltete den Zettel zusammen und steckte ihn in die Innentasche seines Jacketts. Dann erhob er sich, nahm die Mappe und verließ das Büro. Im Konferenzraum sollte gleich die routinemäßige Leitungskonferenz stattfinden. Von Routine konnte in der derzeitigen Betriebsamkeit allerdings keine Rede sein. Zum sehnsüchtigen Warten auf Majib fehlte Enbe die Zeit. Bis zum Wiedersehen blieb ihm zum Glück noch eine Woche.

82

„Das ist also Italien." Jerome blickte durch die Frontscheibe des Wagens auf eine dreispurige Autobahn, die sich durch eine mäßig hügelige Landschaft zog. „Den schönen Teil des Weges hast du verschlafen. Wir sind vor einer halben Stunde an Bologna vorbeigefahren. Dort konnte man die Berge sehen. Hier wird es flacher. Wir kommen bald an die Adria. Das ist landschaftlich eher langweilig." „Aha." Jerome nickte gleichgültig und rieb sich den letzten Schlaf aus den Augen. Er fühlte sich deutlich besser als am Morgen. Die Auswirkungen des letzten Abends hatten sich ebenso wie der Morgennebel verzogen. „Wir fahren mal rechts ran. Zeit für eine Pause. Ich glaube auch, der Hund muss mal raus." Anleitner steuerte den Wagen auf die Raststätte „Ravenna ovest". Er hatte Recht behalten. Hier gab es tatsächlich noch altertümliche Tankstellen mit Zapfsäulen. Sphinx konnte nun das erste Mal ihre doppelte

Natur unter Beweis stellen. Der Wagen wurde nach der Füllung des Tanks mit Benzin zusätzlich zum Aufladen der Akkus mit elektrischer Energie geladen. „Das verdoppelt unsere Reichweite." Anleitner war zufrieden. Er besorgte Kaffee und belegte Brötchen. „Frühstückspause." Der Kaffee, schwarz und kräftig wirkte belebend. „Übrigens, Jerome, bevor ich es vergesse…" Anleitner öffnete die Fahrertür und zog aus einer Seitentasche ein Buch heraus. „Das habe ich heute Morgen bei deinen Sachen gefunden. Das Papier ist feucht geworden." Trotz des braunen Wasserflecks, der sich auf dem Einband des Buches gebildet hatte, erkannte Jerome das Buch sofort. „Ich habe mich wohl ein wenig in dir getäuscht. Du hast wohl doch ein wenig Sinn für Literatur, falls es denn welche ist." „Es sind Gedichte." „So, so… Von Elsa Lindblatt? Habe ich noch nie gehört. Wer soll das sein?" „Keine Ahnung, das Buch hat mir Bea geschenkt." „Bea, natürlich… Den Namen habe ich auch noch nicht gehört." „Das ist eine Arbeitskollegin. Sie… ich weiß auch nicht. Ich glaube, sie wollte mir damit irgendwas sagen oder zeigen…" „Aha." Anleitner hatte nun sichtbar Gefallen an der Sache gefunden. „Und welche Botschaften schickt dir deine Bea? Was steht in den Gedichten?" „Da geht's irgendwie immer um die Liebe. Hören Sie, ich habe keine Ahnung von Gedichten. Aber ich glaube Mädchen mögen sowas. Ich hab' Majib immer wieder mal ein paar Zeilen daraus geschrieben. Das hat ihr scheinbar gefallen." „Also doch geheime Botschaften." Anleitner grinste. „Na los, lies mal was vor." Jerome öffnete mit einigem Widerstreben das Buch an einer zufälligen Stelle. Er löste die Seiten, die durch die Feuchtigkeit noch aneinander klebten voneinander und trug unbeholfen vor: „Du bist so fern, denkst nicht an mich. / Im Traumreich will ich mit dir zieh'n. / Auf einer Wiese find ich dich, / die bunt in weiß und rot und grün, / gib deinem Herzen zu verstehen, / in diesen Farben mich zu sehen." „Grauenvolles Zeug." Anleitner nahm einen tiefen Zug aus seinem Kaffeebecher. „Heute meint auch jeder, dichten zu können. Dass die Leute sowas lesen…" „Wie gesagt, mir gefällt es auch nicht." „Früher wurde noch anders gedichtet. Wir haben in der Schule Ovid übersetzt. Oder Goethes Gedichte…" Den Namen „Goethe" hatte Jerome schon einmal gehört. Irgendwann war er im Deutschunterricht vorgekommen. Wenn er sich richtig erinnerte, hatte die Lehrerin damals vor diesem Dichter gewarnt. Antiquiertes Frauenbild – dürfe man heute nicht mehr lesen. „Tja Goethes Gedichte…" Anleitner kniff die Augen zusammen und schüttete dann den letzten Rest Kaffee auf den Grünstreifen der Raststelle. „Goethes Gedichte waren eigentlich auch Mist. Und die von Ovid auch. Dieses empfindsame Rumtun, als ob es nichts Schlimmeres gibt als unerfüllte Liebe. Glaub mir, wenn du wie ich mal einer kongolesischen Freischärlermiliz gegenübergestanden hast, dann fängst du an, diese empfindsamen Schönschreiber zu hassen. Die Welt ist nicht so wie in den Gedichten. Ein paar Verse retten gar nichts. Eine ordentliche Nahkampfausbildung, darauf kommt es an. Du musst erstmal überleben können. Das kannst du aber nicht, wenn dich dein Kopf mit lyrischen Gedanken lahmlegt. Dein Herz muss was abkönnen, sonst macht dich das Leben platt. So und jetzt genug der Weisheit. Wir fahren weiter."

83

Die Autobahn verlief entlang der Adriaküste. Auf der gut ausgebauten Strecke kamen die Reisenden auch dank des Doppelantriebs des Sphinx schnell voran. Die Sonne schien freundlich zwischen den vorbeiziehenden Wolken hindurch und sorgte für einen warmen, fast spätsommerlichen Tag. Anleitner war guter Dinge. Am späten Mittag, gegen zwei Uhr fuhr er einige Kilometer hinter Pescara von der Hauptstraße ab. „Zeit für eine Mittagspause", erklärte er. Für einige Kilometer ging es an kahlen Hügeln vorbei, in deren Mulden vereinzelte Wein- und Obstplantagen das vorherrschende sandsteinerne Braun der Umgebung mit kräftig-grünen Einsprengseln versahen. Auf einem der Hügel lag die Altstadt eines mittelgroßen Ortes. „Da fahren wir mal hin. Das beste Essen gibt es in Italien in den kleinen Landgasthöfen." Am Fuße des Städtchens passierten sie einen stillgelegten Industriekomplex. Die verbliebenen Aufschriften auf den Lagerhallen ließen darauf schließen, dass hier einmal Autos und Motorräder gefertigt worden waren. Vorbei an einem aufgegebenen Bahnhof im Tal bog der Wagen nun in Richtung „Centro" ein und fuhr entlang des Hügels aufwärts. „Da ist eine Rakete!" Jerome hatte die weiß-schwarz aufragende Säule mit der kegelförmigen Spitze am Straßenrand als erster entdeckt. Anleitner drosselte die Geschwindigkeit und lenkte das Auto auf den Grünstreifen. Er pfiff anerkennend durch die Zähne. „Sieh an, wenn das mal keine Nachbildung einer Saturn-Rakete ist. Mit so einem Ding sind die Amis vor 70 Jahren auf den Mond geflogen." Ein Schild, das in halber Höhe des Flugkörpers angebracht war, verkündete: „Trattoria e Museo ,Il Futuro Passato', Proprietario: Pippo M. Rinetti." Ein Pfeil wies auf die gegenüberliegende Straßenseite, wo sich hinter einer halbhohen verfallenen Mauer ein mittelgroßes massives Travertin-Gebäude mit einem antikisierten Portikus erhob. „Das schauen wir uns mal an. Es soll hier auch etwas zu Essen geben." Anleitner steuerte den Wagen durch das geöffnete Tor auf einen mit Schotter bedeckten Parkplatz und ließ seinen Reisegefährten aussteigen. An der Seite der Hausfassade befand sich, begrenzt durch schlecht gepflegte Blumenkübel, eine kleine Terrasse mit Gartenmöbeln. Es war kein Gast zu sehen. Der schwarze Hund, froh, der Wagenkabine nach langer Fahrt einmal wieder zu entkommen, lief auf das Haus zu, wo er neben der Tür eine gefüllte Vogeltränke entdeckt hatte, aus der er jetzt begierig zu trinken begann. Ein Herr von etwa 50 Jahren war inzwischen aus dem Haus getreten. Er war mittelgroß und trug auf seinem fast kugelrunden Kopf kurzgeschorenes grauschwarzes Haar. Ein großer, altertümlicher Schnauzbart der wie angeklebt unter seiner wohlgeformten Nase saß, war das auffälligste Merkmal in seinem Gesicht. Für einen Gastwirt im ländlichen Italien war er in seiner grauen Flanellhose und dem sorgfältig gebügelten weißen Hemd mit Stehkragen auffallend gut gekleidet. „Signori, cosa posso fare per Voi?" Mit tänzelndem Schritt näherte er sich den Reisenden. Anleitner, der zwar die Frage nicht verstanden, ihren Inhalt aber mühelos erahnen konnte, führte seine an den Fingerspitzen zusammengeführte Hand zum Mund. „Mangiare?" „Si, come no! SiedetiVi Signori, prego." Mit einer ausladenden Handbewegung deutete der Mann auf die bereitstehenden Stühle. „Ein Glück, wir bekommen hier noch ein Mittagessen." Kaum hatte Anleitner diese Mitteilung an Jerome weitergegeben, hellte sich die Miene des Gastwirts noch weiter auf. „O, Sie kommen von Deutschland. Das ist wunderbar. Ich habe lange kein Deutsch mehr gesprochen." Seine Aussprache offenbarte einen leichten österreichischen Akzent. Anleitner, der inzwischen neben Jerome Platz genommen hatte, blickte den Mann erstaunt an. „Sie sprechen aber gut Deutsch." „Ja, habe lange geübt. Wissen Sie, ich liebe diese Sprache. Sie gehört in unser italienisches Erbe. Das wissen heute nicht mehr viele, aber es war die Muttersprache unseres größten Dichters Italo Svevo, damals, als Triest noch österreichisch war. Meine Familie Rinetti stammt ebenfalls von dort. Wir hatten Verwandtschaft in Tirol. Aber ich will Sie jetzt nicht mit meinen Geschichten langweilen. Darf ich Ihnen etwas zu trinken bringen, vino, birra, aqua, un aperitivo?" Jerome, den in diesem Augenblick die Erinnerungen an den gestrigen Abend heimsuchten, versuchte kurz, die Annahme eines alkoholischen Getränks zu verweigern, hatte aber gegen die vorauseilende Gastfreundschaft des Wirtes keine Chance. Eine Minute später standen neben einer Flasche Weißwein auch zwei Gläser Wermut auf dem Tisch, den Signore Rinetti seinen Gästen als „Leibgetränk der Könige von Savoyen" anpries. Ungefragt brachte er anschließend auf kleinen Tellern kunstvoll angerichtete kalte Gerichte aus rohem oder eingelegtem Gemüse. „Sie sollten etwa Gesundes bekommen. Schmecken und riechen Sie. Sie müssen nicht alles essen. Ebenso wichtig wie der Genuss der Speisen ist die ästhetische Wahrnehmung." „Das ist aber äußerst ungewöhnlich." Anleitner blickte in einer Mischung aus Befremden und Bewunderung auf die Teller mit Zucchini, Salat, Möhren, Radicchio, Bohnen und Pilzen. „Wissen Sie…", Rinetti sprach nun im Tonfall eines Dozenten. „Ich bin einer der letzten, der noch nach dem Kochbuch von 1932 arbeitet. Das ist eine Kunst, die heute kaum mehr geschätzt wird. Es geht um die perfekte Harmonie von Körper, Geist und seelischem Empfinden. Das Essen soll den Körper stärken und den Geist anregen. Es hilft, neue Ideen zu finden. Dabei ist die Zubereitungstechnik sehr wichtig. Das Gemüse zum Beispiel lagere ich unter ultraviolettem Licht, um die Vitamine zusätzlich anzuregen. Ich verwende verschiedene Aromen, übrigens auch künstliche, um Duft und Geschmack zu verbessern." In der Tat schmeckten die verschiedenen Gerichte hervorragend, regten den Appetit allerdings eher an, als dass sie den Hunger stillten. Signore Rinetti, der bis auf das letzte Blatt Petersilie leergegessenen Teller abräumte, seufzte auf. „Va bene. Ich mache Ihnen noch eine herkömmliche Pasta. Und danach zeige ich Ihnen das Museum."

84

„Wir müssen die Zukunft umarmen." Pippo Rinetti war aus der Rolle des Gastwirts in die des Museumspädagogen geschlüpft. Nach den wiederum ausgezeichneten „Buccatini all' amatriciana", die er seinen Gästen aufgetischt hatte und von deren Genuss noch so mancher Tomatensaucenfleck auf Anleitners Hemd zeugte, hatten die Reisenden aus Gründen der Höflichkeit keine Chance, sich der angekündigten Museumstour zu verweigern. Stolz hatte Rinetti die Tür zu einem weißgetünchten Vorraum geöffnet, in dem die Besucher vor einer Uhr im „space age"-Design Aufstellung nahmen. „Die Zukunft, Signori, trägt den Schlüssel zur Gegenwart. In diesem Museum des ‚futuro passato', also der vergangenen Zukunft, fallen die Zeitebenen in gewisser Weise ineinander. Wir präsentieren hier historische Visionen der Zukunft. Die Uhr zeigt die gegenwärtige Zeit, gleichzeitig ist sie ein Relikt einer vergangenen Epoche, die futuristisch sein wollte. Am Sockel dieser Uhr können sie den Wahlspruch für unser Engagement hier im Museum lesen. Eine englische und deutsche Übersetzung finden Sie unter dem italienischen Text." Hier ließ Rinetti eine Pause, um den Besuchern das Studium der Inschrift zu ermöglichen. Sie lautete: „Wir stehen auf dem äußersten Vorgebirge der Jahrhunderte! ... Warum sollten wir zurückblicken, wenn wir die geheimnisvollen Tore des Unmöglichen aufbrechen wollen? Zeit und Raum sind gestern gestorben. Wir leben bereits im Absoluten, denn wir haben schon die ewige, allgegenwärtige Geschwindigkeit erschaffen." Die Worte zogen an Jeromes Augen vorbei, ohne, dass sie sich erschlossen. „Der Text ist schon recht alt…", erläuterte Rinetti, „…genaugenommen 130 Jahre. Es war die Zeit der technischen Neuerungen. Die Welt war im Aufbruch, das Auto, die Eisenbahn, das Flugzeug, die Elektrifizierung der Städte, die Massenindustrie. Der Mensch geriet in einen Strudel der rasanten Entwicklung, in einen nie gekannten Rausch der Geschwindigkeit, der die vormals so behäbige Welt aus den Angeln hob. Tatsächlich. Die Vergangenheit war eine vergleichsweise behäbige oder gar statische Angelegenheit gewesen. Die Vorstellung und Entwicklung immer neuer Antriebe bedeutete physisch, aber auch geistig einen Quantensprung in der Beweglichkeit. Das geht bis hin zum Warp-Antrieb von Raumschiff Enterprise, der Reisen mit Überlichtgeschwindigkeit ermöglicht und somit die Dimension des Raums eigentlich überwindet. Und da Raum und Zeit bekanntlich zusammenhängen, überwindet der Mensch mit dem Raum dann auch die Zeit. Denken Sie an Visionen über die Reise durch Wurmlöcher, wie sie die Quantenmechanik ermöglicht." Die Uhr auf dem Podest gab einen schrillen Laut von sich. Dies veranlasste Anleitner zur vorsichtigen Anmerkung, dass das Raum-Zeit-Kontinuum leider durch den Automobilverkehr noch nicht durchbrochen werden könne und er die nahe Zukunft der Reise und die noch vor ihnen liegende Strecke nach Süditalien nicht ganz aus dem Blick verlieren dürfe. Rinetti reagierte leicht beleidigt. „Sie sollten sich etwas Zeit nehmen,

Signori. Aber ich will die Führung gerne etwas straffen. Gehen wir also durch den Tunnel. Er zog einen Vorhang zu Seite und ließ dahinter eine mannshohe kreisrunde Öffnung, eine Betonröhre sichtbar werden, die etwa drei Meter lang war und in den nächsten Ausstellungsraum führte. „Dies ist kein Wurmloch, keine Angst. Es ist eine Reminiszenz an den großen Science-Fiction -Roman ‚Der Tunnel' von Bernhard Kellermann aus dem Jahr 1913, einen wirklichen Weltbestseller. Es geht in ihm um das kühne Vorhaben einer unterseeischen Verbindung von Europa und Amerika. Und so führt uns dieser kleine Tunnel hier im Museum auch direkt in die damals sogenannte ‚Neue Welt'." Der nächste Raum war dunkelblau gestrichen. An der Decke hatte man Sternbilder mit kleinen Lämpchen nachgebildet. In Vitrinen standen Modelle von Raumschiffen. „Ein Teil der Zukunftsvorstellungen amerikanischer Denker, Autoren und Filmemacher war vor allem technischer Art. Die Zukunft lag in den Weiten des Alls. Es ist unvorstellbar, wie viele Möglichkeiten ersonnen wurden, durch den Weltraum zu reisen." Rinetti deutete auf eine Kapsel, die wie ein Projektil geformt war. „Hier haben wir ein ganz frühes Beispiel, übrigens ein europäisches. Es ist die Reisekabine, die Jules Verne für eine Mondfahrt entworfen hat. Sie sollte mit einer extra starken Kanone durch den Weltraum geschossen werden. Dahinter sehen Sie ein paar Klassiker, eine Raumstation, die aus zwei geschlossenen Ringen besteht. Sie stammt aus einem heute fast vergessenen Film mit dem Titel ‚2001'. Dann kommt ein Transporter aus ‚Dune' und natürlich die ‚Enterprise'" „Ist das der Millenium-Falke aus ‚Star Wars'?" Jerome hatte den kreisrunden Raumgleiter mit den flossenartiken Antriebsdüsen sofort richtig identifiziert. „Ja, ja, ‚Star Wars'". Rinetti machte keinen Hehl aus seinem Missfallen. „Wir haben das Modell natürlich aufgestellt, weil wir an ‚Star Wars' nicht vorbeischauen konnten, 32 Filme seit 1977. Allerdings war immer umstritten, ob die Serie etwas mit der Zukunft zu tun hat. Wir sehen zwar eine Menge Weltraumtechnik, zugleich aber auch eine Geschichte aus tiefster Vergangenheit, ein mittelalterliches Sagenepos mit

Laserschwertern. Das war eine Zeit, in die man eigentlich nicht zurückwollte. Kein gutes Beispiel für die Zukunft. Anleitner drängte weiter. Der nächste Raum war deutlich kleiner. An seiner Längsseite war eine Verkaufstheke aufgestellt, dahinter ein langes Regal mit allerhand beschrifteten Gläschen und Döschen. Bunte Lichter malten Farbkreisel an die Decke. Ein Aufschrift auf der Theke lautete: „Mr. Dick's Drug Store". „Das ist die andere Seite der amerikanischen Science Fiction", erläuterte Rinetti. „Hier geht es um Bewusstseinserweiterung. Der Raum ist Philip K. Dick gewidmet. Dieser Autor dachte sich die Zukunft als einen Drogenrausch. Es ging um Fortschritt im Bewusstsein. Wir haben versucht, all die Substanzen in Nachbildung darzustellen, die in seinen Werken auftauchen. Wie Sie sehen, sind es sehr viele."

Die Führung ging nun etwas zügiger voran. Rinetti, enttäuscht von der zunehmend spürbaren Ungeduld Anleitners, beschränkte sich in den kommenden Räumen auf einige Hinweise. Ein Saal war den Instrumenten der Wahrsagerinnen gewidmet. Ein weiterer wartete mit einem beeindruckenden Hologramm auf, das beständig zwischen der Darstellung der Maschinenfrauen aus E.T.A. Hofmanns „Der Sandmann" und des Films „Metropolis" changierten. In anderen Räumen konnte man einen im Stile von „Mad Max" umgestalteten Jeep sehen, einen Nachbau der Zeitmaschine von H.G. Wells oder die Flugkapsel des 2033 gedrehten Blockbusters „Earth Collapse". Schließlich standen die Besucher in einem sterilen Gefängnisraum. „Dieser Raum steht für die Ängste vor der Zukunft. Es handelt sich um die Verhörzelle aus Orwells ‚1984'. Damals fürchtete man den Sieg einer kommunistischen Diktatur. Damit gelang es Orwell fast, eine tatsächlich treffende Prognose zu erstellen. Er wusste offenbar nicht, dass die zukünftigen Zeiten notwendig durch Kampf und Unterdrückung hindurch erstritten werden mussten. Das hätte er von den alten Denkern des 20. Jahrhunderts durchaus lernen können, oder auch von Hegel ein Jahrhundert zuvor. Wir kommen übrigens jetzt in den letzten Ausstellungssaal." Durch die niedrige Stahltür der Zelle gelangten die Besucher in einen hohen, lichten Saal. Sein einziges Ausstellungsstück war ein barockes Gemälde. Es zeigte einen thronenden Christus vor hellblauem Grund. Engel schwebten aus der Höhe des Himmels hinab. Unter ihnen stand eine Ansammlung von beseligt aufblickenden Personen mit Heiligenscheinen um ihren Kopf, junge Frauen mit Marterwerkzeugen in den Händen, Bischöfe, Mönche und Ordensschwestern, einige Fürsten mit bekrönten Häuptern, magere Asketen und prächtig gekleidete herrschaftliche Frauen. Rinetti erfreute sich an den überraschten Gesichtern der beiden Museumsgäste. „Das, Signori, ist die größte und schwierigste aller Zukunftsvisionen. Niemand hat sie bislang beweisen oder widerlegen können. Sie werfen gerade einen Blick in den Himmel, den Bereich der Seligen, die, der Zeit entnommen, gleichzeitig in Vergangenheit, Gegenwart und Zukunft leben. Die Bibel sagt an einer Stelle: ‚Noch ist nicht offenbar geworden, was wir sein werden.' Das ist so genau richtig. Unsere Zukunft vergeht. Die Visionen von einst haben Staub angesetzt. Aber die Zukunft ist eine große Kraft. Sie zieht unser Leben in ihre Richtung. Was wir noch nicht wissen, ist stärker als wir glauben." Rinetti, der seine Worte mit einigem Pathos vorgetragen hatte, verharrte einen Moment, ließ dann wie ein Schauspieler nach vollbrachter Arbeit erschöpft die Schultern fallen und senkte den Kopf. Nach einigen Sekunden richtete er sich wieder auf und fuhr im Plauderton des Gastwirts fort. „Signori, ich danke Ihnen für den Besuch. Ich hoffe, unser kleines Museum des ‚Futuro passato' hat Sie angeregt. Machen Sie bitte zu Hause Werbung für uns. Ansonsten wünsche ich Ihnen jetzt eine gute Weiterfahrt." Die Besucher fühlten sich zu einem kurzen höflichen Beifall veranlasst, den Rinetti dankbar nickend zur Kenntnis nahm. Nachdem sie ins Freie zurückgekehrt waren, ließ Anleitner Jerome mit dem Wirt und Museumsführer zurück ins Gasthaus gehen, um die Rechnung zu bezahlen und nutzte die Gelegenheit, seinem Hund Pluto noch einen kurzen Auslauf zu gewähren. Etwa eine Viertelstunde darauf bog der graue Wagen wieder auf die Straße ein, um die Reise Richtung Süden fortzusetzen. Anleitner blickte auf seine Uhr. „Wir haben ordentlich Zeit verloren", stellte er ernüchtert fest. „Wenn wir jetzt durchfahren, sollten wir es bis zum Abend nach Tarent schaffen. Mal sehen, ob wir dann noch ein Quartier finden. Das Schiff müsste in den frühen Morgenstunden eintreffen. Gehen wir mal davon aus, dass Majib es schafft, ihr Telefon wieder aufzuladen. Am besten schreibst du ihr schon einmal eine Nachricht, dass du sie im Hafen erwartest. Den genauen Standort geben wir dann noch durch. Falls wir keinen telefonischen Kontakt bekommen, müssen wir weitersehen. Ich werde auf jeden Fall in der Konzernzentrale die Nummer des Kapitäns erfragen. Jetzt aber brauchen wir vor allem eines: freie Straßen."

85

Die „MS Patria" machte gute Fahrt. Das Meer zeigte bei fast vollständiger Windstille eine makellose, spiegelnde Oberfläche. Vor einiger Zeit hatte das Schiff bereits die Nordspitze Tunesiens passiert, ließ die kleine Insel Pantelleria mit ihrer markanten Felsenküste hinter sich und steuerte Sizilien entgegen. Kurz vor Eintritt in die italienischen Hoheitsgewässer gab der Kapitän den illegalen Passagieren die strikte Anweisung , unter Deck zu bleiben. Von Trapani aus fuhren nämlich neben Passagierfähren auch Militärboote zu Patrouillen aus, um die Schiffspassagen zwischen Sizilien und dem afrikanischen Festland zu kontrollieren. Es gab also Grund zu erhöhter Wachsamkeit. Majib, die eigentlich auf eine schöne Aussicht auf den Ätna gehofft hatte, ging zu Thomas in den Frachtraum. Die Tür wurde von außen verriegelt. In den Gesichtern der Illegalen stand Anspannung. Morgen früh sollten sie im Schutz der Dunkelheit das Schiff verlassen. Wie und wann genau dies geschehen würde, wussten sie nicht. Der letzte Abend und die letzte Nacht an Bord waren von der Angst geprägt, entdeckt zu werden. Die sonst so lebhaften Gespräche verstummten. Nach dem Essen bemühten sich die Frachtraumpassagiere um ein schnelles Einschlafen, auch wenn die meisten trotzdem wach in die Dunkelheit des Schiffbauches starrten. Majib hielt Thomas eng umschlungen. Hin und wieder bemerkte sie ein leichtes Zittern um seine Lippen. „Dir wird schon nichts geschehen", beschwichtigte sie. „Du wirst sehen, alles wird gut." „Es ist nicht die Angst vor der Polizei." Thomas' Stimme brach. „Es ist die Angst, dass du mich verlässt." „Ich bleibe bei dir, keine Sorge". Majib strich Thomas über das Haar. Sein Kopf neigte sich und lehnte sich an ihre Brust. Wie lange sie so gelegen hatten, konnte Majib später nicht mehr sagen. Die Zeit wandelte sich zu einem langen Augenblick. Der Schlaf kam langsam und ergriff die beiden schließlich doch.

Um zwei Uhr in der Nacht, bereits drei Stunden früher als geplant, lief die „MS Patria" in den Hafen von Tarent ein. Auf Deck setzte zum Andockmanöver rege Betriebsamkeit ein. Die Schritte und Rufe der Besatzung über ihnen weckten die Schlafenden im Frachtraum. Warnsignale ertönten mit lautem Kreischen und Kommandos wurden auf Englisch und Italienisch gerufen. Die Illegalen lösten hastig ihre Schlaflager auf und packten ihre Bündel zusammen. Dies alles geschah in gespenstischer Stille. Majib beobachtete die schweigende Betriebsamkeit, die sich vor ihr im Schein der Lampen wie in einem Stummfilm vollzog. Sie half Thomas beim Verstauen seiner Sachen und setzt sich dann mit ihm auf seinen zusammengerollten Seesack. Dann wurde das Licht gelöscht. Tritte schwerer Stiefel bewegten sich die Treppen des Schiffes hinab. Wieder ertönten Kommandos. Mit einem Mal folgten harte Schläge gegen die Stahltür des Frachtraums. Man hörte von innen dumpf Stimmen, die offensichtlich eine Auseinandersetzung austrugen. Mit einem Mal wurde der äußere Riegel mit einem durchdringenden Quietschen bewegt. Die Tür öffnete sich und der Strahl einer Taschenlampe durchwanderte die Dunkelheit. Die Menschen im Frachtraum duckten sich oder legten sich flach auf den Boden. „Ma guarda che schifo" meldete sich lautstark eine Stimme. Es folgte ein schriller Signalpfiff. Über die Treppen liefen jetzt eilig weitere Personen nach unten. „Nessuno si muove! Nobody moves! Stay where you are!" Dieses Kommando galt den Passagieren, die nun mit aufgerissenen Augen zur Tür starrten, durch die mehrere Uniformierte in Schusswesten nun in den Raum traten. Sie befahlen einem der Matrosen, die Lichter anzuzünden. Einer der Männer zeigte eine Dienstmarke: „Italian border control. Don't move. Follow my instructions." Für einen Moment herrschte wieder Stille im Raum. Einer der Uniformierten hatte mit einer Maschinenpistole in der Hand am Eingang Aufstellung genommen, ein anderer begann nun, fortwährend in ein Funkgerät zu sprechen. Der Beamte mit der Dienstmarke schritt auf Thomas zu, der ihm von allen Personen im Frachtraum am nächsten saß. „You, do you speak English?" Thomas nickte. Sein Gesicht war schweißnass, seine Knie zitterten. „Ok, tell the others." Thomas übersetzt die Anweisungen: „Aufstehen, das Gepäck nehmen, den Beamten folgen, vom Schiff gehen. Fluchtversuche sind zwecklos. Die Polizei wartet an der Gangway." Majib wollte protestieren, fand dazu aber weder die Worte noch den Mut. Sie nahm Thomas' Hand und drückte sie fest. Die Illegalen hievten sich ihre Bündel auf den Rücken. Dann setzte sich die menschliche Karawane in Bewegung. Einer der Zollbeamten ging voran, ein anderer folgte ihm rückwärts schreitend, die Afrikaner mit den Lasten auf den Schultern fest im Blick. Der Mann mit der Maschinenpistole ging am Ende der Menschenkette, während zwei weitere den Frachtraum noch einmal gründlich durchsuchten. Die Illegalen schritten unter den Kommandos der Uniformierten die Treppe zum Deck hinauf. Draußen empfing sie kühler Abendwind und grellgelbes Licht der Scheinwerfer an den Hafenanlagen. Ein Bus stand unten an der Pier. Polizeiautos mit kreisenden Blaulichtern hatten sich um ihn herum gruppiert. Schwarzgekleidete Polizisten mit müden Gesichtern nahmen die Afrikaner in Empfang und drängten sie, in den Bus zu steigen. Ein Mann, es war der Kleine, der Majib damals zuerst auf dem Schiff angesprochen hatte, brach plötzlich aus der Menschenkette aus, ließ sein Bündel fallen und rannte los. Nach wenigen Minuten hatten ihn die Polizisten am Zaun der Hafenanlage gestellt und brachten ihn in Handschellen zum Bus zurück. Die anderen saßen bereits in der Kabine. „Ist das Europa?" fragte Thomas. Majib nickte. Sie vergrub das Gesicht in ihren Händen und weinte tonlos.

86

Man brachte die aufgegriffenen Illegalen in ein Gebäude der italienischen Zollbehörde. In einem weißgestrichenen Raum, vielleicht ehemals ein Warenlager, ließ man sie warten. Die Dolmetscher sollten gegen sechs Uhr kommen. Dann würde die Registrierung erfolgen, so hatten es die Polizisten mitgeteilt. Einige auf der Erde aufgestellte Baustrahler verbreiteten kaltes weißes Licht. Durch zwei schmale Fenster oben in der Wand konnte man den grau verschleierten Himmel erkennen. Eine schwarz gestrichene Tür führte zu den Diensträumen der Beamten. Die ehemaligen Reisenden des Frachtraums saßen auf ihren Bündeln oder standen in kleinen Gruppen im Raum. Majib erkannte in ihren Gesichtern und in ihrer Gestik Müdigkeit und Enttäuschung, auch Trauer und Verzweiflung. Unterhaltungen verliefen im Flüsterton. Einige hatten ihre Telefone aktiviert, allerdings bald festgestellt, dass die Reichweite des Funknetzes nicht ausreichte. Man war an einem Ort ohne Außenverbindung gelandet, auf einem Niemandsland gestrandet, von dem es zumindest für den Moment kein Fortkommen gab. Thomas blickte mit leeren Augen in den Raum. Majib unternahm keinen Versuch mehr, ihn aufzumuntern. Sie hielt lediglich seine Hand. Während der langen Stunden des Wartens meldete sich in ihr eine Erinnerung. Ihr war, als ob sie diesen Raum schon einmal betreten hätte, erinnerte sich an die weißen Wände, die Baustrahler, die schwarzen Menschen mit ihren Gepäckstücken. Sie blätterte in den Gedanken und Bildern der letzten Wochen. Majib dachte an die Wüste zurück, an den Schatten des Baobabs, an den Flug, die durchwachte Nacht in ihrem Schlafzimmer, an den verkorksten Abend mit Jerome am Hafen, an das feine Restaurant, das sie mit Enbe besucht hatte, an Mrs. Chen. „Schämen Sie sich nie für Ihre Herkunft. Schämen Sie sich nie für das, was Sie sind", hatte Mrs. Chen gesagt. Dann hatte sie über Kunst geredet. Und tatsächlich. Majib fand die gesuchte Erinnerung wieder. Sie war in diesem Raum gewesen, damals in der Kunsthalle. Es war der Raum mit der Ausstellung, den Majib erst gar nicht beachtet hatte. Damals hatte sie gedacht, in einem Vorraum zur eigentlichen Ausstellung zu sein, einem Provisorium, einer Baustelle. Hinter diesem Raum lag das Eigentliche, die wunderbaren Bilder, das Mädchen mit der Puderquaste in ihrem feinen Salon mit dem reichen Gönner, der sie bewundernd ansah. Wie mochte ihren Gefährten aus dem Frachtraum dieser Raum vorkommen? Sahen sie in ihm auch nur einen Vorraum zur eigentlichen Ausstellung, zur Welt der Luxusmarken, der Selfie-Hot-Spots, der Kaufhäuser und Skybars? Dabei war doch dieser weiße Raum hier die wahre Ausstellung. Man musste es nur erkennen. „Ein vorfertiger Zustand der Welt", so hatte Mrs. Chen den Raum genannt. „Wann ist die Welt denn fertig?", fragte sich Majib. Vielleicht war sie einmal fertig, irgendwann. Sie war voller wunderbarer Dinge und Gemälde. Doch dann war irgendwer in diesen Raum gegangen und hatte alle Bilder abgehängt.

87

Die Registrierung begann gegen sieben Uhr. Die Reisenden aus dem Frachtraum erhielten Zettel mit Nummern. Nacheinander wurden sie aufgerufen und in den Bürotrakt des Gebäudes geführt. Thomas war einer der ersten. Majib wartete darauf, dass er nach der Vernehmung zu ihr zurückkehren würde. Aber es kam anders. Die bereits erfassten Personen wurden offenbar an einen anderen Ort gebracht. Nach und nach leerte sich der weiße Raum, bis Majib schließlich nur noch mit zwei weiteren Männern dort war. Dann kam auch sie an die Reihe. Ein Polizist brachte sie in ein Büro und wies einen Stuhl an. Er selbst blieb an der Tür stehen. Ein anderer Uniformierter saß an einem Schreibtisch vor einem Computer. An der Decke hingen Kameras. „Paese? Country? Pays? Dawla?" „Germany." Majibs Stimme klang fest und bestimmt. Der Mann raunzte sichtlich genervt zurück:„No, I mean, where are you from? Not where you want to go, capisci?" „Germany, I am from Germany. I came now from Senegal, but I am from…" „Ok, Senegal." Er drückte auf den Knopf einer Sprechanlage: „Samanta al numero nove, per favore." Kurz darauf erschien eine mittelalte Frau in einem hellblauen Poloshirt. „Ich bin Samanta, Ihre Dolmetscherin", stellte sie sich Majib auf Wolof vor. „Verstehen Sie mich?" Majib nickte. In einem leiernden Ton, der erkennen ließ, dass die den folgenden Text am heutigen Morgen nicht zum ersten Mal aufsagte, fuhr sie fort: „Ihnen wird ein illegaler Grenzübertritt vorgeworfen. Sie werden jetzt einer Befragung der italienischen Behörden unterzogen. Sie sind verpflichtet, wahrheitsgemäß zu antworten. Je nach Lage der Dinge kann ein Strafverfahren gegen Sie eröffnet werden. Zu diesem können Sie einen Rechtsbeistand hinzuziehen. Die folgende Befragung dient einer ersten Datenerhebung über Ihre Person und den Grund Ihrer Einreise." Sie sah zum Uniformierten, der währenddessen mehrmals an einem Pappbecher mit Kaffee genippt hatte. Der Mann nickte und begann. „Ihr Name?" „Majib Sambé." Der Beamte schlug wütend mit der Faust auf den Tisch „Porca miseria." „Was ist los?" Majib wandte sich an die Dolmetscherin. Diese übersetzte und gab dann die Replik des Mannes wieder: „Er fragt, ob das wirklich Ihr Name ist." „Ja natürlich" „Wo ist ihr Ausweis?" „Den habe ich nicht. Er ist noch auf dem Schiff. Hören Sie, Sie begehen ein Unrecht. Ich heiße Majib Sambé. Ich bin deutsche Staatsbürgerin. Ich bin nicht illegal. Ich war als normaler Passagier auf dem Schiff. Meine Dokumente hat der Kapitän. Fragen Sie den." Majib war aufgebracht. Nach der Übersetzungspause sagte die Dolmetscherin: „Der Kapitän ist in Untersuchungshaft und wird noch verhört." Nun sprach der Beamte länger. „Er fragt nochmal, ob Sie Majib Sambé aus

Deutschland sind. Er sagt, dass drei der anderen Frauen aus ihrer Gruppe schon diesen Namen angegeben haben." Majib stockte der Atem. „Das ist nicht wahr, ich bin Majib, die anderen nicht." Auf ihre Entrüstung reagierte der Uniformierte mit einem süffisanten Lächeln. Die Frau übersetzte: „Das haben die anderen auch gesagt. Ohne Ihre Papiere lassen sich die Angaben nicht überprüfen. Er glaubt, dass das Ganze eine Geschichte ist, die Sie sich auf dem Schiff gemeinsam ausgedacht haben, ebenso wie das mit der Schwangerschaft." „Schwangerschaft?" „Die anderen Frauen, die sich Majib Sambé nannten, haben angegeben, sie seien schwanger und mit ihrem Verlobten, einem jungen Kerl aus Liberia gekommen, den sie zu sich nach Deutschland holen wollten. Ist das bei Ihnen auch so?" „Ich bin nicht schwanger. Ich habe keinen Verlobten." Wieder folgte eine Unterbrechung für die Übersetzung. „Er sagt, dass dies wenigstens eine neue Variante der Geschichte sei. Flüchtlinge glauben, dass Schwangere eine bessere Bleibeperspektive haben." „Ich bin aber kein Flüchtling. Ich komme aus Deutschland. Ich kann Ihnen meine Adresse sagen und die Telefonnummer meiner Mutter geben. Die kann Ihnen alles bestätigen." Wieder entstand eine längere Pause. „Er sagt, Sie können ihre Angaben hier schriftlich notieren. Sie werden überprüft. Bis zur Feststellung Ihrer Identität kommen Sie zur Unterbringung in ein Flüchtlingslager. Alles weitere klärt sich dann." Der Beamte reichte Majib ein Formular. „Kann ich telefonieren?" „Im Auffanglager gibt es ein Telefon. Dort können Sie einen Anruf machen." Majib musste sich die momentane Auswegslosigkeit eingestehen. Sie füllte das Formular aus, reichte es über den Schreibtisch. Der Polizist, der am Eingang gewartete hatte, begleitete sie nach draußen. Über einen langen Korridor schritten sie auf einen eingezäunten Hof. Dort lagen die Gepäckstücke der noch in der Polizeistation Verbliebenen. Sie waren bereits vom Sicherheitsdienst untersucht worden. Ein Kleinbus nahm Majib mit einigen der anderen auf. Auf der Fahrt durchwühlte sie ihre Tasche. Ihr Telefon war darin nicht mehr zu finden.

Für die Verspätung trug Pluto, der Hund Verantwortung. Nach einer Tankpause am späten Nachmittag des vorherigen Tages in der Nähe von Bari, hatte sich das Tier schlichtweg geweigert, wieder in den Wagen zu klettern. Anleitner, der es zunächst mit Drohungen und Befehlen versucht hatte, scheiterte im zweiten Anlauf auch mit Lockungen und Versprechungen. Pluto ließ sich nicht beeindrucken. Beim Anblick von Sphinx begann er zu bellen und lief dann ein Stück die Straße herunter. Auf den Pfiff seines Herrchens reagierte er nicht. Anleitner fluchte. Da aber die lange Fahrt offenbar nicht nur den Hund, sondern auch den Fahrer müde gemacht hatten, beschloss man nach einer Stunde, dem Hund nachzugeben. Anleitner lenkte den Wagen auf den Parkplatz, besorgte ein paar Getränke und Sandwiches von der Raststelle und schlug schließlich vor, sich im Wagen zu einer kurzen Schlafpause auszuruhen. Aus der kurzen Pause wurde eine längere: Jerome, der auf dem Autositz schwitzte und dem nur kurze Schlafintervalle vergönnt waren, quälte sich über die Nacht. Am frühen Morgen, gegen vier Uhr, kehrte der Hund zurück und ließ sich nach einem kurzen Bellen, mit dem er seinen Besitzer weckte, schließlich ohne weitere Schwierigkeiten zum Einsteigen in den Kofferraum bewegen. Die Fahrt konnte weitergehen. Gegen halb sechs kamen beleuchtete Industrieanlagen, wahrscheinlich Raffinerien in Sicht. Kurz darauf sahen Jerome und Anleitner den Golf von Tarent, eine schwarze Wasserfläche, umgeben von Kaimauern und Laternen. Nach kurzer Fahrt gelangten sie an den Hafen. Von der frei zugänglichen Seite aus konnten sie am Kai mehrere Frachtschiffe erkennen. „Kannst du die Namen auf den Schiffskörpern lesen?" Jerome schüttelte den Kopf. Mit der Kamera in seinem Telefon fotografierte Anleitner die Frachter und versuchte dann, die Fotos im Zoom zu vergrößern. „Das graue Schiff ist ein Tanker, scheidet also aus. Das grüne fährt unter chinesischer Flagge, kann es auch nicht sein, das schwarze heißt ‚Foreinger', kann man gut lesen." „Die MS Patria soll ja auch erst noch ankommen", merkte Jerome an. „Gut so. Wir sind nicht zu spät.

Ich glaube, wir warten jetzt einfach." Eine leichte Brise zog vom Meer auf die beiden zu. Jerome hielt Ausschau: „Da hinten – da kommt noch ein Frachter." Anleitner kniff die Augen zusammen und fixierte den Schatten mit den Positionsleuchten draußen auf dem Meer. „Der braucht sicher noch eine halbe Stunde bis zum Hafen." Sie setzten sich. Hinter dem Hafen wurde es heller. Das zunächst noch fahle Licht des Morgens verbreitete sich schnell. Nach zwanzig Minuten hatte sich das vom offenen Meer kommende Schiff langsam der Hafeneinfahrt genähert. Es handelte sich um einen griechischen Getreidetransporter mit dem Namen „Aschema Nea". „Ach du…" Anleitner fluchte und sprang auf. „Jerome, siehst du hinten den rostigen roten Kahn? Er war vorhin im Dunkeln nicht zu erkennen. Das muss er sein. Vom Namen sieht man ein P und ein A. Wir müssen schauen, dass wir da hinkommen. Schau auf dein Telefon. Gibt's eine Nachricht?" Jerome, der während des schnellen Rückmarschs zum Auto auf seinen Bildschirm schaute, verneinte die Frage. Wieder fluchte Anleitner. Er ließ unter dem knurrenden Protest des Hundes, der zur Strafe für seinen gestrigen Ungehorsam im Auto geblieben war, den Motor an und beschleunigte in Richtung Handelshafen. Sie durchquerten einen Kontrollpunkt ohne Rücksicht auf das dort aufgestellte Stopp-Schild und wurden am nächsten Tor vom Mitarbeiter einer Sicherheitsfirma angehalten. Zwischen Anleitner und dem Mann entwickelte sich ein lautstarkes Streitgespräch, das der Österreicher in einer abenteuerlichen Mischung aus italienischen und lateinischen Versatzstücken führte. Ein zweiter Security-Mann kam hinzu und schließlich ein Polizeiwagen, dessen Besatzung Anleitner unmissverständlich zu verstehen gab, ihm ohne weiterem Widerstand zu folgen. Man führte sie zu einem klobigen Betonbau im Hafen, offenbar ein Zollgebäude und ließ Jerome und Anleitner dort warten. Keiner der beiden ahnte, dass sie sich nur wenige Türen von Majib entfernt befanden. In einer üblichen Filmdramaturgie hätte Jerome durch einen Zufall Majib auf dem Gang oder bei ihrem Weg über den Hof erblickt und sie aus den Fängen der Sicherheitsbehörden gerettet. Aber dies war kein

Film. Majib befand sich noch im weißen Raum und ging erst über den Flur, als Anleitner nach einer Rechtbelehrung eine Geldstrafe bezahlt und mit „Sphinx" auf Geheiß der Polizei das Hafengelände schon wieder verlassen hatte. Eine Auskunft über Passagiere auf der „MS Patria" wurde den Eindringlingen verweigert. Notgedrungen machten sie sich auf den Weg in die Stadt und verbrachten den restlichen Morgen in einer der wenigen geöffneten Bars. Anleitner trank aus Verärgerung einige Sambuca zum Kaffee und begann dann zu telefonieren.

89

In einem Kleinbus brachte man Majib und einige ihrer ehemaligen Reisegefährten in ein Lager einige Kilometer außerhalb Tarents. Im Fahrzeug blickte sie sich vergeblich nach Thomas um. Seine Abwesenheit empfand sie als Verrat. Sollte der gerade begonnene gemeinsame Weg hier bereits zu Ende sein? Ihr fehlten in diesem Augenblick schmerzlich die Hand, die sie halten und die Schulter an die sie sich lehnen konnte. Draußen war nur die Stadt, hässliche, gesichtslose Straßenzüge auf denen ein dichter Verkehr voller Hupen, Rufen und Motorengeräuschen den Kleinbus umwogte. Ein trostloser kleiner Vorort nahm sie auf, eher eine Art Straßendorf, ein paar verfallene Häuser, eine Tankstelle ein Supermarkt und das von einem hohen Zaun umgebene Gelände des Flüchtlingscamps. Eilig zusammengesetzte Holzbaracken standen auf einer gelblich verfärbten Rasenfläche. Man wies Majib einen Platz in einer der Baracken zu, ein Feldbett, durch provisorische Wände von anderen Feldbetten abgetrennt, im hinteren Teil eine Fläche mit Plastikstühlen und Tischen, an denen die hier Inhaftierten zum Essen zusammenkamen. Majib nahm nach dem Verlust ihres Telefons vorsichtshalber alles, was ihr von Wert erschien aus ihrem Gepäck, legte es in ein Tuch und schnürte daraus ein Bündel, das sie sich mit einem Gürtel am Bauch festband. Beim Stöbern stieß sie auf die im Moment so wertlose Kreditkarte

Enbes, die zugleich Symbol des Scheiterns als auch der Hoffnung war. Irgendwie musste sie Enbe erreichen. Von allen Menschen, die sie kannte, war ihm am ehesten zuzutrauen, sie schnell aus ihrer verzweifelten Lage zu befreien. Auf Nachfrage wiesen ihr einige der schon seit längerer Zeit im Lager Untergebrachten mit gleichgültigen Gesten den Weg zu den Telefonen. Am Eingang der zentralen Baracke, in der sich auch die Toiletten befanden, stieß sie auf eine Warteschlange. Nach etwa einer halben Stunde wurde eines der an der Wand montierten Telefone frei. Majib überlegte, welche Nummer sie wählen sollte. Enbes kannte sie nicht, die ihrer Mutter bekam sie in Gedanken nicht zusammen. Die einzige Nummer, die sich wegen ihrer jahrelangen Verwendung noch fest im Gedächtnis fand, war die Jeromes. Und auch hier brauchte es mehrere Versuche, bis sie die Zahlen vollständig und in der richtigen Reihenfolge eingegeben hatte. Jerome meldete sich. „Ich bin es." Majib schluchzte. „Majib, wo bist du? Wir haben dich gesucht." „Ich bin hier in – ich weiß es nicht genau. Ich war auf dem Schiff. Und auf dem Schiff waren noch andere. Sie haben uns geschnappt. Ich war bei der Polizei. Sie glauben, ich wäre ein Flüchtling. Sie haben mich eingesperrt. Mein Telefon ist weg. Du musst Hilfe holen." „Majib, ich bin in Tarent. Ich bin heute angekommen. Ich bin hier mit einem Helfer von Enbe. Das ist eine lange Geschichte." „Hol mich hier raus." „Das werden wir." Jeromes Stimme klang zuversichtlich. Majib beruhigte sich etwas. „Wir sind nicht weit weg. Warte kurz." Jerome schien das Telefon aus der Hand gelegt zu haben. Undeutlich hörte Majib, wie er sich mit einer anderen Person besprach. Nach etwa einer Minute hörte sie ihn wieder deutlich. „Versuch mir zu beschreiben, wo du bist." „Keine Ahnung. Das ist hier ein Lager mit Holzhäusern und einem Zaun ringsherum. Hier ist irgendwie ein Dorf mit einer Tankstelle und einem Supermarkt." „Wie heißt der Supermarkt?" Majib blickte durch das Fenster neben ihr zum kastenförmigen Gebäude auf der anderen Straßenseite. „Auf dem Schild steht: ‚P. Perduto'" Jerome gab den Namen an seinen Gesprächspartner weiter. „Wir finden dich. Warte am Zaun. Wenn ich in einer Stunde nicht da bin, ruf mich wieder an." Majib nickte, auch wenn Jerome das nicht sehen konnte. Dann legte sie ohne ein weiteres Wort den Hörer auf.

90

In seinem angetrunkenen Zustand war Anleitner keine große Hilfe. Nach dem Telefonat mit Majib nahm er Jerome zu dessen Befremden in den Arm und flüsterte rührselig: „Du musst da jetzt hin. Geh zu deinem Mädchen. Zeig ihr, dass du sie liebst." Jerome entwand sich der unangenehmen Umklammerung und begann, über eine Suchmaschine nach Filialen von „P. Perduto" zu forschen. Zum Glück war die Liste der möglichen Adressen nicht allzu lang. Zwei Filialen befanden sich in der Innenstadt, eine andere in der Nähe des Hafens, die vierte aber an einer kleineren Einfahrtstraße, der Via Lutto etwa 10 Kilometer außerhalb des Zentrums. „Das muss es sein. Wir müssen los." „Ich kann gerade nicht fahren." Anleitner vergrub seinen Kopf zwischen den Händen. Die Arme stützte er auf den Tresen der Bar. Jerome seufzte und tippte in sein Telefon. „Da fährt ein Bus hin. Ich mache mich auf den Weg. Ich rufe Sie an." Ohne eine Reaktion seines Reisegefährten abzuwarten, verließ Jerome die Bar und folgte den Wegweisern zum Bahnhof. Dort fand er schnell die zentrale Bushaltestelle. Ein Wagen, der die vermeintlich richtige Liniennummer trug, fuhr nach wenigen Minuten auf die Haltebucht. Jerome nannte den Zielort und veranlasste den Fahrer mit einer Mischung aus Englisch und Gebärden, ihm eine Fahrkarte zu verkaufen. Die Trägheit der langen Tage im Auto war auf einmal von ihm abgefallen. Er fühlte eine freudige Anspannung. „So muss es einem Feuerwehrmann gehen, der gleich einen Menschen aus einem brennenden Haus retten wird", dachte er bei sich. Er erwartete Majib, wie sie vor Freude und Dankbarkeit seinen Namen rufen würde. Nur ein paar kleine Hindernisse waren noch zu überwinden. Aber er, Jerome, war da. Mit ihm hatte Majib nicht gerechnet. Er war da, auch in ihrer schwersten Stunde. Der Gedanke machte ihn stolz und rührte ihn.

Das Lager zu finden, war nicht schwierig. Die Bushaltestelle in der Via Lutto befand sich direkt am Zaun. Jerome musterte kurz die Baracken und die Flüchtlinge, die zwischen ihnen auf dem Rasen saßen und standen. Dann hielt er Ausschau nach Majib. Er spazierte am Zaun auf und ab, konnte sie aber nicht entdecken. An der Bushaltestelle nahm er dann auf einem roten Schalensitz Platz und wartete. Der Versuch eines Rückrufs auf der von Majib vorhin verwendeten Telefonnummer schlug fehl. Niemand meldete sich. Erst nach einer Viertelstunde erkannte Jerome Majibs Gestalt, die aus einem der Holzhäuser trat und sich in Richtung der Straße umsah. Er winkte mit seinem ganzen Arm und rief ihren Namen. Fast ein wenig zu langsam näherte sich Majib ihm. Zu seiner Enttäuschung erkannte er bei ihr keine Anzeichen überschwänglicher Freude oder Erleichterung. Vielmehr begrüßte ihn Majib so, als hätten sie sich gerade erst vor Kurzem gesehen. Statt „Wie gut, dass du da bist" sagte sie nur halb entschuldigend „Ich hatte nicht damit gerechnet, dass du so schnell hier sein würdest" und fuhr dann mit „Du musst mich hier rausholen" fort. „Was ist mit dir passiert, Majib? Wie bist du hierhin gekommen?" Jerome, der wegen des nüchternen Empfangs leicht gekränkt war, bemühte sich um einen fürsorglichen Tonfall. „Erzähle ich dir später. Kannst du mir ein Telefon besorgen? Und kannst du bitte meine Mutter verständigen? Sag ihr, dass es mir gut geht und dass ich bald zu ihr komme. Ich brauche meinen Pass. Der Kapitän hat ihn mir abgenommen. Er müsste also noch auf dem Schiff sein. Ruf Enbe an. Der kann vielleicht helfen." „Ich dachte, du freust dich, dass ich da bin." „Ja, tue ich auch. Aber es ist gerade nicht die Zeit für lange Reden. Ich bin ziemlich kaputt." „Verstehe ich." Jerome hielt die eigene Enttäuschung zurück. Nach einer kurzen Pause versprach er, heute Abend gegen sechs Uhr wiederzukommen. Bis dahin wollte er versuchen, Majibs Wünsche zu erfüllen. „Dann sehen wir weiter. Vielleicht magst du dann auch mit mir reden." „Danke." Majib hob die Hand um sich zu verabschieden, blieb noch kurz am Zaun stehen und schlug dann die Augen nieder. „Jerome, ich gehe zurück. Wir sehen uns heute Abend." Mit diesen Worten drehte sie sich herum und entfernte sich. Als sie die Gruppe der anderen Flüchtlingen vor der Baracke erreichte, wirkte sie plötzlich wie eine von ihnen.

91

Anleitner war in der Zwischenzeit tätig geworden. Nach Einnahme einer Schmerztablette, die ihm die Bedienung der Bar freundlicherweise zur Verfügung stellte, schüttelte er die Folgen des morgendlichen Alkoholkonsums langsam ab und schritt zur Tat. Auf Empfehlung eines Gastes, der am Tresen neben ihm gestanden hatte, mietete er zwei Zimmer in einer nahegelegenen Pension, stellte „Sphinx" in einem Parkhaus ab und begab sich mit Pluto, der seinen Bewegungsdrang kaum noch zurückhalten konnte, auf eine ausführliche Runde durch die Stadt. Nachdem Jerome von seinem Besuch im Lager zurückgekehrt war, ließ Anleitner sich von Majibs derzeitiger Situation berichten und begann dann zu telefonieren. Über Enbes Büro stellte er Kontakt zur deutschen Botschaft in Rom her und beriet sich mit einer dortigen Mitarbeiterin über die weiteren Schritte. Die Botschaft stellte eine Anfrage bei der örtlichen Polizeidirektion. Dort erfuhr man von der Durchsuchung der „MS Patria", bei der eine Gruppe illegaler afrikanischer Einwanderer aufgegriffen worden sei. Der Kapitän und der erste Offizier des Schiffes befänden sich in Untersuchungshaft. Gegen sie werde wegen des Anfangsverdachts des Menschenhandels ermittelt. Zudem wurde bestätigt, dass mehrere Frauen aus der im Schiffsbauch aufgegriffenen Gruppe angegeben hatten, deutsche Staatsbürgerinnen zu sein. Da sich allerdings keine der Personen hatte ausweisen können, sei eine Überprüfung bisher noch nicht möglich gewesen. Die Botschaft bestätigte, dass sich unter den Flüchtlingen wahrscheinlich tatsächlich eine Deutsche befunden habe, die nun zu Unrecht in einem Lager in der Via Lutto festgehalten werde. Nach Angabe der inhaftierten Frau, einer gewissen Majib Sambé aus einer Kleinstadt bei Hamburg, habe sie ihre Reisedokumente dem Kapitän der „MS Patria" übergeben. Die Polizei sicherte zu, bei der mittlerweile angeordneten Durchsuchung des Schiffes gezielt nach Majibs Pass zu fahnden. Die Botschaft kündigte an, einen Rechtsbeistand in Tarent mit dem Fall zu beauftragen. In der Zwischenzeit werde man über die deutschen Meldebehörden die behördlichen Daten, einschließlich der biometrischen Identifikationsmerkmale besorgen und der Polizei weitergeben. Damit war Majibs Entlassung nur noch eine Frage der Zeit. Anleitner, zufrieden mit dem bisherigen Gang der Dinge, informierte Enbe über den Sachstand. Mit Jerome vereinbarte er ein arbeitsteiliges Vorgehen. Dieser solle den Kontakt zu Majib halten und sie im Lager besuchen, während Anleitner selbst im Hintergrund die weitere Betreuung der rechtlichen Fragen übernehmen und die Rückreise vorbereiten werde. Da man mit einer Freilassung Majibs bereits am nächsten Tag rechnete, sah man vom Kauf eines neuen Telefons für die Inhaftierte ab.

Ausgestattet mit diesen Informationen, machte sich Jerome am Abend zur vereinbarten Zeit wieder mit dem Bus auf den Weg ins Lager. Majib und er setzten sich zu beiden Seiten des Zauns einander gegenüber. Nun war Gelegenheit, sich gegenseitig von den Geschehnissen der letzten Wochen zu berichten. Majib war erleichtert. Die Aussicht, nicht länger als eine Nacht auf dem Feldbett in der Baracke verbringen zu müssen, beruhigte sie. Sie erzählte Jerome von der Zeit im Senegal, ohne allerdings den überstürzten Aufbruch aus Deutschland näher zu erklären. Die traumatischen Erfahrungen des letzten Tages ließen den Aufenthalt in der Familie ihres Vaters als eine im Ganzen doch glückliche und erfüllte Zeit erscheinen. Der Baobab, das Meer, das Dorf, die Halbgeschwister – all das zeigte sich im Rückblick in einem eher angenehmen Licht. Mehr oder weniger unbewusst spielte Majib damit allerdings auch Jeromes Rolle in dieser Zeit herunter. Dass seine Nachrichten und Gedichte ihr in den afrikanischen Tagen so viel bedeutet hatten, schien ihr im

Rückblick kaum noch begreiflich. Während sie zu Jerome sprach, dachte sie an Thomas. Sie hatte im ganzen Lager nach ihm Ausschau gehalten, war durch alle Baracken gegangen, hatte andere nach ihm gefragt. Thomas war verschwunden, vielleicht in einem anderen Camp, vielleicht auf einem Schiff, dass ihn sofort nach Afrika zurückbrachte, vielleicht auf der Flucht, irgendwo untergetaucht. Und jetzt saß ihr mit einem Mal Jerome gegenüber, der ihr in seiner unbeholfenen Art von der Fahrt nach Tarent erzählte, von einer Nacht im Kloster, irgendwelchen bekifften Althippies in der Schweiz, einem Weltraummuseum. Wozu war das wichtig? Ihr Gespräch geriet immer wieder ins Stocken. Zwischen die einzelnen Berichte mischten sich lange Pausen. Majib langweilte sich bei Jeromes Gerede über Trainingseinheiten im Sportverein, über seine Fortschritte bei der taktischen Mannschaftsaufstellung, beim Angriff über die rechte Außenlinie, bei der Absicherung durch die Restverteidigung. All das zog wirkungslos an ihr vorbei. Ohne Thomas an ihrer Seite war um sie herum Leere. Sie ertappte sich bei dem Gedanken, den Jungen auf der anderen Seite des Zauns in dieser Leere verschwinden zu lassen. Da waren nur noch Worte, die jetzt ziellos in den Abend hinausgeworfen wurden, Botschaften, die niemanden mehr erreichen wollten, sondern deren einziger Zweck es war, die Stille zu bekämpfen. Jetzt kam Jerome auf die Nachrichten zu sprechen, die er Majib geschickt hatte. Er griff sogar zu seinem Telefon und las aus dem Chatverlauf vor: „‚Deine Ferne tut mir weh. Ich würde gern deine Nähe suchen. Echte Nähe ist schöner. Vielleicht war mir das nicht immer klar. Ich bin vor meiner Suche zurückgeschreckt. Das tut mir jetzt leid‘. Das habe ich dir damals geschrieben, als du unter diesem Baum gesessen hast." Jerome zitierte noch weitere Passagen aus dem Nachrichtenverlauf, bis Majib der Geduldsfaden riss. Sie streckte mit einer abwehrenden Geste die Hände gegen den Zaun. „Jerome, hör doch mal auf mit deinem Gesülze. Man, das ist ernst hier. Ich bin hier eingesperrt. Man hat mich mit einer Pistole bedroht. Komm wieder, wenn du mich hier rausholen kannst." „Majib!" Jerome richtete sich erschrocken von ihrer heftigen Reaktion auf. „Majib, ich versuche doch nur, dich etwas abzulenken. Ich fahr jetzt zurück. Wenn alles gut läuft, kommst du morgen hier raus. Ich bin morgen um Elf wieder da, mit allen Neuigkeiten." „Tut mir leid." Majib atmete tief durch. „Ich glaube, Jerome, es ist besser, wenn wir für heute Abend Schluss machen. Ich bin nicht gut drauf. Morgen sieht alles bestimmt schon etwas besser aus." Sie erhob sich und ging langsam zurück. An der Baracke drehte sie sich um und winkte. Jerome winkte zurück.

92

2000 Kilometer weiter nördlich, in einem bereits bekannten Supermarkt, schloss Erik, der Schichtleiter, gerade sein kleines Büro ab. Die Erschöpfung der letzten Stunden stand ihm ins Gesicht geschrieben. Wie seit Tagen schon hatte das Telefon nicht stillgestanden, war eine Flut von Anfragen und Nachrichten in seinen Computer geschwappt. Die anhaltende Navigationskrise hatte erhebliche Auswirkungen auf den Warenverkehr. Produkte aus Übersee, wie Kaffee oder Südfrüchte waren kaum noch zu bekommen. Die Handelsflugzeuge verkehrten nicht mehr und in den Häfen stauten sich Schiffe, die wegen der unsicheren Seepassagen nicht auslaufen konnten. Getreide wurde knapp, Fleisch wegen der gestiegenen Futtermittelpreise noch teurer, ebenso Milchprodukte. Frischer Fisch konnte nicht nachgeliefert werden. Die Fangflotten im Nordatlantik fuhren nicht mehr hinaus. Von den eintreffenden Bestellungen wurden zum Missfallen der Kunden zahlreiche Positionen gestrichen. Die Preise stiegen täglich. In ihrer Verzweiflung schickten die Kunden, in der Hoffnung auf unverkaufte Lagerbestände, lange Listen, meist an mehrere Supermärkte gleichzeitig. Die angespannte Situation des Handels beherrschte mittlerweile die politische Debatte. Erste Appelle zur Öffnung der Notreserven gelangten an die Öffentlichkeit. Andere plädierten für die

Einstellung internationaler Hilfsprogramme, um zunächst die einheimische Bevölkerung zu versorgen. In Berlin hatte es gewaltsame Auseinandersetzungen zwischen Demonstranten und der Polizei gegeben. Die EU musste eingestehen, das Satellitenproblem unterschätzt zu haben. Man warf sich in den Kommissionen und Behörden gegenseitig Versagen vor. Verhandlungen mit China, deren im Vergleich neuere Navigationsinfrastruktur gut funktionierte, waren unausweichlich. Diesem Lösungsweg war man von Seiten der Europäer bislang ausgewichen, um die Abhängigkeit von der fernöstlichen Großmacht nicht noch größer werden zu lassen. Die derzeitige Krise würde ideell und finanziell einen hohen Tribut fordern.

Erik ging in den Verkaufsraum, wo um diese Uhrzeit die letzten Bestellungen abgeholt wurden. Die Kunden kamen mittlerweile fast alle selber. Die Lieferdienste hatten den Lebensmittelservice weitgehend eingestellt, nachdem es öffentliche Anschuldigungen gegeben hatte. Servicekräften wurde vorgeworfen, bei der Auslieferung rare oder besonders teure Lebensmittel entwendet zu haben. Diese Vermutungen ließen sich nicht bestätigen. Aber auch Erik war misstrauisch. Immer wieder kontrollierte er in seinem Laden die Arbeit der Lieferanten, Lagerkräfte und der „DeliHubbies". Ein Sicherheitsdienst war für die nächste Woche schon bestellt. Die Stimmung der Mitarbeiter, die sich im Kontakt mit den Kunden offenen Anfeindungen und Aggressionen ausgesetzt sahen, war äußerst schlecht. Mitten unter den „DeliHubbies" stand Yacine. Ihr diente die fordernde Arbeit der letzten Tage als Ablenkung von den eigenen Sorgen. Seit Tagen hatte sie nichts von Majib gehört. Das Schiff aus Afrika müsste doch schon längst angekommen sein, ihre Tochter bereits auf dem Rückweg. Warum meldete sich niemand bei ihr? Der letzte Versuch, mit Jerome in Kontakt zu kommen war gescheitert. Der Anruf blieb unbeantwortet. In lustloser Routine packte Yacine die letzten Kartons des heutigen Tages. Mit Blick auf die sich stetig aktualisierenden Bestandslisten waren die „DeliHubbies" vorhin angewiesen worden, Nudeln und Reis zu rationieren. Teilweise wurden große Verpackungen nun geöffnet und der Inhalt auf kleinere verteilt. Noch ein paar Tage, dachte sie, und das Lager wird leer sein. Für sich selbst hatte sie bereits größere Vorräte zur Seite geschafft. Auch Mae erhielt immer noch größere Mengen dessen, was da war. Im Cafè Africaine konnte so der Mittagstisch weitergeführt werden, wenn auch nicht mehr mit original afrikanischen Rezepten. Gestern hatte es Kartoffelsuppe gegeben.

Nachdem der letzte Karton gepackt war, endete die Schicht mit einigen Minuten Verspätung. Yacine legte im Mitarbeiterraum ihre Arbeitskleidung ab. Aus ihrem Spind nahm sie ihre Jacke, den Regenschirm und ihr Telefon. Das Blinken eines kleines Lämpchens signalisierte das Eintreffen einer Nachricht. Sie wurde von Yacine sofort geöffnet. Jerome schrieb: „Probleme bei der Einreise. Majib geht es gut. Sie hat ihr Telefon verloren. Wir brechen morgen hier auf." Yacine seufzte erleichtert, schrieb ein kurzes „Danke" und verließ den Supermarkt. Im Café Africaine warteten Rosy und Mae bereits auf Neuigkeiten.

93

Als Jerome aus tiefem Schlaf erwachte, war es bereits halb Zehn. Der Blick auf die Uhr ließ ihn aus dem Bett hervorschnellen. Nach einer schnellen Dusche ging er im Frühstücksraum der Pension einen Cappuccino trinken und klopfte anschließend an Anleitners Zimmertür. Das Klopfsignal fand keine Erwiderung. Per Telefon rief Jerome seinen Reisegefährten an. Auch auf diesem Weg war Anleitner nicht zu erreichen. Eine Stimme in der Leitung gab ihm zu verstehen, der Angerufene habe sein Telefon deaktiviert. Er wird, wie angekündigt zum von der Botschaft vermittelten Rechtsanwalt gefahren sein, dachte Jerome. Er nahm an, dass Anleitner sich gerade im Gespräch befand und sicher gleich zurückrufen werde. Aber auch dies geschah nicht. Die Zeit drängte. Jerome verließ die Pension, ging ein paar Schritte die Straße in Richtung Hauptbahnhof hinab, um den Bus zu erreichen, der ihn zum verabredeten Zeitpunkt zum Flüchtlingslager bringen sollte. Es hatte zu regnen begonnen. Eine Viertelstunde vor Elf hielt der Bus an der Haltestelle vor dem Zaun. Jerome setze sich unter das Dach der Bushaltestelle, um sich vor der Nässe zu schützen und schloss seine Jacke. In der Jackentasche bemerkte er einen festen, rechteckigen Gegenstand, das Buch mit den Gedichten, Beas Geschenk. Er zog es heraus und betrachtete das Titelblatt. Dort war die Wasserfläche, über welcher der Honigtropfen schwebte. „Elsa Lindblatt: Ein Tropfen Seele". Jerome blätterte durch das Buch. Die meisten der Gedichte waren ihm mittlerweile vertraut. Er dachte an die Tage zurück, in denen er auf der Suche nach Botschaften für Majib regelmäßig in den Seiten geblättert hatte. Das letzte Gedicht, das er nun aufschlug, nahm den Titel des Deckblatts wieder auf. Es hieß „Der Honigtropfen": „Nur ein Gedanke / ein Sehnen nach dir / den will ich in dich senken. / Der Honigtropfen / süß in mir / will sich dem Wasser schenken. / So soll sich nun verbinden / mein Herz mit deinem Ich / es will in dir verschwinden, / doch du, du merkst es nicht. / Statt, dass der Tropfen nun / sich löst in deinem Leben / kann er nichts weiter tun / im Luftraum muss er schweben." Jerome sah sich um und blickte auf die Wiese hinter den Zaun. Im Nieselregen huschten Gestalten zwischen den Baracken hin und her. Majib war nicht zu sehen. Das Buch in der Hand schritt Jerome am Zaun auf und ab. Die Uhr zeigte nun schon Viertel nach Elf. Wieder setzte er sich auf die Bank an der Bushaltestelle. Weitere Minuten vergingen. Eine Ahnung ergriff Jerome. Er würde Majib heute nicht mehr treffen. Schon gestern hatte er gespürt, mit welchem Widerwillen sie ihm zugehört hatte. Zwischen sie und ihn hatte sich etwas geschoben, das er nicht benennen konnte, etwas, das undurchdringlicher, unüberwindbarer war als der Zaun, der sie voneinander getrennt hatte. Die Gedichte hatten bei Majib nicht mehr verfangen. Die Zeit der schönen Worte war vorbei. In Jerome regte sich Enttäuschung, zugleich aber auch Erleichterung. „So geht es wohl zu Ende", dachte er bei sich. Und wenn er ehrlich war, fiel in diesem Moment auch eine Last von ihm ab. Er nahm das Buch zur Hand, um es in einen Mülleimer auf der anderen Straßenseite zu werfen. Noch einmal öffnete er dabei den Buchdeckel. Auf der ersten Seite befand sich der Aufkleber, ein braunes Herz auf violettem Grund unter dem mit weißer Schrift „Ein Herz für Süßes" gedruckt war, der Aufkleber, den Bea von der Schokoladenverpackung abgezogen hatte. „Als Erinnerung an den Tag unseres Kennenlernens", hatte sie damals gesagt. Mit dem Daumennagel schabte Jerome am aufgeklebten Herz, bekam den sich ablösenden Rand zu fassen und zog den Aufkleber vom Papier. Eine Schrift kam zum Vorschein, eine gedruckte Widmung. „Für Jerome", stand dort. Wie war das möglich? Diese Gedichte von der unerfüllten Liebe waren offenbar für ihn geschrieben worden. In seiner Erinnerung tauchte das Gesicht Beas auf, das Lächeln, als sie ihm das Buch überreicht hatte, die grünen Augen, die ihn ansahen am Tag ihres Kennenlernens. Hatte er deswegen eine solche Bedeutung besessen, weil er für Bea die Erfüllung eines Wunsches bedeutete? War Bea selbst Elsa Lindblatt und hatte ihm durch die Gedichte eine versteckte Botschaft vermitteln wollen? Die Regentropfen rannen am Ärmel seiner Jacke herunter. Das Papier des Buches begann, sich zu wellen. Ein großer Wasserfleck hatte sich auf der ersten Seite gebildet. Jerome schloss sanft den Buchdeckel und ließ den Gedichtband in der Innentasche der Jacke verschwinden. Jetzt war nicht mehr viel da, der Regen, der Zaun, die Baracken und dazwischen Leere.

94

Am Abend des gleichen Tages war man im Café Africaine bester Dinge. Die Nachricht von Majibs baldiger Rückkehr hatte Maes Unternehmergeist geweckt. Nach den frustrierenden Tagen im Supermarkt, den Tagen der steigenden Preise und der abnehmenden Kundschaft, bot die Idee einer

Willkommensparty für Yacines Tochter nicht nur die Aussicht auf einen fröhlichen Abend, sondern auch auf eine Belebung des mäßigen Geschäfts. Neben Rosy und Yacine hatte Mae auch Rolf zur Vorbesprechung ins Café geladen. Letzterer gab ohne größeren Widerstand dem Drängen der Frauen nach und versprach, zum festlichen Anlass beim Getränkeausschank und der Dekoration des Raumes zu helfen. „Es muss ein großes Banner geben: Herzlich Willkommen – dalal al jàmm, Majib!" Rosy war skeptisch: „Meinst du wirklich Mae? Es kennen ja längst nicht alle deine Gäste Majib." „Dann werden sie sie kennenlernen." Maes Optimismus war unerschütterlich. „Schließlich geht es immer auch um Westafrika. Majib soll ausführlich von ihrer Reise in den Senegal berichten." „Wir wissen noch gar nicht, ob sie das möchte", wandte Yacine ein. „Seid nicht so skeptisch. Ihr werdet sehen. Wenn Majib erstmal hier ist und alle ihre Freunde wiedersieht, wird die gute Stimmung schon für das Übrige sorgen." Mae schenkte Wein nach und unterrichtete die anderen über die weiteren Pläne für den Willkommensabend, über die Speisen, die Musik (sie hatte die Band des Kulturvereins schon angefragt), außerdem über die mögliche Anordnung der Tische und deren Dekoration. Yacine ließ sich die Vorfreude ihrer Freundin gefallen. Tatsächlich hatte sie sich auch schon über die Gestaltung des Empfangs in der Wohnung Gedanken gemacht, hatte bereits Majibs Zimmer aufgeräumt und plante, zum festlichen gemeinsamen Abendessen die noch in der Kühltruhe befindlichen Steaks aufzutauen. Majib sollte sich nach den Strapazen der Reise wieder zu Hause fühlen dürfen.

Rosy hingegen hatte Befürchtungen, die sie in der ausgelassenen Stimmung des Abends nicht mit Yacine oder Mae teilen wollte. Sie wusste oder ahnte zumindest, dass die lange Reise Majib verändert haben würde. Ob sie nach ihrer Rückkehr die vertraute Wohnung, die sie mit ihrer Mutter teilte noch einmal als ihr zu Hause empfinden konnte, schien Rosy fraglich. Ebenso ungewiss war für sie, wie sich das Verhältnis zur Mutter in Zukunft gestalten sollte. Und was war mit Jerome? War Majibs

Beziehung zu ihm nicht auf der wenig ereignishaften Kontinuität der Verhältnisse in den letzten Jahren gewesen? War diese so uninspirierte Partnerschaft nicht selbst statischer Teil eines Beziehungsgeflechts gewesen, das spätestens durch Majibs Flucht in Bewegung geraten war? „Armer Jerome", dachte Rosy, ganz ähnlich, wie sie es schon vor einigen Tagen getan hatte. Immerhin hatte sich der Junge diesmal um seine Freundin bemüht und war ihr entgegengekommen. Würde er Majib allerdings dort in Italien als Retter oder als Störfaktor ihres in Bewegung geratenen Lebens entgegentreten? Rosy rechnete eher mit der Abstoßung Jeromes, mit seiner schleichenden Verbannung aus Majibs Gefühlswelt, von der in ein oder anderer Weise auch Yacine, die Skybar, das Café Africaine und schließlich auch Rosy selbst betroffen sein würden. Die Nadel im seelischen Kompass des Mädchens dürfte nach der Begegnung mit Vater und der abenteuerlichen Reise über die Wüste und das Meer mittlerweile in eine andere Richtung weisen. Mit diesen Gedanken fuhr Rosy an diesem Abend auf dem Fahrrad nach Hause. Sie durchquerte die Kleinstadt, passierte den Hafen, sah das Gebäude des Hotels „Schifferklavier". In ihrer Dachwohnung angekommen, bereitete sie sich für die Nacht und legte sich in ihr Bett. Durch das Fenster schräg über ihr beobachtete sie, wie sich die letzten Wolken vom Nachthimmel schoben und den Blick auf die Sterne freigaben. Es war Zeit für ihre Nachtgedanken. Sie schickte wie an jedem Abend einen Gruß an die verlassene Heimat und an die Menschen, die Rosys Leben bereits verlassen hatten. Unter ihrer linken Augenbraue fühlte sie einen drückenden Schmerz. Nur wenig später breitete sich ein Schwindel aus und ergriff von ihrem ganzen Körper Besitz. Rosy merkte, wie sie von diesem Augenblick an ihre Arme und Beine nicht mehr bewegen konnte. Und dann kam die Nacht. Die Gestirne flossen durch das Fenster in den Raum und formten sich zu einem Strudel, der erst langsam, dann immer schneller in kreisförmiger Bewegung vor ihr zu tanzen begann. Aus der Mitte des Strudels löste sich helles Licht und raubte Rosys letzte Sehkraft. „Danke" war das letzte Wort, das sie in

Gedanken noch formen konnte, bevor das Licht in gleißendem Strahlen explodierte und alles mit sich fortnahm.

Eine Nachbarin fand Rosy am nächsten Tag leblos in ihrem Bett. Auf dem Boden lag eine geöffnete grüne Dose mit einem Reisekompass, dessen Schutzglas beim Aufprall auf den Steinfliesen gebrochen war. Offenbar war er Rosy aus der Hand gefallen.

95

Der graue Wagen, durch Schmutz und Staub von einer langen Fahrt gezeichnet, fuhr durch die Allee. Er glitt an den weißen Villen mit den grünen Dächern vorbei durch die feinen Hamburger Viertel. „Sphinx" hatte seine drei Insassen sicher dorthin gebracht, die Adria entlang, über die Alpen nach Bayern und Hessen und dann auf der Autobahn immer Richtung Norden. Zwischen den einzelnen Etappen lagen Nächte in guten Hotels, deren Rechnungen über eine in Majibs Reisegepäck mitgeführte Kreditkarte beglichen wurden. Es war eine angenehme Reise, ohne größere Störungen, ohne längere Gespräche. Kurz vor dem Ziel schlug der schwarze Hund auf seinem Rücksitz an und verkündete das Ende der langen Fahrt. Sie waren angekommen. Anleitner stieg aus dem Wagen und öffnete Majib die Beifahrertür. Ohne ein weiteres Wort schritt diese den kleinen Kiesweg hinauf zum Haus. Enbes große Gestalt füllte den Türrahmen. Er stand unbeweglich, bis Majib zu ihm gelangt war. Dann nahm Enbe sie in die Arme und küsste sie auf die Stirn. „Endlich bist du da", sagte er. Eine leise Rührung lag in seiner Stimme. „Wirst du jetzt bei mir bleiben?" „Ja" sagte Majib und drückte sich an ihn.

96

So endete es also. Am Abend kam es zum Wiedersehen mit Yacine, die, tief beeindruckt von der vornehmen Villa mit ihrem ausladenden Garten ihre Tochter und ihren zukünftigen Schwiegersohn beglückwünschte. Die geplante Feier im Café Africaine fand mit Rücksicht auf Rosys plötzlichen Tod nicht statt. „Wir müssen nach vorne schauen" hatte Yacine, innerlich gleichzeitig von Trauer und Glück bewegt, gesagt. Tatsächlich blieb allen Beteiligten auch nichts anderes übrig. Die sich überschlagenden Ereignisse der kommenden Wochen ließen wenig Zeit zum Nachdenken: Majibs Umzug, Enbes politische Tätigkeit, die sich zuspitzende Versorgungskrise, schließlich die Sorge um Yacine, die nach einem heftigen Streit mit Mae darauf drängte, den Supermarkt und ihre Wohnung möglichst bald zu verlassen und in Majibs Nähe zu ziehen. Am 24. Dezember, dem vormaligen „Heiligen Abend" wurde die Hochzeit gefeiert. Es war wegen der herrschenden Krise ein kleines, familiäres Fest in der Villa. Enbe wollte seinen neuen Ruf als volksnaher Unternehmer und Politiker nicht durch eine luxuriöse Party aufs Spiel setzen, in einer Zeit, in der die inflationär gestiegenen Lebensmittel- und Energiepreise große Teile der Bevölkerung in existentielle Nöte brachte. Tatsächlich nahm Jonathan Enbes gesellschaftliche Bedeutung in dieser Zeit erheblich zu, spätestens, seit er für den von „Enbe Energies" gelieferten Strom die Preise eingefroren hatte und bedürftige Familien in der Umgebung der Stromburg unterstützte. Majib war schwanger und nutzte diesen Umstand, um sich vorübergehend ganz in den häuslichen Bereich zurückzuziehen. Es war vielleicht ihrem doch nicht ganz ruhigen Gewissen zu verdanken, dass sie sich bei Enbe gegen Ende des Jahres ein letztes Mal für Jerome einsetzte. Dessen Beurlaubung wurde schließlich aufgehoben. Er bekam einen neuen Vertrag und wurde als Mitarbeiter für die Bearbeitung von Neukundenverträgen eingestellt, eine Tätigkeit, die er von seiner Wohnung aus durchführen konnte. Von allem weiteren, etwa der Geburt von Majibs Tochter oder dem politischen Aufstieg Enbes muss bei anderer Gelegenheit erzählt werden.

Jerome war an dem Tag, an dem er vor dem Flüchtlingslager in der Via Lutto vergeblich auf Majib gewartet hatte, zunächst wieder in die Pension zurückgefahren. Am Empfang fragte ihn eine Mitarbeiterin nach seinem Namen und überreichte ihm schließlich ein Kuvert, das dort für ihn hinterlassen worden war. Auf dem Zimmer öffnete er den Umschlag. Er enthielt die mit „A." gezeichnete Notiz, dass Jerome sich keine Sorgen um Majib machen müsse. Wie Jerome später erfuhr, war Anleitner bereits am frühen Morgen in Begleitung des von der Botschaft bestellten Anwalts zur Polizei gefahren. Ausgestattet mit den biometrischen Daten und einem vorläufigen Ausweis für Majib, hatte der Anwalt nach Hinterlegung einer Kaution keine Schwierigkeiten gehabt, ihre Entlassung aus dem Lager zu veranlassen. Majib wurde von dort auf die Polizeistation gebracht, wo Anleitner sie nach Überprüfung der Daten abholte. Er ließ sie mit Enbe telefonieren. In den Vorschlag, sofort von Tarent in Richtung Deutschland aufzubrechen, hatte sie eingewilligt, als Anleitner ihr versicherte, sich um die sicherere Rückkehr Jeromes zu bemühen. Im Grunde war sie froh, nicht noch lange Fahrttage im Auto mit Jerome verbringen zu müssen. Er hätte, so glaubte sie, ihre Entscheidung für Enbe ohnehin nicht verstanden. So fand der Zurückgelassene im Kuvert Fahrkarten für die Rückreise mit der Bahn. Vorsichtshalber hatte Anleitner die Tickets erst für den nächsten Tag gebucht.

97

Einige Tage nach seiner Rückkehr fuhr Jerome in ein kleines Dorf am Ufer des Stroms. Die Adresse hatte ihm Frau Wasitzki besorgt. Das kleine, reetgedeckte Backsteinhaus schien sich vor dem Deich zu ducken, der hinter ihm in einigen Metern Entfernung aufragte. Der Oktober schenkte dem norddeutschen Tiefland ein paar letzte spätsommerliche Tage. Die Sonne brach sich im ersten Gelb und Rot des Herbstlaubs. Farbige Dahlien schmückten die Beete vor dem Eingang des Hauses. Auf einem getöpferten Schild neben der Tür trug die Aufschrift „Maier / Möller". Jerome klingelte. Ein tiefer, bronzener Glockenklang schallte aus dem Inneren. Eine schlanke Frau mit kurzen grauen Haaren öffnete. Ein fragender Blick aus tiefen blauen Augen begegnete dem jungen Mann vor der Tür. „Entschuldigen Sie, ich wollte eigentlich zu Bea." „Zu Bea?" Die Frau wirkte überrascht. „Sie kennen den Namen ‚Bea'?" „Ja, wir waren Arbeitskollegen." Die Mine der Frau hellte sich auf. Sie zeigte ein fröhliches, halb belustigtes Lächeln. „Du bist Jerome, oder? Komm rein." Über die Diele und durch ein mit alten Holzmöbeln ausgestattetes Wohnzimmer, bedeutete die Frau Jerome, ihr in den Garten zu folgen und ließ ihn auf einer kleinen Bank unter einem Apfelbaum Platz nehmen. Sie brachte auf einem Tablett Wasser und Saft, goss Jerome ein und setzte sich neben ihn auf einen Gartenstuhl. „Bea ist noch unterwegs. Sie müsste aber bald zurücksein. Du kannst hier gerne auf sie warten und in der Zwischenzeit, glaube ich, muss ich dir etwas erklären." Die Frau atmete tief und zögerte, weiterzusprechen. Offenbar suchte sie nach den richtigen Worten, um ihre Erzählung zu beginnen. „Du bist wegen der Widmung da, denke ich, der Widmung in Beas Gedichtband." Jerome nickte. „Bea hat mir das Buch damals geschenkt. Ich mag es sehr gerne." „Beas Gedichte sind schön." Mit ihren blauen Augen sah die Frau an Jerome vorbei auf den Apfelbaum. „Ich muss dir sagen, wie es wirklich ist." Dann begann sie, mit warmer halblauter Stimme in langsamen Sätzen zu sprechen. „Ich heiße Ines. Bea und ich sind seit dreißig Jahren ein Paar. Eigentlich heißt sie gar nicht Bea, sondern Monika, aber das spielt keine Rolle. Ich nenne sie Bea und sie nennt mich Dante. Das ist so ein Spiel. Weißt du, es bezieht sich auf ein Liebespaar, das vor langer, langer Zeit einmal lebte, zwei Menschen, die sich unendlich nach einander gesehnt haben, so dass sie bereit waren durch die Hölle zu gehen. So ähnlich war es bei uns. Wir haben uns so geliebt, so nach der jeweils anderen gesehnt. Aber wir kamen nicht zusammen. Wir haben uns die

Liebe erst nicht eingestanden, haben uns getrennt und konnten doch nicht voneinander lassen. In dieser Zeit hat mir Bea Gedichte geschrieben, die Gedichte, die du kennengelernt hast. Ich war damals nach Köln gezogen, hatte einen guten Job und viele Freunde. Ich wollte ganz neu anfangen, Bea vergessen. Aber dann kamen immer wieder diese Briefe mit den Gedichten. Und jedes Mal, wenn ich ihre Zeilen las, musste ich weinen. Irgendwann habe ich es nicht mehr ausgehalten. Ich verließ Köln und kam zurück zu Bea, diesmal für immer. Gemeinsam haben wir dieses Haus gefunden. Hier sind wir für uns. Nun ja, die Jahre vergehen und irgendwann kommt Bea auf die Idee, die alten Gedichte zu veröffentlichen. Ich war nicht einverstanden. Schließlich waren die Texte für mich bestimmt gewesen. Ich habe ihr gesagt: ‚Mach, was du willst, aber lass mich dabei aus dem Spiel.‘ Sie gab sich selbst den Namen Elsa Lindblatt und mir den Namen ‚Jerome‘. Sie hatte dich auf der Arbeit kennengelernt und sie mochte dich. Sie stellte sich vor, wie ein junger Mann die Liebesgedichte seiner Freundin bekommt. Das Versteckspiel unter den Pseudonymen gefiel Bea und mir war es recht, weil es uns schützte.“ Die Frau hielt einen Augenblick inne, als wollte sie sich vergewissern, wie ihr Bericht auf Jerome wirken würde. Dieser aber saß versonnen auf der Bank. Nach einer Weile wandte er sich Ines zu. „Ihr habt es hier sehr schön. Darf ich noch etwas sitzen bleiben?“ „Bleib so lange du willst.“ Nach einer Minute des Schweigens stand Ines behutsam auf und zog sich ins Haus zurück. Jerome war allein. Er sah auf den Deich. Der sonnige Tag hatte die Spaziergänger ins Freie gelockt. Eine alte Frau fuhr auf der Deichkrone auf dem Fahrrad am Haus vorbei, ein kleiner Mann stieg gerade weiter hinten hastig eine Treppe den Deich hinab. Ein junges Paar ging Arm in Arm an ihm vorbei. Von der anderen Seite nahte ein Mann mit seinem Hund. Jerome drehte den Kopf der Sonne entgegen. Mit fast verschlossenem Blick sah er durch die Wimpern. Das Licht verzog sich zu langen, nadelähnlichen Strahlen, die sich um ihre Mittelachse bewegten, sobald er den Kopf mal schräg nach rechts, mal nach links wendete. Für kurze Zeit schloss er die

Augen ganz und spürte die Wärme der Sonne auf seinen Lidern. Als er sie öffnete, sah er einen Schwarm Gänse über sich hinwegfliegen. Hinter dem Deich änderten die Vögel die Richtung und flogen in Richtung Stadt, immer über dem Strom, der im Sonnenlicht glitzernd ruhig unter ihnen floss und die Richtung wies.